历史的奇遇——文学翻译论

许钧 著

翻译理论与文学译介研究文丛 总主编 许钧

南京大学出版社

目录

忠实、叛逆与再创造

——谈谈译者身份认同(代自序)

谈文学翻译,不能不谈译者。译者的翻译观念、翻译立场、翻译策略与翻译方法,在很大程度上决定了翻译的品质。译者的翻译观念很重要,记得在10年前,笔者出版了《翻译论》一书,好友倪梁康先生针对拙著《翻译论》的某些观点,在《读书》2004年第11期上发表了一篇文章,题目为《译者的尴尬》。倪梁康是我很钦佩的学者,他以敏锐的学术目光,指出了许多译者在翻译实践中和理论上面临的尴尬。

在文章中,倪梁康非常明确地给笔者作了定位:实践中的忠实论者,理论上的叛逆者。其依据有二:一是根据笔者的实践,即根据笔者翻译昆德拉《不能承受的生命之轻》所遵循的"忠实原著",接近原著的原则;二是根据拙著所"提出"的观点,说笔者"在《翻译论》中把意大利的俗语'翻译就是叛逆'(Traduttore, traditore)视作一个'朴素的真理',坦然地予以接受,并提出翻译中'意义再生'的主张"。理论与实践的分裂,忠实与叛逆的对立,倪梁康所指出的这两点,涉及翻译理论研究中的一些重大问题,如作者与译者的关系、意义的客观性与诠释的主观性、忠实的原则与背叛的限度等。他的文章是从译者身份认同问题展开的,我们不妨先看一看译者的传统身份。

一

考察中西方翻译史，我们发现在长期形成的观念中，中西方对译者的定位是何等地相似。在数千年的翻译历史中，由于翻译活动本身具有的一些特性，再加之人们对翻译的认识在很长一个时期局限于语言的层面，无论在东方还是在西方，译者普遍被定位于一个至今还难以摆脱的角色——仆人。

译者被定位于“仆人”，他所面对的主人首先是作者或作为作者化身的原作。这是译者的工作形式所决定的关系，因为译者在人们的眼里，无非是在“传达”发话者所说或作者所写的话语的意思；其次便是听者或读者，因为“传达”发话者所说或作者所写的话语的意思仅仅是一个方面，译者还必须让听者或读者明白、理解发话者或作者的意思。杨绛在一篇谈翻译的文章中，有感于译者的这种仆人地位所造成的令人尴尬的两难境地。她说：“至少，这是一项苦差，因为一切得听从主人，不能自作主张。而且一仆二主，同时伺候着两个主人：一是原著，二是译文的读者。”[①]译者服务于作者与读者这两个主人，这被普遍视为其天职，也被大多数译者所认同。不仅如此，人们还提出了进一步的要求，那就是译者要“隐身”，译作要“透明”。

---

① 杨绛：《失败的经验——试谈翻译》，金圣华、黄国彬主编《因难见巧——名家翻译经验谈》，三联书店（香港）有限公司，1996年，第93页。

译者之隐形，是与要求作为仆人的译者“不能独自主张”的观念紧密相连的。译者要隐形，取决于以下三个条件(这就是在传统的翻译理论中经常强调的三点)：一是译者要在翻译中不掺入自己的主观色彩；二是译者要在翻译中不表现自己的个性；三是译者要一切以原文为依归，唯作者是从。而译作透明说，实际上与译者隐形说同出一辙。“理想的译者应成为一块玻璃，透明得让读者感觉不到他的存在”，果戈理的这句为译界熟悉的名言将透明得不复存在的译者置放在一个理想的位置，而正是理想的隐形的译者才能使译作中不留任何译者的痕迹，包括译者的个性、主观色彩等，更不用说留下译者的主张了。在翻译中感觉不到译者的存在，在译文中不留痕迹地毕现原著的精神与风韵，无论对作者来说还是对读者来说，这都无疑是一种理想的境界。

对于翻译的传统身份，我们至少可以明确以下几点：1. 译者担当着居间者或联络者的任务，要起到沟通原作者与目的语读者的作用，因此在他们看来，无论在情理上，还是就译者的职责而言，都应该无条件地甘当仆人，伺候好作者与读者这两个主人。2. 在传统的观念中，作者与译者呈现的是一种服从与被服从的关系，有着主次之分。3. 为了伺候好两个主人，译者于是必须具备忠诚的品质，忠于作者，同时，也要忠于读者。忠于作者，体现在真实地传达作者所言；忠于读者，是不欺骗读者，让读者看到真实的作者。4. 为了真实地把作者所言传达给读者，人们便要求译者做到客观，隐去自己的个性，这就是译文透明与译者隐形之说的由来。

从历史的角度看，无论是译者、作者还是读者，他们中大部分都认同译者要向作者与读者负责，并把译者的“忠实”与“客观”认定为译者的基本品质。但是在实践中，由于从一门语言转换到另一门语言，实际上存在着语言、文化等各个层面的困难，在理想与现实之间存在着很大的距离。随着翻译历史的不断发展，人们对翻译的认识也不断加深，渐渐地对“翻译——仆人”这一角色，对“忠实”与“客观”的绝对要求，产生了怀疑，甚至提出了质疑与批判。

翻译家叶君健曾经发出过“如何‘忠实’于原文”的疑问，他在《谈文学作品的翻译》一文中这样写道：“我每次提起笔搞点翻译的时候，总感到有些茫然。译篇文学作品，如一首诗，无非是把原作者的本意、思想、感情、意境如实地传达给读者，使读者的感受与作者当初写作时的感受一样或差不多。但作者当时的感受究竟是怎样的呢？我们无法去问作者。这只能从字面上去推测。事实上，作者在‘灵感’或‘行动’的诱导下写出一篇作品，恐怕他自己对他当时的感受也很难说出一个具体的轮廓。文学和艺术作品毕竟不是科学，而是触及‘灵魂’的东西，这里面有‘朦胧’和‘似与不似之间’的成分，要用像数学那样精确的形式表达出来是不可能的。”[①]叶君健的困惑显然来自于理想的要求与现实的不可能之间的矛盾。在这里，叶君健由于现实困难的存在而对翻译的理想产生了困惑，这种困惑对于许多译家来说，成了一种始终伴随他们翻译活动的精神负担，“不可为而为之”，既是他们的翻译历程的一种真实写照，也是在某种意义上对翻译活动的某种本质的精辟概括。傅雷在长期的翻译实践中，深切地感受到翻译所面临的种种障碍：“两国文字词类的不同，句法构造的不同，文法与习惯的不同，修辞格律的不同，俗语的不同，即反映民族思想方式的不同，感觉深浅的不同，观点角度的不同，风俗传统信仰的不同，社会背景的不同，表现方法的不同。”这一连十一个“不同”，早已超出许多翻译家所一再强

---

① 叶君健：《谈文学作品的翻译》，金圣华、黄国彬主编《因难见巧——名家翻译经验谈》，三联书店（香港）有限公司，1996 年，第 119 页。

调的“语言”层面的差距，它们实际上已经涉及了翻译活动所可能涉及的方方面面以及有可能影响翻译活动的一些主要因素，如语言层面的词汇、句法，文字表现层面的“修辞格律”、“表现方法”，文化层面的“风俗传统信仰”，社会层面的“社会背景”。傅雷能深刻地抓住这多层面的不同，充分地证明了他已经对译者所遭遇的困难及障碍有了清醒的认识。更为难能可贵的是，傅雷还透过这多方面的“不同”，看到这些“不同”之间所产生的相互影响，认识到语言层面与社会、文化及思想方式之间的差异的互动关系。正是基于他认识的深刻性，他指出：“译本与原作，文字既不侔，规则又大异。各种文字各有特色，各有无可模仿的优点，各有无法补救的缺陷，同时又各有不能侵犯的戒律。像英、法，英、德那样接近的语言，尚且有许多难以互译的地方；中西文字的扞格远过于此，要求传神达意。铢两悉称，自非死抓字典，按照原文句法拼凑堆砌所能济事。”①他从翻译活动所能反映的各个层面的差异来证明像仆人般“一切服从原作者”的困难，并由此而提出要突破翻译上的“形”的束缚，去寻求“神”的相似。应该看到，傅雷所指出的这些“不同”或“差异”，恰是构成了翻译之“叛逆”的根本原因，也同时给翻译家在实践中有意识地进行“叛逆”提供了充足的理由。而在理论上，也为“创造性的叛逆”提供了某种合法的路径。

我们都知道，意大利人有一个谚语，叫“Traduttore，traditore”，直译过来，叫“翻译者即反逆者”。不难看出，意大利人充分利用了音形义结合的特点，通过“traduttore ”与“traditore”这两个词的音似与形似试图将两者本质地联系在一起。正是通过这种语言上的巧妙创造，意

① 傅雷：《〈高老头〉重译本序》，罗新璋编《翻译论集》，商务印书馆，1984 年，第 558 页。

大利人的这个谚语在中西方广为流传，而其传达的思想，则与“翻译是仆人”的观念构成了译者身份的两极：一极是仆人，另一极是反逆者；仆人的品质为忠实，而反逆者的特点为背叛。“翻译者即反逆者”或“翻译即叛逆”之说的由来已久，虽然对大多数翻译者来说，在情感上无法或根本不愿意认同这一说法，因为从本质上说，叛逆是与翻译的目的相悖的，而且在道德层面，译者也担当不起这种“叛逆者”的罪名。然而，若我们以客观的目光去看待翻译活动，以清醒的头脑去分析译者在翻译活动中所可能遇到的各种困难，则又不得不承认翻译有着与生俱来的局限，而这种局限又不可避免地会造成所谓的“叛逆”。钱钟书将这种叛逆，称为“讹”。在《林纾的翻译》一文中，钱钟书援引了汉代文学学者许慎关于翻译的训诂，指出：“南唐以来，‘小学’家都申说‘译’就是‘传四夷及鸟兽之语’，好比‘鸟媒’对‘禽鸟’所施的引‘诱’，‘讹’、‘讹’、‘化’和‘囮’是同一个字。‘译’、‘诱’、‘媒’、‘讹’、‘化’这些一脉相通、彼此呼应的意义组成了研究诗歌语言的人所谓‘虚涵数意’(manifold meaning)，把翻译能起的作用、难于避免的毛病，所向往的最高境界，仿佛一一透示出来了。”钱钟书把“媒”和“诱”当作翻译在文化交流中所起的作用，把“化”当作翻译的最高境界，而“难于避免的毛病”便是他所指出的“讹”，亦即意大利人所谓的“反逆”或“叛逆”。对此，钱钟书有过如下明确的论述：“一国文字和另一国文字之间必然有距离，译者的理解和文风跟原作品的内容和形式之间也不会没有距离，而且译者的体会和他自己的表达能力之间还时常有距离。从一种文字出发，积寸累尺地度越那许多距离，安稳到达另一种文字里，这是很艰辛的历程。一路上颠顿风尘，遭遇风险，不免有所遗失或受些损伤。因此，译文总有失真和走样的地方，在意义或口吻上违背或不尽贴合原文。那就是‘讹’，西洋谚语所谓‘翻译者即反逆者’。”[①]细读钱钟书的这段文字，我们可以看到翻译的“讹”在某种意义上是不可避免的，其原因便是我们在上文所强调的“不同”与“差距”。在钱钟书看来，在翻译活动中，客观上存在着三种距离：一是文字上的距离；二是中译者的理解和文风与原作的内容和形式之间的距离；三是译者本身，即其理解与表达能力的距离。这些距离的存在，意味着翻译本身存在着风险，不可避免地要有所失或有所走样，于是造成意义或口吻上违背或不尽贴合原文。

如果说钱钟书所揭示的翻译中的“讹”只是出发语与目的语之间及有关差异给翻译造成的不可避免的“走样”或“失真”的话，那么在德里达看来，翻译所揭示的不同语言之间的差异要深刻得多，在语言差异的背后，是一条难以逾越的鸿沟，不仅仅造成翻译的“讹”，更是在根本意义上宣判了翻译的不可能。在《巴别塔》一文中，德里达曾以“Babel”一词所隐含的各种因素为例，切入了翻译理论中一个基本的问题，那就是翻译的可能与否。

德里达以“Babel”一词为例，显然是有哲学上的考虑的，因为在我们今天看来，“巴别塔”既象征着人类试图通过语言进行沟通的不懈努力，也昭示着人类追求沟通所面临的不可逾越的障碍。德里达所关注的，是在“巴别”一词的背后所存在的差异。一是语言上的，那就是德里达所强调的“互不吻合”、“互不相干”、“难以称职”和“难以充分达意”等；二是文化意义上的和结构意义上的本质差异和深层差异，即难以企及的“神话起源之神话、隐喻之隐喻、叙述之叙述、翻译之翻译”等。语言上的差异和文化、结构意义上的本质差异造成了“巴别”一词

① 钱钟书：《林纾的翻译》，罗新璋编《翻译论集》，商务印书馆，1984年，第697页。

的“几乎不可翻译”，而“巴别”一词的“几乎不可翻译”在德里达的笔下，便意味着普遍意义上的“不可翻译”。然而，德里达在宣判翻译不可能的同时，却又以“巴别塔的象征”，指出了“未能尽善的翻译”的必要性。从逻辑上讲，翻译不可能，但却又必须翻译，那么唯一的出路便是不再像传统所要求的那样去“忠实地”翻译，而是赋以翻译以新的意义和新的追求。我们也许可以从这一矛盾中或多或少领会到一点德里达在文中没有明示的意图，那就是德里达所要说明的：不是翻译在绝对意义上的不可能，而是盲目追求“忠实对等”的翻译的不可能。在我们看来，他所力求达到的目的之一，便是针对传统的翻译观，解构“忠实”这一绝对标准。

正是在这个意义上，我们认为“翻译者即反逆者”这一谚语道出了一个朴素的真理，那就是翻译活动在本质上存在着不可避免的局限。无论傅雷在翻译实践中所领悟到的十一个“不同”，还是钱钟书所强调的各个层次的距离，或是德里达以近乎极端但却冷静的笔触所揭示的文化与结构意义上的“延异”与“差别”，无不在理论上证明了这一谚语所道出的朴素真理有着其合理的内核。“翻译者即反逆者”这一谚语以其揭示的朴素真理，给人们提供了理论的思考空间。一方面，由于翻译固有的局限，说明要求译者像仆人一样绝对地忠实原文只能是一个不可企及的理想。另一方面，无论是在实践中，还是在理论上，我们都会遭遇到一个悖论：绝对地忠实原文，对原文亦步亦趋，近乎盲目地跟着原文走，非但不能达到将原文的意义与神韵客观地传达给目的语读者的目的，反而会导致译作与原作的貌合神离，造成对原作本质的不忠。同时，也由于机械而盲目地追求语言层面的忠实，译出的作品难以符合目的语读者的审美期待与接受心理，往往引起读者的不满。总之，一方面有可能有负于作者，另一方面有可能得罪了读者。而由此悖论又引发了新的思考和新的探索：承认翻译局限的客观存在，根据这些局限提供给译者的活动空间，以看似不忠的手段，即对原文语言的某种"背叛"，在新的文化语境和接受空间里以另一种语言使原文的意义获得再生，达到另一层次的忠实，这就是"创造性叛逆"这一说法提出的直接缘由。绝对忠实导致背叛，而创造性的背叛反而会打开通向忠实的大门，这一看似相悖的说法却在理论与实践两个方面为译者提供了更为宽阔的思想与活动空间。

此外，对"翻译者即反逆者"这一谚语的重新认识为译者主体性的觉醒提供了可能。如果说翻译固有的局限和不可避免的"背叛"在理论上昭示了译者盲目忠实与绝对跟着原文走的负面后果，说明了纯语言层面转换的障碍，那么译者在翻译实践中所遇到的各种各样的困难迫使译者不得不去考虑这样一个问题：译者的忠实与客观并不能完全保证他对原作的忠实，而面对翻译活动中所可能出现的各种矛盾因素，译者不能不从被动的忠实中去设想自己到底应持何种立场、应采取何种方法去处理各种矛盾。于是，译者在翻译活动中便有可能由被动走向主动，由消极的服从走向积极的参与，由"照模照样"的"复制"走向赋予原作以新生的再创造。

二

从"忠诚"到"叛逆"，似乎构成了翻译的两个极端："忠诚"在实践中常常令译者顾此失彼，而"叛逆"在理智上又让译者难以接受。这种两难的窘境是每一个从事文学翻译的人都会遇到的。确实，如在上文我们所言，涉及翻译的因素之多，往往让译者束手无策，不知忠诚于谁为好。忠其形，求貌之相似，可其神韵呢？气势呢？文学精品往往刻意寻求意在言外的效果，翻译时稍不小心，就容易得其形而忘其神，看似模仿了作者"怎么说"，却歪曲了作者"说什么"，成为真正忤逆不道的"叛逆"。可是要忠其形，又要得其神，谈何容易！正因为如此，翻译家们常常感叹翻译之难，每人都有一本叹不完的苦经，像郁达夫、郭沫若甚至鲁迅，都在不同的场合谈过翻译的难处，他们中甚至有人认为：翻译之难，难过创作。翻译之难，在大多数翻译者看来，难在没有充分的自由，难在译者走不出原作者投在译者头上的阴影，难在文字形式的机械变易无法传达文字的灵魂，难在盲目的忠实对应无法达到精神的共鸣，难在得与失之间度的把握。我们应该看到，语言符号与意义之间的关系并不是一种凝固与给定的关系，意义的生成有赖于多方面的因素，这也就给求语言形式的简单对应的传统做法提出了理论上的不可行性。在语言哲学、现代语言学和文艺学最新研究成果的启发下，我们如今已经在理论上明白了语言表达形式在翻译中进行简单复制的负面后果，从而为在语言转换层面的"叛逆"行动提供了某种理由。在对翻译实践进行个案研究或历史考察中，我们发现越来越多的翻译家不满足于翻译的传统仆人身份。如金圣华对翻译的本质进行了思考，基于她个人的翻译实践及其对翻译的认识，提出了如下的看法："译者在早期虽有'舌人'之称，却不能毫无主见，缺乏判断；译者虽担当中介的任务，却不是卑微低下、依附主人的次等角色。翻译如做人，不能放弃立场，随波逐流；也不能毫无原则，迎风飘荡。因此，翻译的过程就是得与失的量度，过与不足的平衡。译者必须凭借自己的学养、经验，在取舍中作出选择。”[①]既承认译者所承担的责任与特殊的地位，又不忘译者的主见、原则和选择，金圣华在这里为我们在“仆人”与“叛逆”的两难选择中指出了一条理性之路。的确，在理论上，我们虽然可为“叛逆”找到充足的理由，但是我们在理智上却不免担心：倘若“叛逆”失度，翻译必将走向它的反面，在失度的“叛逆”中失去方向，最终违背其担当的神圣使命。那么，如何在理论上来解决这一问题呢？如何在实践中避免失度的“叛逆”呢？

“创造性叛逆”这一命题的提出，为我们重新思考翻译，特别是文学翻译的本质与任务，为从忠实与叛逆的对立中走出来，提供了新的视角。据谢天振介绍，最早提出“创造性叛逆”这一概念的，是法国著名文论家埃斯卡皮，他在《文学社会学》一书中指出：“说翻译是叛逆，那是因为它把作品置于一个完全没有预料到的参照体系里（指语言）；说翻译是创造性的，那是因为它赋予作品一个崭新的面貌，使之能与更广泛的读者进行一次崭新的文学交流；还因为它不仅延长作品的生命，而且又赋予它第二次生命。”[②]显而易见，埃斯卡皮所说的“创造性叛逆”已经远远超出了我们在上文所讨论的语言层面的“叛逆”，但与我们所讨论的问题联系紧密。在埃斯卡皮看来，翻译的“叛逆”性质，源自于语言的转换。也就是说，在翻译中，一部作品必须被置于另一个参照体系（语言）之中，而这个参照体系是完全没有预料到的。就这一层意思而言，埃斯卡皮并没有超越钱钟书、傅雷等的认识。有必要指出的是：因埃斯卡皮所说的参照体系是相对于语言符号系统而言的，也就是说在不同的语言符号系统中，词语与意义的参照关系是有

---

① 金圣华：《认识翻译真面目》，天地图书有限公司，2002年，第15页。

② 埃斯卡皮：《文学社会学》，王美华、于沛译，安徽文艺出版社，1987年，第137页。

别的，正是这一重大差别，使机械的变易势必成为“叛逆”的行为。至于“创造性”，埃斯卡皮则将目光投向了一部作品的生成与传播，而正是通过这两个层面，翻译活动将作者、译者和读者的命运紧紧联系在了一起。参照体系一变，文化语境一变，一部作品的意义所赖以生存的条件一变，其面貌必然发生变化，而译者的这一赋予原作以新的面貌的工作，无疑具有创造性。

翻译的创造性是人们长期以来忽视的一个本质特征。在人们传统的认识中，翻译是一种简单的语言转换活动，只要精通两门语言，整个转换便可轻易进行，就像把一只瓶里的液体倒入另一只形状不同的容器中。翻译的机械性可从一些传统的比喻中得到显示，类似于翻译是“再现”、是“摹本”、“如翻锦绮，背面俱华”等说法，都从一个侧面说明翻译在一个相当长的历史时期往往被视作一种机械性的语言转换活动，其创造的性质被完全遮蔽。贝洛克曾经指出：“翻译一直是一种从属的、第二性的艺术。由于这种原因，人们从不把翻译看成是创造性的工作，对翻译的衡量也就造成了负面的影响，使人们低估翻译的价值，降低翻译的标准，从而从根本上毁灭翻译艺术。这还使人们不了解翻译的性质、翻译的重要性以及翻译过程中存在的困难。”①把翻译视作机械的语言转换行为的传统观点客观上遮蔽了翻译的创造性，由此而进一步导致了翻译在实践中出现的许多困难得不到妥当的解决。自20世纪50年代以来，翻译学者在有关理论的指导下，从各种不同的途径对翻译进行了深入的研究，取得了许多成果，其中最为重要的一点，便是从翻译的历史作用、语言重构、文化发展等各个方面揭

① 转引自廖七一等编著《当代英国翻译理论》，湖北教育出版社，2001年，第333页。

示出翻译具有创造的性质。从翻译的全过程看，无论是理解还是阐释，都是一个参与原文创造的能动的过程，而不是一个消极的感应或复制过程(在这个意义上，倪梁康在文章中对“信达雅”的阐释便大有商榷的余地)。由于语言的转换，原作的语言结构在目的语中必须重建，原作赖以生存的“文化语境”也必须在另一种语言所沉积的文化土壤中重新构建，而面对新的文化土壤、新的社会和新的读者，原作又进入了一个崭新的接受空间。正如德里达所说的：“翻译在一种新的躯体、新的文化中打开了文本的崭新历史。”①而翻译的创造性充分地体现在一个广义的翻译过程的各个阶段之中。

倪梁康在文章中谈到了阐释与翻译的关系，他说“叛逆论之所以能够在翻译理论界占主导地位，很可能与当下的时代精神偏好解释的权利有关。”的确，阐释学所关心的问题与翻译学所关心的总是联系得十分紧密，伽达默尔在《古典阐释学和哲学阐释学》一文中这样写道：“赫尔默斯是神的信使，他把诸神的旨意传达给凡人——在荷马的描述里，他通常是从字面上转达诸神告诉他的消息。然而，特别在世俗的使用中，Hermēneus(诠释)的任务却恰好在于把一种用陌生的或不可理解的表达的东西翻译成可理解的语言。翻译这个职业因而总有某种‘自由’。翻译总以完全理解陌生的语言、而且还以对被表达东西本来含义的理解为前提。谁想成为一个翻译者，谁就必须把他人意指的东西重新用语言表达出来，‘诠释学’的工作就总是这样从一个世界到另一个世界的转换，从神的世界转换到人的世界，从一个陌生的语

① 见雅克·德里达：《书写与差异》，张宁译，北京，三联书店，2001年，“访谈代序”，第25页。

言世界转换到另一个自己的语言世界。”[①]细读伽达默尔的这段话，我们可以看到他所说的“诠释学”与我们研究的翻译问题在许多层面上是一致的。首先，在他的论述中，翻译的传统方式得到了揭示，即在荷马的描述里，通过都是“从字面上转达诸神告诉他的消息”。字面翻译在本质上就是逐字逐句的翻译。其次，伽达默尔所说的诠释（阐释）任务与我们今天所说的翻译任务是相同的：把一种用陌生的或不可理解的表达的东西翻译成可理解的语言。在这里，我们特别注意到被反复使用的两个词：理解与表达（包括下文的“重新表达”）。这两个词恰好构成了我们通常所说的翻译的基本过程。在伽达默尔看来，就这两个方面而言，理解是前提，所以在他的许多著述中，特别强调对“理解”的研究。再次，他指出了对于翻译研究来说非常重要的一点，即“他”世界到“我”世界的转换，这一转换是本质性的，它标志着语言生成与接受环境的根本变化，而这一根本变化必然对理解与再表达行为产生重要影响。此外，伽达默尔提出了一个与传统翻译观相去甚远的观点，还给了翻译这个职业“总有”的某种自由，也就是说在根本上承认翻译是有着一定自由的。

当译者进行翻译时，他直接面对的并不是“作者”和“读者”，而是文本和想象中的“隐含的读者”。这也就是说，一边是文本，另一面是译者假定的读者。这马上就给我们提出了相关的问题，那就是文本是否等同于作者？译者翻译时考虑的读者是以什么方式出现的？换言之，译者考虑读者时考虑的是什么因素？如果按照伽达默尔的观点，翻译需以“完全理解陌生的语言，而且还以对被表达东西本来含义的

---

① 见洪汉鼎主编：《理解与翻译——诠释学经典文选》，东方出版社，2001 年，第 2 页。

理解”为前提、以“他人意指的东西重新用语言表达出来”为结果的话，那么我们可以说，前者是针对原文本而言，而后者是为了读者而言。对于翻译的前提——理解，伽达默尔在《真理与方法》一书中有这么一段话：“不应把理解设想为好像是个人的主观性行为，理解是将自己置身于传统的一个过程，正是在这过程中过去和现在不断融合。”这里涉及了一个对翻译理论来说非常关键的问题：若把理解视作译者的纯个人的主观行为，那么传统翻译论所强调的以客观性（理解的客观性）为基础的忠实，就无可保证。伽达默尔在对理解的主观性提出质疑的同时，又赋予了它一个有限制的存在理由，那就是要将理解的主观性置身于传统之中。因为在他看来，任何一个理解者，都不可避免地处于传统之中，正是传统将理解与理解对象联系在了一起。为此，伽达默尔又给传统与成见一个重要的位置，作为个人理解的前提，从而实现了客观性与主观性的统一，对译者理解作者的意图、把握文本的意义起到了积极而有建设性的作用。同时，就译者而言，他作为一个特殊的读者，还担负着用另一种语言将他所理解的东西向他设想的读者表达出来的任务。而我们知道，在翻译活动中，读者的期待与要求始终是译者所考虑的一个重要因素。对一些富有经验的译者来说，作者的意图、文本的意义、读者的期待能否与译者的理解与再表达形成和谐的关系，在某种意义上，直接影响到翻译的目的与任务能否完成。翻译的这一多因素和谐的要求，又同样可在伽达默尔的阐释观中找到理论的支撑，这就是伽达默尔的“视界融合”说给予我们的启迪。周宪对伽达默尔的“视界融合”说是这样理解的：“所谓视界的融合，是指解释者的历史理解不可能是不偏不倚客观公正的，他对过去的理解总是包含着自己对当前情境的理解。然而，解释者的视界又不是凝固不变而是动态开放的，当前的视界可以扩大到包容过去的视界（即施莱尔马赫所要求的）。这样便构成一个新的更广阔的视界。”[①]周宪补充指出，姚斯在伽达默尔的阐释学基础上，提出了期待视界这一重要概念。期待视界是站在读者的立场上提出来的。文本的接受和理解都有赖于特定的期待视界，对于翻译来说，这便涉及多种期待视界存在的可能性。对原文本的读者而言，存在着至少两种不同的视界，即文本问世时最初的读者期待视界和当下读者的期待视界。一旦引入目的语的接受语境，便又出现目的语读者的期待视界。这种视界的历史间距与空间间距是客观存在的。译者作为一个特殊的读者，他最基本的任务之一，就是要通过自己的理解和阐释，融合出一个更大的视界，让翻译涉及的诸视界达到贯通融合，亦即最终完成沟通与交流之重任。那么如何达到视界的融合呢？就翻译而言，视界的融合在某种意义上是为了保证作者的意图、文本的意义能在目的语中得到再生且获得目的语读者的共鸣。对这一问题，译界近年来有不少思考，其中主要涉及以下两个方面的问题，而这两个问题都与译者在翻译活动中如何正确定位有关。

一是客观与主观的关系。对大多数译者来说，他们长期以来都奉行一条原则，那就是在翻译中不要掺入自己的主观因素。而这条原则的形成是基于如下的认识：只有保持客观，才能保证正确的理解与再表达。这是一种典型的客观主义翻译观。当我们通过对意义的探索，不再认为作品的意义是永远固定不变和唯一的，不再把翻译当作复制原作者的意图、传达原作意义的简单语言转换时，我们便有可能从一个更深刻的角度去理解伽达默尔的观点：“理解就不只是一种复制的

---

① 周宪：《超越文学——文学的文化哲学思考》，上海，三联书店，1997年，第251页。

行为，而始终是一种创造性的行为。”因为在伽达默尔看来，作品的意义场，永远是一种不断开放的结构，其意义不并存在于文本的字面，而是需要读者的不断阐释来激活它，而阐释的最好方法便是作者视界和读者视界的融合。伽达默尔的这一观点表明：阐释活动既不是一种纯个人的主观活动，也不是一种客观主义的对文本意义的简单求索或还原。保尔·利科在《诠释学与意识形态批判》一文中对伽达默尔的视界融合这一概念作了深刻的分析，认为它：“是一个辩证的概念，它是由拒绝两种观点而产生的：一种是客观主义，在忘却自身之上假定他人的客观性；一种是绝对知识，普遍历史可以在一个单一的视域内被表述。我们既不存在于封闭的视域中，又不存在于一个唯一的视域中。没有视域是封闭的，因为总有可能使自己置于他人观点和他种文化之中。主张他人是不可接近的，这将使人想起鲁宾孙·克鲁苏(Robinson Crusoe)。但是也没有视域是唯一的，因为他人和自己之间的紧张关系是不可超越的。”①文中的“视域”与我们所谈的“视界”是一个词。在利科的分析中，我们可以看到视界融合这一概念的辩证性在于，一方面对否认阐释者自身、抹杀阐释主观的作用、毫无“先见”地解释历史的客观主义提出了质疑；另一方面，又对坚持自己一孔之见、单凭自己误以为的唯一视界去理解历史的主观主义提出质疑。客观主义的结果是阐释者永远无法真正理解与把握文本的意义和真理，因为呈开放结构的文本需要阐释者的投入才能激活其意义。主观主义的结果便是永远无法超越与原作者的冲突，两者的视界无法融合，达不到沟通、交流与对话意义上的积极理解与阐释。针对客观主义和主观

---

① 洪汉鼎主编：《理解与解释——诠释学经典文选》，东方出版社，2001年，第447页。

主义而提出的视界融合说于是赋予了“成见”以最突出的特征。利科指出:“成见是现在的视域、是近物在其向远物开放中的有限状态。这种自我与他人的关系给予成见概念以其最后的辩证作用:仅由于我使自己处于他人观点中,我才使自己与我现在的视域、我的成见发生冲突、只有在他人与自我、过去文本与读者的观点之间的紧张关系之中,成见才具有历史的作用和本质。”①利科的表述看似有些艰涩,但从根本上道出了“他人”与“自我”、“过去的文本”与“读者的观点”之间冲突的不可避免,而要积极地协调它们之间的紧张关系,就不能不赋予理解者的成见以存在的理由、赋予理解者的主观性以存在的必要性。在此,主观性与客观性构成了阐释过程的辩证与互动关系。从理解上讲,译者作为一个处在特殊地位中的读者和阐释者,面对一部作品,自然会有着某种期待(认知的、审美的等)。这种期待在某种意义上也是介入原文的一种主体意识。作为审美主体的译者,自然要受到自己的个人兴趣、需要、知识、经验、文艺修养、欣赏习惯乃至带有社会性因素的个人信仰等因素的制约,这些因素构成了译者理解与阐释原文的主观性,是译者与具有开放结构的文本进行交流与对话的不可忽视的方面,但这些主观因素不能形成封闭的一孔之见、僵化的好恶判断、随心所欲的自我表现,而是要设法融入进文本所提供的历史语境中,在肯定自我为一种必然存在的同时,又时时打破自我的禁锢,走出自我,融入他人,重新塑造一个融合过去与现在、他人与自我视界的更大视野,真正做到从心所欲不逾矩,让原文本的血脉在译本中得到继承,让异域的文本在新的文化语境中获得再生。

---

① 洪汉鼎主编:《理解与解释——诠释学经典文选》,东方出版社,2001 年,第447—448 页。

二是冲突与和谐的问题。在翻译活动中，无论涉及哪一方，在本质上都是不喜欢发生冲突的。如果按照传统的翻译观，译者甘于当一个没有主见的仆人，忠实地在作者与读者之间充当一个“传声筒”，那毫无疑问，译者与作者也好，与读者也罢，都不可能发生冲突。然而，翻译如伽达默尔所说，要从神的世界转换到人的世界，从一个陌生的语言世界转换到一个自己的语言世界。在这种从“他”到“我”的转换之中，由于语言、思维与现实的参照方式发生了变化，由于涉及翻译各个层面的差异的客观存在，翻译在某种意义上说，是在不可能中求得可能，是在“反逆”中求得新生，于是冲突不可避免。这也就是说，凡翻译必有冲突，且冲突会出现在翻译活动的方方面面，正因为如此，翻译中才存在着一系列难以解决的矛盾，存在着令译者两难的悖论。面对客观存在的冲突的可能性，译者不能以自己的“居间性”为借口回避冲突。相反，一个有责任心的译者往往会在充分认识到有可能造成冲突的种种障碍与困难的基础上，充分发挥自己的主观能动性，采取各种方式，去化解矛盾，去协调冲突，将持不可知论的某些哲学家判为不可能的翻译责任勇敢地承担起来，通过译者富于创造性的努力，化冲突为和谐，将隔阂导向相互了解与沟通。为此，翻译家们以实实在在的努力去面对“左右为巫”的困难，在译与不译的尴尬处境中，在异同与得失之间，去进行“选择”与“变通”，在“归化”与“异化”的两极中去寻找一个平衡的度，在对原文本血脉的继承中去创造某种不朽的生命，在一次又一次的复译中朝理想中的“范本”靠近。

翻译综论

论翻译的层面[①]

翻译，就其含义而言，有静态意义和动态意义之分，前者指翻译活动的结果，后者指翻译活动的整个过程。对翻译的理论研究，自然应包括上述两个方面。在以往的探讨中，我们看到，无论是对翻译结果的评论，还是对翻译过程的剖析，都不可避免地会涉及众多牵制、影响乃至决定翻译活动的内部要素或外部因素。在《翻译层次论》中，笔者曾着力探索与分析翻译活动的内容要素，指出翻译在思维、语义与审美三个层次有着相对独立的活动内容、表现形式和规律，这些要素自身的特征与活动规律及相互关联、相互作用的关系，构成了翻译层次存在的客观性，进而揭示出：任何翻译从本质上看都是一致的，但不同类型、不同目的的翻译具有不同层次的要求，并要受到不同层次的活动规律的约束[②]。本文试图从意愿、现实与道德这三个层面，对翻译活动中制约翻译主体的诸多因素进行宏观的考察与具体的分析，以帮助翻译主体在翻译中清醒地认识、把握好可能面对的各种关系与因素，克服顾此失彼的片面倾向，减少翻译活动的盲目性。

---

① 本文原载《外语教学与研究》1998年第3期。

② 许钧著：《文学翻译批评研究》，译林出版社，1992年，第15页。

一　翻译的意愿层面：要怎么译

对翻译活动，人们有着渐趋一致的认识。法国著名哲学家米歇尔·塞尔(Michel Serres)在《赫尔墨斯——论翻译》(第三卷)一书中指出："我们总是通过包含事物的各个整体的变化系统认识事物的。至少，有四种这样的系统。在逻辑数学领域，是演绎；在实验领域，是归纳；在实践领域，是生产；在文本领域，是翻译。"①在塞尔看来，翻译是文本的生成与传播的独有方式。这恐怕是就翻译的广义而言的，因为，人们思想的文字化过程也可视作翻译的过程。乔治·斯坦纳在《巴别塔之后》一书中也表达了类似的观点，认为翻译是文化传播的基本方式之一。德国浪漫派的代表对"翻译"一词的理解也是广义的。如诺瓦利斯就认为所有经思维检验、富有艺术性和创造性的转换活动均可视作翻译②。比较文学学者伯恩海默也指出："翻译完全可以被看作是跨越不同话语传统的理解和阐释这些更大的问题所依赖的范式。"③而语言学派的翻译理论家以语言理论为指导也有类似的认识，

---

① Serres, Michel. *Hermès III*, *La traduction*. Paris: Les Editions de Minuit. 1979. p.9.

② Berman, Antoine. *L'Epreuve de l'étranger*, *culture et traduction dans l'Allemagne romantique*. Paris: Gallimard. 1984. pp. 193 - 195.

③ Bernheimer, Charles. *Comparative Literature in the Age of Multiculturalism*, Baltimore and London: The Johns Hopkins UP. 转文引自《中国比较文学通讯》1997 年第 1 期第 2 页。

如英国语言学家、翻译理论家卡特福德就认为："翻译是一项对语言进行操作的工作：即用一种语言的文本来替代另一种语言的文本的过程。"[①]我们可以看到，米歇尔·塞尔对翻译的看法与卡特福德的观点有相似之处，翻译是文本生成方式。但卡特福德说得更为明确，翻译是一项具有操作性的工作，而所谓操作性，也可以说是实践性。从翻译历史来看，翻译是人类的一项文化交流活动，它试图跨越不同话语传统，使各民族的思想与文化得以沟通和交流。从某种角度看，翻译这项实践活动，是应人类思想文化交流需要而生的，它一开始便有着明确的目的性：为满足某种意愿或需要而存在。

翻译活动的实践性是不言而喻的，它的必要性和重要性也毋庸赘言。我们这里需要指出的是，翻译活动的目的对"翻译什么"与"为谁翻译"以及"为什么翻译"有着直接的影响，对翻译立场、翻译方法也有制约，通过对翻译目的与结果的对比分析或考察，往往可揭示出在翻译活动中客观上存在着的译者难以自主的一些因素。

翻译目的是指通过翻译意欲达到的效果、结果或用途。翻译的目的往往通过翻译的委托者、原作者、译者或有关人员的意愿、动机或要求加以明确。若与翻译直接相关的各方的意愿一致，能达成共识，那就可在一定程度上保证翻译活动的正常进行。若意愿不一，便有可能产生冲突，需要有其他力量加以调和。翻译的目的及与其相关的翻译动机、意愿或要求可以是集体的，也可以是个人的。有的翻译，特别是文学翻译，可以纯粹是译者自己的行为，不求出版，不求被别人承认，完全为了自得其乐。但大多数翻译都是为了满足某种特定的需要与要求，这时，译者就必须面对这些目的或要求做出自己的选择。就实

① Catford, J.C. *A Linguistic Theory of translation*, Londres : O.U.P.1965.p.1.

践而言，如目前社会上普遍采用的编译、摘译等形式，无疑是由翻译的具体目的与要求所决定的。法国雷恩第二大学翻译中心主任古阿代克(Gouadec)在探讨翻译者所采取的翻译策略时就明确指出：译者要根据翻译委托者的目的与要求，采取相应的翻译策略与方法，而目的、方法不同，结果自然会有异。

考察中西翻译史，我们可以看到，翻译往往是为一定的目的服务的，与某种政治的、宗教的、经济的或社会的需要紧密相连。谭载喜在《西方翻译简史》中就《圣经》的翻译问题和罗马人对古希腊作品的翻译进行了探讨，证明了不同的翻译目的对翻译思想和翻译方法所起的决定性作用。他指出，罗马人在军事上征服了希腊之后，他们"要通过翻译表现出罗马'知识方面'的成就。翻译的主要目的不是'译释'(interpretatio)，也不是模仿(imitatio)，而是与原文'竞争'(aemulatio)"[①]。在这一目的支配下，罗马人把希腊作品当做一种可以由他们任意"宰割的文学战利品"。又如奥古斯丁，他"极力提倡《圣经》的译者受到'上帝的感召'之说"，这同样是"为其政治和宗教目的服务的。首先，通过肯定亚力山大的七十二名译员在彼此隔离的情况下确实'发出了同一个声音'，'得出了同样译词、同样译序的译文'，使人们相信上帝的存在和力量"[②]。同样是《圣经》翻译，为着不同的目的，就会出现方法迥异的翻译，比如德国宗教改革运动的领袖马丁·路德，他为了实现宗教改革的目的，在《圣经》翻译中确立了"通俗、明了、能为大众接受的原则"，反对拘泥于原文的程序和词汇，主张吸收和使用大众的语言精华，并创造出适当的新词汇，翻译了一部易为德国广大农民和平

① 谭载喜著：《西方翻译简史》，商务印书馆，1991年，第22页。

② 谭载喜著：《西方翻译简史》，商务印书馆，1991年，第39页。

民接受的“民众《圣经》”。

法国翻译理论家米歇尔·巴拉尔在《从西塞罗到本雅明——译家、译事、思考》一书中，也指出了翻译的目的对翻译作品的选择、译者翻译立场的确立及翻译方法的采用所产生的影响。他认为，在翻译史上，翻译作为一项人的活动，往往有着明确的目的性。如在十字军东征期间，克吕尼修道院院长可敬的皮埃尔(Pierre le Vénérable 1092—1156)去西班牙的一些修道院考察，认为在军事上击败穆斯林是远远不够的，还应在知识与精神领域战胜穆斯林。为了驳斥穆斯林的宗教学说，他提出应该了解对方、了解穆斯林的宗教思想，于是不惜出重金组织翻译班子，用拉丁文翻译《古兰经》及有关伊斯兰教的历史著作。而为了达到了解的目的，在具体的翻译方法上，便要求采取“尽可能明晰，可懂”的翻译原则，不得有“曲解”或“删改”。又如在14世纪，法国国王查里五世(Charles Ⅴ 1338—1380)为了达到教育与培养宫廷人员的目的，大力提倡并支持有关伦理、政治、经济著作的翻译，选择了一批学识博渊、精通拉丁语或希腊语的学者参与翻译工作。佩扬(Payen)在《文艺复兴之渊源》一书中指出，查里五世要求尼古拉·奥莱斯姆(Nicolas Oresme)翻译大量著作，包括亚里士多德、托勒密、圣奥古斯丁、佩特拉克等的作品，目的十分明确，是为了“在政治和道德两个方面教育宫廷人员”①。在这一大的前提下，查里五世还提出了一系列有关翻译的特殊要求，尤其是要求译文“要清晰”、“要易于阅读”。为了满足查里五世的要求，许多译家不得不采取相应的译法，如拉乌尔·德·普莱斯莱斯(Raoul de Presles)在翻译圣奥古斯丁的《论上帝

① Payen, Jean-Charles. *Les origines de la Renaissance*. Paris: S. E. D. 1969. pp.42 - 43.

之城》的时候,就在前记中指出,要想满足国王对译文的要求,使译文做到"明晰",就不得不对原文有所偏离。他说:"若我在译文中未能按原文的词序一一译出,那是因为我不得不采取委婉的方法,既然陛下要求我尽可能简洁而明晰地传达原作意思,不必拘泥于原文词语,我想我这样做是可以得到宽恕的。"①除了德·普莱斯莱斯之外,当时的许多译家,如热昂·科比雄神父(Frere Jehan Cobichon)、让·戈朗(Jean Golein)等都在各自译著的序言中谈到国王查里五世对翻译的总的要求以及他们在翻译中为满足国王的意愿而在具体的方法上所做的调整或变通。有的情况下,有的译家不得不放弃自己一贯的翻译原则,为达到国王的要求而作出让步。

在中国翻译史上,类似的情况也同样存在。尤其在有系统、大规模的译介活动中,翻译组织者对翻译都有着特定的目的和要求。比如在 1949 年至 1966 年年间,我国的外国文学翻译工作就有着明确的宗旨和目的:"为革命服务,为创作服务。"②我国在这段时期的文学翻译在确定译介重点、选择翻译对象方面都受到这一总的目的的约束和影响。又如马克思、恩格斯、列宁、斯大林著作的翻译,对于"要怎么译"这一问题,要求是明确的。据中共中央马恩列斯著作编译局校审室撰写的《集体校译〈斯大林全集〉第一、二两卷的一些经验》,马恩列斯著作的翻译完全遵循"领导上所指示的'意思正确'和'译文通顺'的原则,确定翻译必须:忠实于原文,准确地表达原著的思想、精神风格;译文必须采取民族的形式,合乎民族语言习惯的表达法,力求通顺,使读

---

① Ballard, Michel. *De Cicéron à Benjamin, traducteurs, traditions, reflexions*. Lille: Presses Universitaires de Lille. 1995. p. 85.

② 孙致礼著:《1949—1966:我国英美文学翻译概论》,译林出版社,1997 年,第 3 页。

者不致有生硬晦涩之感。至于'信、达、雅'的问题，则是采取辩证统一的看法：既反对逐字的'死译'，也反对自由的'意译'。'信、达、雅'的辩证的统一是译校工作必须遵守的原则"①。我们可以看到，在这儿，"要怎么译"是一开始就被明确规定的，翻译要遵循的原则在很大程度上与翻译所意欲达到的目的紧密相连。实际上，确定正确的翻译目的，从某种意义上可以说是采取何种相应的翻译手段或方法的一个前提。明确"要怎么译"，是保证翻译有效地进行的一个基础。在上文，我们谈到，"要怎么译"之中的"要"，可以是某种意志、某种理想的体现，也可以是某种目的的确定。这一个"要"，可以是翻译委托者、组织者"要"翻译者怎么译。也可以是译者自己"要"怎么译。两者之间的协调或冲突，要视具体的翻译而定。上面所提到的关于马恩列斯著作的翻译，由于目的明确、原则可行、方法得当，实践证明翻译是成功的；而在有的情况下，则有可能发生冲突。著名翻译家沙博理在《书与人》1995年第6期上讲述了这样一件事：

在"文革"期间，他为外文出版社翻译《水浒传》，该小说的名字如何译？经过讨论，他们决定译为"Heroes of Marsh"（水浒里的英雄们）。不料江青得知了此事，当时出于政治上的目的，四人帮正在全面组织批《水浒》，在江青看来，若把水浒里的那些人称为"英雄"，岂不是与她唱对台戏。于是，她明确提出，要沙博理将"英雄"改为"强盗"。从"英雄"到"强盗"，这一词之差不是词义上的差别，不是仅仅一个词的选择，而是某种政治立场的确立。处在特殊的历史环境里，面对江青的"要"，若不服从，沙博理很可能遭受迫害；若屈从江青的意志，又违背了他的"求真"的原则。结果，沙博理利用江青的无知，建议改用

① 罗新璋编：《翻译论集》，商务印书馆，1984年，第599—600页。

“逃犯”(outlaws),江青误以为outlaws(逃犯)与bandits(强盗)的意思差不多,便不再追究。可实际上,沙博理改用outlaws一词,从某种程度上说,是利用翻译的可能性,在看似“退让”的情况下,坚持正确的译法,坚持真理,因为在沙博理看来,“强盗和逃犯都是触犯了法律的人(outside the law),也就是统治阶级的法制力量千方百计要摧毁的人。但是,强盗是指那些专门为个人利益而杀戮抢劫的亡命之徒;而逃犯却指那些专门劫富济贫的侠勇之士。强盗就是土匪,而逃犯却是好汉的代名词”①。

在上面这个例子里,我们可以看到,翻译的“要怎么译”的层面,不是一个孤立的层面,它还与“能怎么译”、“该怎么译”等层面紧密联系在一起。“要”在很大程度上仅仅是一种意志、一个理想,能否达到则取决于现实、道德等多方面的因素,我们研究翻译、评论翻译,应力戒片面化的观点。

二　翻译的现实层面:能怎么译

当我们从“要怎么译”过渡到“能怎么译”这一现实层面时,我们有必要界定一下“能”的确切所指。

“能”有多重含义。我们所讨论的翻译现实层面的“能”,是指在某一特定的历史阶段,在不同的文化背景下,两种不同的语言符号系统

① 沙博理:《译事两则》,《书与人》1995年第6期第128页。

的相互转换所提供的客观的“可能性”。事实上，在翻译研究中，许多学者都将“能怎么译”，亦即将翻译的可行性列为研究的重点，如法国翻译理论家乔治·穆南在《翻译的理论问题》一书中，就以现代语言学理论为指导，对语言、文化、思维与世界的关系进行了深入的探讨，从本质上揭示了翻译的可行性。

翻译作为一种历史悠久的人类文化交流活动，涉及多方面的因素，尽管理论上有着种种障碍，现实中也存在着种种困难，但作为实践，它一直在不断地进行着，并发挥着重要的作用。对于翻译的可行性，也就是我们所讨论的“能怎么译”的层面，人们的认识经历了一个相当长时期的发展过程。一开始，人们对翻译的各种见解都基于一种假设，那就是人类面对的世界、人类的经验特别是人类的思维具有一致性，人类的认识形式具有普遍性，地球上不同民族用以表达、传达自己思想的语言在结构与生成机制方面也有一定的相似性。基于这一切，人们普遍认为翻译是可行的。特别是在古代，人们对自身面对的物质世界认识不足，对各种语言之间的差异，尤其是各种文化之间的差异没有比较深入与科学的研究，因此对翻译所面临的障碍认识不清，导致了种种错误的认识。比如，古代有的学者认为古希腊语的语言结构和关系所反映的大千世界的各种事物及其结构关系具有普遍性，翻译要再现原著，只能逐字对译，而且认为只有逐字对译，才可能做到真正意义上的忠实。然而，随着翻译实践形式的不断丰富和发展，各民族之间的接触日益频繁，人们渐渐发现各民族语言和文化之间的差异普遍存在，翻译所面临的障碍是多方面的。特别是现代语言学的研究在科学的意义上揭示了人类的语言、文化之间存在的诸多差异，给翻译研究提供了新视角，如美国翻译理论家奈达就深入分析了“生态环境、物质文化、社会习俗、宗教文化”等方面的差异给翻译造成的障碍，乔治·穆南也在此基础上研究了“意识形态的差异”对翻译活动的影响。他们认为，这多方面的差异必然在语言中有着反映，比如：文化的缺项造成语言词汇的缺项；文化背景的差异导致各民族语言对“非语言经验的实际切分不同”；人们对物质世界的不同认识以及对世界映像的不同感受也在语言单位的划分、句法结构的形式等方面有着程度不同的反映，造成了翻译活动中“对应单位”的缺项、结构的错位，给翻译造成了实际的困难。基于这些事实，翻译理论界慢慢达成了较为一致的看法：翻译不是万能的，也不是绝对不能的，它是可行的，但有着限度。

我们对翻译的客观、现实层面的研究，对“能怎么译”的探讨应该本着实事求是的态度。当我们提出翻译要忠实、翻译要准确、翻译要再现原作的真与美这些理想或意愿层面的要求或原则时，我们不能不考虑到翻译在现实层面所允许的可行性的程度。

从理论上讲，我们所讨论的“能怎么译”中的“能”，应该从以下几个方面去认识。

一是对翻译活动要持历史的观点。翻译活动是一种历史活动，人的翻译活动受到时间的限制。具体地说，在不同的历史阶段，人们对某一具体作品的理解和认识有着历史的局限，我们不能苛求译者超越历史的阶段、穷尽对某部作品的理解与认识而翻译得十全十美。按照西方阐释学的观点，任何翻译都是文本生成与传播历史中的一站。我们考察翻译，研究具体的翻译作品，特别是在翻译批评时，要具有历史的观点。比如对林纾的翻译，拿现在的观点去衡量，往往会发出“他怎么能这样译”的疑问，有的甚至会加以否定。而若考虑到林纾所处的时代、他所面对的读者以及他所意欲达到的目的，我们对他的翻译的认识就可能更为全面一些。

二是对翻译的可行性要持发展的观点。这一点，乔治·穆南在《翻译的理论问题》中有着深刻的阐述。他认为，翻译的可行性是客观存在的，它有着限度，但其限度不是一成不变的。他明确指出："翻译活动的成就是相对的，它所能达到的交流思想的水平是变化发展的。"[①]这是因为翻译活动势必要受到整个人类知识水平以及对世界的认识水平等方面的限制。他列举法俄翻译活动为例，指出在分析法语与俄语之间的转换活动的可行性时，不可避免地要进行语言对比，但同时也不可忽视两种文化及语言之间的接触对翻译可行性所产生的作用。他说，在俄法或法俄翻译中，20 世纪 60 年代的水平已经远远超过了 18 世纪 60 年代的水平。那时，第一部法俄词典尚未问世，两种文化与语言之间的接触甚为罕见。到了 18 世纪后期，两国之间的交流逐渐增多，每一次接触都为法俄翻译的可行性增加了一分。从这个意义上说，随着各民族之间语言与文化的接触的增多，人们相互了解的程度就会加强，翻译中因了解不多或认识差异方面所造成的文化障碍就有可能渐渐减少，为翻译提供更大的可能性。

三是对翻译障碍的认识要持辩证的观点。20 世纪一些语言学家在论及语言对人们的世界观的形成所起的作用时犯了极端主义的毛病，如：沃尔夫曾认为语言对人们世界观的形成起着决定性的作用；新洪堡学派以语言的差异导致了人们对世界映像的认识差异为依据，提出了"不可译"的绝对观点。若以辩证的观点对此进行审视，我们可以看到，新洪堡学派只片面地强调了从语言到世界的运动关系，而忽视了从世界到语言的运动关系，实质上也是忽视了人类对世界的认识水

---

① Mounin, Gorges. *Les Problèmes théoriques de la traduction*. Paris: Gallimard. 1963. p. 278.

平对异语交际的制约作用。事实上，如乔治·穆南所说，人类语言能力与人类对世界的认识之间有着相互作用的辩证关系，人类的文化史是在人们克服困难、不断认识世界、相互交流的运动中发展的，异语交流，即翻译活动的可行性在很大程度上取决于不同文化之间的接触、碰撞与交流。认识不同语言与文化的差异，吸收外来语言与文化的长处，增强相互之间的交流，在异语与异文化的明镜中观照自身，以异语、异文化的精华来滋养、丰富自身，这也是翻译的使命之一。

四是对翻译的“能”要持实事求是的认识态度，以客观事实为依据，以科学分析为手段，进行合情合理的评价。上文中，我们谈到了意愿层面的“要”，“要”作为理想的追求或意愿的表达，在现实层面不一定“能”完全达到。比如我们所说的“忠实”，这一翻译的根本要求几乎成了某种先验的原则，但忠实于什么，“能”忠实到什么程度，如何克服障碍、最大限度地接近原作，都需要进行科学的分析和研究。主观的愿望不能与客观实际相违背，在进行翻译批评时，更应注意处理好“要”与“能”的关系，切忌将两者割裂开来。

只有对翻译的可行性有着全面、辩证、客观的认识，对翻译实践中所出现的障碍有着科学的分析，我们才有可能尽最大努力去寻找克服障碍的方法，或创造交流的机会、提高翻译的能力。此外，我们还要指出，我们所讨论的“能”，包括总体与个体两个方面，也就是说，翻译的能力可以指某一具体的历史阶段人类总的翻译能力，也可指某一翻译者个人的能力，两者之间也呈辩证的关系。在翻译实践中，个人的能力是有限的，但人类整体的能力却是不断发展的，是无限发展的。对于翻译历史中的某些现象，如复译现象，就可在这一层面加以探讨、深化认识。又如诗歌翻译的可行与不可行的问题，我们也可通过对翻译的哲学思考与艺术分析，做出比较容易让人接受的回答。

三　翻译的道德层面：该怎么译

在很多人看来，翻译是一种简单的语言转换活动。在这里，我们不拟就翻译活动是简单还是复杂作一理论的分析，我们仅想指出一点，那就是翻译活动绝不是一种纯粹的语言转换，它涉及众多因素。上文中，我们已经简要地论述了在翻译的“要怎么译”与“能怎么译”这两个层面所可能遇到和我们必须加以注意的一些问题。面对一项具体的翻译任务，当意愿明确、译者也有能力满足时，翻译是否就可能进行了呢？为了回答这个问题，我们不妨以本文第一部分沙博理所述的例子加以说明。江青“要”沙博理将“英雄”改译为“强盗”，从纯粹的能与不能的意义上说，沙博理完全“能”把 Heroes（英雄）改为 Bandits（强盗），因为这里不涉及任何语言或文化为翻译所设置的客观障碍。但沙博理却没有那样做，非“不能”也，实“不该”也。这里，实际上也就是涉及了翻译活动的第三个层面，亦即“该怎么译”这一层面的问题。

法国翻译理论家安托瓦纳·贝尔曼在《翻译批评论》[①]一书中曾经讨论过这个层面的问题。在他看来，翻译研究，特别是翻译批评的研究，主要涉及两个方面，那就是翻译的诗学和翻译的伦理这两个方面的问题。他认为，作为一个译者，一旦接受或从事某一项翻译活动，他

---

① Berman, Antoine. *De la critique des traductions*: *John Donne*. Paris: Gallimard. 1995.

就开始承担某种责任和义务。面对原作,面对服务对象,译者作为一个社会的人,必然要受到某种道德上的约束,译者的"随心所欲",必然是在一个"矩"的范围内,而这个"矩",包含翻译活动内部规律所规定的范围,也包含着我们在此所讨论的道德上的界限。

《辞海》上对"道德"一词的解释是:道德,为"社会意识形态之一,是一定社会调整人们之间以及个人和社会之间的关系的行为规范的总和。它以善和恶、正义和非正义、公正和偏私、诚实和虚伪等道德概念来评价人们的各种行为和调整人们之间的关系;通过各种形式的教育和社会舆论的力量,使人们逐渐形成一定的信念、习惯、传统而发生作用。道德由一定社会的经济基础所决定、并为一定的社会经济基础服务。永恒不变的、适用于一切时代、一切阶段的道德是没有的"。在以往的翻译研究中,我们很少从理论上来讨论"道德范畴"的观念和认识对翻译活动的影响和约束。若我们认真对照一下辞海对"道德"一词所作的解释,并将之与我们的翻译活动联系起来进行思考,我们也许可以发现,翻译作为一项在一定社会里,在某个历史阶段所进行的人的交流活动,人们对它提出的许多原则,在某种程度上,与其说是建立在对翻译客观的认识基础之上的规律总结,不如说是一种道德层次的要求。比如,我们经常谈到的"忠实"问题,我们很容易将"能"与"该"混为一谈。也正因为如此,我们现在所流行的翻译批评在很大程度上,可以说是一种道德批评。

我们应该看到,基于道德层面的"该"与"不该",不是永恒不变的标准,它在某种意义上取决于人们对翻译这一活动本身的认识。在目前阶段,由于人们对翻译活动本质的认识还有差异,对翻译应该采取何种方法也必然产生不同的看法。比如:有的人认为,翻译的任务不是沟通与交流,而是提高自身,因此,翻译不能停留在原作的基础上,而要超越原作，这样一来，忠实就毫无作为，只有创造，才是唯一的出路。而有的翻译理论工作者认为，翻译的首要任务是沟通与交流，为了尽可能准确地表现原作者的意图和思想，尽可能惟妙惟肖地再现原作者表达其思想或意图的方式，翻译应该尽可能地贴近原作，忠实原作，以表现原作的神韵、气势和特点为己任。这两种观点的"是"与"非"如何进行判定？哪一种观点是可以接受的？要回答这两个问题，我们不能不考虑到两个因素：一是翻译活动本身能否做到忠实，能"忠实"到何种程度；二是处于我们目前的历史阶段，人们对该怎么翻译的认识达到了怎样的水平。事实上，翻译的超越论今天之所以难以被接受，恐怕也是因为它有悖于翻译的一般目的，不符合人们在目前阶段对翻译的认识，不符合人们对翻译与原作者、读者之间应有的关系的认识规范。这就告诉我们，任何翻译标准的确立，任何翻译方法的采用，无不受到道德层面的约束。

当我们把目光投向目前的译坛，特别是文学翻译的现状时，我们可以发现有许多现象，都需要我们放在道德这一层面加以严肃的审视，如名著复译中的抄袭与剽窃现象、某些畅销书的抢译风以及某些译者的粗制滥译行为等。对这些问题，自然要以翻译的职业道德和社会道德这两个方面去加以衡量。在这里，我们恰恰可以看到翻译本身有许多难以自主的因素，需要我们在更大范围内，在各个层面上加以观察与认识，而"道德"这一层面所涉及的问题和因素是任何一个翻译工作者和翻译研究工作者所不能忽视的。

在《怎一个"信"字了得——需要解释的翻译现象》一文中，笔者曾经谈到，在翻译实践中，有不少类似改译、改编或改写的翻译现象。比如一份外国产品说明书，有使用者不懂，委托（亦即"要"）某译者翻译其中的"使用方法"部分，作为翻译，能否借不忠实原文（原文的整体性)的名义拒绝翻译,或不理会委托者的意愿而全文译出呢(有否这种忠实的必要)? 这里,实际上除了"要"与"能"的问题之外,还有一个"该不该"的问题。试想使用者要求节译的是一份新药品说明书,译者该怎么办呢? 难道译者能忽略说明书中的"禁忌"部分而完全忠实委托者的意愿吗? 不难明白,"该不该"节译,是译者应该考虑的一个重要的因素。又如在目前文学翻译界,当某一位书商出于商业和经济的目的,要某位译者以某一译本为蓝本,适当加以"修改",炮制出一个"新的译本"时,译者也会同样面临着"该不该"的选择。若我们细心地考察一下翻译活动的全过程,从翻译对象的选择、翻译方法的采用,包括翻译作品的编撰与加工,无不受到"该怎么译"这一道德层面的约束和影响。

一般认为:道德也是社会的意识形态,我们在研究翻译时,应该充分认识到社会的主导意识对翻译的重要影响。此外,我们还要注意处理好翻译主体的审美意识和追求与道德之间的关系,这些问题,我们将另文加以探讨。

结束语

从上文的简要论述中,我们可以看到,翻译活动首先是一项复杂的社会实践活动、人类的思想交流活动,任何译者都处于一个特定的社会、文化和历史环境之中,在翻译活动的过程中要受到各个方面的约束和影响,而"要怎么译"、"能怎么译"和"该怎么译"这三个层面所提出的问题是任何一个有责任感的译者都必须认真考虑和严肃对待的。“要”、“能”与“该”是一个整体的几个方面，三者之间密切相连，相互制约又相互影响，我们在进行翻译或研究翻译时，要避免顾此失彼，应该加以全面的观照与审视。本文对翻译活动三个层面的探讨仅仅是一种尝试，希望以此引起同行对影响翻译活动的各种因素的关注，扩大翻译研究的视野，把翻译研究引向一个新的深度。

论翻译之选择[1]

法国哲学家萨特在《什么是文学》一书中探讨写作问题时，曾这样写道："一旦人们知道想写什么了，剩下的事情是决定怎么写。往往这两项选择合而为一，但是在好的作者那里，从来都是先选择写什么，然后才考虑怎么写。"[2]在萨特看来，如果说选择写什么与选择怎么写都是一个作家必然面对的问题的话，那么对一个好的作家来说，选择写什么是应该首先考虑的问题。这是萨特介入主义文学的一个原则。就翻译与创作的根本任务而言，我们可以看到，萨特就创作所谈的这一介入原则，同样适合于翻译。在本文中，我们试图从宏观与微观两个方面，结合翻译所承担的使命，对翻译整个过程中的选择问题作一粗浅的探讨。

---

① 本文原载《外国语》2002年第1期。

② 让-保尔·萨特著：《什么是文学》，施康强译，见《萨特文学论文集》，安徽文艺出版社，1998年，第84页。

一

当代翻译研究的许多研究成果告诉我们，翻译作为一项人类的跨文化交流活动，绝不仅仅是一种纯粹意义上的语言转换，也不仅仅是译者的个人活动，它在很大程度上，要受到诸如历史、社会、文化、政治、审美情趣等多种外部的和内部的因素的限制。翻译既然是一项跨文化的交流活动，具有很强的实践性，那自然就会提出“为什么翻译”这一问题。这一点，恰与萨特讨论“什么是文学”时提出“为什么写作”的问题不谋而合。翻译因语言障碍存在导致无法沟通而成为一种必需，同时，为克服语言障碍而达到使用不同语言的人们之间的交流，便成为翻译之目的。在这个意义上，正如劳伦斯·韦努蒂所言，翻译是在致力于传述一个异域文本，以达到理解与交流之目的。在他看来，这样一个过程，不可避免地会存在一种归化的倾向和各种形式的选择与策略：“翻译是一个不可避免的归化过程，其间，异域文本被打上使本土特定群体易于理解的语言和文化价值的印记。这一打上印记的过程，贯彻了翻译的生产、流通及接受的每一个环节。它首先体现在对拟翻译的异域文本的选择上，通常就是排斥与本土特定利益相符的其他文本。接着它最有力地体现在以本土方言和话语方式改写异域文本这一翻译策略的制定中，在此，选择某些本土价值总是意味着对其他价值的排斥。再接下来，翻译的文本以多种多样的形式被出版、评论、阅读和教授，在不同的制度背景和社会环境下，产生着不同的文化和政治影响，这些使用形式使问题进一步地复杂化。”[1]显而易见，韦努蒂在此是在用一种后殖民主义的立场对翻译活动进行分析。他的目的，在于“检查翻译在特定文化里的地位和实践，探讨翻译外语文本的选择和翻译言说策略，并研究哪些文本、策略和译文是被奉为典范的，哪些是被挤到边缘去的，它们又是为哪些社群服务的”[2]。倘若细究韦努蒂的初衷，我们也许会进一步追踪到他对传统的翻译观的质疑与批判。这不是本文的目的。从他上面的论述中，我们仅仅想指出以下几个明显的观点：一是翻译是一项有目的的实践活动，我们研究翻译，必须要关注翻译在特定文化里所处的地位和作用；二是在整个翻译的生产、流通和接受的过程中，无不是某种语言与文化立场的选择与确定，换言之，选择贯穿于翻译的全过程；三是译者的选择与翻译策略的制定是紧密相连的，而这两者又受到本土文化价值观的限制。

若考察中国翻译史，我们不难看到这样的一个事实：在历史大变革时期，较之怎么翻译，“翻译什么”是首要的问题。韦努蒂所说的“对拟翻译的异语文本的选择”，是译事的头等要义。我国近代著名思想家、政治活动家梁启超早在19世纪末，就在《变法通义》中专辟一章，详论翻译，把译书提高到“强国第一义”的地位。而就译书本身，他明确指出：“故今日而言译书，当首立三义：一曰，择当译之本；二曰，定公译之例；三曰，善能译之才。”[3]梁启超所言“择当译之本”，便是“译什么书”的问题。他把“择当译之本”列为译书三义之首义，可以说是抓住

---

① 劳伦斯·韦努蒂：《翻译与文化身份的塑造》，查正贤译，刘健芝校，见许宝强、袁伟编：《语言与翻译的政治》，中央编译出版社，2001年，第359页。

② 劳伦斯·韦努蒂：《〈翻译再思〉前言》，吴兆朋译，见陈德鸿、张南峰编：《西方翻译理论精选》，香港城市大学出版社，2000年，第248页。

③ 郭延礼著：《中国近代翻译文学概论》，湖北教育出版社，1998年，第227页。

了译事之根本。选择什么样的书来翻译，这取决于多方面的因素。在此，我们不妨作一简要的分析。

首先，“择当译之本”，取决于翻译的目的或动机。仍以上文提及的梁启超为例，他把翻译当做强国之道，目的在于推行维新变法。在他看来，以前的国文馆和江南制造局翻译馆译的大都是兵学著作，这无助于解决中国的强国大事。他认为，要强国，当务之急要多译“西方法律、政治、历史、教育、农学、矿学、工艺、商务、学术名著和年鉴等书”。[1] 在他的倡导之下，一批批外国社会科学著作先后被介绍到了中国。显而易见，梁启超的选择不仅仅是一般意义的翻译选择。推行维新变法、改造旧中国的明确目的是其“择当译之本”的出发点。

清末民初时期，出现了文学翻译的高潮，而“政治小说”更是风靡一时。梁启超虽大力倡导翻译社科著作，但维新救国梦并没有因此实现，因此他转而对小说的作用抱有幻想，希望借助小说“支配人道”的不可思议之力，来达到改良社会与政治、实现社会革命的目的。国内和境外的翻译学者对清末民初的文学翻译高潮形成的原因已有不少探讨，其中重要的一点，便是“文学翻译高潮”，源于梁启超等人对小说“社会功能”的特别认识。梁启超所发表的《论小说与群治之关系》一文，对此有明确的论述。香港中文大学翻译系的王宏志先生认为：梁启超提出小说界革命，“实际上是要革掉传统小说的命”，因为在梁启超看来，中国传统小说一无可取，“地位低微，著者多为市井俗夫，内容方面只知诲盗诲淫，更是‘吾中国群治腐败之总根源’。相对而言，西洋小说却是文学的正宗，著者皆为硕儒道人，写的都是政治议论，与政体民志息息相关，对国家政界的进步极有裨益。在这情形下，译印域

---

① 郭延礼著：《中国近代翻译文学概论》，湖北教育出版社，1998年，第227页。

外小说，便是小说革命的第一步，也是最自然不过的选择了”[①]。在对清末民初文学翻译大盛之原因的探讨中，我们可以清楚地看到，翻译的目的与翻译的选择之间的联系是再也紧密不过了。

在最近几年的研究工作中，我们承担了教育部人文社会科学博士点基金“九五”重点项目，在对文学翻译的基本问题进行研究与探讨时，也特别注意到了“择当译之本”这一问题。在对卓有成就的老一辈翻译家的译事与译论的探讨与梳理中，我们发现，选择翻译对象是他们首先考虑的重大问题。但这种选择，绝不仅仅是个人的自由选择，它除了上文所谈到的原因之外，还要受到时代、社会、意识形态等因素的限制。

在新中国成立后的相当长一段时间里，我国的外国文学翻译工作有一个明确的宗旨，叫做“为革命服务，为创作服务”。苏联和有关社会主义国家的文学的翻译介绍工作受到特别的重视。在那个时期，对翻译作品的选择，主要根据“政治”和“艺术”这两个标准，而在这两者中，政治是首位的。对许多翻译家来说，选择怎样的作品加以翻译，政治和思想因素往往是首先要考虑的。草婴先生先后花了 20 年时间，向中国读者系统地介绍托尔斯泰的作品。他说他之所以选择托尔斯泰，首先是因为托尔斯泰有着丰富的人道主义思想，其次是由于托尔斯泰作品的艺术魅力。叶君健先生翻译安徒生，是因为安徒生在他的作品中：“以满腔的热情表达他对人间的关怀，对人的尊严的重视，对人类进步的颂扬。”[②]屠岸先生既是著名的翻译家，也是一位具有丰富

① 王宏志：《导言・教育与消闲——近代翻译小说略论》，王宏志编：《翻译与创作——中国近代翻译小说论》，北京大学出版社，2000 年，第 3—4 页。

② 叶君健、许钧：《翻译也要出精品》，《译林》1998 年第 5 期，第 201 页。

出版经验的管理者。他在谈到影响翻译的选择因素时说:“意识形态对翻译作品的选择与处理有很大影响,这是事实。50年代中苏‘蜜月’时期,也是俄苏作品译本出版的黄金时代。当年欧美古典文学作品占一席之地,是由于我国文艺政策中有‘洋为中用’一条,同时,也可说借了‘老大哥’的光。苏联诗人马尔夏克的莎士比亚十四行诗俄译,在苏联卫国战争期间全部登载在《真理报》第一版上,战后出单行本,又获得斯大林奖金。所以我译的《莎士比亚十四行诗集》的出版不会受到阻碍。”[①]方平先生有感于政治因素对翻译所起的负面影响,谈到了在“文化大革命”中他偷偷摸摸做翻译时的情况:“文化大革命的时候,像《红与黑》、《高老头》、《复活》这样的世界文学名著都遭到了猛烈的批判,莎士比亚在当时的命运还算好些,因为马克思、恩格斯称赏过,打狗看主人的面,不便抓出来示众。那个时候,除了古巴、越南、阿尔巴尼亚的作品外,外国文学都批倒批臭了,你却还在私下搞翻译,这不是在贩卖封资修的黑货吗?罪名不下今天的私贩大麻、海洛因。那时候我翻译莎士比亚的悲剧,只能偷偷摸摸,是见不得人的勾当,就像封建社会中的小媳妇,夜半偷偷出去与自己以前的情人幽会,在那种紧张的心态下,可想而知,既没法谈爱情,也绝对搞不好翻译。当时的意识形态在我的外国文学评论中留下了较鲜明的烙印。现在回过头来重读发表在揪出‘四人帮’后的一些评论,可清楚地看到,处在当时排山倒海的政治斗争的形势中,我还没有完全被异化,良知还没完全丧失,可是在思想上且被压弯了腰。我私下写了些当时绝无发表可能的论文,自以为试图谈自己的看法,实际上不自觉地按照既定的政治调子、既定的模式,用当时那一套政治语言,当做我自己的思想、自己的语

① 屠岸、许钧:《“信达雅”与“真善美”》,《译林》1999年第4期,第209页。

言，多么地可悲啊！这是一个非常时期，它用火和剑，强制你按照它的政治调子去思想，彻底剥夺了属于你个人的思维空间。”①

改革开放，迎来了我国文学翻译的春天，老一辈翻译家们更是焕发了巨大的翻译热情。他们求真求美，把更多的目光投向了作品的文化内涵、审美价值和艺术性。萧乾先生在选择作品时，特别强调必须“喜爱它”：“只是译的必须是我喜爱的，而我一向对讽刺文字有偏爱，觉得过瘾，有棱角，这只是我个人选择上的倾向。”“由于业务关系，我做过一些并不喜欢的翻译——如搞对外宣传时，但是我认为好的翻译，译者必须喜欢——甚至爱上了原作，再动笔，才能出好成品。”“从菲尔丁到里柯克，我译的大都是笔调俏皮，讽刺尖锐，有时近乎笑骂文章，这同我以‘塔塔木林’为笔名所写的倾向是近似的。”②日本文学翻译家文洁若有着自己明确的选择标准，她说：“我喜欢选择那种具有强烈的艺术感染力的作品来译。例如凯瑟琳·曼斯菲尔德的作品就给人以美感享受——语言美，情调美。日本近代作家泉镜花的《高野圣僧》，芥川龙之介的《海市蜃楼》和《桔子》以及80年代去世的女作家有吉佐和子的短篇《地歌》和《黑衣》，至今健在的水上勉的散文《京都四季》，大都是以敏锐的观察力和细腻的表现力见称，表达了日本传统文化的审美情趣。对日本作品我还有个标准或原则：着重翻译那些谴责日本军国主义对我国发动的侵略战争的作品，其中包括天主教作家远藤周作的《架着双拐的人》和三浦绫子的《绿色荆棘》。”③在新的历史时

---

① 方平、许钧：《翻译的得与失》，《译林》1998年第2期，第203页。

② 萧乾、文洁若、许钧：《“翻译这门学问或艺术创造是没有止境的”》，《译林》1999年第1期，第210页。

③ 萧乾、文洁若、许钧：《“翻译这门学问或艺术创造是没有止境的”》，《译林》1999年第1期，第210页。

期，屠岸先生也有自己的标准："我选择作品进行翻译，有自己的标准：一是在文学史上（或在现代、当代舆论上）有定评的第一流诗歌作品；二，同时又是我自己特别喜爱的，能打动我心灵的作品。选择第一流作品，是为了要把最好的外国诗歌介绍给中国读者，把外国的'真善美'输送到中国来；选择我喜爱的、能打动我的作品，因为这样的作品我才能译好。对生命力不能持久的畅销书，我不感兴趣。作为出版社负责人，考虑选题就应当更全面，视野更广阔。对入选原著的语种、原作者的国别，要扩大，时代的跨度，要延长。出版社推出外国文学作品的译本，要从改革开放的角度着眼，从中国与世界各国进行文化交流的角度着眼，从不同爱好、不同层次的广大读者的要求的角度着眼。作为文学出版社，应当出第一流的、古典的和现当代的外国文学作品，作品的文学性是第一选择标准。但有些产生重大影响的作品，其文学价值或许还没有定评，但对读者具有认识价值，也可列入选题。"①对翻译作品的选择，不仅仅是译者本人的事，出版社在某种意义上掌握着取舍的决定权，而在我们这个时代，经济因素往往左右着出版社对一部作品的选择。我们现在常说的"社会效益"和"经济效益"，成了最为重要的标准。老一辈翻译家们在选择作品翻译时，虽然受着一些无法左右的因素，但就他们个人而言，他们的一些观点和选择标准对今天的我们来说，仍然是有着启迪意义的。

① 屠岸、许钧：《"信达雅"与"真善美"》，《译林》1999年第4期，第208页。

二

上文所探讨的，主要涉及翻译选择的宏观及外部的因素。但正如我们在文章一开始所指出的，翻译之选择体现在译事的整个过程。选择怎样的作品加以介绍与翻译，这是一种根本的选择，但在整个翻译过程中，翻译的选择不仅仅只体现在对“当译之本”的选择上，它还涉及翻译过程的方方面面。

当一个译者协调了各种限制或制约翻译之选择的外部的宏观的因素，选准了一部作品开始翻译时，他马上就会面临一个文化立场的选择。在《尊重、交流与沟通——多元语境下的翻译》[①]中，笔者着重指出，每一个有使命感的译者，都会在翻译一部作品时明确选择自己的文化立场，而这一立场的确立，无疑直接影响着译者的翻译心态和翻译方法。在近几年的翻译研究和讨论中，经常涉及“归化”与“异化”的问题。所谓“归化”与“异化”，实际上是以译者所选择的文化立场为基本点来加以区分的。译者作为跨越两种文化的使者，他所面临的，有出发语文化与目的语文化。面对这两种文化，出于不同的动机和目的，译者至少可采取三种文化立场：一是站在出发语文化的立场上；二是站在目的语文化的立场上；三是站在沟通出发语文化与目的语文化

① 该文为笔者提交给“多元之美：国际比较文学学术研讨会”(2001 年 4 月 7 日至 10 日于北京大学)的论文。

的立场上。第一种文化立场往往导致所谓“异化”的翻译方法；第二种立场则可能使译者采取“归化”的翻译方法；而第三种立场则极力避免采取极端化的“异化”与“归化”的方法，试图以“交流与沟通”为翻译的根本宗旨，寻找一套有利于不同文化沟通的翻译原则与方法。劳伦斯·韦努蒂曾以日本小说的英译以及亚里士多德《诗学》的英译来考察译者所采取的文化立场和“异化”与“归化”这两种翻译策略的确立之间的关系。他指出：在受多种因素决定的翻译活动中，译者对异域语言与文化的态度与理解，对本土文化价值的认识与立场，是决定翻译方法的一个最重要的因素。而对异域文本的选择与翻译策略的制定，反过来又影响着本土文化与异域文化之间的关系。他认为：“翻译以巨大的力量构建着对异域文化的再现。对异域文本的选择和翻译策略的制定，能为异域文学建立起独特的本土典律。这些本土典律遵从的是本土习见中的美学标准，因而展现出来的种种排斥与接纳、中心与边缘，都是与异域语言里的潮流相背离的。本土对拟译文本的选择，使这些文本脱离了赋予它们以意义的异域文学传统，往往便使异域文学被非历史化，而异域文本通常被改写以符合本土文学中当下的主流风格和主题。这些影响有可能上升到民族的意义层面：翻译能够制造出异国他乡的固定形象，这些定式反映的是本土的政治与文化价值，从而把那些看上去无助于解决本土关怀的争论与分歧排斥出去。翻译有助于塑造本土对待异域国度的态度，对特定族裔、种族和国家或尊重或蔑视，能够孕育出对文化差异的尊重或基于我族中心主义、种族歧视或爱国主义之上的尊重或者仇恨。”①韦努蒂的论述中所提出

① 劳伦斯·韦努蒂：《翻译与文化身份的塑造》，查正贤译，刘健芝校，见许宝强、袁伟编：《语言与翻译的政治》，中央编译出版社，2001 年，第 359—360 页。

的观点，可由中外翻译史上的许多例子得到印证。一个国家、一个民族的文化心态，译者本人的文化立场，在很大程度上决定了译者对翻译策略的制定。从这个角度看，对翻译的许多技的层面的探讨，不能忽视政治、文化层面的因素对翻译的影响。在我国翻译史上，远的不说，近的有20世纪30年代鲁迅与赵景深之间关于翻译的论战，看上去是翻译方法与技巧之争，实际是表明了各自的一种文化态度和政治立场。孙歌曾指出：鲁迅在与新月派文人的论战中，"坚持了他'硬译'的立场，从此把翻译的问题转向了文学和文化重构的政治性问题"。[①] 鲁迅在谈及《死魂灵》的翻译时说："在动笔之前，就先得解决一个问题：竭力使它归化，还是尽量保存洋气呢?"鲁迅对这个问题的回答十分明确，他认为翻译的目的，不但移情，而且要益智，因此翻译必须保持原文的异国情调，对原文"不主张削鼻剜眼"。[②] 鲁迅的立场是分明的，翻译要尽可能保存洋气，采取的方法是"在有些地方，宁可译得不顺口"。这种翻译方法，若仅仅从技的层面去探讨，有可能会得出反面的评价，乃至给予彻底的否定。但我们若从鲁迅的文化立场出发去加以探究，恐怕会得出不同的评价。鲁迅的"硬译"或"不顺"，只是一种翻译策略，他所要达到的是改造中国文化的目的。比较学者乐黛云在探讨"异"的问题时，曾说过这样一段话："人，几乎不可能脱离自身的处境和文化框架，关于'异域'和'他者'的研究也往往决定于研究者自身及其所在国的处境和条件。当所在国比较强大，研究者对自己的处境较为自满自足时候，他们在'异域'寻求的往往是与自身相同的东西，以证实自己所认同的事物或原则的正确性和普遍性，也就是将'异

① 参见孙歌写的前言，见许宝强、袁伟编：《语言与翻译的政治》，中央编译出版社，2001年，第28页。

② 鲁迅：《"题未定"草》，罗新璋编：《翻译论集》，商务印书馆，1984年，第301页。

域'的一切纳入'本地'的意识形态。当所在国暴露出诸多矛盾,研究者本身也有许多不满时,他们就往往将自己的理想寄托于'异域',把'异域'构造为自己的乌托邦。如果从意识形态到乌托邦联成一道光谱,那么,可以说所有的'异域'和'他者'的研究都存在于这一光谱的某一层面。"[①]乐黛云的这段话,涉及了"异域"与"本土"、"他者"与"自我"的关系问题,在本质上是"同"与"异"之间的一种文化层面的相立影响问题。以她的观点来分析鲁迅在翻译问题上表现出的文化立场和对"异域"的态度,恐怕是有偏差的,因为鲁迅有着极其清醒的头脑和明确的文化重构的目的。但是,用乐黛云的观点来观照我国近当代翻译史上的许多与文化立场相关的现象,却有着重大的启迪意义。关于"归化"与"异化"的讨论,至少可以使我们从翻译的技的层面,即方法技巧的层面走出来,将翻译方法的选择置于文化立场的表达及文化重构的高度去加以审视与探讨。

三

从"当译之本"的选择到翻译方法的确定,这只是广义的翻译过程中的第一步。在严格的翻译过程中,对翻译的选择更多的是表现在"翻译什么",即对"文本意义"的传达环节上。

---

① 乐黛云:《〈关于"异的研究"〉序》,见顾彬著:《顾彬讲演集》,北京大学出版社,1997年,第2页。

奈达认为，翻译即译义。从文本翻译的整个过程看，我们不可否认“译义”是翻译任务的具体体现。然而，无论从纯语言学的观点看，还是从文学角度看，或是从文化层面上看，文本都是一个非确定性的意义开放系统。对于意义，尤其是一个文本的意义，至今在理论上还未达成统一的认识，不同时代的不同学者或理论家对何为意义、何为文本的意义，都存在着不同的，甚至对立的观点。与文本意义相关的，还有不少学者提出了三种意图存在的可能性，如以读者为中心的诠释理论试图发现的“作者意图”、试图“将本人锤打成符合自己目的的形状”的“诠释者意图”以及埃科认为客观存在的“本文的意图”。① 对于文本的意义及与此相关的各种意图，我们在此难以进行系统而深入的分析，但下面这段论述对我们的讨论具有启迪意义：

“文学作品是极特殊的语义系统，其目的是赋予世界以‘意义’，但不是‘一种意义’。一件文学作品，至少是批评家通常考虑的那种作品，既非始终毫无意义(玄妙或‘空灵’)，也非始终一目了然。那意义可说是悬浮的；它把自己作为某种意味的公开系统提供给读者，但这有意味的客体却躲避着读者的把握。这样一种意义中先天的失意或迷惑，说明了一件文学作品何以有如此的力量，来提出关于世界的问题，却不提供任何答案(杰作从不‘专断’)；它也说明了一部作品何以能被无限地重新解释。”②

对于翻译而言，这段话有着多重的启示：一是译者需要翻译的文本的意义不是完全澄明的，也不是凝固不变的“一种意义”；二是文本的意义是开放的，悬浮的，既躲避着译者——读者的把握，但同时又有

① 艾柯著：《诠释与过度诠释》，王宇根译，三联书店，1997年，第28—30页。

② 胡经之、张守映编：《西方二十世纪文论选》，中国社会科学出版，1989年第452页。

着被“无限地重新解释”的可能性；三是作者、文本与读者（也就是译者）之间存在着某种互动的关系，这是文本意义得以被理解的先决条件。周宪教授曾对话语的意义问题进行过深入的研究，他认为：“意义是一种动态生成的东西，而导致意义呈现出来的根本环节便是主体间的对话与问答。确切地说，意义是在作家经由文本为中介的与读者的对话过程中形成的。用美学的术语来描述，这个过程是从主体的对象化（由作家写出文本）再到对象的主体化（读者对文本的解读）构成的。这样一来，我们便可以把意义分解为三种样态：作家在话语中发送的某种意义——文本构成中话语的潜在意义——读者解读时发现的意义。这三种意义并非完全同一，作者想写的东西不等于实际已写出的东西，而已写出的东西作为一种作者‘不在场’的客观物，又使人们在其中理解到不同的东西。严格意义上的文学话语的意义，正是由这三种有差异的意义复合体构成的。”[①]根据周宪的观点，意义是一种动态生成的东西，而主体间的对话与问答是导致意义呈现出来的根本环节。这一观点对于翻译的阐释活动具有很积极的指导价值。在某种意义上，我们可以说，在翻译活动中，对文本意义的理解与阐释的过程，是充分发挥翻译主体性的过程，也是译者与原作者的对话过程。然而，对文本意义的理解是第一步。如果说在这一阶段，译者的任务是尽可能去挖掘与领悟文本所包含的各种意义的话，那么，在翻译的再表达阶段，由于语言、文化等差异的存在，译者则不得不面对意义的再表达的种种选择。

在文本意义的传达环节，译者所面对的选择表现在许多方面，如

① 周宪著：《超越文学——文学的文化哲学思考》，上海三联书店，1993 年第 132 页。

文本的形式意义、文本的言外之意以及文本的文化意义和联想意义等的传达，都有“译”与“不译”的选择。面对一个多义的文本，译者更需解决如整体与局部、宏观与微观、形式与内容等各个方面的协调。而为了这种协调，不得不作出某种取舍或牺牲，其中的得与失，既有语言转换和文化播迁中难以解决的困难所构成的客观原因，也有译者面对两种文化所作出的文化意义上的选择以及个人审美情趣及文学素养所左右的、或多或少主动作出的某种取舍与选择，这方面，自然要归结于译者主观的因素。纳博科夫在《叶甫盖尼·奥涅金》英译本的长篇序言中，曾对译者面对文本意义的传达所进行的选择做过具体的分析，其中有些观点是值得我们思考与关注的。①

就翻译的操作层面而言，翻译的选择更是显得具体而细微。如句式的选择、语气的选择、情感意义的选择、词汇色彩的选择等，可以说，大到句式，小到词字，乃至一个标点，都有可能需要译者在对各种因素的权衡中，在“译与不译的尴尬处境中，在异同与得失之间”，做出积极的选择。② 孙致礼教授积其丰富的文学翻译经验，对文学翻译中所出现的矛盾做过全面而深刻的分析，从十个方面论述了译者所必然面对的主要矛盾，并以辩证法为指导，对译者的选择指出了可借鉴的方法，为我们在这方面的研究拓展了新的视野，打下了良好的基础。③

---

① 郭建中编著:《当代美国翻译理论》，湖北教育出版社，2000 年，第 257—260 页。

② 许钧:《〈翻译思考录〉序》，许钧主编:《 翻译思考录》，湖北教育出版社，1998 年，第 4 页。

③ 孙致礼著:《 翻译:理论与实践探索》，译林出版社，1999 年，第 13—24 页。

结 语

从上文的简述中，我们可以看到，翻译的选择问题贯穿于翻译的全过程，无论是“译什么”，还是“怎么译”，都涉及译者的选择。通过对翻译选择问题的探讨，我们可以清楚地看到，相对于“怎么译”，“译什么”更需要我们去进行研究与探讨。目前，我国的改革开放事业不断深入发展，我们迎来了历史上的第三个翻译高潮，各种各样的书籍被大规模地引入我国，对我国的科技、经济、文化建设事业起着重要的推动作用。但不可否认的是，在我们的翻译实践中，无论是对“当译之本”的选择，对文本意义的传递，还是对翻译方法的采用，都存在着一些认识上的误区，但愿本文的粗浅探讨，能引起同行对有关问题的关注。

试论译作与原作的关系①

研究翻译，不能不涉及译作与原作的关系。翻译标准、原则的制定，在很大程度上取决于人们对译作与原作之关系的认识和理解。那么，译作与原作之间到底呈现怎样的关系？译作相对于原作的地位如何？本文试图借助20世纪哲学、语言学和文论研究的新成果，以描述与分析兼而有之的方法，对几种具有代表性的传统翻译观进行简要勾勒，进而在提出质疑的基础上，对译作与原作的关系加以探讨，为人们对翻译本质的认识和对翻译标准的制定提供某种理论的参照。

一　具有代表性的几种认识与观点

当我们探讨译作与原作之间的关系时，我们自然不能排斥或者割裂译者与作者之间的关系，同时，也不能不考虑在翻译过程中，亦即在

---

① 本文原载《外语教学与研究》2002年第1期。

动态的意义上，原作脱胎换骨、以译作的形式呈现的过程中，起着决定性作用的各种因素。显而易见，对关系的研究，在某种意义上，依赖于对过程的分析、透视与把握。如果说前者可以对静态定义的“文字”对比进行某种考察的话，那么对过程的分析则不能不是动态性质的。但为了把我们研究的重点凸现或聚焦于译作与原作的关系问题，在论述过程中，我们可能会有意对涉及翻译过程的某些问题存而不论，以免我们的论述显得过于枝蔓。

对译作与原作的关系研究，如上文所说，势必涉及译者与作者的关系问题。从某种意义上说，原作是作者的化身，而译作则是译者努力的产物。当我们从这个角度来讨论译作与原作的关系时，不言而喻，作者与译者的某种联系或两者之间的关系或多或少会隐含在讨论中。反之亦然。比如，当我们考察传统的翻译经验之谈中经常听到的“主仆”论，亦即“作者是主人，译者为仆从”的说法时，实际上，我们也可以从中看到，这在某种程度上也就折射了原作与译作之间的主从关系。对这一点，我们在下文还要进一步论及。应该承认，在以往的翻译研究中，对译作与原作的关系研究往往被包含在对作者与译者的探讨之中，很少加以独立的思考与考察，而这种倾向便不可避免地会遮蔽从文本生命与文化交流这个角度来探讨的翻译可能涉及的某些根本问题，如翻译的本质、翻译的历史作用与翻译的文化意义等。或者从实践角度看，对译作与原作关系的认识的深刻与肤浅、全面与片面，可能会直接影响到人们对翻译活动的界定，影响到具体的翻译实践，影响到对翻译原则的理解与实施。

从我们目前所能接触到的翻译研究资料来看，我们发现在过去很长一个时期内，少有对译作与原作关系的理论探讨。但近些年来，在译学之外的某些与翻译总是有着不解之缘的学科内，如哲学、阐释学、比较文学等学科，已有学者开始关注这方面的问题。在下文中，我们将随着讨论的深入，结合有关的观点加以说明。同时，我们也看到，虽然在翻译界，对译作与原作的关系问题还缺乏系统、深入的理论探讨，但无论在西方还是东方，都流传着种种说法、种种比喻，而且在很大程度上表达了相同的或相似的观点。

在中西翻译史上，对译作与原作的关系的认识，在很多情况下，是由对翻译的本质的讨论而引发的。对翻译活动本质的界定，往往也就在根本意义上规定了译作与原作的一种关系，或者说也就确定了一种认识。当我们梳理中国翻译史上对翻译的本质问题的各种思考时，僧人法云在《翻译名义集自序》中的一段话是常被提及的。他说："夫翻译者，谓翻梵天之语转成汉地之言。音虽似别，义则大同。宋僧传云：如翻锦绣，背面俱华，但左右不同耳。译之言易也，谓以所有易其所无，故以此方之经而显彼土之法。"[①]据陈福康考证："把'译'解释为同音字的'易'，谓以所有易其所无，这是早就已有的解释，至迟唐・贾公彦在为《周礼秋官》中'象胥'一节所作的'义疏'中就已这样说了。"[②]此外，法云所引的"如翻锦绣"之说，出自《宋高僧传》的《译经篇》第三卷的最后部分。陈福康还引钱钟书所言，说《堂・吉诃德》中有过"阅读译本就像从反面来看花毯"[③]的说法。中西相隔600余年的两种说法，以相同的比喻来形象说明翻译活动。而正是这相同的比喻，对后人对翻译的认识起到了相当大的影响。译本在许多人的眼里，只是原本的"翻版"。译本"翻版"之说，对众多的不从事翻译的人们来说，因为其生动而形象的比喻而比较容易接受，渐渐地成为了一种根深蒂固且比

① 转引自罗新璋编：《翻译论集》，商务印书馆，1984年，第51页。

② 陈福康著：《中国译学理论史稿》，上海外语教育出版社，1992年，第48页。

③ 陈福康著：《中国译学理论史稿》，上海外语教育出版社，1992年，第49页。

较普遍的观念。

与“翻版”说相近的，还有“摹仿”或“摹本”说。译作是原作的“摹本”，这种说法或者这种观念，在西方也许可以追溯到亚里士多德。亚里士多德在《诗学》一书中，开门见山，一开始就结合诗的本质问题，提出了“摹仿”的概念。他指出：“史诗的编制、悲剧、喜剧、狄苏朗勃斯的编写以及绝大部分供阿洛斯和竖琴演奏的音乐，这一切总的说来都是摹仿。”[①]同时，他认为它们之间是有区别的，那就是“摹仿中采用的不同的媒介，取用不同的对象，使用不同的，而不是相同的方式”。比如可以以色彩为“媒介”进行摹仿，也可以用语言为“媒介”进行摹仿。[②]亚里士多德的“摹仿”说不仅对后来的文学家和艺术家产生了巨大的影响，也对后人对翻译的理解产生了不可忽视的影响。然而，非常遗憾的是，翻译界对亚里士多德的“摹仿说”的理解常会引起误解与混乱。不少人不是从积极的方面去全面认识他在《诗学》中的论说，而是把他的观点与柏拉图的说法混为一谈。而我们知道，在《理想国》中，柏拉图曾多次谈到摹仿，在他看来，所有的艺术创造都是一种摹仿形式。以床为例，共有三种床：“一种是自然中本有的床，由上帝制造”，另一种为木匠制造，第三种为画家制造。木匠制造的床与上帝制造的床隔了一层，画家依木匠制造的床画的床便与“本质”隔了两层。柏拉图认为艺术家即摹仿者，离真理很远，应逐出“理想国”。在这个意义上，柏拉图所说的“摹仿”带有明显的贬义。如我们不知其出处，那么后人在借柏拉图与亚里士多德的话来说“翻译”时，在很多场合都能听到的“译本是原作的摹本”的说法，或许就其根本而言，都带着“否定”

① 亚里士多德著：《诗学》，陈中梅译注，商务印书馆，1996年，第27页。

② 亚里士多德著：《诗学》，陈中梅译注，商务印书馆，1996年，第27页。

或消极的意味。如果说原作是对作者所看到、体会到的世界的一种摹仿,那译作则是对原作的摹仿。而这种摹仿,在许多不从事翻译的人来看,则是依样画葫芦式的机械性的摹仿。我们经常听到的一些说法,如"翻译嘛,不就是对着原文,查查词典,就翻出来了嘛"这一大众化的、很有市场的说法,从一开始,便将译本的地位置于原本之下了。

与此相通的,便是原作与译作之间的"主次论"。主次论之说,与"主仆论"直接相关。无论中外,许多翻译家在谈到与原作的关系时,常把自己比作仆人,自觉地要求自己服从原作,甚至自愿拜倒在原作之下,亦步亦趋,不敢越雷池一步。而在阅读译作的许多读者眼里,若译作精彩,那是原作本来就是精彩;若译作读来不理想,那便是译文糟糕,没有传达出原作的精彩。总之,译作不过是原作的从属品:原作是第一位的,译作是第二位的;原作是正品,译作是副品。这种观念相当普遍而且大有市场,特别是在翻译界之外。正因为如此,译作,哪怕是文学译作,也往往被当成了原作的一种寄生物、替代品。在相当多的人士(包括学术界、读书界、文化界和出版界的一些人士)的头脑中,译者的劳动是可以忽略不计的,译作的真正主人仿佛就是原作者。时下有一股名著缩写风,此风前几年也刮过一阵,这几年越来越烈。参加缩写的有作家,也有被雇佣的写手。他们缩写了一部部外国文学名著,什么《红与黑》、《简·爱》、《战争与和平》,凡是比较能够卖钱的,都拿来缩一缩,好从舍得为"孩子的素质教育"付出代价的家长们的口袋里掏钱。他们中许多人明明不懂外文,明明是在缩译者心血的结晶——译作,可他们根本就不把译作的主人放在眼里,缩写本署名时,只认原作者,还有就是绝不会有半点谦虚的所谓"缩写者"的大名。这种严重侵权的做法,从深层的意识上去追究,恐怕"译作"的地位没有在理论上得到确定是其重要的原因之一。换句话说,无论是过去还是现在，翻译的身份和译作的地位一直得不到正确的定位。对这种状况的存在，英国的西奥·赫尔曼也深有同感：

“一方面我们把翻译比喻成搭桥、开门、摆渡或者跨越、转换和传递。在一些印欧语系语言中，翻译一词与‘trans-latio’、‘meta-phor’有关，这些词在拉丁语和古希腊语中都有确切的‘跨越’含义。我们把译者形象地比喻为转播站，同时又比喻为通道和转换器。另一方面我们要求翻译应是相似(likeness)、逼真(look alike)、摹本(replica)、副本(duplicate)、复制品(copy)、画像(portrait)、翻版(reproduction)、模仿(imitation)、模拟(mimesis)、影像(reflection)、镜像(mirror image)或透明玻璃(transparent pane of glass)。”[①]他进而分析说：“这两类比喻之间是有联系的。就语言障碍而言，翻译的特质是相似、逼真或者是一幅真实的画像，我们因此信赖译者，把他看成是中间人和向导。我们往往说，译作只不过是派生物、复制品、替代物，也许是从属的、间接的，因此是第二位的。”[②]通读他的全文，我们清楚地意识到，西奥·赫尔曼在文中所说的“我们往往说”，实际上指的就是长期以来人们对翻译、对译作所持的一种普遍观点。

对这些观点、看法或观念，近年来翻译界已经开始关注或进行反思。一些具有敏锐的理论意识的学者，借助人文社会科学的研究成果，从不同角度对翻译活动进行新的阐释，对翻译的本质进行多层面的探讨，对译者的身份与译作的地位重新加以界定。而笔者对译作与原作关系之思考，无疑是在这一理论背景之下的一种痛苦的探索。因

---

① 西奥·赫尔曼：《翻译的再现》，谢天振编：《翻译的理论建构与文化透视》，上海外语教育出版社，2000年，第2页。

② 西奥·赫尔曼：《翻译的再现》，谢天振编：《翻译的理论建构与文化透视》，上海外语教育出版社，2000年，第2页。

为，这种探索一方面要对传统的观念提出质疑，包括对自己的一些受传统观念影响而形成的观点进行新的审视和清理，另一方面则要在对传统观念进行审视的同时，着力于对译作与原作的关系进行理论的剖析和系统的阐释，其难度是可想而知的。面对这种困难，我们当然不能回避，但为了使我们的论述更为清晰，文中我们主要从文学译作的生成与生命进程这个角度，来加以探讨。

二　译作与原作同源而不同一

在以往的研究和思考中，我们常有一种倾向，即从静态的意义上对译作与原作进行比照。目的也往往比较单一，那就是通过比照，来确定译作对原作的忠实程度，且以忠实的程度来确定一部译作的价值。然而，当我们换一个角度，就译作与原作的关系更进一步地加以思考时，我们便会发现，许多根本性的问题是不能单从译文与原文的比照中就能回答的。首先涉及的，便是译作与原作的理想关系与现实关系之间，存在着需要认真思考的问题。译作与原作之间，是否存在着理想的等同的关系？换言之，译作是否等于原作？相对于原作，译作是否有着相对独立、具有自身价值的生命形态和生命历程？对这些问题的回答，从根本上来看，取决于人们的语言观。按照传统的观念，倘若书写是对现实的摹仿，那么翻译则是对摹仿的摹仿。法国语言学家、翻译理论家乔治·穆南曾经指出，长期以来，人们一直认为语言的结构或多或少都直接地源于宇宙的结构和人类思维的普遍结构，语言中有名词和代词，这是因为在宇宙间有存在物；语言中有动词、形容词、副词，这是因为宇宙间有过程，有存在物的品质，有过程的品质与品质本身的性质。语言中有介词和连词，这是因为宇宙里、存在物之间、过程之间、存在物与过程之间存在着相关、赋予、时间、地点、状况、并列、从属等逻辑关系。[①] 乔治·穆南进一步指出，按照这样的观点，那么翻译自然是可以进行的，因为：

1. 一门语言将全等的符号置于某些词（a，b，c，d...）和某些存在物、过程、品质或关系（A，B，C，D...）之间：

a，b，c，d...＝A，B，C，D...

2. 另一门语言将全等的符号置于某些别的词（a'，b'，c'，d'...）和同一的存在物、过程、品质和关系之间：

a'，b'，c'，d'...＝ A，B，C，D...

3. 翻译的任务就在于复写出：

a，b，c，d...＝A，B，C，D...

a'，b'，c'，d'...＝ A，B，C，D...

因此：a，b，c，d...＝ a'，b'，c'，d'...

乔治·穆南的这一求证过程看似过于绝对化，但却非常现实而又深刻地反映了目前在很多人眼中对翻译的简单化的认识，也从根本上指出了人们对世界、思维和语言之间的关系的简单化认识。我们不无遗憾地看到，语言的机械工具论至今还有市场，而翻译在大多数人们眼里，只不过是一种简单的语言交换或转换，是一种纯摹仿，甚至于是“复写式”的技术性工作，不需任何创造性。而正是人们对世界、思维

---

① 参见许钧、袁筱一等编著：《当代法国翻译理论》，湖北教育出版社，2001 年，第 34 页。

和语言之间关系的简单化认识导致了人们对翻译的简单化认识。对语言的这种简单化认识，早在19世纪，德国的洪堡特就提出了不同看法，认为“语言不但是表达手段，而且是认知手段”[①]。自索绪尔以来，更多的语言学家提出了质疑。尤其自20世纪中叶以来，语言工具论受到了普遍的挑战与批评，如加西尔、特里尔等一批哲学家、语言学家，他们认为语言绝不是一种被动的表达工具。尤其是加西尔，他认为语言“不是一种被动的表达工具，而是一种积极的因素，给人的思维规定了差异与价值的整体。任何语言系统对外部世界都有着独特的分析，有别于其他语言或同一语言其他各阶段的分析。语言系统沉积了过去一代代人所积累的经验，向未来的人们提供一种看待与解释宇宙的方式；传给他们一面多棱镜，而他们将用这面多棱镜来观察非语言世界”[②]。如果说语言系统给人们提供的是看待与解释宇宙的方式，且是一面多棱镜，而不是一种简单的表达工具的话，那么作家的文本，就不会是对世界的一种简单摹仿，而是一种积极意义上的创造。而正是在这一意义上，每个作家笔下所表现的世界都是个人的、独特的。独特的个人体验、独特的个人表达，构成了一部作品不同于另一部作品的独特生命价值。钱钟书在考察语言与思维的关系时，曾经把诗文品藻的艺术语言，比为一只笨拙的百灵，不断地围绕着“不可言传”的事物鸣叫盘旋。[③] 但同时，他又在探讨艺术与自然关系的时候，强调了艺术的本源性与造艺者能动性的辩证关系，认为造艺有两家，一曰模

---

① 姚小平著：《洪堡特——人文研究和语言研究》，外语教学与研究出版社，1995年，第133页。

② 许钧、袁筱一等编著：《当代法国翻译理论》，湖北教育出版社，2001年，第36页。

③ 钱钟书著：《钱钟书论学文选》（第三卷），舒展编选，花城出版社，1990年，第240页。

写自然，二曰润饰自然。艺术家不仅仅法天，而且可以把自然的疏忽弥补过来——胜天，还可以达到天艺溶化的更高境界——通天。① 如今，作家的作品的创造性价值已得到普遍的承认，文学创作已不再被当做一种雕虫小技而受到冷落与鄙视。然而对翻译的认识，则在很大程度上停留在"摹仿"与"复写"的层面上。多亏索绪尔、布龙菲尔德、哈里斯、叶姆斯列夫，还有加西尔、特里尔等一批语言学、哲学家对传统的语言观和传统的意义观提出了质疑，使我们得以从另一个角度对翻译的可行性程度进行考察。特里尔曾经指出："每一门语言都是一个通过并依赖客观现实进行选择的系统，实际上，每一门语言都创造了一幅完整、自足的现实图景。每一门语言也都以独特的方式构建现实，因此而建立了这一特定语言所特有的现实要素。一门特定语言中的语言现实要素决不会以完全一样的形式在另一种语言中出现，也决不是现实的直接描摹。"②特里尔的这一论说对翻译的直接描摹性质作出了否定的判决，也对译者在翻译过程中试图追求与原作在语言上的同一，关闭了理论上的可能性和实践上的有效性。翻译往往具有悖论的意义，当我们以传达原文精神为目的时，要克服的正是语言的障碍。而在我们以另一种语言来表现时，它所表现的，自然不可能是原文，因为若没有语言的变形，原作便不可能脱胎换骨、转世还魂于译文之中。而这一脱胎换骨、转世还魂，既是翻译的必须，也是翻译的必然。要想以直接的描摹还原作之魂，是有违翻译之本意，也是永远不可能达到的。在这一语言的层面上，当人们要求译作与原作同一时，恐怕是对

① 钱钟书著：《钱钟书论学文选》（第三卷），舒展编选，花城出版社，1990年，第254页。

② Mounin, Georges. *Les problèmes théoriques de la traduction*. Paris: Gallimard. 1963. p46.

翻译的本质没有深刻的认识所致。

对翻译而言，原作的语言是非要变形不可的，这是翻译的出发点之一。但原作作为原作者的言语产物，有其独特的本质，而我们在翻译时所要力求做到的，正是要把这种特质以另一种语言建构起来，大到整体的和谐，小到细节的真实。然而在这个建构的过程中，译者正是要在打破语言层面的障碍时，透过原作的语言层面，指向原作所意欲表现的世界。这个原作所意欲表现的世界，可以因作品而异，包含多方面的内容，如人性与神性、现实世界与超验世界、仿自然与超自然等因素，又如现实与情感、物质与精神等方面。这一切方面，都可以构成原作者指向的源，而译作与原作的关系中，最为本质的就是这种同源的指向。语言表层的同等或同一，不是翻译所要达到或所能达到的，而译作与原作的同源性，确保了译作与原作不可能割断的血缘关系。

当原作者创造文本时，他们往往会感觉到言不达意、言不尽意，感觉到语言常常背叛他们的思想。这种状态，有评论家称之为“写作即背叛”。这一过于绝对化的说法与“翻译即叛逆”的说法如出一辙，虽然我们可以从实践的层面对之加以批驳，但从理论上讲，却有着其深刻的一面。萨特曾说过：“任何散文家，即便是头脑最清醒的，也不能让人完全明白他想说的意思；他不是说过头，就是没说够，每句话都是打赌，都承担了风险。”[①]作者以语言创造文本时，与翻译一样，常在“过”与“不及”之中冒险。如果说这种冒险带有叛逆的性质的话，那首先所能说明的，即是言说的困难。而正是这种困难，赋予了翻译与写

---

① 萨特著：《什么是文学》，李瑜青、凡人编：《萨特文学论文选》，施康强译，安徽文艺出版社，1998 年，第 93 页。

作以创造空间，也赋予了它们冒险的自由。译作与原作的同源性，构成了两者的血缘关系，言说的困难，又构成了两者的共同命运。正如语言不可能直接摹仿世界，译作也不可能在对原作的语言的直接摹仿中去表现原作指向的世界。两者只能在言说的层面中，依靠不同语言所能提供的可能性，去拓展各自的创造空间。在这个意义上，追求语言层面的同一，不仅有违翻译的使命，而且也是永远不可能企及的目标。只有着力于建构与表现原作指向的世界，才是译作存在的理由所在。

三　译作在原作之后而不在其之下

在上文简要的论说与分析中，我们想要着力说明的，主要有两点：一是原作与译作并不构成直接摹仿的关系，从而在理论上否认了在语言表达的层面复制原文的可能性，进而揭示了译作的创造性价值；二是强调译作与原作具有本质上的关系，那就是它们的同源关系。

从时间的角度看，译作与原作有先后之分；从译作与原作的同源性来看，它们之间有着天然的血缘关系。不可否认，译作的诞生，得益于原作的生命。没有原作，便不可能有译作的孕育与诞生。从原作的生命要素来看，其意象、情节、人物、故事及其内含的一切创造因素，构成了译作生命的基础。当我们在强调译作与原作这种生命姻缘关系的同时，从文本生成和文本形成的角度，我们又不得不对译作自身的生命做一界定，对译作的地位做一探究。

首先，文本生成有赖于“文化语境”。严绍璗在《“文化语境”与“变异体”以及文学的发生学》一文中对“文化语境”做过严格的界定。① 他认为：“‘文化语境’，指的是在特定的时空中由特定的文化积累与文化现状构成的‘文化场’。这一范畴应当具有两个层面的内容。其第一层面的意义，指的是与文学文本相关联的特定的文化形态，包括生存状态、生活习俗、心理形态、伦理价值等组合成的特定的‘文化氛围’；其第二层的意义，指的是文学文本的创作者（有意识或无意识的创作者、个体或群体的创作者）在这一特定的‘文化场’中的生存方式、生存取向、认知能力、认识途径与认识心理以及因此而达到的认知程度，此即是文学的创作者们的‘认知形态’。事实上各类文学‘文本’都是在这样的‘文化语境’中生成的。”②翻译，作为对原作的一种阐释，对原文本所赖以生成的“文化语境”是万万不能忽视的，不然对原文本的理解以及对原文本的表现便可能陷入误区，造成误解。一个合格的译者，通晓出发语与目的语两种文字，也具有了解原作所赖以生成的“文化语境”的条件。然而，在翻译的过程中，在译作生成的过程中，我们不得不面对这样一个现实：由于语言的转换，原作的语言土壤变了，原作所赖以生存的“文化语境”必须在另一种语言所沉积的文化土壤中重新构建，而这一构建所遇到的抵抗或经受的考验则有可能来自于各个层面：目的语的文化层面，目的语的语言层面，目的语读者的心理层面以及目的语读者的接受层面，等等。语言变了，文化土壤变了，读者也变了，译作由此为原作打开了新的空间。正是在这个意义上，著名哲

---

① 严绍璗：《“文化语境”与“变异体”以及文学的发生学》，北京大学比较文学与比较文化研究所主编《多边文化研究》，新世界出版社，2001 年，第 84 页。

② 严绍璗：《“文化语境”与“变异体”以及文学的发生学》，北京大学比较文学与比较文化研究所主编《多边文化研究》，新世界出版社，2001 年，第 84 页。

学家德里达认为："翻译在一种新的躯体、新的文化中打开了文本的崭新历史。"[①]也正是在这个意义上，我们可以说译作为原作拓展了生命的空间，且在这新开启的空间中赋予了原作新的价值。在新的文化语境之中，作为原作生命的延续的译作，面对新的读者，便开始了新的阅读与接受的历史。

说到阅读，译者在翻译原作的过程中，首先就是一个阅读者。阅读原作的过程，是理解的过程，是翻译的一个重要阶段。没有阅读，没有理解，便不能完成翻译的任务。而对原作的阅读，是译者与原作发生联系的一种重要行为，或者可以说，阅读是赋予原作存在以意义的一项创造性的活动，是开启原作意义之门的根本性活动。萨特对此有过精辟的论述。他在《什么是文学》一书中，从多个方面来论述读者与作者之间的互动关系，阐述读者在阅读过程中对原作所具有的创造力量。首先他认为："精神产品这个既是具体的又是想象出来的客体只有在作者和读者的联合努力之下才能出现。只有为了别人，才有艺术。"[②]这一观点说明了"写作的行动里包含着阅读行动，后者与前者辩证地相互依存"。在这一相互依存的辩证行动中，译作作为阅读、阐释的结果，与原作便不存在上下的地位之分。萨特进而指出，在阅读行动中，"读者意识到自己既在揭示又在创造。确实不应该认为阅读是一项机械性的行动，认为它像照相底版感光那样受符号的感应"[③]。结合翻译的实践，我们从萨特的这段论述文字中，可以清楚地看到翻译

① 雅克·德里达著：《书写与差异》，张宁译，三联书店，2001年，第25页。

② 萨特著：《什么是文学》，李瑜青、凡人编：《萨特文学论文选》，施康强译，安徽文艺出版社，1998年，第98页。

③ 萨特著：《什么是文学》，李瑜青、凡人编：《萨特文学论文选》，施康强译，安徽文艺出版社，1998年，第98页。

中的阅读与理解过程，是一个参与原作创造的能动过程，而不是一个消极的感应过程。而原作，要使其生命之花绽放，呈现一个开放的系统，召唤读者的阅读，“以便读者把作者借助语言着手进行的揭示转化为客观存在”[①]。对于译者而言，原作的召唤是多重的，它召唤作为译者的读者的阅读与阐释，并通过译者的创造，召唤更多的读者来阅读，向更多的读者敞开自己的世界，以此而获得存在的意义。正因为如此，历史上的许多文学家十分清醒地认识到翻译之于他们的创造的重要性，对译作之于他们原作所作的具有创造意义的工作给予充分的肯定，对译者的努力表示衷心的谢意。如歌德，他认为《浮士德》的法文译者赋予了他的创造以新的生命；如川端康成，他在诺贝尔文学奖的授奖仪式上，要译者一起分享他的快乐和荣誉。

多亏译者，原作的生命得以在时间与空间的意义上拓展和延续。而原作的生命一旦以译作的生命形态进入新的空间，便有了新的接受历史。在这个过程中，原作依靠译作续写它的历史。但是，在新的文化语境中，开始的不是一个被动的接受过程。它要与目的语文化、目的语文学相遇，而这种相遇，“不仅是认识和欣赏，还包括相互的以新的方式重新阐释。即以原来存在于一种文化中的思维方式去解读（或误读）另一种文化的文本，因而获得对该文本全新的诠释与理解”[②]。对原作而言，这无疑是自身的一种丰富和发展，正如歌德所说的那样，原作可以用“异语的明镜”照自身，进一步认识自己；同时又在新的文化语境中，起到在出发语文化中没有起到的作用。考察中西翻译史，

---

① 萨特著：《什么是文学》，李瑜青、凡人编：《萨特文学论文选》，施康强译，安徽文艺出版社，1998年，第101页。

② 乐黛云：《多元文化发展中的两种危险及文学理论的未来》，北京大学比较文学与比较文化研究所主编：《多边文化研究》，新世界出版社，2001年，第56—67页。

我们可以看到这样一个事实：一部著作的价值，在某种意义上，可以用翻译的历史来进行衡量。一部真正有个性、有价值的作品，它召唤着阐释，召唤着翻译，期待着与译者的历史奇遇，去延续新的生命、开拓新的空间。无论是语内翻译，还是语际翻译，对一部作品而言，被翻译的机会越多，其生命力就越强大，没有翻译，便没有一部作品的不朽。当我们在这个意义上再去考察与评价译作与原作的关系时，相信译作在原作之下和译作从属于原作的观点便显得过于狭隘与片面了。

考察与评价译作与原作的关系，不能割断文本生成的历史，也不能忽视文本得以生成与流传的文化语境。在上文中，我们通过对几种简单化的翻译观进行的分析与质疑，从翻译的动态过程、文本的生命历程入手，对译作与原作的关系加以新的观察，借此揭示翻译的创造性，并确立译作应有的历史与文化地位。由于篇幅所限，其中所涉及的许多问题，如文本意义的生成、误读的文化意义等，未能展开讨论，留待以后进一步加以探讨。

文学翻译再创造的度[①]

文学翻译除了具有翻译活动的一般性质之外，还有其特殊的性质，这就是它的再创作或再创造性，亦即它的艺术性。由此又产生了"文学翻译是艺术活动"、"文学翻译等于创作"等说法。但是，文学翻译再创造的依据是什么？它有怎样的限制？如何发挥创造力而又不偏离原作？

一

大凡艺术的东西，都是以独特的个性显示其生命力的。一部文学作品要以其魅力打动读者的心，势必要在追求思想的新颖及表达的独特等方面下工夫。文学翻译活动的再创造的性质正是基于文学作品的这种独特个性。它给文学翻译提出了明确的要求：就翻译目的而

① 本文原载《中国翻译》1989 年第 6 期。

言，要求再现原作的独特的艺术效果；就翻译手段而言，要求反映原作特有的表现风格。我们知道，文学作为一门语言的艺术，是以语言的表现显示其真值的，不同的作者为表达一定的思想或感情，都是从语言所提供的不同素材和不同表达手段中加以创造性的选择，注入其深刻的个性。然而，不同语言的音、形、义的结合及其结构特征存在着事实上的差异，这种差异性正是翻译存在的理由所在。这样一来，文学翻译肩负着似乎矛盾的特殊使命。既要克服差异，又要表现差异。正是这种矛盾的存在，给译者的创造力提供了用武之地。

我们知道，不同语言中共有的或具有共性的东西之间的转换具有不言而喻的可行性，但是，要将以差异为特征的个性化的东西进行相互转换，存在着极大的局限性，因为不同的语言系统本身具有排它的性质。如汉语中就难以接受法语中那种从句套从句的多层次长句，这是因为在进行这种独特的东西的交换时，往往缺少等价值参照物，译者对出发语和目的语这两者很难做到不偏不倚，难以态度公正地进行“互通有无”，也正因为如此，译者仿佛注定要担当“叛逆”的角色。于是，文学翻译不可避免地陷入进退维谷的境地，只能尽可能采取最可行的，亦即双方最容易接受的手段维持两者的平衡，在“妥协”中求生存。任何不慎的举动都会有损于这种平衡，“文学翻译踩钢丝”的形象说法充分说明了这种“妥协”的艺术的微妙与艰辛。据此，是否可以这样说：文学翻译在很大程度上是不可为而为之，也正是因为这种不可为而为之的事实存在才需要译者的创造力——具有共性的东西的转换无所谓创造，而要使个性化的东西被对方所接受，且又不损伤其价值，就不能不设法探索各种可行的手段，进行积极的交换。这种交换本身就是一种艺术、一种创造。正因为如此，一部文学作品个性越鲜明，其文学价值便越高，而文学价值越高，传达的局限性就越大，也越需要译者创造。西方现代小说开拓者普鲁斯特的《追忆似水年华》就是一部个性鲜明、匠心独具的巨著，书中那长达数十行的意识流"连环句"，那声、色、味一应跃然纸上的描述，那妙趣横生的隐喻、双关，或近于戏谑的文字游戏，还有那视情景需要或细腻、或粗犷、或高雅、或粗俗的生花妙笔，给译者的创造力提供了广阔的天地，但也无不在表明翻译的限度。就说普氏笔下的长句吧，有的一句竟拥有222个音义单位，长得令人难以置信，若要译成为中国读者乐于接受的现代汉语，那就不得不放弃那种或并列或交错的立体句法结构，尽可能将长句切割成短句，然而这样一来，那为表达原作复杂、连绵、细腻的意识流动过程以及为创造意在言外的微妙意境或起伏跌宕的思维运动而刻意追求的独特风格便会荡然无存，[①]笔者有幸而又不幸地参加了这部辉煌巨著的翻译，那时刻盘桓在心头的负罪感至今令我心悸。如何在汉语行文规律的允许范围内，权衡得失，采取比较可取的手法，尽量传达原作的旨趣与风格，不能不说是一项创造性的艺术活动。

然而，文学翻译的再创造毕竟是因为在表达手段上无法达到一一对应而不得不采取的一种不可为而为之的方法。既然是不可为而为之，因此便不拘泥于手段或过程，而着眼于目的或效果。换言之，译者考虑更多的是翻译手段的功能，而不甚顾及其手段本身的特有风格，这样在实践中很容易会出现一种倾向：追求所谓的效果，而忽视探索尽可能反映原作表现风格的手段。记得在翻译西方女权主义领袖、法国著名女作家西蒙娜·德·波伏瓦的名作《名士风流》一书时，曾与我的一位好友就"dire"与"sourire"这两个词如何翻译展开了一场争论。

---

① 下文还要详细论及《追忆似水年华》汉译关于长句与风格的处理，这里不拟展开讨论。

波伏瓦的这部六十余万字的巨著以其质朴、简明的风格而著称，用词通俗明快，绝无俏丽拖沓之痕。书中人物的对话基本只以“dire”一词引出，形容其面部表情时多用“sourire”一词。考虑到原作的语言风格，我以简洁还其简洁，“dire”一律译为“说”或“道”，“sourire”译为“微笑”或“微微一笑”。可我的那位朋友却建议“发挥汉语优势”，表达手段多样化，将“sourire”分别译为“莞尔而笑、淡然一笑，嫣然一笑、笑盈盈、笑吟吟、笑眯眯、笑嘻嘻”等。从效果来看，这样一改也许会更得读者喜爱。但是，法语中关于“笑”的表达法也极为丰富，为何波伏瓦只用“sourire”一词，不丰富其表达手段呢？这里无疑有她刻意追求的风格及以此风格为一定的表达目的服务的问题。权衡得失，我还是坚持了自己那种似乎“太没有文采”的译法。①

文学翻译之大忌就是不吃透原著精神、捕捉其神韵，而掺入过多的主观因素，“随意”再创作。实际上，这种“随意创作”在很大程度上是回避障碍，是缺少负责和探索精神所致，安于“大致可以”，而不像法国著名作家莫泊桑所要求的那样——不觅到贴切、生动而又自然的表达手段决不罢休。

二

有人说：翻译是艺术，是再创造。这主要是就变更语言形式而言，

---

① 参阅《名士风流》，许钧译，漓江出版社，1991年10月版。

也就是说，翻译的艺术在于以符合全民规范的译文语言，把原作的内容以及与原作内容有着有机联系的原作语言的特点与风格准确、完整地表达出来。纵观文学翻译的全过程，这种再创造远远不限于变更语言形式，大致说来，它涉及四个大的方面。

一是再现原作的形式因素价值。人们常说，文学作品不重在说什么，而在于怎么说。同一的内容，可有多样的表达方法。声音、形态、结构等无不具有其自身的价值。如音调，可利用其停顿的时间长短、声调的高低或强度的大小来丰富语言的表现力，给中性的词句增添附加价值。又如形态，作家有时用省音符号来记录日常大众语的发音，以暗示说话人的身份、地位或素养等。要传达这些形式因素所蕴含的价值，往往需要译者的创造力，因为不同语言系统的音、形特征以及音义、形义的组合方式是有差异的，完美的翻译应该设法调遣相应的音、形等手段，既传达原文的语义价值，又再现其附加价值。如下面这段文字：

> C'est un peu plus de midi quand j'ai pu monter dans l'esse; j'monte donc, j'paye ma place comme de bien entendu et voilà-tipas qu'alors j'remarque un zozo l'air pied, avec un cou qu'on aurait dit un téléscope et une sorte dc ficelle autour du galerin ...

有人将这段文字译为：中午以后我搭上了S路车。我上了车，照常买了票，这时候我发现一个傻瓜，显得一副自鸣得意的样子，脖子像望远镜那样长，用绳子箍着他的帽子。

就传达概念意义而言，这一译文还是成功的。但是，原文不仅仅具有概念价值，还利用了语音、词汇色彩、语法结构等手段，表现了说话者的素养与身份。从原文看，说话人的粗俗是显而易见的，但译文未能有所体现。

二是文化因素价值的移植。谈语言少不了联系文化。从广义上讲，文化指的是某一文明特点的诸方面的总和：知识、道德、物质、价值体系、生活方式等。从狭义上讲，文化指的则是社会在特定发展阶段上的意识形态以及与之相适应的制度和组织机构。无论从广义上还是从狭义上讲，语言都是表达文化的重要手段，现代符号学把语言符号的整体看成是民族文化的重要表达形式。特定的文化现象常常把某种烙印牢牢地刻在语言之中，尤其表现在词汇这一平面上。如英语中的月份名称就带有深深的历史与文化烙印。文学翻译中，如何在传达概念意义的同时，把原文所负载的文学价值移植到译入语中去，是一项相当微妙而棘手的工作。

从理论上讲，倘若强调目的语读者的感受与出发语读者的感受应该相似的话，那最起码的要求就是译文应该能完满地传达原作的文化价值。然而，一定的读者都是生活在一定的民族文化氛围之中的，他们对异族语言所蕴涵的独特的文化价值能否理解与接受呢？原作语言形式所负载的文化价值一经语言形式的变更还能否保持呢？这是文学翻译在处理文化价值时所面临的两大问题。举个简单的例子，法语中“Il est comme jésuite”，直译成汉语为“他就像是个耶稣会会士”。原文并不复杂，一个对西方文化有一定了解的人不难理解，这句话说的是那人虚伪而狡狯，然而一个汉语读者读到上面这句译文时，是难以获得原文所包含的附加价值的。两句话一一对应，汉语也很规范。可惜没有传达出原文的全部意义，只得采取变通的手法，如加注、意译法、浅化等，尽量使目的语读者获得原文所蕴涵的文化价值。

移植文化价值的困难更突出地表现在成语、俗语等的翻译上。在文学作品中，语言表达手段丰富，典故、成语、俗语大量使用，这些丰富的内容和精练的形式，概括了人们的认识成果。表意回旋转折，迻译颇费脑筋。别的不说，就说成语吧，它源远流长，有的源于神话寓言，有的来自历史故事，有的出自诗文语句，还有的取自口头俗语。除了其字面意义之外，还负载着深刻的文化价值。这类语言的迻译确实是对译者功力深浅，创造力高低的一种检验。

对文化烙印深刻的词语的翻译，我国译界的看法是不一致的，因此在实际翻译中所采取的态度与方法也有别。有的主张直译，不考虑目的语读者理解与接受能力，其理由是翻译的重要使命之一就是传播文化、增进交流；有的则主张变通，能接受就移植，不能接受就牺牲，求概念意义的对应，重两者表达功能的近似，理由是文学翻译的首要任务是再现原作的美学价值，传播文化是第二位的。这两种手段的得失自有公论，限于篇幅，这里不拟赘述。但有必要指出一点：翻译目的不同，采取的方式与衡量的标准也就有别。这两种方法的取舍，取决于译者的翻译观及译者对文学翻译使命的认识。

三是文学形象的再创造。文学语言有两大特征，一是其显象性，二是表感性。别林斯基说过："艺术是对真理的直感的观察，或者说是寓于形象的思维。"文学形象的提炼是人们对无比丰富的社会生活和各种形象加以观察，体验和进行概括的结果，表现在语言中就是写物附意，引譬连类，因物喻志，穷情写物，把象、情、义有机地结合起来，以生动、具体的比喻和联想来表达思想感情，增强艺术感染力。如法国名作家斯丹达尔的《红与黑》第十章的结尾是这么写的：

Julien, debout, sur son grand rocher, regardait 1e ciel embrasé par un soleil d'août, Les cigales chantaient dans 1e champ au-dessous du rocher, quand elles se taisaient, tout était silence autour de lui. Il voyait à ses pieds vingts lieues de pays. Quelque épervier parti des grandes roches au-dessus de sa tête était aperçu par lui, de temps à autre décrivant en silence ses cercles immenses. L'oeil de Julien suivait machinalement l'oiseau de proie. Ses mouvements tranquilles et puissants le frappaient, il enviait cette force, il enviait cet isolement. (p.90)

这是《红与黑》中一个著名的片段。这段文字描写主人公于连在八月骄阳燃烧的苍穹下，身置无边的寂静之中，忽见一只巨鹰从绝壁间飞出，在空中平稳、有力、静静地盘旋，由此而联想到拿破仑的命运和自己的命运。文中以旷野、高山、绝壁衬托"一只"巨鹰，写尽了这种命运的孤独，富有强烈的感染力。可惜在中国译界具有巨大影响的《红与黑》汉译本(上海译文出版社 1979 年 4 月新 1 版)把原文中的"quelque épervier..."译成了(可能是出于疏忽)"他还瞧见了几只老鹰，从他头顶上的绝壁间飞出……"(见汉译本第 84 页)。"一只"与"几只"，虽然数量相差不大，但表现的文学形象相去甚远，原文所着力渲染的"孤独"意境荡然无存。

上面说的是因翻译失误而使原文所描绘的文学形象受到损害的一个典型例子。搞过文学翻译的人，对传达或再现原文文学形象需要付出的艰辛都是有体会的。简单地说，如甲语言形象与乙语言形象及该形象所蕴涵的意义吻合，那传译不会有太大的障碍。比如《萨朗波》中有这么一句话"La lumière joue sur la mer"，李健吾先生将它译为"阳光在海面嬉戏"。形象生动，意义毕现，且用词色彩也尽似。问题是由于自然环境、历史环境或文化环境的差异，甲乙两种语言中不乏甲≈乙、甲>乙、甲<乙或甲≠乙的情况，这种差异的存在，致使完美的传译只能是一种理想，要尽力去接近它，却难以达到它，我们所说的再创造的限度就是这个意思。记得在翻译法国名作家博达尔的《安娜·玛丽》时，书中有一段文字描写安娜·玛丽美貌非凡。前几句形容她眉如新月、双唇红润、金发卷去、身材苗条，确实令人心动，可在描写她的皮肤时，却这么写道“avec une peau velours de pêche”。读到这一句，那种美的感觉顿时没有了，而且觉得很不舒服。法国人以“鲜桃表皮上那层细绒毛”来形容女性皮肤之润美，中国读者是无论如何都无法接受的。一般的做法是改变原文形象，套用汉语中现成的说法，如“冰肌玉肤”、“肤如凝脂”或“肌如软玉”等，以传达相应的效果。可能否部分改造原文形象，保留中国读者可接受的部分，采取形象与拟意相结合的办法，译成“润美若桃色的皮肤”呢？这里有理论上的问题，也有艺术手段的问题。

四是语言内部意义的传达。语义的传达是一项十分复杂的活动，尤其是语言内部意义的传达，往往被人们视为“禁区”。语言内部意义指的是一语言符号与另一语言符号之间形成的关系，这种关系可以表现在音、形、义等各个方面。要将建立在一语言体系内各符号特殊关系基础上的语言内部意义传达出来，是个极为微妙、复杂的问题。问题的关键在于甲语言中这一符号可以与那一符号之间形成一种关系，并赋予这种关系以附加的价值，而乙语言中这两个相应的符号却不一定能形成相似的关系。比如有这么一句话：

Quelle est la ville dont les vieux ont le plus besoin?

这是一个儿童谜语，要求打一城市名。一个具有一定法语水平和对法国地理有一定了解的人不难猜出该谜底为Cannes(戛纳城)。老年人最需要的是拐杖,而法语中的“拐杖”与“canne”与“戛纳城”音同形似,这个谜语的运动机制正是建立在canne与Cannes这两个符号的音、形相似之上的,而汉语中“拐杖”与“戛纳”这两个词之间就不存在这种特别关系,因而翻译的可能性就难以存在。作为一个孤立谜语,不能传译尽可以不去译。可若它出现在一部文学名著中(如《红楼梦》中就有不少描写字谜的文字),总不能一概回避吧?含有语言内部意义的远远不只是字谜、文字游戏、双关语等,德·波伏瓦的《名士风流》第二卷第十章的结尾处有这么一段文字:

Juste avant de monter dans l'avion, un employé m'a remis une boite de carton dans laquelle reposait sous un linceul de papier soyeux une énorme orchidée.

小说中描写的是一位精神分析大夫告别情人,她痛苦地预感到这次分离将是他们之间爱情的终结。显而易见,文中的“兰花”具有象征意义,它象征着爱情,而这朵兰花放在一个硬纸盒中,花上还覆盖着“un linceul de papier soyeux”(一层纱纸)。由于法语中“linceul ”一词兼有“覆盖物”和“裹尸布”的意义,所以原文十分巧妙地暗示“爱情被埋葬”的联想意义。但译成汉语,这种意义就很难传达。如选用“裹尸布”一词,太直露,原文美感会受到损害,如只取“覆盖”两字,不细心的读者恐怕理解或体会不到原文易于捕捉的暗示。类似的难题在文学翻译中是经常会遇到的。普鲁斯特的《追忆似水年华》卷四《索多姆和戈摩尔》的第二章中,有大段大段的文字利用谐音、双关、形似等特殊手段来创造意在言外的效果,其传译之难往往令笔者发出无可奈何的哀叹。

三

翻译的使命是神圣的，它试图跨越巴别塔所造成的巨大障碍，为人类的相互交流架设桥梁。一个文学翻译工作者要不辱使命，哀叹是无济于事的，唯一的出路是去探索、去创造。我们知道，文学翻译的再创造与文学创作是有差别的。上文说过，文学翻译的再创造在很大程度上是在甲乙双方无法做到对应的情况下为传达近似的效果而采取的非对应的手段。它不同于自由创作，不是用自己的构思写作，也不是完全随意的改写，其要求极为明确：原作内容与艺术效果及风格不得歪曲。那么，在取舍非对应的表达手段、再现原作的意义与效果时，如何把握分寸，尽量做到公允呢？这就是文学翻译再创造的度的问题。

度是个哲学概念，它指的是一定事物保持自己的质的稳定性的数量界限。翻译的最基本的标准之一就是忠实，可是文学翻译涉及因素之多，往往使译者顾此失彼，甚至束手无策，不知忠诚于谁为好。“形”与“神”之争就是明证。忠其形，求貌之相似，可其神韵呢？气势呢？文学精品往往刻意寻求意在言外的独特效果，译者稍不小心，就可能违反文学翻译的原旨，得其形而忘其神或者失其神，成为真正的“逆子”。可由于各种差异的实际存在，既要忠其形，又要得其神，往往难以达到。亦步亦趋只求文字形式对应，会为两种语言特有的规律所不容；洒脱大胆地抛其形、求其神，又担心超过文学翻译再创造的度，失去或歪曲了原作的独特风采。“忠诚”与“叛逆”似乎构成了文学翻译的双重性格，愚笨的“忠诚”可能会导向“叛逆”，而艺术的“叛逆”可能会显出“忠诚”，这也许就是文学翻译的辩证法吧。这一双重的矛盾性格如何把握，其结果是悲惨还是圆满，取决于译者的艺术创造力。但是如何在忠诚中显出创造，创造时又不偏离呢？亦即文学翻译再创造的度该如何把握呢？

艺术的东西是无法量化的，对不同功力的译者来说，文学翻译的限度是不一样的。既然文学翻译再创造是针对原作艺术个性而言，那匠心变化、妙不可言的独特风采的传达是难以以条条框框所界定的。要在不违背或偏离原文本旨与风采的条件下进行再创造，我们认为应着重处理好以下四个方面的关系。

一是积极与消极的关系。翁显良先生在《文学翻译丛谈》中说过这么一段话：“既然（文学翻译）是再创作，就要重新构思；既然原意不可违，就必须深入探索，反复揣摩；既然以趣不乖本为限，就要不受原文表层结构的约束；既然要求效果近似原文，就必须因译文语言之宜，用译文语言之长，充分发挥译文语言的优势。”翁老实际上在这儿明确地提出了文学翻译再创造所必须遵循的积极性原则。重新构思、深入探索、用译文语言之宜等都是积极的行为。目的明确，行为积极，就有助于探索各种行之有效的手段，转达原作韵味及妙处。反之，回避障碍，把困难留给读者，或者干脆承认无能，加上“无法传译”的注脚，这种消极的态度是不足取的。请看下面这个例子：

Paris n'a pas été bâti dans un four.

这是一句经过改造的成语，原来的形式是 Paris n'a pas été bâti

dans un jour.作者借 four 与 jour 的音似与形似,增加表达效果,给人以新鲜的感觉。这里有两种翻译,一种将之译为:巴黎不是一只灶里建筑起来的。并加上这样的注释:这句成语原来是“巴黎不是一日建筑起来的”,“日”字原文和“灶”字音形均相似。另一种则从艺术效果出发,刻意反映原文的修辞特点,并积极地采用拟意法,重新创造一番意境,传达原文之妙,译为:建设巴黎非叹息(旦夕)之功。“叹息”与“旦夕”读音相似,原文意义与修辞色彩均得到了较为完美的传达。[①]

我们所说的积极性原则含有两层意思,一是就传达效果而言,二是就翻译态度而言。严复的“一名之立,旬月踌躇”以及鲁迅的“冷汗不离身”都是这种认真的真实写照。

二是整体与局部的关系。文学语言表达的意义与效果是复杂、微妙的,受到各种制约,如语流、特定的上下文关系、具体情景、辅助的实际手段等。把握其意义与神韵要从整体出发,传达其原旨与精妙也要坚持局部服从整体的原则,透过原文的各种具体因素,仔细分析,再探索相应的手段,贴切、自然地进行传译。这种个别部分要根据它与整体及其他部分的关系来取舍的原则是行之有效的。几年前,我在翻译长篇巨著《“博爱”号大炮》中遇到这么一句话:C'est vraiment un festin visuel. 这句话直译为:这是一次真正的视觉筵席。意思是明白的,但不像地道的汉语。我类推“精神会餐”的说法将之译为“这真是一次视觉大会餐”,原文的意义与色彩都得到了传达。不久前,我在校译法国名导演瓦迪姆一部自传的部分章节时,又遇到了“un festin visuel ”的说法,原文是这样的:

---

① 参见《法汉翻译教程》,陈宗宝编著,上海译文出版社,1984 年版,第 12 章。

En automne, la forêt est peinte de mille couleurs éclatantes qui sautent aux yeux: un festin visuel.

我校订为:“秋日里,层林尽染,满目绚烂色彩:好一次丰盛的视觉会餐。”将“un festin visuel ”译为“好一次丰盛的视觉会餐”还是富有特色的,可在整个句子中显得不太自然,与前半句的风采不太协调。一好友建议将之改为“令人大饱眼福”,相比较之下更为妥帖。

文学作品重整体效果,求风格统一、意境和谐。翻译中坚持局部服从整体的原则具有积极的意义。我们在释义与传达中都应该处理好部分与部分以及部分与整体这两层关系。

三是创新与规范的关系。我们说文学翻译再创造,其中一点就是采用创造性的艺术手法,把原作中新的东西吸收过来。文学语言富于创新,一部好的作品总是不乏新颖、奇特的表达方法,文学翻译也应该努力将其输入,丰富目的语,给目的语读者引入新鲜空气,给人以崭新的感受。王育伦同志在《从“削鼻剜眼”到“异国情调”》一文[①]中明确提出要尽力保存原作的异国情调,不仅限于思想内容,还应包括反映异国特有的风土人情、习俗时尚、文化历史的各种语言要素,如形象语言、成语典故等。

翻译中真正的创造,是在彼有此无情况下的输入。在《名士风流》一书中,主人公安娜在印第安人集市上发现了一种奇美的服装,叫“huipil”。我查了法语、英语、西班牙语等词典,均未查到,估计是作者根据土著人的发音,按照法语的造词规律创造的新词。如采用音译手法,译为“慧皮尔”,那读者会不知所云,达不到翻译的目的。我根据上

---

① 参见《翻译论集》,罗新璋编,商务印书馆,1984 年版,第 933—941 页。

下文提供的几个义素"一种根据手绘的图案刺绣的女衫"，再按照汉语音义、形义结合的造词规律与特点，将之试译为"绘绣衫"。虽然创造一个较为满意的新名词颇费脑筋，但一般来说，只要掌握了其义素与特征，创造出一个"名"来还是有可能的。

翻译中最困难的是处理那些带有异国情调的东西。看惯了中山装的人初见了西装总不舒服，读惯了"冰肌玉肤"的词句见了"润美若桃色的皮肤"总是不太顺眼。有时创新不成，反倒会背上"硬译"的罪名。我们讲翻译，总是强调以规范、地道的汉语去传达。但是，规范不应是清规戒律，语言无创新就无发展。我们所说的创新，并非违背语言规律，而是对语言体系中的多种潜在因素的创造性的利用。我们在文学翻译中，自然也要积极吸收异语体系中对我们有益的东西，为我所用，一味地死死抱住汉语规范和现有的表达手段，就无法完成所肩负的"互通有无"的使命了。比如汉语中形容火势，往往使用蛇的形象。可法语中有更为新奇的比喻，且看：

> Le feu d'oliviers, c'est bon parce que ça prend vite, mais c'est tout juste comme un poulain, ça danse en beauté sans penser au travail. (Giono)
>
> (橄榄枝生火是不错的，因为一点就着。但火苗儿恰似一匹马驹儿，跳腾得倒欢，就是没劲儿。——罗国林译)①

如此富有特色的生动形象，如不移植过来，岂不遗憾。万幸的是我们汉语读者对这一形象比喻不仅接受，说不定还会拍手叫绝。可有

---

① 参见《法译汉理论与技巧》，罗国林著，商务印书馆，1981 年版，第 25 页。

的东西，虽然在异国很精彩，在汉语天地里就不甚受欢迎。因此，如何处理好创新与规范的关系不只是个艺术问题。我们应该既不辱翻译使命，又要了解与尊重目的语读者的欣赏与审美心理和习惯，做到既避免强加于读者，又做些引导工作，不至于一味迎合读者的需要而走向贫乏或庸俗的极端。

四是客观与主观的关系。文学翻译的可能性在一定意义上说是建立在意义的客观性及风格的可感性的基础之上的。原作的内容及风格是通过原作的语言表达的，我们要确切理解与捕捉原文的意义与神韵，一方面必须依据原文的语言形式及表达手段，切忌脱离原文自由发挥，把原作文字所不包含的意义强加给译文；另一方面又要避免浮在原文形式的表层，满足于一知半解，不积极地去探其深蕴。译者尤要力戒凭自己的主观性，从自己的立场、观点出发，给原文中并不蕴涵着强烈色彩的词句添加上自己主观的成分。那种以创造为名行偏离之实的译风与译者的"主观随意性"大有关系。这方面的例子与教训不胜枚举，恕不赘述。在此仅提醒一点：脱离了客观的依据，越"创造"越"不忠"。切记文学翻译的再创造绝不是主观生造、乱造、硬造。

我们在此再强调一点，既然是再创造，自然就要求译者的自我修炼与完善；既然是再创造，就要不懈地探索各种行之有效的手段。文学翻译这条揣摩、选择、提炼、再创造的道路是没有穷尽的。

译文评析

是否还有个度的问题①

也许是学翻译、教翻译，自己也试着做翻译的缘故，对翻译似乎有着一种难以割舍的感情，对与翻译有关的一些问题（也许是不成问题的问题）特别敏感，每遇到疑惑，总想探个究竟。最近研读罗新璋先生译的《红与黑》，欣赏之余，觉得罗先生某些带有个人特色的译法说妙也妙，但好像妙中又有些失度的感觉。感觉是否有理，实在没有把握，不揣冒昧，就此提出疑问，求教于译者和各位专家。

一

傅雷在《致林以亮论翻译书》中曾说过："我们在翻译的时候，通常是胆子太小，迁就原文字面，原文句法的时候太多。要避免这些，第一要精读熟读原文，把原文的意义，神韵全部抓握住了，才能放大胆子。"

---

① 本文原载《中国翻译》1995 年第 4 期。

罗新璋先生是深谙傅雷的翻译之道的。翻译若过分迁就原文字面、原文句法，译出的东西自然就非纯粹之中文，神气走失，甚至还会造出一些似通非通、似中国话非中国话的文字来。为了避免"将外语译成外国中文"，罗新璋先生在句法上是下了大工夫的。一是句子求短（四字结构尤多[①]），据他自己说，句长绝不超过二十个字；二是句式求精，以严谨的逻辑，注意前后连贯，句句照应。罗的译文，颇有些曹雪芹的风格，不妨比较下面几句文字：

（1）a. 瑞那先生不知如何回答是好，正想发发他的威风，忽听得妻子一声惊叫…… （罗译第10页）

b. 都说红玉正自出神，忽见袭人招手叫他，只得走上前来。

（《红楼梦》人民文学出版社1985年版，上册第345页）

（2）a.看到市长大人急切的心情，索雷尔本来就爱节外生枝，这时就愈发吹毛求疵，加上心里不无疑虑和惊异，便提出要看看儿子来后的卧室。 （罗译第19页）

b. 二人正闹着，原来贾环听得见，素日原恨宝玉，如今又见他和彩霞闹，心中越发按不下这口毒气。虽不敢明言，却每每暗中算计，只是不得下手，今见相离甚近，便要用热油烫瞎他的眼睛。

（《红楼梦》上册第346页）

（3）a. 只听得娇音嫩语地喊一声"阿道尔夫"，孩子才放弃胆大妄为的打算。 （罗译第7页）

b. 只听门前娇声嫩语的叫了一声"哥哥"。贾芸往外瞧时，看

① 如译文第348页一段："蜜爱幽欢，神魂颠倒。此中情形，不写为妙"，原文为：Mais il est plus sage de supprimer la description d'un tel degré d'égarement et de félicité.

是一个十六七岁的丫头……　　（《红楼梦》上册第 338 页第二段）

罗译的句段多用“原本”、“如今”、“不料”、“而”、“却”、“倒”、“就”、“遂”、“便”等词承转，形成了明显的句法标记。如“倒”字的使用，在罗译中频率较高，第 81 页半页的文字中，就有三次出现。这些手段的使用，对打破原文句法的束缚使译文显得流畅甚或精彩起到了不可小视的作用。与原作相比，译文句序多有变动。为了与前句或前段照应，原文的自然段落在译文中也有不少改动（这一点不敢断定，也许是译者依据的版本不同）。

除了句求短、句式求精之外，罗译最讲究的，还是用词。正如他在《译书识语》中所说：“文学语言，于言达时尤须注意语工。”罗译《红与黑》，朝译夕改，孜孜两年，恐怕有很大一部分时间都是花在用语“求工”上。原文中很不显眼的一个词，在罗译中多有精彩的表现。如“joli”一词，根据不同上下文，有“风光秀美”、“秀丽”、“婉丽”等七八种译法，以求字传神。又如“bras”一词，有“玉臂”（P.27）、“雪腕”（P.62）之“艺”译。还如上文例（2）“本来就爱节外生枝，这时就愈发吹毛求疵”，那半句原文为“toujours plus disposé à incidenter”（P.43），把“incidenter”一词分译成“节外生枝”和“吹毛求疵”，真可谓煞费苦心。

不拘泥原文的词句，摆脱原文之束缚，但求译文纯粹、精彩、自成一体，可以说是罗译的一大特点。较之罗译，郝运或郭宏安译的《红与黑》文字显得更为质朴，不像罗译那么讲究、那么美。兹举上卷第十三章第二自然段中一句为例，请有心的读者作一比较：

Placé comme sur un promontoire élevé, il pouvait juger, et dominait pour ainsi dire l'extême pauvreté et l'aisance qu'il appelait encore richesse. Il était loin de juger sa position en philosophe, mais il eut assez de clairvoyance pour se sentir différent après ce petit voyage dans la montagne.

(Folio 版 p.104)

郝译:他好像是立在一个高高的岬角上,能够评价,也可以说是能够俯视极端的贫困,以及他仍旧称之为富有的小康生活。他当然不是像哲学家那样评价自己的处境,但是他有足够的洞察力,能够感到自己在这趟到山里去的小小旅行以后与以前有所不同了。

(第 97—98 页)

郭译:现在他仿佛站在一块高高的岬角上,能够判断,或者可以说,俯视极端的贫穷和他仍称为富裕的小康。他还远不能以哲人的姿态评判他的处境,但是,他有足够的洞察力感到这次山间小住之后,他跟以前不同了。

(第 70 页)

罗译:他仿佛站在高高的呻角上,浩魄雄襟,评断穷通,甚至凌驾于贫富之上;不过他的所谓富,实际上只是小康而已。虽然他远不具哲人的深刻,来鉴衡自己的处境,但头脑却很清晰,觉得经此短暂的山林之行,自己与以前已人不相同了。

(第 68 页)

三种译文中前两种风格相似,后一种明显有别,主要表现在句子的结构和用词的色彩上。若不比较原文,就译语的表达和力度看,罗译给读者的印象恐怕要更深一些,尤其是"浩魄雄襟,评断穷通"那八个字,真有些"会当凌绝顶,一览众山小"的气势。但问题是,这八个字虽然气势不凡，但用于传达原文的“il pouvait juger”，似乎有些失度，或者说与原作较为质朴的文字不甚相符。

从主观上说，罗新璋先生是在追求自己的一种风格，他的“译书识语”可资证明。从客观上看，句子短，节奏感强，句式精，逻辑连贯，用语工，词汇色彩浓烈(有的甚至比较华丽)，这构成了罗译的独特风格。现在的问题，便是译文的风格与原作的风格是否比较接近。

从理论上讲，再现原作风格应该是也必须是译者的追求。不同语言之间存在着多层次上的差异，译作要完善地传达原作的风格、尽量反映原作的艺术个性，对于这一点，译界在理论上已达成共识，每个译者在主观上都应朝这个方向努力。要想尽可能再现原作风格，识别、感悟原作风格是个前提。《红与黑》原著的风格，不是笔者三言两语就能说清的。国内研究斯丹达尔的专家，当属华中师范大学的许光华先生，他在《司汤达比较研究》中是这样评价斯丹达尔的风格的：“从文风特征来讲，司汤达是个不合时宜的作家。十九世纪的法国文坛，由于受大革命和司各特历史小说影响，作家们的创作，大都激情满怀，格调高昂，而且着眼于多姿多彩画面的描绘，无论是夏多勃里昂、雨果、还是大仲马、乔治·桑都是如此，甚至巴尔扎克的许多作品也不例外，但是唯独司汤达(还有梅里美)别具一格。其他作家要激动，司汤达则要冷静；其他作家要描绘，他要分析……他说，夏多勃里昂的美丽的风格，从1802年起他就觉得滑稽，‘说了许许多多不真实的话’”；司汤达认为巴尔扎克“以一种精美的制作新语言的风格加以装饰，用了‘灵魂的大厦’、‘在心里下雪’及类似可爱的词句来加以装饰，令人觉得别扭，造作”①。长于分析，文笔冷静，语言不多装饰，不追求美丽、造作的

① 许光华著：《司汤达比较研究》，华东师范大学出版社，1991年9月版，第8—9页。

风格，可以说是斯丹达尔文风的基本特征。罗译《红与黑》附录之一韦邀宇写的《〈红与黑〉的一种读法》，对斯丹达尔的风格也有一段较为中肯的评价。韦邀宇认为，斯丹达尔的文字有一种“自‘有意为之’向‘无意为之’的过渡，这种自‘工’、‘巧’向‘拙’、‘朴’的过渡，恰恰构成了斯当达日后小说创作的成功的基础”(第503页)。由此看来，罗新璋先生所追求的译文风格与斯丹达尔所追求，且在《红与黑》中所表现的文风是不太一致的。

二

林语堂在谈郑陀、应元杰合译的《京华烟云》时曾对“累赘冗长”、“拖泥带水”、洋腔洋调的译文提出过批评。同时，他也认为，“夫新名词，非不可用，新句法亦非不可用。有助达意传神，斯用之，有关思想缜密论证谨严，亦宜用之”。他进而提出：“但无论中西，行文贵用字恰当。用字得当，多寡不拘，用字不当，虽句法冗长，仍不达意，不得以摩登文体为护身符，而误以繁难为谨严，以罗嗦为欧化也。”应该说，罗译中绝没有林语堂所批评的那种累赘冗长的毛病，也没有丝毫的洋味。但若以“行文贵用字恰当”这一标准去衡量，罗译对原文中某些词句的传达恐怕是可以商榷的。我们不妨看看上卷第七章(第33页)中的几个句子：

1. 见瑞那夫人惊惶之状，瓦勒诺便大发醋兴。

2. 他公开扬言：过多的修饰，于年轻修士，大非所宜。

3. 在这类琐事上，艾莉莎对他大有用处。

在前后不到十五行的译文中，我们发现有“大发醋兴”、“大非所宜”、“大有用处”三个结构类似的表达。同一结构频频出现是否在语言表现力上产生副作用，我们暂且不论。我们关心的是译文与原文在意义上是否有差别。上面三句的原文是这样的：

1. Son saisissement fut tel, qu'il donna de la jalousie à M. Valenod. (p.59)

2. Il dit publiquement que tant de coquetterie ne convenait pas à un jeune abbé. (p.59)

3. Et c'est pour ces petits soins qu'Elisa lui était utile. (p.60)

对比原文，我们可以看到，原文的表达是很有分寸感的，“de la jalousie”，恐怕可以译为“些许醋意”，用“大发醋兴”似乎过分了些。同样，原文中说的是“不适宜”，不是“大非所宜”；是“有用处”，不是“大有用处”。对文学翻译来说，这些现象如是个别的，也许是小问题，但译文用语一旦形成一种“言过其实”的倾向，恐怕对原文就有所不恭了。在这一方面，郝运的处理比较得当：

1. 她是那么激动，甚至引起了瓦尔诺先生的嫉妒。

2. 他公开地说，一个年轻的神父不应该这样爱打扮。

3. 正是在这种小事情上埃莉莎可以帮他的忙。

罗译某些用词失度，恐怕与四字结构有关。许渊冲强调发挥汉语优势，“以少许胜人多许，用四个字表达原文十几个词的内容”（见译者前言第3页）。罗新璋先生没有这样明确的主张，但在四字结构的运用上，频率并不比许译低。译文中难免有一些为了用四字结构而在传达原文的意义上欠信的情况。如原文中“adorer”，说的是“钦佩”，译者似嫌不足，译成“佩服得五体投地”（第32页）；原文中“chasser”说的是“驱除”，在译者笔下成了“一扫而空”（第32页）；原文中的“avec quelle bonne foi ardente il se méprisait lui-même !”（Folio版，第406页），原本的意思是“他又是怀着怎样热烈的诚意蔑视自己啊”（郭宏安译），罗先生则译为“他确确实实把自己看得狗屁不如”（第339页）。

三

在文学作品的翻译中，蕴涵意义的再现是一个难题。按字面意义译，似乎失之平淡，不足以传达原语的深刻；若放弃原文的字面意义，将原文意在言外的东西直呈读者面前，又觉得不太含蓄。为了解决这个矛盾，一般的译者往往采用两头兼顾的方式，先译出字面意义，再以某种解释的方式对这一字面意义作出说明，以填补某种理解和表达上的空白。这种做法本是不可为而为之，译者使用时应慎之又慎，尤其要避免掺入过分强烈的主观因素。《红与黑》上卷第七章第一段中有这么一段话：

> “Quels éloges de la probité ! s’écria-t-il, on dirait que c’est la seule vertu ; et cependant quelle considération, quel respect bas pour un homme qui évidemment a doublé et triplé sa fortune, depuis qu’il administre le bien des pauvres !”

罗新璋先生的译文是：

> “真是够清廉的！”他愤愤不平地想道，“嘴上居然说什么唯有清廉才是美德。可此公自从掌管赈济款以来，自家的财产倒翻了二三倍，大家还对他表示赏识、尊重，真是肉麻当有趣！……”
>
> （第 32 页）

原文中的“on dirait que”译为“嘴上居然说”、“doublé et triplé”译为“翻了二三倍”是否正确，这里不拟讨论。我们来看看“真是肉麻当有趣”这一译法是否恰当。原文中的“quel respect bas”是一种富有特点的表达法，比较含蓄。“bas”的意思是“低三下四”，引申为“肉麻”还说得过去，可再添上“有趣”等词，解译为“真是肉麻当有趣”，看来就有些过分了。郭宏安的译文比较适度：

> 他嚷叫道：“对廉洁的颂扬多么动听啊！仿佛这是唯一的美德，然而对于一个自从管理穷人的福利之后显然把自己的财产增加了两三倍的人，却又那样地敬重，那样地阿谀奉承！”
>
> （第 33 页）

又如上卷第二章第一段开头一句话：

"Heureusement pour la réputation de M. de Rênal comme administrateur, un immense mur de soutènement était nécessaire à la promenade publique qui longe la colline à une centaine de pieds au-dessus du cours du Doubs." (p.27)

杜河之上,大约百步之高,沿山坡有一条公共散步道。道旁修一条长长的挡墙,实属必要;这对沽名钓誉的地方长官特·瑞那先生来说,真是万幸的事! (罗译第5页)

这一句是客观叙述的文字,文中的"réputation"一词无褒意,也无贬义,若客观地传达,如郝运先生的译法,可译为"名声",若更确切一些,可译为"政声"(郭宏安译)。罗新璋先生则有自己不同的理解,译成了"沽名钓誉"。也许原文确实含有这一抨击的深层意思,但像译文这样直露,恐怕正是作者试图避免的。

罗译中,不时可以发现一些"原文形式所无"而译者添加的文字,如下卷第三十章:

1. Cette vue du sublime rendit à Julien toute la force que l'apparition de M. Chelan lui avait perdue. (p.525)

罗新璋译:谢朗神父的衰年迟暮,教于连看了泄气;富凯的侠义心肠,又使他鼓起勇气。 (第446页)

郝运译:看到富凯的这种崇高表现,于连在谢朗神父出现后失去的力量又完全恢复了。 (第585页)

2. Fouqué se méprenait étrangement. M. de Frilair n'était point un Valenod. (p.526)

罗新璋译：他这就大错特错了；须知弗利赖，不是贪鄙的瓦勒诺。（第447页）

郝运译：富凯完完全全搞错了，德·弗里莱尔先生决不是瓦尔诺那种人。（第585页）

钱钟书在评林纾的翻译时，说林纾常有"锦上添花"之笔。他说："林纾认为原文美中不足，这里补充一下，那里润饰一下，故而语言更具体，情景更活泼，整个描述笔酣墨饱。"钱钟书进而指出，林纾"在翻译时，碰见他心目中认为是原作的弱笔或败笔，不免手痒难熬，抢过作者的笔代他去写。从翻译的角度判断，这当然也是'讹'。尽管添改得很好，终变换了本来面目，何况添改处不会一一都妥当"。[①] 看来，如果译文中出现过多的润色和增饰，那如钱钟书所说，就不是一种"化"（"化境"的"化"），而是一种"讹"了。罗新璋先生能接受这个观点吗？

① 罗新璋编：《翻译集》，商务印书馆，1984年版，第703页。

蕴涵义与翻译[①]

词义的理解与翻译，历来是翻译活动中的一大难题。尤其是蕴涵义，它含蓄在词语的所指意义之内，又区别于所指意义，是人们在使用语言时附加给语言的某种价值，主观性和表感性较强，且因人而异，因时而异，有时令人难以捉摸，从而往往被忽视、被误解，更谈不上用另一种语言准确、贴切地加以传达，这在一定程度上影响了翻译的质量。法国著名翻译理论家乔治·穆南在《翻译理论问题》一书中指出，蕴涵义是指跟语符相联系的主观的补充价值，它主要取决于以下几个关系：(1) 讲话者跟语符的关系；(2) 听话者跟语符的关系；(3) 讲话者、听话者跟语符之间的关系。下面，我们就这几种关系来看看蕴涵义的特点及可能造成的理解与翻译的障碍：

1. 讲话者跟语符之间的关系。它表明了讲话者对词语所指的好恶态度，如语言中经常使用的指示词、贬义词、爱称用语、感叹词语等，听话者通过这些词语可以了解到讲话者的感情、立场、态度等附加信息，如《包法利夫人》中有这么一句话：

① 本文原载《外国语文》1987 年 1 期。

"J'en ai connu, des prêtres, qui s'habillaient en bourgeois, pour aller voir gigoter des danseurs."(FLAUBERT)

句中gigoter一词可以让人体会到说话者对那些所谓舞女的鄙视。李健吾先生的译文是：

"我就认识有些教士，俗家打扮，去看舞女跳蹦。"

"跳蹦"一词可谓译得传神，恰到好处地再现了说话者的感情色彩：舞女们胡蹦乱跳，不正经。从而反映了说话者的憎恶，也暗示了教士们去看的是一些不正经的舞女。

听话者对讲话者赋予词语的这种附加的主观价值的反应，一般是较为敏感的。正因为如此，堂长反驳道：

"Allons donc！"

"Allons donc"是aller命令形式，往往用于加强语气或作感叹词用。作感叹词用时，它具有较为复杂的蕴涵义，既可表示怀疑，又可表示讽刺，也可表示否定。李健吾先生从上下文分析，排除了"讽刺"和"怀疑"的可能含义，选择了"否定"这一蕴涵意义，译为"瞎扯"。译文可以说是准确的，但美中不足的是李先生在选择其确切的蕴涵意义时，忽视了"allons donc"属于标准语级，翻译时应充分考虑说话人的身份与文化素养等因素。从上下文看，堂长说话文雅、用语讲究，突然从嘴中冒出"瞎扯"这一属于粗俗语级的用语，恐怕不太可能，不如译为"一派胡言"更为妥当。

2. 听话者跟语符之间的关系。这种关系往往导致言者无意、听者有心的客观效果，即讲话者在说某一词时，主观上并没有附加意义，但听话者却可能赋予特殊的含义、产生特殊的感情反应，由此导致说话者的原意被误解，这里举一个十分典型的例子加以说明。60年代初，法国“秘密军”多次企图谋杀戴高乐，骇人听闻的波蒂克拉玛事件就是一例。那是在一个周末，戴高乐将军和夫人及其女婿同乘一辆轿车，在警察卫队的护送下前往科隆贝度假。车行至波蒂克拉玛处，忽然枪声大作，总统专车中弹数十处，但总统一行三人幸免于难。惊恐之余，戴高乐夫人当着几位保安警察道：“Ha, mes poulets, j'espère qu'ils n'ont rien.”在那危急关头，警察确实以生命保护总统一行，总统夫人的这句话很自然被人们理解成为她对警察的关心。在他们看来，用俗语“poulet”来称呼警察，显得彼此关系融洽，“mes”这一主有形容词更赋予了一种强烈的感情色彩。于是，当时有不少报刊就这句话大做文章，赞扬第一夫人在危急关头对卫队人员无比关怀。然而，事隔二十余年，普隆出版社于1982年年底出版了戴高乐将军女婿撰写的回忆录《为将军效劳》，书中清楚地指出：总统夫人当时讲的是母鸡，并非警察，因为当时总统专车的后工具箱确实带着几只准备周末享用的母鸡。这一例子充分说明了这样一个事实：由于某种特定的环境，听话者可以赋予讲话者的某个词语以附加的主观价值。它从反面告诫我们在翻译活动中应力戒主观想象、望文生义、把自己的主观因素强加给作者或因自己措词不当给原作者的词语罩上一层原来并不蕴含的感情色彩从而传给读者以不恰当的附加信息。如《包法利夫人》中卷第七章中，查理·包法利的母亲在议论儿媳时对儿子说：

“你知道你女人需要什么？就是逼她操劳，手不闲着！只要她

像别人一样，非自食其力不可，她就不会犯神经了。”(李健吾译)

从“你女人”、“犯神经”这些带有强烈贬义的用语中，读者也许会断言婆婆对儿媳十分鄙视，而且可以由此产生婆婆十分粗俗的感觉。原文是这样的：

“Sais-tu ce qu'il faudrait à ta femme ? Ce seraient des occupations forcées, de ouvrages manuels! Si elle était, comme tant d'autres, contraintes à gagner son pain, elle n'aurait pas ces vapeurs-là...”(FLAUBERT)

从句子的匀称的结构和讲究的措词看，包法利母亲的语气虽然强烈，但并不粗俗。将“ta femme”和“avoir ces vapeurs”译成“你女人”和“犯神经”似分寸掌握不当，这里无疑掺杂了译者的某些主观成分。基于包法利母亲一贯的言谈举止，译为“你妻子”和“神不守舍”似更贴切。

3. 讲话者、听话者跟语符之间的关系。它表明了说话者和听话者对语符所产生的共同的情感反应，以及赋予它的共同的主观价值。比如“十三”这个数字，往往能在人们心中引起“不吉利”的联想。这里的问题是：尽管有些词语带有较为普遍的社会性的蕴涵意义，但由于某种历史、地理、文化、风俗方面的原因，某一词语在甲语言中可能含有某种较强的蕴涵义，而在乙语言中这种蕴涵义可能就不明显或者根本没有。《包法利夫人》中卷第六章中有这样一段对话：

——Je ne crois pas qu'il se dérange, objecta Bovary.

——Ni moi! reprit vivement M. Homais, quoiqu'il lui faudra pourtant suivre les autres, au risque de passer pour un jésuite...

包法利反驳道：

“我不相信他会胡闹。”

郝麦先生连忙接下去道：

“我也不相信！不过，除非他不怕别人把他看成耶稣会教士，否则，他将来就得同流合污……”（李健吾译）

句中“jésuite”一词除了其所指意义外，还含有“虚伪”这一附加意义。法国人很容易感觉到这一点，而我们中国人就难以从“耶稣会教士”这几个语符中得到“虚伪”这一附加信息。为了解决这一矛盾，李健吾先生加了一个注：“耶稣会教士往往被人看成伪君子”。这对中国读者领悟这个词所含有的附加意义无疑是有帮助的。但是加注是翻译者的客观语言活动，与讲话者（即作者）本身赋予某词语一种主观价值有一定差别。所以我们认为，只要正确把握了原词语的蕴涵义，为了使读者得到该词语所赋予的附加信息，可以通过加词来处理，比如直接将 jésuite 译为“虚伪的耶稣会教士”。

从以上三对关系的分析，我们可以看到蕴涵义是十分复杂的。正因为它的形成取决于听话者或讲话者跟语符的关系，所以往往产生这样的情况：讲话者借助语境或某一语言手段赋予某词以附加的意义，但由于体会这种附加意义取决于听话者的心理敏感程度和各方面的知识及文化素养程度，听话者就有可能领悟不到讲话者的意图。这种情况表现在翻译活动中就是译者领会不到作者的意图。相反，由于听话者与某一词语有着某种特殊的关系，虽然讲话者没有赋予特别的含义。听话者却有可能主观地赋予该词语一种特殊的意义。这种情况表现在翻译中就是译者掺进原文所不具有的主观成分。在翻译活动中经常出现的望文生义或言犹未尽的问题大多产生于此。为了尽量避免失误，客观而准确地领悟和翻译蕴涵义，我们应充分考虑以下因素，并采取相应的处理手段。

1. 蕴涵义可以出现在语言的不同平面上，如语段、词语、音韵等。《包法利夫人》中有这么一段话：

> "Voilà ce que s'appelle une prise de bec! Je l'ai roulé, vous avez vu, d'une manière!... Enfin, croyez-moi, conduisez madame au spectacle, ne serait-ce que pour faire une fois dans votre vie enrager un de ces corbeaux-là, Saperlotte ..."(FLAUBERT)

这是药剂师郝麦对爱玛的丈夫查理·包法利先生说的一番话。从该语段的总体看，句子结构短而松散。多插入语，用词粗俗，还带脏话。细心的读者除了可以领会本语段的所指意义外，还可以得到本语段的蕴涵意义：郝麦性格粗野，没有什么教养。从语段中的个别词语看，如"un de ces corbeaux-là"，读者就可以从 corbeau 这一词中体会到说话者对教士的极大蔑视，这是因为 corbeau 一词在法文中除了具有借喻义"教士"之外，还可借助它的原义"乌鸦"激起听话者的联想，且可以从说话者选择这一词语的行为本身领悟到说话者的好恶态度。

李健吾先生是这样翻译的：

> "这就叫斗嘴！你看见的，我老实不客气，咬了他几口！……

话说回来，听我的话，带太太去看看戏吧，那怕单为你这一辈子，气死一回一只这样的黑老鸹，也是好的！”

从总体效果看，李健吾先生以结构松散还其松散，插入语位置安排得当，且通过“斗嘴”、“黑老鸹”这些民俗语，比较成功地再现了原语段蕴涵义。但从个别词语的翻译看，则可商榷。如“un de ces corbeauxlà”译为“一只这样的黑老鸹”，似乎既没有传达出原文的所指义，也没有表现出含蓄在该词中的附加义。首先，“黑老鸹”在中文里没有“教士”这一含义，其次“黑老鸹”这一语符在中国读者脑中引起的感情反应也许是“不吉利”，而不是“可恶”。李先生完全明白其中的困难，不得已加了注：“黑老鸹指教士而言，因为道袍是黑颜色”。这里附带指出，原文“Je l'ai roulé”译为“咬了他几口”似不妥。是“斗嘴”真的发展到了“咬了他几口”？还是想借“斗嘴”这一前提，用“咬了他几口”比喻“痛痛快快地骂了他几句”？“rouler qn.”法语中含有“欺骗”、“耍弄”义，根据上下文，可译为“我好好地耍了他一番”。这样不致引起读者误解，以为郝麦真的咬了教士几口。

2. 从语言手段去识别蕴涵义。表达蕴涵义的手段是十分丰富的。尤其在文学作品中，作者往往善于调动各种语言手段，赋予某词语以特殊的附加意义，以增加作品的感染力，取得特殊的艺术效果，或激起读者的共鸣，或暗示人物的心理状态、个性特征等。我们也应该善于通过作者的语言手段去识别、领悟他的用心所在。《红与黑》中有这么一段话：

——Ton mari est-il à la ville? Lui dit-il, non pour 1a braver, mais emporté par l'ancienne habitude.

——Ne me parlez pas ainsi，de grâce，ou j'appelle mon mari. Je ne suis déjà que trop coupable de ne vous avoir pas chassé, quoiqu'il pût en arriver. J'ai pitié de vous，lui dit-elle，cherchant à blesser son orgueil qu'elle connaissait si irritable.

Ce refus de tutoiement，cette façon brusque de briser un lien si tendre，et sur lequel il comptait encore，portèrent jusqu'au délir le transport d'amour de Julien.（Stendhal）

"你的丈夫，他在城里吗？"他向她问道。他不是故意激动她生气，实际他不知不觉的回到旧日的习惯上去了（原译文如此）。

"你不要这样对我说话，求求你，开恩吧，否则我要去叫醒我的丈夫了。我没有把你赶走，已经是罪过了。我实在可怜你。"她向他说道，她故意找话来刺伤他的骄傲。因为她知道他的骄傲是不可刺伤的。

这种亲密的称呼的拒绝，粉碎如此温柔的连系的急遽的方式，可是他还是沉醉在这种连系里，这反而使于连爱恋的快乐达到癫狂的程度。（罗玉君译）

读了这段译文，读者也许会感到莫名其妙，纵然绞尽脑汁，也难以理解"这种亲密的称呼的拒绝"这一句话的由来，因为于连和德·瑞那夫人对话的译文中没有暗示"这种……拒绝"。与原文一比较，不难发现译文的费解是译者处理"Tu"和"Vous"不当造成的。斯丹达尔巧妙的通过"Tu"和"Vous"这两个普通的人称代词的对立，暗示了于连和德·瑞那夫人之间的感情裂痕。分离十四个月之后，于连冒险潜入德·瑞那夫人的卧室，昔日以身心相许的情人竟然用"Vous"相称，这不意味着昔日情谊的一笔勾销吗？夫人“拒绝”用“你”来称呼于连，这不意味着拒绝重归于好吗？毋庸赘言，夫人的那番话中，“Vous”一词具有强烈的蕴涵义，不译出，便使人难以领悟夫人独特的“拒绝”方式。可见，译者稍有忽视或处理不当，都会妨碍读者通过某些语言手段去领会蕴涵义。

这里应该强调指出：许多作者喜欢采用创造性的偏离语言常规的手段来赋予特殊的补充价值，如文学作品中常用的“变音”、“省音”和“缩略”等语音描述手段及“变换词性”、“改造旧习语”等语法、词汇手段，翻译中应充分注意它们可能造成的蕴涵意义。①

3. 蕴涵义虽然是一种主观价值，但造成这种主观价值离不开客观条件的，是语境、上下文和逻辑关系等。翻译中，如果对形成蕴涵义的客观条件缺乏认真的分析，译者就可能在译文中掺入原词语所不含蕴或与其意义相反的主观意义。相反，如果能细致、认真地分析上述的客观条件，就能比较准确地把握和翻译原词语的蕴涵意义。请看《萌芽》中的一句话：

——“Encore une chance，murmura Cheval，d'autre tombe sur des terres qui déboulent.”（ZOLA）

法语中 chance 一词，一般指“机遇”、“好运”。但在本句中，由于受定语限制，由于其特定的语境，却有了与该词所指意义相反的蕴涵意义。黎柯译为：“又碰上容易崩塌的地方了！这可真他妈的倒霉……”

① 参见拙作《漫谈‘偏离手段’的运用原则和文体价值》，载《南京大学学报》（外国语言文学版），1986 年第 4 期。

将 une chance 译成"他妈的倒霉",这可以说是胆大而恰到好处的。

又如左拉在《萌芽》第一部第四章,继一段描述之后突然写道:

"Encore!"dit Catherine en riant.(ZOLA)

"Encore"是个副词,所指意义是"再、又",单独使用时,具有较为复杂的蕴涵义,如表示"鼓励",要求某演员再唱一支歌;或表示"厌烦"或"愤慨"等。句中的"encore!",上文没有交代,一时无法理解卡特琳所云。但再往下读,作者写道:

La berline d'Etienne venait de dérailler,au passage le plus difficile。

原来是"艾蒂安的斗车在最难走的地段出了轨"。凭此下文,encore 的所指意义已十分明了。但它到底含蕴了什么感情意义?是"不耐烦",还是"愤慨",或是"鼓励"?如果是不耐烦,可译成:"怎么搞的,又出轨了?"从上文的描述看,卡特琳对新下矿井的艾蒂安处处表现出关心和同情。据此,黎柯将"Encore!"译为"又出轨了吧!"这是十分贴切的。

4. 语言不同平面的交叉翻译。在处理蕴涵义中,我们往往会遇到这样的困难——甲乙语言之间结构不对等,如法语中可用冠词表达一定的蕴涵义,但汉语不具备这一手段。遇到类似的情况,我们可以大胆地采用交叉的翻译方法,如甲语言用句法传达的蕴涵义,乙语言可用词汇去传达;甲语言用词组表达的蕴涵义,乙语言可用句子去表现。翻译的关键是要"使读者对所传信息的感情反应和原文读者的反应保持一致”，如果恪守原文形式，不敢越雷池一步，则往往达不到传达原词语蕴涵义的目的。

总而言之，翻译蕴涵义，一要正确领悟，二要掌握分寸，三要处理得体。道理很浅显，关键在于要在实践翻译中对蕴涵义的传达予以充分的重视。

文学翻译的自我评价[①]

在前文中，我们已经谈过文学翻译理论与批评这两者之间相对独立而又相互渗透的关系。在许多译家撰写的译序或译后记中，往往包含着对翻译的理论探讨以及对自己的译文的基本评价这两方面的内容，有时两者甚至融为一体，在对译文进行自我评价的同时，探索翻译的得与失以及一些具有普遍意义的理论问题和技巧方法。在 1991 年法国伽利玛出版社《七星文库》推出的《西游记》法译本[②]中，法国著名翻译家安德烈·雷威安写了一个长达 79 页的译序，其中除了对《西游记》的思想、语言与艺术特色进行了独到的分析、对《西游记》西传的历史作了具体的介绍之外，大部分篇幅都用于了自己的译文与原文的比较与分析。在罗新璋编的《翻译论集》中，真正纯理论的研究文章并不多，而翻译的自我评价和经验性的总结与探讨倒占有相当大的比例。从本质上看，这种译文的自我评价当然属于文学翻译评价的范畴。

对自己的翻译进行评价，与对他人的翻译进行批评，既有共同的一面（这是本质性的），也有不同的一面。所谓不同，即批评的主体也

---

① 本文原题为《〈追忆似水年华〉卷四翻译札记》，载《外语研究》1991 年第 1 期。

② *La pérégrination vers l'Ouest* de Wu Chen En, Texte traduit, présenté et annoté par André Lévy. Paris: Gallimard, 1991.

是翻译的主体，这种身兼两种使命的特殊性要求人们具有清醒的头脑、客观的态度和实事求是的精神。摆功没有必要，饰过更不允许。在这里，我想以尽量客观的态度，以自己参加翻译《追忆似水年华》卷四的实践为依据，结合翻译中的一些实例，对自己的翻译作一剖析和探讨，有所侧重地谈谈世界名著翻译中的“变通”与“再创造”的有关问题，并对译文所依据的处理尺度是否合适作一自我评价。

一

从理论上讲，一部成功的译作，无论形式还是内容，都应该尽可能贴近原作，反映原作的面貌与神韵。只是当原文形式与译文形式无法一一对应（这是必然的，因为原语与异语之间事实上存在着差异），在表达上遇到难以逾越的障碍时，才允许有所“变通”（adaptation），此实为不可为而为之。而若“变通”得体，恰到好处，便是一种成功的“再创造”。经验告诉我们，原作个性愈强，价值愈高，翻译的难度就愈大，就愈要借助于“变通”式的再创造手段。

英国的艾利森·芬齐博士在评价《追忆似水年华》的语言特征时指出：“普鲁斯特是运用格言式短句的大师，也长于运用故意不协调的重复句子。但是，他更有名的方面还是他那些可以再度唤起肉体知觉和内心联想的多层次的曲折复杂的长句；那些似乎是精辟评论又是欢快遐想的明喻暗比的妙笔；以及几乎每一页上都有的那些对人类本性的概括手法——这种概括是通过具体文字和华丽的修饰来表达的，和其他许多伟大的作品相比，更能与故事融为一体。"这段评价极为精辟而准确，其中指出的"多层次的曲折复杂的长句"和"明喻暗比的妙笔"，无疑会给翻译造成巨大的障碍。请读下面这段话：

> ... Perdue pour toujours: je ne pouvais comprendre, et je m'exerçais à subir 1a souffrance de cette contradiction: d'une part, une existence, une tendresse, survivants en moi telles que je les avais connues, c'est-à-dire faites pour moi, un amour où tout trouvait tellement en moi son complément, son but, sa constante direction que le génie de grands hommes, tous les génies qui avaient pu exister depuis le commencement du monde n'eussent pas valu pour ma grand-mère un seul de mes défauts; et d'autre part, aussitôt que j'avais revécu, comme présente, cette félicité, la sentir traversée par 1a certitude, s'élançant comme une douleur physique à répétition, d'un néant qui avait éffacé mon image de cette tendresse qui avait détruit cette existence, aboli rétrospectivement notre mutuelle prédestination, fait de ma grand-mère, au moment où la retrouvais comme dans un miroir, une simple étrangère qu'un hasard a fait passer quelques années auprès de moi, comme cela aurait pu être auprès de tout autre, mais pour qui, avant et après, je n'étais rien, je ne serai rien. (p.758)

这是一个典型的普鲁斯特风格的长句，见于卷四中一个精彩的片段，该片段写的是主人公在第二次抵达避暑胜地巴尔贝克的当天晚上，当他忍受着心脏病痛苦的折磨、小心翼翼地弯腰脱鞋的时候，心中突然出现了一个熟悉而陌生的老人的形象，原来是几年前去世的外祖母那张不安、失望的慈祥的面孔，对他的疲累倾尽疼爱。然而，正当他渐渐地回想起外祖母的过去，自她去世后第一次真切地看到了外祖母活生生的形象，与她重逢的时刻，他清楚地明白了他已经永远失去了她。上面的这个长句由两个分句组成：第一个分句极短，只有两个词，如芬齐博士所说，是个“格言式”的短句“永远失去了”；第二是分句则很长，且复杂，首先是结构复杂，若细加分析，足有六个层次，可谓从句套从句，有原因状语从句、时间从句、结果从句、比较从句、名词性从句，其次语式时态复杂，其中语式有直陈式、条件式、虚拟式，用的时态有直陈式复合过去时、未完成过去时、愈过去时、条件式现在时、虚拟式愈过去时，还有动词不定式、现在分词等。如此曲折复杂的句子，理解不易，传达更难。难就难在汉语和法语有着各自独特的语言符号系统和传情达义的手段，无法进行完满的转换。况且普氏笔下的长句有其创造性的成分，非一般文化水平的法国人所能驾驭，而现代汉语恰恰又很难接受法语中那种从句套从句的多层次长句。那怎么处理这一矛盾、这种障碍呢？茅盾在全国文学翻译工作会议上曾经说过：“文学的翻译是用另一种言语，把原作的艺术意境表达出来，使读者在读译文的时候能像读原作时一样得到启发、感动和美的感受。这样的翻译，自然不是单纯技术性的言语外形变易，而是要求译者通过原作的语言外形，深刻地体会了原作者的艺术创造的过程，把握住原作的精神，在自己的思想、感情、生活体验中找到最合适的印证，然后运用适合于原作风格的文学语言，把原作的内容与形式正确无遗的再现出来。”[①]茅盾的这番话是把钥匙，它告诉我们首先要透过“原作的语言外

① 见罗新璋编：《翻译论集》，商务印书馆，1984年版，第551页。

形”，捕捉、把握“原作的精神”，再使用“适用于原作风格”的语言，着力于传达原作的“艺术意境”。在翻译的实际过程中，这确是不可缺少的几个环节。上面那段原文，我们是这样翻译的：

“永远失去了；我简直无法理解，于是我试着承受这一矛盾带来的痛苦：一方面，这是一个存在，一份慈爱，正如我过去感受过的那样幸存于我的心中，也就是说这是生就为我准备的，这是一分爱，在这份爱中，一切都在我心间获得完善，达到目的，认准其始终不渝的方向，此情之烈，以至在我外祖母看来，伟人们的天才，自创世纪以来一切可能存在过的聪明才智，简直不如我的一个小小的缺点；而另一方面，我一旦重温了仿佛现时出现的这份至福，便确确实实地感到了它的来临，感到它像一种旧病复发的痛苦，从子虚乌有中飞跃而出，虚无曾抹杀了我保留的这一慈爱的形象，摧毁了这一存在，回首往事之时，消除了我们相互注定的命运，在我仿佛在镜中见到我外祖母的时刻，将她变成了一个普通的外人，只是一次偶然的机会，使她得以在我身边生活了若干年，就像这一切也可以在任何他人身边发生一样，但这在另一人看来，我过去不过是子虚，将来也只能是乌有。”

以茅盾提出的“把原作的内容与形式正确无遗地再现出来”这一标准加以衡量，译文距理想的佳境很远。第一，形式不如原文精练、紧凑（原文虽复杂，但不失精练），增添了原文中省略的词语，如译文中两次使用的“这是”，原文中名词性从句的先行词在译文中也多有重复，如“这份爱”、“虚无”等；第二，语气似乎不如原文那样贯通，有的地方读起来显得不怎么通畅，译文中的“失”固然与译者水平有关，但有时也确是不得已而为之，如不“变通”，重复先行词，就无法翻译法语中的解释性名词从句。总的自我感觉是，译文比较尊重原文的行文形式与结构，如原文中的分句形式、从句结构等都尽可能有所反映，原文中的气势和神韵，如条件、虚拟语气也基本传达了出来。还是茅盾说得对，想要反映原作的面貌与风采，好的翻译应该“一方面反对机械地硬译的办法，另一方面也反对完全破坏原文文法结构和词汇用法的绝对自由式的翻译”。确实，要传达原文之神韵，就不能不尊重原文的形式，作为一个有责任感的译者，理应尽可能地用译语所允许的表达形式与手段，再现原文的形式价值及形式紧密相依的意境与精神。

普鲁斯特笔下的长句，有三个明显的特征：一是插入句多，二是比较从句多，三是时态多，这三多与普氏所意欲表达的思想及着力传达的意境是息息相关的。我们知道，《追忆似水年华》是“以追忆为手段，借助超越时空概念的潜在意识。[……]交叉地重现已逝去的岁月”[①]，普鲁斯特所采用的独特的句法手段，正是为了适应这种意识流动过程之描述的需要。人的潜在意识的流动往往不定向，常常会在对一件事的回忆中，突然浮现出与之相关联或根本无联系的往事，插入句的表现功能正满足了描述这种潜意识流动的需要。而为了“揭示某一陌生事物或某一难以描写的感情与一些熟悉事物的相似之处”，让读者能够想象作者那种深奥而又难以捕捉的意识流中所出现的陌生形象或事物，比较从句之形式便有了其用武之地，显示出其激发读者想象力的功用。至于时态丰富，这也与表现意识流动的连绵与交叉特征有关，是普鲁斯特“摆脱线型时序的束缚”的有力手段。因此，在译文中能否调遣对应或相似的句法手段，传达原文形式所蕴涵的独有的色彩

① 见《追忆似水年华》，汉译本（译林出版社，1989年版）《编者的话》。

与神韵，是翻译成败的关键之一。下面，我们再看一段原文：

Mais je ne pus supporter d'avoir sous les yeux ces flots de la mer que ma grand-mère pouvait autrefois contempler pendant des heures; l'image nouvelle de leur beauté indifférente se complétait aussitôt par l'idée qu'elle ne les voyait pas; j'aurais voulu boucher mes oreilles à leur bruit, car maintenant la plénitude lumineuse de la plage creusait un vide dans mon coeur; tout semblait me dire comme ces allées et ces plouses d'un jardin public où je l'avais autrefois perdue, quand j'était enfant:《 nous ne l'avons pas vue 》, et sous la rotondité du ciel pâle et divin, je me sentais oppressé comme sous une immense cloche bleuâtre fermant un horizon où ma grand-mère n'était pas.(p.762)

就理解而言，只要细细琢磨，抓住作者的思绪，那意义便是明了的，但要恰如其分地加以传达，难度还是相当大的。因为句子复杂，信息容量大。现时的经历交叉着对往事的回忆，当前的感觉（“波浪泰然自若的美妙新颖的形象”）与重新涌现的记忆（小时候在公园与外祖母走散了，四处寻找外祖母，公园里的小径与草坪仿佛都对他说：“我们没有看见她。”）组合在一起，富有立体感。我是这样翻译的：

但是，我无法忍受眼前这滚滚的海浪，然而在昔日，外祖母却可静静地观潮，一看就是几个小时；波浪这泰然自若的美妙而新颖的形象遂使我产生了这样的念头：这波浪，外祖母是看不到了；我恨不得堵上耳朵，不听这滚滚涛声，因为此时此刻，海滩上金光普照，在我心间拓展了一片空虚；昔日，我还是个孩子时，曾在一个公园里与外祖母走散了，此时，这儿的一切犹如那座公园的小径与草坪，仿佛都在对我说："我们没有见到她。"，在这苍茫、神妙的穹隆下，我像被笼罩在一只浩大的灰蓝色的巨钟里，感到透不过气来，巨钟遮住了一角视野，我的外祖母已经不在了。

由于法语和汉语的时态表达手段不一，对于原文立体交叉式的句法结构特征，译文难以再现，但借助汉语中类似"曾经"、"昔日"、"过去"、"此时此刻"这些时间状语，通过"变通"手段，原文的时间层次在译文中是有所表现的，而蕴涵其中的立体感，读者恐怕也会有所感受。

二

上面谈了普鲁斯特笔下那些"多层次的曲折复杂的长句"的翻译，这里再来采摘几束在普氏的文学花园中盛开的"新鲜的形象花束"，看看翻译中该如何传达他"那些似乎是精辟评论又是欢快遐想的明喻暗比的妙笔"：

Tout en marchant à côté de moi, la duchesse de Guermantes laissait la lumière azurée de ses yeux flotter devant elle, mais dans le vague, afin d'éviter les gens avec qui elle ne tenait pas à entrer en relations, et dont elle devinait parfois, de loin, l'écueil menaçant.

（p.668）

读了这段文字，谁也会对盖尔芒特夫人那“蓝色的目光”留下深刻的印象，原文中“azurée”、“flotter”与“écueil”等词令人想到“蓝天”、“波浪”与“大海”，此外，文中“le vague”一词，虽然其意义与大海的一切均无关联，但其形态与“la vague”（海浪，波浪）一词相同，只是词性有别，就我的理解，作者在此用“vague”一词，也许用意正是让读者通过“le vague”的词形，联想到“la vague”的形象。考虑到这些因素，我将译文处理为：

盖尔芒特公爵夫人在我身旁走着，一任她那天蓝色的目光在前方波动，但波光茫茫，以避开她不愿结交的人们，远远望去，她不时猜测，他们兴许是充满危险的暗礁。

从严格意义上讲，将“dans le vague”译成“波光茫茫”有些牵强，但考虑到“le vague”与“la vague”形似，可以让人产生联想，由“茫然的目光”让人想到“茫茫的波浪”，如此处理，兴许能传达一点原文形式所蕴涵的意境。

就文学的形象语言而言，法语和汉语的形象的选择和喻义的提炼方面有许多相通之处，这就构成了翻译的可行性。比如在翻译中，我就常常遇到类似下面这样的暗喻式形象说法：

1. Elles（les soirées de la princesse de Guermantes）explosaient au moment où on les attendait le moins，et faisaient appel à des gens que Mme de Guermantes avait oublies pendant des

années.(p.648)

2. Puis aussitôt le(l'invité) rejetant à la rivière, elle ajoutait: 《Vous trouverez M. de Guermantes à l'entrée des jardins 》... (p.636)

原文中的"explosaient"和"le rejetant à la rivière"在汉语中有着相似的形象说法,所以译起来比较顺手:

1.(盖尔芒特亲王夫人的)晚会往往出人意料,爆出冷门,邀请一些被德·盖尔芒特夫人冷落了数年的客人。

2.(谢罢),她遂又把来宾打发到客流中去,补充说道:"德·盖尔芒特先生就在花园门口,去吧"……

但是,出发语语言形象与目的语语言形象及该形象所蕴涵的意义往往存在着差异,这就给传达原文文学形象造成了一定困难。比如有这么一段文字:

Chaque port a bien la sienne (la maison publique), mais bonne seulement pour les marines et les amateurs du pittoresque que cela amuse de voir, tout près de l'église immémoriable, la patronne presque aussi vieille, vénérable et moussue, se tenir devant sa porte mal famée en attendant le retour des bateaux de pêche.(p.785)

这是一段极为精彩的文字，寓讽刺于形象之中。一位年迈的鸨母，站在声名狼藉的院门前，旁边是座古教堂，古教堂的门面布满青苔，令人肃然起敬，而令我们中国读者费解的是，作者竟然把鸨母与教堂相比，说她"几乎与教堂一样古老、可敬，布满青苔"，读后难以弄清这一形象比较到底蕴涵着何种意义。全文可直译为：

> 当然，每座港口都有其妓院，但光顾的仅仅是海员和性喜猎奇之徒，看去煞是有趣，就在古教堂附近，几乎与古教堂一样古老、可敬、长满青苔的鸨母站在声名狼藉的院门前，等待着渔船归来。

这段译文至少有两处欠妥：一是可以说教堂"古老、可敬、布满青苔"，可用以形容鸨母，就不妥当了；二是形象模糊，难以引起读者的共鸣。直译行不通，无法贴切的传达原文的形象寓意，因此只能来一番"变通"。首先，原文能否这样理解：以教堂的古老比鸨母的人老，以古教堂门面长满青苔喻鸨母脸皮厚，而"令人肃然起敬"则是一种反讽。基于这样的理解，我们将上文修订为：

> 当然，每座港口都有其妓院，但光顾的仅仅是海员和性喜猎奇之徒，看去煞是有趣，就在古教堂附近，鸨母老脸皮厚，却又令人肃然起敬，可与古教堂长满青苔的门面相比，只见她站在声名狼藉的院门前，等待着渔船归来。

上面说的是通过"比喻浅化"的变通方式，再现原文文学形象，传达其喻义的，可又是遇到与神话传说或典故有关的形象比喻，变通的“意译”反而行不通，只有硬着头皮直译，仰仗历史知识渊博的读者自己去捕捉原文形象，体味其含义。不过，遇到这种情况，最好还是采取一点补救措施，加个注释，这样，多少可以给读者提供一点方便：

> Le comte Arnulphe, avec une voix zézayante qui semblait indiquer que son développement, au moins mental, n'était pas complet, répondait à M. de Charlus avec une précision complaisante et naïve:《Oh! moi, c'est plutôt le golf, le tennis, le ballon, la course à pieds, surtout le polo.》Telle Minerve, s'étant subdivisée, avait cessé, dans certaine cité, d'être la déesse de la Sagesse et avait incarné une part d'elle-même en une divinité purement sportive, hippique,《Athénè Hippie》.(p.704)

这段文字的前面一部分不难理解，说的是阿尼勒夫伯爵语音不准，SZ不分，似乎表明至少他的智力还没有彻底发育成熟，他讨好而幼稚地准确回答德·夏吕斯先生的提问：“噢，我呀，我倒更喜欢高尔夫球、网球，爱打球，爱跑步，尤其爱马球。”问题在后一部分，又是“米涅瓦”、“智慧女神”，又是“保护神”、“马术雅典娜”，对普通读者来说，要弄清来龙去脉，理解联结阿尼勒夫与这些神话的比喻纽带，还是比较吃力的，为了方便读者，我们不妨先直译原文：

> ……恰似米涅瓦，分身之后，在某城不再是智慧女神，而把自己身子的一部分化为纯体育、纯马术运动的保护神，成为“马术雅典娜”。

然后，在直译的基础上加一注，说明上文所说的"米涅瓦"、"智慧女神"、"保护神"、"马术雅典娜"实指同一个神。米涅瓦为罗马神话中的智慧女神，亦即希腊神话中的雅典娜，她与海神波赛冬相争，因出示第一条橄榄枝而获胜，遂成为雅典城的保护神。弄清了神话传说的来龙去脉，再结合上下文，便不难理解作者用喻的意义所在。阿尼勒夫说话SZ不分，似乎大脑发育尚未成熟，自然不是"智慧"之神了，而他谈起体育来滔滔不绝，兴趣浓厚，对马球尤为喜爱，岂不像是个"纯体育、纯马术运动的保护神"了？看来，作者如此用典，不无讽刺意味，细心的读者自可品味。

在普氏的作品中，还有大量的"作为任何艺术的首要成分的动植物形象"，如安德烈·莫罗亚在该书的《序》中指出的那样，将夏吕斯变成大黄蜂、絮比安化成兰花等。处理这样的形象，如形象之于译语是全新的，最好直接移植，以再现形象的新鲜或奇妙，但如原文形象的蕴涵意义在译语中产生的效果不一样甚或相悖，那根据译语读者的欣赏习惯来一番改造，也是允许的。但一般来说，有上下文的限制或提示，即使出发语文学形象的蕴涵意义与目的语同一形象的蕴涵意义有差异甚或相悖，读者借助上下文和语境，也可捕捉到原形象的喻义或意味。基于这些考虑，遇到这一类的明喻暗比，我基本上都是直接移植，请比较：

原文：Je ne vis plus de quelque temps Albertine, mais continua, à défaut de Mme de Guermantes qui ne parlait plus à mon imagination, à voir d'autres fées et leurs demeures, aussi inséparables d'elles que, du mollusque qui la fabriqua et s'en abrite, la valve de nacre ou d'émail ou la tourelle à crénaux de son coquillage. (p.741)

译文：在一小段时间里，我再也没有见阿尔贝蒂娜，但是，由于德·盖尔芒特夫人再也激不起我的半点兴趣，我便继续去看望其他一些天仙美女，看看她们的洞府，仙人与仙居不分，犹如软体动物长出了珠贝或珐琅壳，或螺形贝壳塔，却又躲在里面，深居简出。

文学形象的再现问题是文学翻译“审美层次”中的一个关键问题，十分微妙、复杂，我们将在下文《形象与翻译》一节中作一定的探讨，这里需要强调说明的是：对翻译来说，“审美”与“表美”是不可分割的两个方面，译者首先应该识别原形象的表美手段，把握其美学特征，领悟其艺术魅力，然后再考虑译语读者的审美习惯和传达效果，调遣译语相似或不同的表现手段，予以再现。

三

在翻译《追忆似水年华》卷四中，最棘手，最伤脑筋，也最没有把握的是对人物特征语言的处理。“普鲁斯特具有非凡的戏剧天才，并能运用自如，可以说嬉笑怒骂，皆成文章”①，他善于借助人物独特的言语风格来暗示人物的身份和文化修养，反映人物的性格，语言生动、诙谐，丰富而有表现力，比如下面这段文字：

> Il (le directeur de l'hôtel) m'annoça qu'il m'avait logé tout en haut de l'hôtel. 《J'espère, dit-il, que vous ne verrez pas là un manque d'impolitesse, j'étais ennuyé de vous donner une chambre dont vous êtes indigne, mais je l'ai fait rapport au bruit, parce que comme cela vous n'aurez personne au dessus de vous pour vous fatiguer le trépan(pour le tympan)...》(p.751)

话一出口，说话者的文化修养之差别便暴露无遗。堂堂的饭店经理，说起话来语法混乱，用词不当，把“un manque de politesse”（失礼）说成“un manque d'impolitesse”（没有失礼），把“une chamber qui est indigne de vous”（一间不配您的房间）说成“une chamber dont vous êtes indigne”（一间您不配的房间），甚至把“tympan”（鼓膜）说成“trépan”（钻环）。从翻译原则上讲，遇到这类表现人物性格特征或暗示其身份、地位、文化修养的语言，译文理应再现其特色。问题的关键在于，作者在借用这类语言时，往往充分调遣语言的“音、形、义”各要素。比如用词混淆吧，有词义混淆、词形混淆、词音混淆等情况。如上面那段文字中经理把“tympan”说成“trépan”，这是音似而混淆，又因法语是拼音文字，因音似而形似，混淆是可能的，如直接译成汉语，“鼓膜”与“钻环”音不近、形不似，意义也风马牛不相及，除非经理神经有毛病，不然

---

① 见“普鲁斯特”条目，《现代世界文化词典》，江苏人民出版社，1988 年版，第 534 页。

也不会将“鼓膜”说成“钻环”。原因在于法语与汉语具有不同的“音、形、义”结合系统，而翻译的任务正是要克服这种差异，以达到不同语言读者之间的交流。然而，为了全面传达原文的精妙之处，在克服这种差异的同时。又不得不表现这种差异，换言之，在一般交流中不必译的因素，如音、形因素，在特殊交流中却要设法传达出来，因为它们具有附加价值，比如普鲁斯特就善于利用俗语、谐音、双关、文字游戏等特殊手段来创造意在言外的效果。一般来说，如果上述手段的运动机制建立在词义相似上，传译是有可能的，但如建立在音、形相似之上，就不可译了。因此，只得另想办法，以相似的手段去传达原文类似的效果。如上文中，既然“tympan”与“trépan”的混淆不是因为义近，而是因为音似，所以，就不必把“trépan”译成“钻环”了，倒不如根据其混淆产生的原因，把它译为“耳膜”，这样，把“鼓膜”说成“耳膜”，对一个缺乏文化修养的人来说，倒是可能的。基于这一考虑，我们把上面这段话译为：

> 他（饭店经理）向我宣布，把我安置在饭店最高层。“我希望，”他说，“希望您别把这看作不失礼，我为给您安排了一间您不配的房间感到过意不去，不过，我将这与噪音作了权衡，因为这样，您头上就不会有人吵得您耳膜（指鼓膜）发胀了……”

记得我在一篇谈翻译的随笔中说过，普氏是位语言大师，无论写物状景，还是议论说理，都极讲语言气势，富于表现力，洋溢着一种动态的美。翻译中，我们也尽可能注意传达这一点。如下面两段文字：

1. Elles(les gouttes d'eau) contrariaient de leurs hésitations,

de leur trajet inverse, et estompaient de leur molle vapeur la rectitude et la tension de cette tige, portant au-dessus de soi un nuage oblong fait de mille gouttelettes, mais en apparence peint en brun doré et immuable, qui montait, infrangible, immobile élancé et rapide, s'ajouter aux nuages du ciel. (p.657)

2. Mais il faut savoir aussi ne pas rester insensible malgré la banalité solennelle et menaçante des choses qu' elle dit, son héritage maternel et la dignité du "clos", devant une vieille cuisinière drapée dans une vie et une ascendance d'honneur, tenant le balai comme un sceptre, poussant son rôle au tragique, l'entrecoupant de pleurs, se redressant avec majesté. (p.778)

第一段是状景，第二段是议论。两段文字结构相似、气势相仿，读后都感到有一种一气呵成、一贯到底的气韵，这就要求译文不仅要行文流畅、用词精当，而且要注意传达原文的动感。我们的译文是这样的：

1. 小水珠犹犹豫豫，反向而行，与笔直上升、刚劲有力的水柱分庭抗礼，给它周围布上一片迷蒙而柔弱的水雾，水柱顶端一朵椭圆形的云彩，由千万朵水花组成，表面像镀了一层永不褪色的褐金，它升腾着，牢不可破地死死抱成一团，迅速冲向天空，与行云打成一片。

2. 但是，如果面临一位年迈的厨娘，神气活现，洋洋得意，手握扫把如执权杖，老娘天下第一，常常哭闹着甩手不干，干起来又威风凛凛，对这样的人，尽管她说起话来小题大做，咄咄逼人，尽管她自恃是母亲身边来的人，也是“小圈子”的尊严，你也要善于对她作出反应，切勿听之任之。

译文是否得体，原文的气势、动态美是否有所传达，译者实在没有多大把握，尚望读者指教。

上面谈了一些翻译普氏作品的难处，也坦诚地将自己如何采取“变通”办法“克服”这些难处向大家作了交代。我曾经说过，翻译普氏的作品，总是对作者怀有一种沉重的负罪感，事实上我也有负于原作，本来一部光彩四溢的世界名著，由于自己的功力不足、水平有限，经我传译的那部分有不少地方恐怕已是面目全非、黯然失色了。所谓的自我的评价，严格地说，是一种忏悔，一份检查。

译本整体效果评价[①]

一部新的文学作品问世，往往伴之以评论，有时还可引起极大的“轰动效应”。然而，文艺翻译作品与读者见面，除某些商业性的宣传活动（如“新书发布会”、签名销售活动等）之外，很少会有对翻译本身进行比较与研究的评论与之进行配合。产生这一现象的原因有多种，但最重要一条，是人们对新译本进行批评的重要性认识不足，同时，对翻译评论的作用的看法也不全面。在目前阶段，仿佛文学翻译仅仅局限于原文与正文的正误判别与总体感觉，很少从文化、语言与审美等各个层次去进行多角度的发掘。此外，一篇翻译批评文章，似乎最顾及的是对译本的“优”与“劣”下个结论，而不是通过科学的比较与分析去探讨翻译的障碍与可行性，为翻译的质量的提高提供可资借鉴的方法。至于译评对文学作品本身的透视以及对译者的价值取向及依据的探讨，就更容易被忽视了。我们认为，对富有价值的新译作的问世，有必要积极开展评论，主要目的除上面所述的两点之外，还有一个重要的方面，那就是通过翻译批评，给读者阅读作品提供新的视角。《追

① 本文原题为《自然传神　刻意求工——〈追忆似水年华〉卷一汉译本简评》，载《外国语文》1990年第1期 。

忆似水年华》是一部“超时代，超流派”的杰作，它“空前大胆地运用了客观第一人称的叙事手法；它强调了知觉过程的相对性；它离经叛道，摆脱了线性时序的束缚；它通过形象、关联和巧合安排了宏丽的布局”①。这样一部作品，艺术手段独特新奇，笔触细腻至极，其中蕴涵之奥秘必经细细研读方可捕捉、领悟，被法国文学界视为“不可移植”的民族文化精华，也被国际译坛称为“表明翻译之限度”的典型作品。1989年6月，译林出版社推出了该书的卷一《在斯万家那边》，由驰名中国译界的两位译家李恒基、徐继曾先生执译。这里，我们从几个具有代表意义的侧面来看全卷翻译的整体效果和有关问题，探讨一下译本的成功因素，并为读者释读作品提供一点方便。

译普鲁斯特之难，首先难在理解。《追忆似水年华》在法国文坛有“最深奥细腻”的文学精品之称，一般的法国大学生也很难尽悟其中之奥妙。小说开头一句是这么写的：

Longtemps, je me suis couché de bonne heure.

这句话看似十分简单，句子简短，用词通俗，我曾见过两种译文：

1. 很久以来，我就早早地睡觉了

2. 我很久就早早地躺下了。

细作推敲，这两种译文都不合逻辑，问题的关键在于 longtemps 一词与全句的关系不明，而且句中 se coucher 一词的时态用法也有些特殊之处。实际上，se coucher 的复合过去时表示动作完成，而 longtemps 一词又限定表示了过去很长一段时间里，每天都是“早早地躺下了”这一动作的重复性。李恒基先生据此译为：“在很长一段时间里，我都是早早就躺下了。”这是再贴切不过了。

① 参见《现代世界文化词典》，江苏人民出版社，1988年版，第532页。

这么一个极其简单的句子，稍不留心，都会出现传译之误。然而，在普氏的这部巨著中，这句话可算是最易理解的了。《追忆似水年华》以追忆为手段，借助超时空概念的潜在意识，凭借现时的感觉与昔日的记忆，通过嗅觉、味觉、听觉和触觉，立体、交叉地重现似水年华，追寻生命之春。为了表达的需要，作者调遣了独特的句法手段，其中突出的一点就是采用或连绵或并列或交错的立体句法结构，句子长、容量大、结构巧，形成了为表达原作复杂、连绵、细腻的意识流动过程以及为创造意在言外的微妙意境或起伏跌宕的思维运动而刻意追求的独特风格。小说中多复合句，长达十余行的“连环”句比比皆是，有的甚至长达数十行，卷一那个描写卧室的名句竟长达 56 行，共计 222 个音义单位(原文见 Folio 版第 14—15 页)，按法国著名文体学家孔拉·毕罗的解释，其中最复杂的部分达 11 级，理解之难可想而知，传译之难自不待言。在这一方面，李恒基和徐继曾两位先生都在力求吃透原文精神、理清原作脉络、领悟原文所意欲追求的风格和意境以及掌握原文所特有的表达色彩的基础上，通过调遣汉语系统中相应的句法、词汇手段，将原文所蕴涵的奥妙逼真、自然地传达出来。

Sans doute, dans le Swann qu'ils s'étaient constitué, mes parents avaient omis par ignorance de faire entrer une foule de particularités de sa vie mondaine qui est cause que d'autres personnes, quand elles étaient en sa présence, voyaient les élégances régner dans son visage et s'arrêtait à son nez busqué comme à leur frontrière naturelle; mais aussi ils avaient pu entasser dans ce visage désaffecté de son prestige, vacant, spacieux, au fond de ses yeux déprécies, le vague et doux résidu—mi-mémoire, mi-oubli—

des heures oisives passées ensemble après nos diners hebdomadaires, autour de la table de jeu ou au jardin, durant notre vie de bon voisinage campagnard.(p.28)

这是描写小说主要人物之一斯万的面部形象的一个复合句，由并列句、串句的交错结构构成，虽然句法复杂，但文理自然，一气呵成，李恒基先生是这样译的：

也许，我的姨祖母、外祖父和外祖母在勾画斯万的形象时，由于无知而删略了他在社交场合中具备的许多特点，而在别人看来，他的眉宇间充满了一股风流倜傥的英俊气息，只是这般潇洒之气，遇到他的鹰嘴鼻，就像遇到了天然屏障那样驻足留连；但是，他们也能在斯万那张失去了魅力的脸盘上，在那片空荡荡的，开阔的眉宇间，在那双已经贬值的眼睛的深处，堆积起半是记忆半是遗忘、模糊而亲切的残迹，那时我们在乡居期间与芳邻每周共进一次晚餐之后，在牌桌边或花园里一起度过的闲暇时光所留下的残迹。(译文第 20 页)

对照原著和译文，可以看到，不仅句式气势相当、神韵情调相仿，而且词义选择精当、贴切。

通读李、徐两位先生的译文，感到他们有一个突出的共同点：在处理作品的长句时，充分捕捉原文句法及其他形式因素或蕴涵的意义或美学价值，尽量采用汉语规范的句法结构和修辞手段，注意照顾汉语读者的欣赏习惯，尊重汉语这一符号系统特有的达意、传情规律，比较理想地实现了语义层次的传译。就翻译技巧而言，他们可谓技艺娴熟，充分调遣法译汉各种可行的方法与技巧，如词类转换、逆序译法、分拆译法、拟意译法，尤其采用了重叠与反复的手段，如法语关系从句先行词的重复，较为圆满地处理了原文中大量关系从句的翻译。请比较下面一句原文和译文：

La simple gymnastique élémentaire de l'homme du monde tendant la main avec bonne grâce au jeune homme inconnu qu'on lui présente et s'inclinant avec réserve devant l'ambassadeur à qui on le présente avait fini par passer, sans qu'il en fût conscient, dans toute l'attitude sociale de Swann, qui vis-à-vis de gens d'un milieu inférieur au sien comme étaient les Verdurins et leurs amis, fit instinctivement montrer d'un empressement, se livra à des avances, dont selon eux un ennuyeux se fût abstenu. (p.244)

……社交界人士在向别人介绍给他们的不相识的年轻人优雅地伸出手来，或者是向别人为之介绍的一位大使不卑不亢地躬身时，那简直是一种基本的体操动作，在不知不觉之间，渗透到斯万的整个社交活动中，因此让他面对象维尔迪兰夫妇和他们的朋友这些地位比他低下的人们时，本能地表示出一种殷勤，主动接近他们，而这在他们看来，一个"讨厌家伙"是绝不会如此的。（第202页）

原文句子较长，且 qui、que、dont 等关系代词和关系副词齐全，并用了串句等形式，译文顾及汉语的文理和表达习惯，处理得体，从总的效果看，神韵与形貌都很接近原文。译文准确、流畅。特别值得一提的是，李徐两位先生的译文，丝毫没有洋腔洋调，译笔自然，韵味浓郁，文字精练、传神。且读下面一段译文：

……我想起了夏天的房间。那时人们喜欢同凉爽的夜打成一片。半开的百叶窗上明媚的月亮，把一道道梯架般的窈窕的投影，抛到床前。人就像曙色初开时在轻风中摇摆的山雀，几乎同睡在露天。（第 8 页）

暂且不谈译文是否准确传神，单就译笔之酣畅、行文之优美（原文亦美）而论，足见译者驾驭汉语能力之高超、艺术修养之深厚。

《追忆似水年华》富有艺术魅力，语言生动、形象，作者“比同时代任何作家都更加理解形象的‘至上’的重要性；他知道形象借助类比使读者窥见某一法则的雏形，从而得到一种强烈的智力快感；他们知道使形象常葆新鲜”[①]。语言的形象化通常借助于比喻这一手段，因此。在普鲁斯特的作品中，比喻异常丰富；同时，由于普氏强调比喻应该在事物后面唤起读者味觉、嗅觉、触觉这一类永远真正的基本感觉，以增加作品的艺术感染力，所以这部作品中布满新奇的“形象花束”。

...Puisque cette salle à manger interdite, hostile, où il y avait un instant encore, la glace elle-même—le “granité”—les rince-bouches me semblaient receler des plaisirs malfaisants et mortellement tristes parce que maman les goûtait loin de moi, s’ouvrait à moi et, comme un fruit devenu doux qui brise son enveloppe, allait

① 见《序》，安德烈·莫罗亚作，见汉译本第 13 页。

faire jaillir, projette jusqu'à mon coeur enivré l'attention de maman tandis qu'elle lirait mes lignes.(p.41)

文中将门比作水果，把门即将敞开比作水果熟透了皮，比喻大胆，写物穷情，把象、情、义有机地融为一体，李恒基先生的译文是这样的：

一秒钟之前，我还觉得餐桌上的冰冻甜食，“核桃冰激淋”以及漱口盅之类的享受无聊透顶，邋遢可憎，因为我的妈妈是在我不在场时独自享受的。可现在，那间原来对我极不友好、禁止入内的餐厅，忽然向我敞开了大门，就像一只熟得裂开了表皮的水果，马上就要让妈妈读到我便条时所给予我的亲切关注像蜜汁一般从那儿流出来，滋润我的心房。（第32页）

这段译文词明意达，与原文铢两悉称，原文以比喻所着意渲染的孩童心情以及字里行间的神韵与童趣，被传达得自然、贴切、活脱。在《追忆似水年华》中，普鲁斯特特别注意运用隐喻，以揭示某一陌生事物或某一难以描写的感情与一些熟悉事情的相似之处，帮助读者想象这一陌生事物或体味这一感情。作品中有这么一段文字，借助隐喻手段，以形象的语言，描绘教堂彩绘大玻璃的光彩：

... Mais soit qu'un rayon eût brillé, soit que mon regard en bougeant eût promené à travers la verrière, tour à tour éteinte et allumée, un mouvant et précieux incendie, l'instant d'après elle avait pris l'éclat changeant d'une traîne de paon, puis elle tremblait et ondulait en une pluie flamboyante et fantastique qui dégouttait du haut de la voûte sombre et rocheuse, le long des parois humides...(p.76)

但是,也许因为有一道光芒倏然闪过,也许因为我的转动的目光进过那面忽明忽暗的彩色长窗,看到了一团跌跌蹿动,瑰丽无比的烈火,顷刻间那面彩色长窗忽然迸射出孔雀尾那样变化多端的幽光,接着它颤颤悠悠地波动起来,形成一丝丝亮晶晶的奇幻的细雨,从岩洞般的昏暗的拱顶,淅淅沥沥地沿着潮湿的岩壁滴下。(第 62 页)

这是一幅多么瑰丽而又奇幻的图景,语言富有动感,译者充分抓住这一特点,以动态还其动态,将文中“bougeant”、“changeant”、“tremblait et ondulait”、“dégouttait”分别译为“转动”、“跌跌蹿动”、“变化多端”、“颤颤悠悠地波动”、“淅淅沥沥地滴下”,原文的词汇动态色彩得到了充分传达,自然而又贴切地完成了从“烈火”到“幽光”,继而又到“细雨”的形象变化,文字刻意求工,而又不失自然,绝无雕琢之痕,激发了读者的遐思,给人以愉悦的艺术享受。

普氏文笔细腻,比喻新奇,要自然地再现原文所精心刻画或描绘的文学形象,难度很大。令人欣喜的是,译者没有回避困难或采用情有可原的变具体为抽象的转换译法,而是尽量探索各种行之有效的积极手段,将原文新鲜、多彩而又富于变幻的图景完整地呈现在读者眼前,同时,各种形象所蕴涵的意趣和情感在译文中也曲尽其妙。

Un petit coup au carreau, comme si quelque chose l'avait heurté, suivi d'une ample chute légère comme de grains de sable qu'on eût laissés tomber d'une fenêtre au-dessus, puis la chute s'étendant, se réglant, adoptant un rythme, devenant fluide, sonore, musicale, innombrable, universelle: c'était la pluie. (p.125)

窗户上好象有什么东西碰了一下，接着又象有人从楼上的窗户里撒下一把沙子，簌簌地往下落，后来这落下的声音扩散开去，规整得有板有眼，变成了潺潺的水声，淙淙地响起来，像音乐一般，散成无数小点，到处盖满，下雨了。（第 104 页）

原文语言形象，用词简短，最后一连五个形容词使人未见雨点先闻其声，意味隽永。译者没有亦步亦趋地一字一字对应译出，而是抓住全句用词的动态与形象色彩，按照汉语的行文规律和汉语读者的审美旨趣，采用词类转换的译法，创造性地用五个精炼的短句，再现原文流畅、新奇的文字所描绘的优美意境，译笔文理自然，如行云流水，美不胜收。

为了节省篇幅，请读者自己比较与欣赏下面几个译例，看看译者是如何忠实而又富有创造性地再现原作形象的：

A la fin, elle (la note) s'éloigna, indicatrice, diligente, parmi les ramifications de son parfum, laissant sur le visage de Swann le reflet de son sourire. (p.254)

最后，这个不倦的指路明灯式地乐句随着它芳香的细流飘向远方，在斯万脸上留下了他微笑的痕迹。（第 262 页）

Elle (la note) passait à plis simples et immortels, distribuent ça et là les dons de sa grâce, avec le même ineffable sourire…(p. 262)

这乐句以单纯而不朽的步伐向前移动，带着难以用言语形容的微笑，将它的优美作为礼品向四面八方施舍……(第 218 页)

Mais à ce nom de Guermantes, je vis au milieu des yeux bleux de notre ami se ficher une petite encoche brune comme s'ils venaient d'être percés par une pointe invisible, tandis que le reste de la prunelle réagissait en sécrétant des flots d'azur.(p.154 - 151)

但是，我发现我的好朋友一听到盖尔芒特这个姓氏，他的蓝眼珠中央立刻出现一个深褐色漏洞，好像被一根无形的针尖捅了一下似的，眼珠的其它部分则泛起蔚蓝色的涟漪。(第 219 页)

类似的例子不胜枚举，无论原文比喻多么新奇，拟人多么大胆，隐喻多么巧妙，译文都尽可能准确而又完美地加以再现，而且遣词分寸得当，色彩浓淡相宜，不能不说这是这部汉译本成功的主要因素之一。

《马氏文通》的作者马建忠先生曾经提出“善译”的标准，他以为译者必须对发出语与目的语“深嗜笃好”，深谙其“同异之故”，要对“所有相当之实义，委曲推究，审其之高下，析其字句之繁简，尽其文体之变态，及其义理情深奥析之所由然”。只有“确知意旨之所在”，才能“摹写其神情，仿佛其语气”，“心悟神解，振笔而书”，做到“能使阅者所得之益与观原文无异”。衡量李、徐两位先生的译文，按照马建忠先生提出的标准，可以说是“善译”的一个积极证明。

应该指出，这部汉译本的成功，也渗透着编者的心血和集体的智慧。据笔者所知，为了保证译文质量，尽可能保持全书风格和体例统一，编者曾采取许多积极措施，如开译前制定了“校译工作的几点要求”，印发了各卷内容提要、人名地名译名表及各卷的注释；开译后又多次组织译者经验交流，相互传阅和评点部分译文，就此书的译名，还专门在北京大学组织了我国法国语言文学界的有关专家和参加全书翻译的同志进行专题讨论，这种严肃、认真的态度和采取的相应措施，对把握原著的文笔与风格特色，既尽可能使译文保持原作的内容，又再现原作的风姿，无疑有着不可低估的积极作用。但是，更重要、更直接的是译者丰厚的艺术功力、驾驭法汉两种语言的高超能力、迻译的娴熟技巧和认真负责的译风，这才使这部译作达到了较高的水准。无论是从整体效果上评价，还是对具体的译文进行细析，译者呈现在我们眼前的都是一个比较忠实、可信的普鲁斯特的形象。

当然，译文也不可避免地带上了译者的影子，尤其是在文字风格方面，李恒基、徐继曾两位先生的译文有着特征明显的差异：李先生文字细腻而凝练，徐先生译笔流畅而多姿。但是，他们的译文都力求达到也确实达到了这样一个境界：刻意求工、自然传神。因为他们深知“最优秀的普鲁斯特，本色的普鲁斯特，都在风格上刻意求工的同时不失自然”。

世界上没有绝对意义上的十全十美的艺术精品，同样，这部汉译本也不可能绝对完美无瑕。由于原著含义深奥，用词奇特，理解难，传达更难，所以译文中也难免有失误之处。如上文提到的那个描写卧室的著名长句是这么结尾的：

Tandis que j'étais étendu dans mon lit, les yeux livrés, l'oreille anxieuse, la narine rétive, le coeur battant, jusqu'à ce que l'habitude eût changé la couleur des rideaux, fait taire la pendule, enseigne la pitié à la glace oblique et cruelle, dlssimulé, sinon chassé complètement, l'odeur du vétiver, et notablement diminué la hauteur apparente du plafond.(p.15)

……(我)只是直挺挺地躺在床上,忧心忡忡地竖起耳朵谛听周围的动静,鼻翼发僵,心头乱跳,直到习惯改变了窗帘的颜色,遏止了座钟的絮叨,教会了斜置着的那面残忍的镜子学得忠厚些。固然,香根草的气味尚未完全消散,但毕竟有所收敛,尤其要紧的是天花板的表面高度被降低了。(第8页)

对照原文和译文,最后两个分句的译文似乎与原文有出入,而且在中间断句也恐怕有伤原句的气势,是否可以稍作改动,这样处理:

……一直到习惯终于改变了窗帘的颜色,遏止了座钟的吵闹,教会了斜置着的那面残忍的镜子学得忠厚些,淹没了,如果不是完全驱散了的话,香根草的味道,特别是减低了天花板显眼的高度。

在地名的翻译上也有个别失误之处,如把"le prince de Galles"译为"高卢公爵","le prince "非"公爵","Galles"也不是"高卢",按法国权威的《罗贝尔人地名词典》,"Galles"的英文写法为"Wales",即"威尔士",为英国本土的一部分,位于大不列颠岛西南部。令人惊喜与欣慰的是,30余万字的译文中,类似的失笔之处极少,如果按"思维、语义、美感三层次和谐统一"的标准加以衡量,那么这的确是一部体现当代译界水平的上乘译作。写到这里,想起了法国著名翻译理论家乔治·穆南那语不惊人但却深谙翻译之真谛的论断:"翻译是可行的,但是有限度。"这种可行性与限度固然与翻译的客体特性有关,但具体到某部作品而言,一位高明的译家也许可以使翻译的可行性提高,其限度得以减少,《追忆似水年华》卷一汉译本的两位译家就提供了一个令人信服的佐证。

从翻译的层次看词的翻译[①]

《红与黑》的开卷第一句十分简洁,郭宏安先生还它一个简练,译为:“维里埃算得弗朗什-孔泰最漂亮的小城之一。”罗玉君完全直译:“维立叶尔小城可算是法朗士-孔德省里最美丽的城市当中的一个。”句式可以说是欧化的,文字也拖沓了些,但也不失魅力。

罗新璋先生追求精彩的译文,中文一定要纯粹,句子务求短,于是,他的译笔又给中国读者一个地地道道的汉语句子:“弗朗什-孔泰地区,有不少城镇,风光秀美,维璃叶这座小城可算得是其中之一。”较之原文或郭宏安、罗玉君的翻译,罗译有着明显的差异:一是句子拆短,由原文的一个标点,化为四个标点,句子节奏感由此而得到加强;二是句子结构起了变化,原文中开卷第一句第一个词“维璃叶小城”的位置也向后移,让位给“弗朗什-孔泰地区”,原为主角的“维璃叶小城”成了“弗朗什-孔泰地区”的陪衬;三是“jolies”一词的意义得到了“深化”和“具体化”,由表达比较含糊的“漂亮”,变为“风光秀美”;四是“维璃叶这座小城”中的“这座”两字,含有特指的含义,在对“维璃叶小城”还没有作任何交代的情况下,一开始便用“这座”两字,以引起读者

① 本文原载《外语研究》1996年第2期。

注意。

许渊冲先生基本没有改变原文结构，只是在形容词“jolies”、“petite”的翻译上下了一番工夫，在用词的节奏和色彩两个方面作了新的处理，译为“玻璃市算得是方施-孔特地区山清水秀、小巧玲珑的一座城镇”。

许先生和罗新璋先生的不同处理，引起了众译家注意。译林出版社韩沪麟先生首先在1995年1月7日的《文汇读书周报》第6版上撰文，评论说许译“把简简单单的法语‘belle’（漂亮或美丽）译成‘山清水秀、小巧玲珑’，不仅与原文太不等值，而且已经不像是翻译而是创作了”，认为这“有点像林纾先生那样，听人说了一段故事，再根据大意再创作”。紧接着施康强先生在《读书》（1995年第1期）上来了个《红烧头尾》，详细分析《红与黑》开卷第一句不同译文的特点，指出“原文l'une des plus jolies，译‘风光秀美’，到许先生那里变成两个四字成语：‘山清水秀、小巧玲珑’”。施康强先生认为其症结是“汉语四字成语在译文中的应用”问题，而“许先生对四字成语情有独钟”。

施康强先生和韩沪麟先生的批评侧重不一，方法各异。施康强先生提出问题，认为其中有个语言、特别是四字成语的运用问题，进而对许先生的“发挥汉语优势”及“与原文竞赛”的理论与实践提出了疑问，点到为止。韩沪麟先生则不同，观点十分明确，旗帜鲜明地指出许译与“原文太不等值”，而且有像林纾那样的“创作”倾向。尽管两人的批评方法有别，但对问题实质的认识在根本上是一致的。首先是许渊冲先生的“发挥汉语优势”、“以少胜多”的理论受到了质疑；其次是以“等值论”来对许先生“再创作”的实践提出了批评，以许先生的实践来反证许先生的“理论”的缺陷。由此看来，对《红与黑》开卷第一句译文的批评和探讨并不是小题大做，而是关系到文学翻译的理论与实践的问题。

许渊冲先生有着丰富的翻译经验，并将之上升为理论，明确提出“翻译是艺术”[①]，认为“翻译是两种语言的竞赛，文学翻译更是两种文化竞赛”，并强调译文要“发挥汉语优势”，要“胜过原文”。在《论翻译的艺术》前言中，他这样写道：“英国翻译家 Arthur Waley 认为‘林抒翻译的狄更斯作品优于原著’，范存忠教授也说过：‘有些译诗经过译者的再创造，还可以胜过原作。’我想，这应该是我们文学翻译工作者努力的方向，如能再创造出胜过原作的译文来，那就是给世界文化灌输新的血液，可以使世界文化更加光辉灿烂。”看来，韩沪麟先生的翻译价值标准与许先生的标准迥然不同。许渊冲先生的翻译追求的不是“与原文等值”，而是要“胜过原作”。既然是要“胜过原作”，“等值”的标准便自然要被许渊冲先生所抛弃，他所崇尚的，是“出境”，要“脱胎换骨，借尸还魂”[②]。一场论争在所难免。许渊冲先生分别于 1995 年 2 月 25 日与同年 3 月 11 日寄来了他答复施康强和韩沪麟先生的文章，对他们的批评提出了反批评，嘱我“谈谈看法”。许先生首先针对施康强先生，明确指出“闻译、罗译、郭译都是‘小城’，许译偏要用‘小巧玲珑’四字成语，是不是画蛇添足呢？非也！前三位译者译小城的名字，都是音译，只有我意译为‘玻璃市’。作者为什么要用‘玻璃’做城名？根据我四五十年前经过法瑞边境的印象，我‘臆想’玻璃市当然包含‘小巧玲珑’的意思在内，自己觉得不但‘精确’，而且‘精彩’”。对韩沪麟先生的批评，许先生也提出了反驳，有理论的“引证”，有自己观点的阐发，最后得出结论，“小巧玲珑”的“译法是正确的”。为了便于下文

---

① 《翻译的艺术》，许渊冲著，中国对外翻译出版公司 1984 年版。

② 《红与黑》，“译者前言”。

的分析，这里不妨将许先生写的原文抄录如下：

“韩文认为把法语 belle（原文是 jolies）译成‘山清水秀，小巧玲珑’，虽然‘漂亮潇洒’，但不如其他译本‘严谨’，‘不仅与原文太不等值，而且已经不像是翻译而是创作了’。我的意见不同：法语 jolie 本身就指‘小巧玲珑’之类，法文 Robert 词典中用 mignon（娇小可爱）来解释，并且举例说明 belle 和 jolie 的差别，正是后者着重‘娇小’、‘小巧’。如果译为‘最漂亮的小城之一’，那只是形似而不神似，译了词的表层形式而没有译深层内容，使人想起的是建筑漂亮的小城。但原著接着描写了蜿蜒曲折的杜河，嵯峨嶙峋的韦拉山，所以加上‘山清水秀’四字，正可避免小城只是建筑漂亮的误解，可以说是比其他译本都更‘严谨’得多的译文。什么是‘严谨’？‘严谨’至少要‘正确’。什么是‘正确’？早在两千多年以前，亚里士多德就说过：‘正确是用最好的方法取得最好的效果。’注意！是‘最好’的方法和效果，而不是‘等值’的方法和效果。如果‘山清水秀’、‘小巧玲珑’取得了‘最漂亮潇洒’的效果，那就说，这种译法是正确的。”

韩沪麟先生评判译文的标准是“等值”，而许渊冲先生则强调效果，以“最漂亮潇洒”来说明他的译文是“正确”的。两人的判断标准不一，各执一词，很难达成一致意见。我们在这里不拟对他们的观点与理论作出“孰是孰非”的评价，因为翻译理论的许多重大问题目前还在探讨之中，尚未达成共识、形成一致的标准。我们不妨从另外一个角度，探讨一下“la petite ville”到底译为“小城”还是译为“小巧玲珑”的“城镇”为妥。

在拙著《文学翻译批评研究》①的“翻译层次论”一章中，笔者提出

① 译林出版社，1992 年 12 月版。

翻译是一项十分复杂、多层次的实践往动。翻译活动在思维、语义、审美等各层次有各自的活动内容、表现形式与传达目的等要素，这些要素自身的特征与活动规律及相互联系与相互作用的不同，构成了翻译层次存在的客观性。任何翻译从本质上看都是一致的，但不同类型、不同目的翻译具有不同层次的要求，并要受到不同层次的活动规律的约束。一个成功的翻译不可能在一个层次完成，它应该是各个必要层次和谐统一的产物。《红与黑》的翻译也不例外，作为普通意义上的翻译，思维层次（说什么）与语义层次（怎么说）是必要的层次；作为文学翻译，标准更高，还有个说得“妙不妙”的问题，也就是我们说的“美学层次”。韩先生强调的是前两个层次的“等值”，而许先生则突出“美学层次”的效果。不在同一层次的交锋，自然无法达成共识。先来看思维层次。语言作为思维的材料，以其语言结构和语义系统帮助实现思维，完成其表义、表感和表美等功能。翻译者要将A语言转换成B语言，不可避免地要运概念、判断、推理等手段，透过语符的施指层，深入到其所指层，判断各词项、各句子乃至各段落之间的关系，推断出其确切的语义。我们首先看看《红与黑》开卷第一句第一个词“la petite ville”是否一个完整的概念。若孤立地看，“la petite ville”中“petite”可以用作修饰语，可随意替代，如将“petite”改为“jolie”、“belle”等；若作为一个完整的概念，“la petite ville”则不可分割，不能随意替代。我们还是以文本为准，作一分析。读过《红与黑》原著的人，我们都知道，“la petite ville de Virrière”实际上并不存在，城名是作者杜撰的。原书的编者按语就明确指出“作者为了避免惹是生非，捏造了‘玻璃市’这个小城”①。而这座虚拟的“小城”作为一个完整的概念在书中反复出

① 许渊冲译，《红与黑》537页。

现:第一章的章名为“une petite ville”,第一章第一段第一句以“la petite ville ”开始,第一章第二段又出现了“cette petite ville”,第一章最后一段又两次出现“petite ville”(小城市),其中的“petite”(小)与“grande”(大,cette grande république qu'on appelle Paris)相对。看来,“petite”的概念是比较明确的,只指其“小”,与“大”相对,具客观性,不带感情色彩。如汉语中的“小城市”,与之相对的是“大城市”,为一个不可分割的完整概念。我们注意到,在许渊冲先生的译文中,除了开卷第一句的“la petite ville”之外,其余各处均译为“小城”或“小城市”:

1. 但使这个小城(底线为笔者所标,下同)富起来的并不是锯木业,而是印花市纺织……

(第一章第三段)

2. 一进小城,一架样子吓人的机器发出的啪啦砰隆声,会吵得人头昏脑胀(第一章文只有“la ville”一词,为定冠词,确指前面提到的“la petite ville”,许渊冲先生译为“小城”,完全正确,可见“小城”已被译者视作一个不可分割的完整概念)。

3. 事实上,稳健派的“专横霸道”是最可恶的,就是这可恶的字眼,使一个在巴黎民主社会生活惯了的人,无法忍受小城市的生活。专横的舆论就算是舆论吗?无论是在法国的小城市,还是在美利坚合众国,“专横”就是“愚昧”(第一章最后一段,原文中与“petite”相对的“grande”一词在译文中没有译出)。

再从语义层次看。我们知道,语言符号具有随意性、约定俗成性、民族性和系统排异性等特征,语言的这些特征造成了不同语言符号系统之间转换的许多障碍。如不同语言符号系统相应语言单位的语义范围不尽相同，不同语言符号系统的使用者在参与言语活动过程中赋予某些语符的主观价值也不尽相同，要克服这些差异所造成的翻译障碍，我们就应该采取实事求是的态度。

实际上，许渊冲先生并不是不愿意等值，也不是完全否定“等值论”。他在《谈“比较翻译学”》中就指出“美国译论家把翻译当成科学，所以提出‘动态对等’、‘等效’、‘等值’等理论。其实，西方译论家的理论出自于他们的翻译实践，他们的实践多是西方语文之间的翻译；由于西方语文都是拼音文字，而且多有历史渊源，所以不难做到‘对等’、‘等值’或‘等效’”[①]。许渊冲还举《红与黑》第一卷第三段的一个句子为例，比较了原文与英译，认为“等值”是可能的。译文与原文能等值，又能等效，当然是最理想不过了。具体到“la petite ville”，无论从概念传达还是语言表达看，译为“小城”，都是“等值”的，也是等效的，何乐而不为呢？

关键是许渊冲先生还有另一套标准，那就是中国传统译论中“信、达、雅”（见《谈“比较翻译学”》一文）的“雅”。“la petite ville”译为“小城”，以西方译论标准衡量，是“等值”的，以中国传统译论标准来衡量，是“信”的，也是“达”的。问题是《红与黑》是文学翻译，还有个美学层次，不仅要“信”，要“达”，还要“雅”，也就是许先生说的“优雅”或“文采”。那么以“小城”译“la petite ville”是否就不雅呢？看来问题的症结还是对“雅”的认识问题。所谓“雅”，许先生释为“发挥译语优势”，是他的翻译美学“美化之艺术”核心。可能正是鉴于“美化”的考虑，许先生才把“petite”译为“小巧玲珑”吧。但是，从美学观念看，“雅”不仅仅是“漂亮的词”。郭宏安先生在《恶之花》中译本的《跋》中指出雅字

① 见《外语与翻译》1994 年第 3 期第 8 页。

不能只在孤立的语言层次上去理解，应该放到“文学层次上去看”，“倘若原作果然是一部文学作品，则其字词语汇的运用必然是雅亦有文学性，俗亦有文学性，雅俗之对立消失在文学性之中。离开了文学性，雅自雅，俗自俗，始终停留在语言层次的分别上，其实只是一堆未经运用的语言材料。我们翻译的是文学作品，不能用孤立的语言材料去对付”。若独立地看，“小”字似乎不如“小巧玲珑”漂亮，但若拿到整个作品中去，“小城”也不失其雅。“风格之美贵在宜”，这个“宜”字，可作为翻译美学层次的一条标准。

在就《红与黑》翻译致许渊冲先生的信中，我还谈到一点，作者虚拟“小城”一座，恐怕不只是说它“小巧玲珑”，还包括其他特点，如许渊冲先生在小说第一页的注中所说：小城的小，还有小“樊笼”的暗示，城市虽小，但故事多（小城故事多）、奇事多，如令游人称奇的“吓人的机器”、令人头昏脑涨的“啪啦砰隆声”、目中无人的市长先生以及在这座小城里的与围绕这座小城发生的一切。以“小巧玲珑”来传译“petite”，概念过于“狭窄”，色彩过于“浓厚”（原文的“petite”为中性），与许渊冲译著中其他各处的翻译也不统一。从思维、语义和美学三个层次的和谐统一来衡量，无论从宏观的角度，还是微观的角度，“la petite ville”还是叫它“小城”为宜。

句子与翻译[①]

文学翻译，有个创造性的问题。但创造的度若把握不好，就会弄巧成拙，变创造为叛逆。一般来说，翻译一部文学作品，人们大都在词的精译妙译上下工夫，相比之下，在句子的处理上，往往会出现疏忽原文结构及其表达功能的倾向。

读我国翻译大师的译作，也许会发现这样一个带有普遍性的问题：原文本来是一段，到了译文中成了几段；原文的一个长句，译文中化成了几个短句。总之，在句子以及段落的处理上比较自由。标点改动的事就更不乏其例了。产生这一现象的原因，恐怕不是一两句话就可说明的，但归结起来，从译者的主观方面看，主要有两条：一是为了尊重汉语读者的阅读习惯，二是为了符合汉语的行文规律。一个译者，处理译文想到这两个方面，是必要的，也是有益的；但是，如果处理译文仅仅依据于这两个因素，就可能会事与愿违，违背了原文的旨意，达不到传达原文独特的韵味、气势的目的。

就说《追忆似水年华》的翻译，句子的处理就极为微妙、棘手。普鲁斯特是个擅写长句的天才，在《追忆似水年华》中，长达七八行的句

① 本文原载《外语研究》1993 年第 1 期。

子比比皆是，十余行的长句不足为怪，最长的达 56 行（见 collection folio 1980 年版 *Du côté de chez Swann* 第 14—15 页）。这里暂且不论这些长句的文学翻译批评研究神韵、魅力和美感，单就其客观存在而言，起码可以说是普氏作品的一种特殊编码，一种有别于他人的风格标志。若为汉语行文方便，把普鲁斯特的长句简单地化为短句，那恐怕连最基本、最具体的普鲁斯特也不复存在了。

普鲁斯特的作品多长句，有着两个方面的因素：一是个性使然，二是表达需要。据法国最权威的普鲁斯特研究专家之一、巴黎第三大学教授米伊（Milly）先生在中国举办的首次普鲁斯特国际学术研讨会（1991 年 11 月于北京）上介绍，普鲁斯特从小就有写长句的倾向，在他中学时代写的日记里，长达数十行的句子并不鲜见。就此而言，长句是普鲁斯特文字风格的一个明显的区别性特征。在法国文学家中，有两位公认的长句作家，一个是当代新小说派作家、诺贝尔文学奖得主克洛德·西蒙，另一位就是普鲁斯特。

诚然，普鲁斯特的长句有着习惯使然的成分，但作为一个作家，他更善于探索一种能贴切而自然地传达自己思想的文学风格，利用句法的优势，借用连绵、并列或交错的大容量立体句法结构，以表现其复杂、连绵、细腻的意识流动过程，将句法结构的手段与意识流动的特征有机地结合起来，形成了独特的风格，达到了形与神的完美化境。那么，《追忆似水年华》的汉译者们是否传达了原文中这种形与神完美结合所创造的特有意境与神韵呢？他们采取的是何种手法？在长句处理与传译中，又有哪些障碍与局限呢？

在回答这些问题之前，我们不妨先探索一下普鲁斯特的长句在构建上采用了哪些手段，具有哪些功能和价值。

1. 大量使用主从复合句形式。一般来说，要写长句，离不开复合句形式，而这种形式所表示的主从关系，可以是明示的，也可以是暗示的。主从复合句形式少不了关系代词，通过关系代词、关系副词等，句子不断拉长，形成不同的层次。如第一卷的第 24 页有这么一句话：

（1）L'ignorance où nous étions de cette brillante vie mondaine que menait Swann tenait évidemment en partie à la réserve et à la discrétion de son caractère, mais aussi à ce que les bourgeois d'alors se faisaient de la société une idée un peu hindoue, et la considéraient comme composée de castes fermées où chacun, dès sa naissance, se trouvait placé dans le rang qu'occupaient ses parents, et d'ou rien, à moins des hasards d'une carrière cxceptionnelle ou d'un mariage inespéré, ne pouvait vous tirer pour vous faire pénétrer dans une caste supérieure.（*Du côté de chez Swann*, p.24.）

我们对斯万在交际场中豪华生活一无所知，显然部分原因是他本人守口如瓶、性格矜持，但还有部分原因是由于当时的布尔乔亚对整个社会抱有一种印度种姓式的观念，总认为社会是由封闭的种姓阶层组成的，一个人自呱呱坠地那天起，就永远属于他父母所在的阶层，除掉某些偶然情况外——譬如在某个行业中出人头地，或者同门第不相当的家庭联姻，此外再没有别的途径能跻身到高一等的阶层中去。(《在斯万家那边》，李恒基、徐继曾译。第 16 页)

在这个句子中，关系副词 ou 使用了三次，关系代词 que 用了两次，另外还有过去分词引出的限定成分。从句子的从属性延伸的层次看，全句的级数为六。这类句子在《追忆似水年华》中占有很大的比例。

2. 借用插入或括号、破折号等手段，加大句子容量，力求文笔多变。读《追忆似水年华》，不难发现普鲁斯特经常借用(　　)或——……——的形式或干脆用逗号等，插入补充性的或解释性的、次要的语言信息。如卷一第19页：

(2) Quand ces tours de jardin de ma grand mère avaient lieu après diner, une chose avait le pouvoir de la faire rentrer: c'était— à un des moments où la révolution de sa promenade la ramenait périodiquement, comme un insecte, en face des lumières du petit salon où les liqueurs étaient servies sur la table à jeu— si ma grand'tante lui criait: 《Bathilde! viens donc empêcher ton mari de boire du cognac!》 Pour la taquiner, en effet (elle avait apporté dans la famille de mon père un esprit si différent que tout le monde la plaisantait et la tourmentait), comme les liqueurs étaient défendues à mon grand-père, ma grand'tante lui en faisait boire quelques gouttes. (*Du côté de chez Swann*, p.19.)

倘若我外祖母的这类园内跑步发生在晚饭之后，那么只有一件事能让她像飞蛾扑火一样立刻回来。小客厅里亮灯的时候，准是牌桌上已经有饮料侍候，这时姨祖母大叫一声："巴蒂尔德！快来，别让你的丈夫喝白兰地！"在园内转圈儿的外祖母就会争分夺秒地赶回来。为了故意逗她着急(外祖母把一种完全不同的精神带进了我们的家庭中来，所以大伙儿都跟她逗乐，存心作弄她)，

我的姨祖母还当真让我的外祖父喝了几口他不该喝的酒。(《在斯万家那边》,李恒基、徐继曾译,第 12 页)

这个句子的结构并不复杂,但括号与破折引出的句子给句子增添了外在的、解释性的内容。从严格意义上来说,括号与破折号里的成分一般均为注释性的,与正文的文义不一定连贯,往往用以表示语意的转换、跃进、中断或延伸。从叙事角度上,有叙事角度变换与移动的功能。

3. 多分此举。普鲁斯特在运用分词句方面,可谓新奇大胆,一个句子中,有时可见数个分词句,有现在分词,也有过去分词,或用于限定,或用于解释,请见下面一例:

(3) Cependant, ces jours de goûter, m'élevant dans l'escalier marche à marche, déjà dépouillé de ma pensée et de ma mémoire, n'étant plus que le jouet des plus vils réflexes, j'arrivais à la zone où le parfum de Mme Swann se faisait sentir. (*A l'ombre des jeunes filles en fleurs*. p.98.)

每次去喝茶时,我一级一级地爬上楼梯,来到散发着斯万夫人香水气味的地区。我已失去思维和记忆,仅仅成为条件反射的工具。(《在少女们身旁》,桂格芳、袁树仁译。第 66 页)

例(3)的主句很短,只有三个词,而全句通过两个现在分词句和一个过去分词句,把整个重心引向了全句主语"我"的状态描述。

4. 多比较成分。在《追忆似水年华》中,最突出的句型之一是比较句。利用 comme、de même que 等连词或连词短语，在不断扩充句子和加大容量的同时，对事物的特征进行别具一格的描绘或渲染，给读者以鲜明、深刻的印象。应该说，comme 一词在普鲁斯特的笔下具有特殊的功能，使用频率也很高。《追忆似水年华》的开头一段，comme 就出现了五次，其中一句写道：

(4) Je me demandais quelle heure il pouvait être; j'entendais le sifflement des trains qui, plus ou moins éloigné, comme le chant d'un oiseau dans une forêt, relevant les distances, me décrivait l'étendue de la campagne déserte où le voyageur se hâte vers la station prochaine…(*Du côté de chez Swann*, p.10.)

我不知道那时几点钟了；我听到火车鸣笛的声音，忽远忽近，就像林中鸟儿的啭鸣，标明距离的远近。汽笛声中，我仿佛看到一片空旷的田野，匆匆的旅人赶往附近的车站……(《在斯万家那边》，李恒基、徐继曾译，第 3 页)

句中的 comme 引出了“林中鸟儿的啭鸣”，这种比喻的功能暂且不论，值得注意的事，comme 及其引出的语言成分在普鲁斯特的神笔的调遣下，具有无比的灵活性和伸缩性。所谓灵活，是指位置灵活，作者可以随意将之安置在某个可比较的成分之后；而伸缩性，使之容量可大可小，有时 comme 后面，只跟短短的一两个词，如《追忆似水年华》第一段中的“…à qui elle apparaissait comme une chose sans cause, incompréhensible, comme une chose vraiment obscure”。可有时借助于关系代词或关系副词，就可以不断延伸并扩展。

普鲁斯特的长句的构成除这四个最明显的特征之外，还有不少辅助手段。有必要说明的是，普鲁斯特常常是交叉使用这些构建方式，使句子显得起伏多变。那么，这些方法与句式的运用，到底有着何种价值呢？

我们知道，《追忆似水年华》的“第一主题，是时间”（莫洛亚语）。作者试图以艺术手法，追寻已经失去的时间，重现生命之春，而这种追寻的过程，离不开“回忆”这一手段。正是在这个意义上，莫洛亚在他为《追忆似水年华》作的《序》中指出：“普鲁斯特的主要贡献在于他教给人们某种回忆过去的方式。”要回忆过去，人们可以借助智力与推理。但对普鲁斯特来说，他凭借的是现时的感觉与过去的记忆重新涌现的偶合。为了再现这种回忆往事的潜意识流动过程，普鲁斯特充分发挥了他的语言天才，才将语言形势与表达的内容融为一体。我们发现，他的独特的句法手段与他描述的潜意识流动过程的需要是不可分的。就他大量使用关系代词、形成长河式的句式而言，恰恰正是为了表现潜意识流动的连绵性；句中复杂多变的时态与他回忆过去的交叉思维特征也是息息相关的。至于插入句和括号、破折号引出的句子成分，与潜意识流动的不定向性、叙事者与回忆者的角度变换等无不密切相连。因此，这就要求译者在传译中要尽量调遣对应或相似的句法手法，传达普鲁斯特借用其独特的句法手段所着意表现的意韵。那么，《追忆似水年华》汉译本的译者们是怎样处理普鲁斯特的长句的呢？

《追忆似水年华》汉译本是个集体合作翻译的成果，参加翻译的译家有十余位。由于每位译家对原文句法结构所蕴涵的价值理解深度不一导致对中法文句法手段之间存在的差异认识有别，更由于对如何处理长句的观点不尽一致，因此，在具体的翻译中，遵循的原则和采取的方法也必然有别。但从上文的四个例句看，我们不难发现一些比较普遍、具有共性的处理方法。一是变动语序，如例(2)，将破折号内的修饰成分提前，整个打乱语序，重新组织。又如例(4)，将主语提前，将由过去分词和现在分词引出的成分置后。二是变动标点。例(1)中加了单破折号；例(2)中去掉了破折号，将原文的一个长句变成三个句子；例(3)将原句割成两个短句；例(4)也采取同样方法，将长句切短，化一为二。

从《追忆似水年华》其他各卷的翻译情况看，这种变换标点，将长句化短，同时打乱原文程序，重新组织的译法相当普遍。如：

(5) A l'âge où les Noms, nous offrant l'image de l'inconnaissable que nous avons versé en eux, dans le même moment où ils désignent aussi pour nous un lieu réel, nous forcent par là à identifier l'un à l'autre, au point que nous partons chercher dans une cité une âme qu'elle ne peut contenir mais que nous n'avons plus le pouvoir d'expulser de son nom, ce n'est pas seulement aux villes et aux fleuves qu'ils donnent une individualité, comme le font les peintures allégoriques, ce n'est pas seulement l'univers physique qu'ils diaprent de différences, qu'ils peuplent de merveilleux, c'est aussi l'univers social: alors chaque château, chaque hôtel ou palais fameux a sa dame ou sa fée, comme les forêts leurs génies et leurs divinités les eaux. (*Le côté de Guermantes*, p.11.)

这个句子长达十余行，其中较为突出的是 l'âge 一词的限定成分，由关系副词 où 带出，占了全句的三分之二的篇幅。潘丽珍与许渊冲先生的译文作了处理，先译 l'âge 一词的限定成分，作为一个独立的句子，然后再用指示形容词"这个"作为与原句中主句的连接，构成第二个句子：

"我们把不可知给了名字，因而名字为我们提供了不可知的形象，同时，也给我们指明了一个实体，迫使我们把名字和实体统一起来，甚至我们可以动身去某个城市寻找一个为该城市所不能容纳、但我们不再有权剥夺其名称的灵魂。在这样一个时代，名字不仅像寓意画那样使城市和河流有了个性，不仅使物质世界五光十色，绚丽多姿，而且使人类社会呈现出光怪陆离的画面：每一个城堡，公馆或宫殿，都有它们的女主人或仙女，正如森林有森林神，水域有水域神一样。"

又如卷二《在少女们的身旁》原文第 265—266 页，有近二十行长的一个长句：

(6) Mais enfin le plaisir spécifique du voyage n'est pas de pouvoir descendre en route et s'arrêter quand on est fatigué, c'est de rendre la différence entre le départ et l'arrivée non pas aussi insensible, mais aussi profonde qu'on peut, de la ressentir dans sa totalité, intacte, telle qu'elle était en nous quand notre imagination nous portait du lieu où nous vivions jusqu'au coeur d'un lieu désiré, en un bond qui nous semblait moins miraculeux parce qu'il franchissait une distance que parce qu'il unissait deux

individualités distinctes de la terre, qu'il nous menait d'un nom à un autre nom, et que schématise (mieux qu'une promenade où, comme on débarque où l'on veut, il n'y a guère plus d'arrivée) l'opération mystérieuse qui s'accomplissait dans ces lieux spéciaux, les gares, lesquels ne font presque pas partie de la ville mais contiennent l'essence de la personalité de même que sur un écriteau signalétique elles portent son nom. (*A l'ombre des jeunes filles en fleurs*. pp.265—266.)

袁树仁先生的译文是这样的：

但是归根结底，旅行特有的快乐并不在于能够顺路而下，疲劳时便停下，而是使动身与到达地点之间的差异不是尽量使人感觉不到，而是使人尽可能深刻感受到；在于完全地、完整地感受这种差异，正如我们的想象一个跳跃便把我们从自己生活的地方带到了一个向往地点的中心时，我们心中所设想的二者之间的差异那样。这一跳跃，在我们看来十分神奇，主要还不是因为穿越了一段空间距离，而是它把大地上两个完全不同的个性联结在一起，把我们从一个名字带到另一个名字那里，在火车站这些特别的地方完成的神秘的过程（比散步好，散步是什么地方想停下来就可以停下来，也就不存在目的地的问题了）将这一跳跃图像化了。火车站几乎不属于城市的组成部分，但是包含着城市人格的真谛。就像在指示牌上，车站上写着城市名一样。（《在少女们身旁》，桂裕芳、袁树仁译，第 186 页）

这是一个较为典型的普鲁斯特长句，一环紧扣一环。主句的结构十分简单，但通过各种从属性成分，使句子不断延伸，形成了似乎难以中断的滔滔长河之势，迫使读者跟随着作者思辨推理的轨迹向前走，不容读者有半点喘息的机会。因此，这个长句有着其特有的表达功能。而读译文则有一种时断时续的感觉。原文一个长句，被译者处理成了三个句子(尽管如此，切断的句子也不算短)，失去了原文那种一贯到底(但有转折)的语势。

如果与原文作一比较，我们还可发现，《追忆似水年华》的汉译本中的标点比原文要多得多，除了将长句化为短句，把逗号改为句号之外，更多的是将原文中并未标点的语言成分割开，标上逗号。这里仅举一例：

(7) Malheureusement ces lieux merveilleux que sont les garcs, d'où l'on part pour une destination éloignée, sont aussi des lieux tragiques, car si le miracle s'y accomplit grâce auquel les pays qui n'avaient encore d'existence que dans notre pensée vont être ceux au milieu desquels nous vivrons, pour cette raison même il faut renoncer, au sortir de la salle d'attente, à retrouver tout à l'heure la chambre familière oùión était il y a un instant encore. (*A l'ombre des jeunes filles en fleurs*. pp.266 - 267.)

这个句子共有四个逗号和一个句号。袁树仁先生的译文是这样的：

人们从车站出发，到遥远的目的地去。可惜车站这美妙的地点也是悲剧性的地点。因为，如果奇迹出现，借助于这种奇迹，还只在我们思想中存在的国度即将成为我们生活其中的国度，就由于这个原因，也必须在走出候车室时，放弃马上就会又回到刚才还待在里面和那个熟悉的房间的念头。(《在少女们身旁》，第187页)

从形式的角度看，原文的四个逗号增加到八个，是原句的一倍；句号由一个变成三个，即化一为三，长句形式不复存在。从表达的角度看，原句的严密让位给了译文的明快。

我曾经就标点的使用做过抽样统计。总的情况是：译文的标点多过原文。从七卷十五位译者的译文看，最多的为3.2比1，最少的为1.8比1，也就是说，译文的标点至少也比原文多近一倍。从这个意义上说，普鲁斯特的句子在译文中相应地变短了。

除了标点增多之外，原文的句子结构、词语搭配在译文中也有较大的变动。从七卷译文看，变动的幅度与方法是有一定差异的。卷四《索多姆与戈摩尔》的译者之一杨松河先生在如何再现原句气势方面作了有益且有效的尝试。他认为，要让汉语读者真正品味到普氏长句的神韵与意蕴，感到普氏长句变化多样的结构所表现的一气贯通或跌宕起伏的气势，作为一个译者，应该尽可能调遣汉语相应的句子结构和句式，把原文的句子结构美传达过来。这里随便举一例：

(8) Je fus monté en ascenseur jusqu'à mon étage non par le liftier, mais par le chasseur louche, qui engagea la conversation pour me raconter que sa soeur était toujours avec le monsieur si riche, et qu'une fois, comme elle avait envie de retourner chez elle

au lieu de rester sérieuse, son monsieur avait été trouver la mère du chasseur louche et des autres enfants plus fortunés, laquelle avait ramené au plus vite l'insensée chez son ami. (*Sodome et Gomorrhe*. p.429.)

我们再来看看杨松河先生的译文,就句子语序与原文作比较分析:

我乘电梯直达我住的那层楼,电梯不是由电梯司机驾驶,而由斜眼服务员掌握,他攀谈起来,告诉我说,他的姐姐一直同极富有的先生一起过,有一回,她想回自己的娘家来,过腻了一本正经的生活,她的先生就来找斜眼服务员的母亲,母亲另有几个孩子,更有些福气,母亲二话没说,当即把不知好歹的女儿送回她的朋友家。(《索多姆和戈摩尔》许钧、杨松河译,第371—372页)

若以翻译方法而论,这是地地道道的直译。令人惊叹的是:译者不仅词词对应,连语序和句式也基本一致。拿杨先生自己的话说,他是尝试顺原文语序而译,尽量不作变动。这里再看一句:

(9) L'attelage du sommeil, semblable à celui du soleil, va d'un pas si égal, dans une atmosphère où ne peut plus l'arrêter aucune résistance, qu'il faut quelque petit caillou aérolithique étranger à nous (dardé dc l'azur par quel Inconnu) pour atteindre le sommeil régulier (qui sans cela n'aurait aucune raison de s'arrêter et durerait d'un mouvement pareil jusque dans les siècles

de siècles) et le faire, d'une brusque courbe, revenir vers le réel, brûler les étapes, traverser les régions voisines de la vie—où bientôt le dormeur entendra, de celle-ci, les rumeurs presque vagues encore, mais déjà perceptibles, bien que déformées, —et atterrir brusquement au réveil. (*Sodome et Gomorrhe*. p.431.)

从我们在上文介绍的普鲁斯特长句的特征看，这个句子可谓典型，各种形式并举，有关系从句、结果从句，还有括号成分和破折号成分。杨松河先生基本按照原文形式，一一对应译出。然而，人们一般都认为，由于汉法语言的基本句法之间存在着差异，如照搬法语结构形式进行传译，势必造成语句不顺、气势不畅的现象。可是，在杨松河的译文中，我们却没有发现这种因形似而神离的情况发生。还是请有心的读者自己去作一番比较吧，这里将杨松河的译文抄录如下：

睡眠之车，活像太阳之车，在任何干扰都无法阻挡的气氛中踌步首进，以至于需要有一块天外陨石（被哪位陌路神仙从蓝天外?）向我们射击过来，才会打中正常安稳的睡眠（否则，它绝无任何理由止步，而是步步深入循序渐进，持续千年万年不肯苏醒。），使它来个急转弯，回转到现实中来，十万火急，迅速穿越一个个与生活毗邻的地区——在那里，睡眠者顿时听到生活的嘈杂声，虽然不伦不类，仍然隐隐约约，但却依稀可辨——冷不防在清醒之地着陆。（《索多姆和戈摩尔》第373页）

值得探讨的是，人们普遍认为必须变换的语序与结构，甚至标点，在这段译文中几乎没有作任柯变动，如括号与破折号的运用。同时，译文读来通畅而传神(有个别词句的传译还值得商榷,如 étranger à nous)。无论就原文的形还是神而言,译文都在一个“似”字上显示出了功夫。这里也提出了一个翻译时值得讨论的问题,即译文对原文的变动应基于什么基础与何种考虑。

从上面列举的为数有限的九个例子的分析比较中,我们似乎至少得出这么几点结论:

1. 普鲁斯特的句子结构有其鲜明的风格,而且其形成与他所意欲表现的内容是相一致的。

2. 汉译文与原文在句法结构的形式上有一定差异,如标点增多、一个长句化为几个句子等。由于形变,在句子神韵与气势上,特别在节奏感方面,似乎也发生了功能性的变化。

3.《追忆似水年华》的汉译者在对句子的处理上有着共性的一面,也有着不同的做法,效果自然也就有别。就此而言,每个译家向我们呈现的普鲁斯特在文字风格方面是有差异的。

如果说上面几点结论是基于对原文与译文的比较分析,具有一定的客观性的话,那么下面所要探讨的问题则可能是一家之言,智者见智、仁者见仁了。

上文,我们就普鲁斯特的长句处理问题,作了一些形式上的比较和浅层次的分析与评价,由此给我们提出了另一个更直接、更深刻的译文评价问题:既然不同译家笔下的普鲁斯特长句存在着一定差异,那么,哪一种更贴近原文,更能传达原文的价值呢? 在正面回答这一问题之前,我们恐怕有必要先在以下几个方面达成共识:

1. 汉语与法语的句法手段与结构存在着差异。汉语重意合,在形式与形态上受约束力较小;而法语重形合,往往由形式决定语义关系。特别在句子的语序方面,两者差异更为明显。尤其是定语性修饰语,汉语一般都是“逆线性”的，如限定性成分太长，会导致头重脚轻，因此，句子不可能太长；而法语则基本是“顺线性”的，限定性成分一般在被限定性成分的后面，因此具有较大的伸展性。我们在上文可以看到，除了解释性成分外，普鲁斯特往往借助法语的这种灵活的“顺线性”语序，使句子得以延展。

2. 无论是法语还是汉语，都有长句与短句、整句与散句之分。不同的句式都有不同的表达功能，译文的处理应该着重于传达原文句子的表达功能。若既能形似也能神似，为佳；以形变达到神似，次之；切忌貌合神离或形似而神离。

3. 不论法语还是汉语，都有句子的扩展与组合的关系及其功能问题。翻译中不仅应该搞清原文的扩展脉络和句子成分的组合构建方式，还应该探究如何避免句子成分的位置变化所可能引起的功能转变，使译文能够基本做到不改变原句信息重心，不减弱原句表达色彩和功能，不偏离原句行文气势和神韵。基于以上几点共识，我们不妨再回过头来进一步分析一下上文列举的几个例句。

例(1)与例(2)的译文均出自于李恒基先生之笔，有趣的是，从句子形式变化的角度看，两句译文的处理方式差异较大。例(1)的原文与译文在句式、结构语序等方面都极为近似，而例(2)则作了相当大的变动。译者取消了原句中的双破折号，将破折号中的解释、交代性内容融入了主句之中，由于这一结构上的变化，叙事方式与角度也跟着起了变化，译文信息的重心与原句也因此而不尽一致。应该看到，从翻译角度看，例(2)要比例(1)难处理，首先是 c'était 引出的这一部分结构较为特殊，汉语中难以对应译出；其次是若不变动原文语序，译文中就会出现头轻脚重的非平衡句式，为汉语行文造句规律所不容。因此，例(2)的变动是基于汉法结构的客观差异，有不得不为的因素。

这种由于语言结构差异而造成的译文与原文句子结构形式的必然的非对应性，在例(5)中更为明显。例(5)这一句子以状语开始，âge一词引出一限定性关系从句，从句中又套从句，致使整个限定成分长达七行，如果译为汉语，将这七行机械地置于 âge 一词之前，作为该词的限定语，结果可想而知——不仅结构上不允许，而且也不可能表达原文的意义。因此，译者将这一限定成分抽出，单独成立，代替原文的环扣式限定性从句，是必要的。确实，我们发现在翻译限定性从句时，如从句过长，译文大都采取重复关系代词的先行词、变从句为独立句或平行句的方法，这样一来，也就出现了译文比原文长句短的现象。

由于汉语与法语两种语言之间的差异而采取变通的方式，自然可以为读者所理解。但是，作为译者，还有一个积极或消极地对待原文句法结构及其功能传达的问题。不考虑原文的句法手段的独特性，忽视这种独特性所蕴涵的表达及美学价值，一味地按照译者本人的行文造句习惯来传译普鲁斯特的长句，恐怕不能说是积极的态度。如果说译者应该尽可能全面地再现原文的个性，并吸收一些出发语的新鲜的表达方式，甚或句法形式的话，那么，如何尽量使目的语的语义在结构上与出发语获得对应，就是译者分内之事了。正是因为译者的这种努力，汉语吸引了不少外语的句法形式，如条件从句、让步从句以及将从句置后的方式等。

又如例(3)，译文将原句一化为二，由于句子结构的这一变化，译文的意义与信息重心恐怕与原文都有不吻合的地方。从原文看，全句强调的似乎是主语动作的状况，亦即在“我是”一种什么样的状况下以什么方式到达“散发斯万夫人香水气味的地区”的，尤其是突出了“我”如何在爬楼梯的时候已整个失去了思维和记忆，动作机械，“仅仅成为条件反射的工具”。如读译文，也许会产生不同的理解。由于原句变成了两句，并标明了句号，因此，有叙述前后之分，后句自然成为前句的继续或结果，给人以先“到了散发着斯万夫人香水气味的地区”，然后“我”失去了思维与记忆，成为了条件反射的工具。可见，句子结构一变，表达色彩及语义都会发生有悖于原文的变化。这是我们在处理长句中应该时刻注意避免的一点。

现代翻译理论认为：句子是意义转换的最大的基本单位，如何处理好句子的翻译，关系到一部翻译作品的成败。从上面的粗浅分析中，我们可以看到，要尽可能贴近普鲁斯特，传神而全面地再现普鲁斯特，他的长句的处理是个关键。若要评价哪种译文与普鲁斯特的原文更相近、传达得更完善，那首先必须认识普鲁斯特、理解普鲁斯特，抓住他的长句的特征，领会其功能，然后再采取对应、变通等手段，去加以传达、再现。普鲁斯特的长句给译者提出了一个复杂的难题，正因为其复杂、困难，也就给译者提供了更宽广的用武之地。也许细心的读者已经发现，我们评价《追忆似水年华》汉译长句的处理，目的并不在于仓猝地得出谁优谁劣的结论，而在于通过对原文与译文的对比分析，引起人们对句子翻译所涉及的诸多问题的认识，同时，也给人们如何合理、客观甚或科学地评价译文提供可供参考的某种方法与途径。

形象与翻译[①]

就本质而言，文学语言是一种形象化的语言，它借以反映外部世界、表达思维的不是抽象的理念，而是具体的意象（或称为形象）。所谓形象思维，就是指这种以具体的形象表达思维的方式。任何一部成功的文学作品，在很大程度上都取决于其创造的艺术形象的新颖与丰富。而翻译一部文学作品，能否忠实而传神地再现原文所创造的形象，其重要性便毋庸赘言了。这里，我们所关注的问题是译者在再现原作形象方面是否存在一些可资借鉴的原则与方法，具体到文学翻译批评，那就是应如何判别与评价一部译作的文学形象再现的成功与否。

所谓“文学形象”，我们是指作者借助感觉、知觉、联想和想象，通过比喻、隐喻等语言修辞手段所创造的一种生动的、深刻的、艺术化的映像，从而给读者“一种强烈的智力快感”（安德烈·莫罗亚语）。所谓再现文学形象，顾名思义，那就是译者通过相应的手段，将原文所创造的形象在译文中重新表现出来。我们先看看《追忆似水年华》卷四《索多姆和戈摩尔》中的一个例子：

① 本文原载《外国语文》1993 年第 1 期。

(1) Or, Jupien, perdant aussitôt l'air humble et bon que je lui avait toujours connu, avait—en symétrie parfaite avec le baron—redresse la tête, donnait à sa taille un port avantageux, posait avec une impertinence grotesque son poing sur la hanche, faisait saillir son derrière, prenait des poses avec la coquetterie qu'aurait pu avoir l'orchidée pour le bourdon providentiellement survenu. (*Sodome et Gomorrhe*. Folio, Editions Gallimard 1954, p.11)

絮比安呢，我平素十分熟悉的那副谦逊、善良的样子瞬间荡然无存——与男爵完美对应——抬起了脑袋，给自己平添了一种自负的姿态，怪诞不经地握拳叉腰，翘起屁股，装腔作态，那副摆弄架子的模样，好似兰花卖俏，引诱碰巧飞来的熊蜂。(《索多姆和戈摩尔》许钧、杨松河译，第 4 页)

这里，普鲁斯特通过明喻暗比的生花妙笔，给读者描绘了一幅生动真切的图像。在普鲁斯特的笔下，男爵成了一只巨大的熊蜂，而絮比安则如一朵"卖俏"的兰花。通过寥寥数语，普鲁斯特不仅充分揭示了絮比安与兰花、男爵与熊蜂之间的相似性，而且还同时隐指了絮比安与男爵和兰花与熊蜂之间的微妙关系的有机性。就此而言，译文似乎已经完成了其再现原作形象的使命。从语言与修辞角度看，译文与原文基本对应，这为形象的再现提供了成功的基础。确实，文学形象的再现有着两大方面的基础，概括地说来。一是人类思维存在着的共性，无论东方人还是西方人，都有抽象思维与形象思维之分；二是人类使用的语言之间存在着的共性，如法语和汉语中，有着一系列相似或一致的语言修辞手段，像比喻、隐喻、借代等，都同为创造文学形象所不可缺少的手段。正是基于这两点共性，例(1)的译文在一定程度上可为译入语读者所接受。但是，普鲁斯特的伟大在于不仅仅要通过用人们熟知的事物来解释未知的事物，借用共同形象，揭示甲与乙之间的相似之处，还着力于唤起人们对这种相似性的基本感觉。具体地说，普鲁斯特的目的在于以其独有的方式和敏锐的观察力，去理解、揭示世界上那些表面上毫无关联但实际上都存在着千丝万缕联系的事物，同时，通过发掘甲乙两事物之间一种内在与有机的关系，用微妙、新奇与贴切的明喻暗比，为读者理解事物、感受它们之间的微妙关系提供富有感官刺激效应和领悟性的启迪。以此衡量，仅仅通过相应或相似的语言修辞手段，再现原文形象，使译文形象与原文形象基本一致，只能说是翻译的第一步，因为作者的真正目的在于通过形象唤起读者的感觉，因此，要成功地再现原文的形象，还要力求达到效果的统一，亦即使译文形象给译入语读者造成的感觉与原文形象给译出语读者造成的感觉相一致。同样，评价文学形象的再现，我们不仅应该衡量译文形象与原文形象的统一性，还应衡量译文形象与原文形象给读者激起的美的感受的一致性。那么，例(1)的译文是否达到了审美因素传达的等值呢？我们不妨将原文中形象的相互关系简单图示如下：

絮比安——兰花

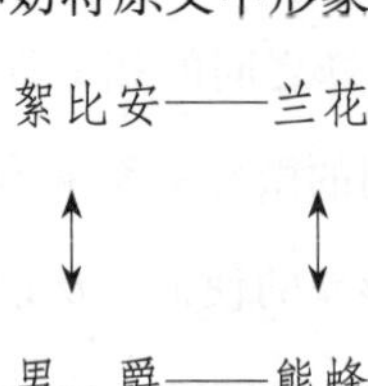

男　爵——熊蜂

作者在这一句子中首先表现的是絮比安与兰花及男爵与熊蜂的相似性，基于这一单相的关联，又揭示了絮比安与男爵的关系与兰花与熊蜂之间关系的相似性。孤立地看，将絮比安喻为兰花，汉语读者似乎难以接受。我曾经就兰花这一形象问询过多位汉语读者，他们的感觉基本是一致的，兰花在他们脑中引起的联想是“清雅”、“高洁”；相反，当我以同样的问题问及法国人时，他们基本上都认为兰花是一种“邪恶的花”（une fleur ténébreuse），特别在普鲁斯特的书中，兰花隐指同性恋关系，几乎成了同性恋的象征。由此，我们不难发现汉语读者与法语读者对“兰花”的感觉在客观上存在着差异。这种差异不属于语言层次，而属于民族文化、心态与审美习惯的层次。我们在翻译中，类似的情况经常遇到。从语言修辞层次看，通过不同的语言符号再现的形象与原文完全等值，但由于出发语读者与目的语读者在文化、审美等方面存在着客观的差异，同一形象引起的联想与感觉有别，这就给文学形象的再现构成了难以逾越的障碍。把絮比安喻作兰花，在法语读者中引起的是一种令人厌恶的感觉，而在汉语读者中，这种感觉相对来说就不那么强烈，或者说很少会产生这种厌恶感。从这个意义上讲，例(1)的译文没有达到理想佳译即反应等值的高度。

必须承认，造成这一传译的限度的根本原因在于不同民族文化、心态与审美习惯的差异，这种差异是译者本身无法克服的，不管译者的修养有多高、气质有多好。当我们评价一篇译文的形象再现是否成功时，应该充分认识这一客观差异的存在。如果说在逻辑意义传达层次，只要转换语言符号，如音、形、义重新结合，便可达到相当完美的传译高度的话，那么，在形象再现这一层次，由于掺入了不同民族读者的文化、心态与审美习惯因素，仅仅靠机械地转换语言符号来表现同一形象显然是不够的。在形象再现这一层次，简单的语言外形转换往往达不到传译的目的，因为在这一层次，其语符承载着特有的文化与审美价值。作为一个译者，若只限于甲语言到乙语言的音、形、义重新组合，而不考虑甲乙读者的不同反应因素，其意义的语际转换必然是不完美的，甚或是不准确的。有鉴于此，我们也许可以首先提出这样一条原则：评价一个文学形象的再现是否成功，不仅应该看译文与原文的形象是否吻合，还要衡量目的语读者与出发语读者对这一形象的反应是否一致。

我们看到，在形象再现这一层次，存在着起相互影响作用的语符、语符创造的形象与读者对这一形象反应三大因素。显然，最完美的再现是后两者的和谐等值(语符是必然要转换的)。由于人类思维、文化心态、生活经验与审美习惯既存在着共性也存在着差异，因此，这也就相应地导致了翻译活动的可能性与限度。倘若把这种客观的限度归咎于译者的无能，那这种评论自然也就不公允了。

从形象与反应的等值看，我们在翻译中遇到的实际情况千变万化。可能性与限度因不同实例而有异，但总的来说，我们大致可以将之分成三大类。

第一类是完全等值。也就是说目的语与出发语的相应语言符号所创造的形象与这些形象引起的读者的反应完全一致。如下面这个例子：

(2) Le pauvre M. de Vaugoubert, devenu cette fois-ci de trop lambin joueur de tennis une inerte balle de tennis elle-même qu'on lance sans ménagements, se trouva projeté vers la duchesse de Guermantes, à laquelle il présenta ses hommage. Il fut assez mal reçu...(*Sodome et Gomorrhe*, p.91.)

这是外交官德·福古贝先生在盖尔芒特亲王夫人举办的晚会上的一个情景。在一般的社交场合，德·福古贝先生总是自以为了不起，怠慢他人，当别人向他道安时，他往往爱答不理的，似乎反应很慢，像个“总慢半拍的网球手”。可到了盖尔芒特亲王夫人的府上，特别是遇到对所有外交官都不屑一顾的盖尔曼特公爵夫人的时候，德·福古贝便从一位怠慢他人的“总慢半拍的网球手”变成了一只被人蔑视的泄气的“网球”，“有气无力”，“任人无情击打”。网球是法国上流社会时髦的体育项目之一，普鲁斯特信手拈来，以网球手与网球的生动隐喻揭示了德·福古贝先生在不同的交际场合的笨拙而可怜的表演，在描述德·福古贝的尴尬场面的同时，充分展示了德·福古贝的双重人格。对这一贴切、自然而又精妙的隐喻，汉语读者自然不会不受到触动，尤其是在中国较为盛行的“踢皮球”现象，可使汉语读者更深切地理解德·福古贝那一笨拙而又可怜的形象。对于这类形象的反应可以达到完美等值的情况，译者自然可以毫无障碍地直接传译。

> 可怜的德·福古贝先生这一次不再是一位总慢半拍的网球手，简直成了只有气无力的网球，任人无情击打，被抛到了盖尔芒特公爵夫人面前，向她表示敬意。可他得到的却是相当无礼的对待……(《索多姆和戈摩尔》，第 73 页)

无论从语言修辞层次，还是从读者反应层次看，例(2)的原文和译文都是对应的、等值的。法语和汉语读者都不难从那只任人无情击打的有气无力的网球联想到德·福古贝尴尬、可怜、任人摆布而又不受欢迎的形象，并进而发出会心的感慨。

第二类为部分等值。这类情况比较复杂，有语言造成的因素，也有文化差异造成的障碍，大致有如下三种情况：一是对应的语言符号无法再现出对应的形象；二是对应的语言符号再现出了对应的形象，但出发语与目的语的读者反应有一定差异；三是对应的语言符号再现了原文形象，但目的语读者对这一形象几乎毫无反应，当然，这里说的读者指的是一般读者。

(3) "Vous aimez entendre cela, de la musique? Ah! mon dieu, cela dépend des moments. Mais ce que cela peut être ennuyeux! Ah! Beethoven, la barbe!" Pour Wagner, puis pour Franck, pour Debussy, elle [la duchesse de Guermantes] ne se donnait même pas la peine de dire "la barbe" mais se contentait de faire passer sa main, comme un barbier, sur son visage. Bientôt, ce qui fut ennuyeux, ce fut tout. "C'est si ennuyeux les belles choses! Ah! les tableaux c'est à vous rendre fou... Comme vous avez raison, c'est si ennuyeux d'écrire des lettres!" Finalement ce fut la vie elle—même qu'elle vous déclara une chose rasante, sans qu'on sût bien où elle prenait son terme de comparaison. (*Sodome et Gormorrhe*, p.104.)

"您喜爱听这种玩艺儿，听这种音乐？啊，我的主，这要因时而论。可这该是多么烦人！啊！贝多芬，讨厌的老胡子！"对瓦格纳，弗朗克，德彪西，她（盖尔芒特公爵夫人）甚至都不屑说一声"老胡子"，而只是像剃须匠，轻蔑地用手往脸上一刮，不屑一顾。顿时，讨厌一事成了讨厌一切。"漂亮的东西都是那么讨厌！啊！那些油画！简直让您发疯……您说的在理，写信是多么烦人啊！"末了，她会向您宣称，生活本身就是像刮胡子一样烦人的玩艺儿，真弄不清她从哪儿找来的这种比喻。（《索多姆和戈摩尔》，第

84—85 页)

在这个例子中,译者首先遇到的是一个语言层次的障碍。普鲁斯特使用了"la barbe"(胡子)、"faire passer sa main, comme un barbier, sur son visage"(像剃须匠往她脸上一刮)和"une chose rasante"(剃须一样的东西)等一系列形象的语言,以表示盖尔芒特夫人对音乐、对油画以及对世间一切的厌恶感。法语中,"la barbe"(胡子)具有隐喻的意义,据《拉露斯辞典》和《莱克西斯词典》,这是一种表示"对某人或某事厌烦"的形象用语。笔者曾就这一用语的来源请教过法国专家,他们说这一用语最先见于 19 世纪初,当时法国上流社会人士摹仿英国绅士蓄起胡子,时髦一时,但渐渐招致了人们的反感,所谓用"胡子"一词表示厌恶感即出于此。不管这一解释是否准确,但用"la barbe"一语表示厌恶的感觉即是有据可查的。然而,在汉语中,却找不到相应的用语,如直译原文,"胡子"一词无法在汉语读者中引起厌恶的同感;如果不直译,紧接这一用语的一系列形象的用法便失去连贯性。从例(3)的译文看,译者基本上采用原文的用语与形象。但有所变通,把"barbe"译成"讨厌的老胡子",把"une chose rasante"译为"像刮胡子一样烦人的玩艺儿"。亦即在保留原文形象说法的同时,点明这一形象用语的隐喻意义,以引起汉语读者的共鸣。从这一角度上看,译者的变通虽是不可为而为之,但不仅是必要的,也是有益的。若以"与原文不符,添加了原文不存在的成分"评价这一译文,恐怕有失偏颇。

在西方不少文学名著中,尤其在普鲁斯特的《追忆似水年华》中,作者借用了大量希腊神话和《圣经》人物,来隐指或突出某个人物的个性。由于汉语读者对西方文化,特别是古希腊文化了解不多,对《圣经》人物知之甚少,因此,对译者传译的有关形象很少会产生与原文读者同样的联想。对于原文中这类隐喻或比喻创造的形象，一般来说，译者大都采用直接引入的做法，同时，为了使目的语读者对这一引入的形象有个基本的了解，或多或少产生一点联想，译者往往采取加注的做法，这在《追忆似水年华》中尤为明显。记得法国翻译评论家西莱尔说过，翻译中文化的差异最难克服。对于东方人来说，希腊神话的内涵与魅力是难以真正理解和感受到的，因此，这一文化层次的障碍为西方许多名著的翻译造成了难以克服的限度。他还说，加注是译者一种承认自己"无能"的补救方法。尽管加注是译者一种"无能"的补救办法，但译者给目的语读者提供一点理解与感受原文形象的基础，这至少可以说是一种积极的做法。如卷二结束处有这么一段话：

(4) Et sur le mur qui faisait face à la fenêtre, et qui se trouvait partiellement éclairé, un cylindre d'or que rien ne soutenait était verticalement comme la colonne lumineuse qui précédait les Hébreux dans le désert. (*A l'ombre des jeunes filles en fleurs*. p.630.)

这是《在少女们身旁》倒数第二段中的一句话：小说的叙述者初次到巴尔贝克海滩度假，海滩上阳光灿烂，柔和的涛声和如花似玉的女友们欢快的笑声不时传入他的耳鼓，但因他身体有疾，被迫待在"没有壁炉和取暖器的旅馆"房间里，房间的窗帘始终紧闭，他感受到了极大的敌意，可外面的阳光召唤着他，只见"对着窗户的那面墙，已被局部照亮。墙上，没有任何支撑的一个金色圆柱体垂直地立在那里，象在荒漠中作为希伯来人前导的光柱一样缓缓移动"(《在少女们身旁》，桂裕芳、袁树仁译，第 518 页)。

在一个对《圣经》文化毫无了解的汉语读者看来，这一光柱恐怕并没有特别的含义，也难以在他脑中引起丰富的联想，至多是一道手电筒射出的光柱而已。但对西方读者，反应会强烈得多。从这个句子，从这一光柱慢慢移动的形象，西方读者也许能体味出小说叙述者那种渴望光明的心境，从那束光柱中看到把他引向海滩的神圣力量。正是为了使汉语读者理解并体味这一形象的奥妙所在，译者并不满足于语言转换与形象的再现，而是以积极的传译态度，查阅《圣经》，加了这样一个注："见《旧约出埃及记》第十三章：日间耶和华在云柱中领他们的路，夜间在火柱中光照他们，使他们日夜都可以行走。日间云柱，夜间火柱，总不离开百姓的面前。"（见《在少女们身旁》第518页注①）客观地说，这个注对读者阅读提供了便利，通过加注，多多少少可以刺激一下读者的想象力。

第三类为完全不等值，亦即出发语与目的语中的形象完全吻合，但读者反应则截然相反。这类情况比较少。比如对"龙"这一形象，东西方人的反应差异极大。记得《语言与翻译》杂志中文版的李绍年主编在中国首届研究生翻译理论研讨会上介绍过这样一个例子：维吾尔语文学作品中，常以"骆驼一样的眼睛"来形象维族姑娘的眼睛，维语读者读了，可以联想到姑娘的眼睛大而美。可若直接译入汉语，汉语读者的反应可想而知——"骆驼一样的眼睛"，简直是太丑了。这种美与丑截然相反的反应，从客观上要求译者在处理这类文学形象时要作出选择：保留原有形象还是以目的语中能够引起读者相应的联想和反应的形象取而代之。对这类形象的处理，译界向来存在着观点不一的争论。一种观点认为文学翻译要顾全原文的形象、引入原文的形象，这是扩大目的语读者眼界、丰富目的语文化所要求的。坚持这一观点的人们认为，翻译不是一项个人的活动，而是一种社会交际、文化交流的形式，因此异国特有的文化意义和文学形象应该直接引入。再者，即使形象同一、反应相悖，也至少可以使目的语读者了解到出发语读者不同的审美习惯和文化心态。另一种观点认为，文学作品不是以认知为目的的，它所创造的文学形象的价值在于能刺激读者的想象力，使读者通过这一形象得到感官上的愉悦和顿悟，同时升华到一种更为广阔而深刻的、融感觉与理性为一体的精神境界。因此，文学翻译要注意与原文效果的统一，如果作者期望读者得到的是一种美的感受，可读者感觉到的却是丑，那岂不是在根本意义上背叛了原作者？这两种观点的交锋，两种翻译方法的争论，其本质是人们对文学作品的功能与文化的可容性的总体看法分歧。对于文学翻译评论工作者来说，也同样有一个认识问题。对文学作品的功能、文学翻译的目的、吸收外来文化的原则看法不一，对具体翻译的评价自然有异。可见，文学翻译批评决不能只限于从文本到文本的批评。

在《追忆似水年华》的翻译中，我们看到译者在处理原文形象方面总的来说认识比较一致，原则和方法也无大的差异。处理第一类形象，采用的是直接引入的方法，这里不拟评论。下面就第二类与第三类的形象再现问题，我们通过一些实例，对译文作一比较分析。

上面，我们浅谈了三类形象的一般处理原则和通常采用的再现方法，并从语言、文化、审美习惯等方面，探讨了再现原文文学形象可能遇到的一些障碍和克服这些障碍的不同认识与方式。那么，对我们探讨文学形象再现的评价原则与方法，有什么启示呢？

我们从上文的客观分析中，更清楚地看到了文学形象的再现不只是个简单的语言外形的变易问题，从宏观角度看，它涉及作者。原文、原文读者、译者、译文、译文读者与世界等因素，不仅有语言的问题、修辞的问题，还有文化、审美习惯等因素对传译活动的制约力和影响力。

我们知道，翻译活动有三大层次，一是思维层次，二是语义层次，三是美学层次。文学形象的再现涉及了三个层次的诸因素，尤其是审美层次的读者接受因素，因此，它是一个复杂的多层次活动，评价这一活动，首先要避免认识的简单化，避免把文学形象的再现仅仅视作语言修辞层面的操作；其次要力戒评价的片面性及忽视这一活动的整体性效果；再次要注意各种因素的综合衡量，尤其是译者的创造性和读者的无形参与因素。

1. 整体性评价原则。我们知道，翻译一般以句子为轴心，但文学形象的创造往往突破句子这一单位，而是在句段、篇章中有机地表现出来。有的形象甚至贯穿全篇。鉴于此，评价译文对原文形象的处理，不要以局部效果下定论。比如在例(1)中，对兰花这一形象的反应，法语读者与汉语读者的反应是不一样的。按照翻译等值的原则，在翻译的美学层次，效果等值最为重要，因此，原则上，应该调整兰花这一形象，在译文中用汉语读者可以接受的形象加以改造，以期得到与原文读者相似的反应。但是例(1)的译文为何仍然保留兰花的形象呢？这里就有个局部效果服从于整体效果的问题。原文中的兰花是个反复出现的形象，与之相关联的有熊蜂形象，若只从局部考虑去改造兰花形象，那势必牵动全局，影响原有形象的有机结合。普鲁斯特的作品整个就是一个隐喻世界，有着其统一与和谐的布局，况且每个形象的塑造不仅仅是描述世界的一种方式，也是他个人体验世界的具体事物的一种方式，是他一种思考与生活方式，是对事物真谛的揭示，更是一个各形象间相互联系、渗透、影响的和谐统一过程。这个过程需要读者的参与。孤立地看兰花这一形象，汉语读者的反应也许与作者的期望不符，但是，随着读者一步步深入原作者的隐喻世界，也许能慢慢理解原作者意欲揭示的形象内涵，得到与原文读者相似的感受。

比如，在原文中，普鲁斯特多次描写与兰花相关联的形象：

（5）Je trouvais la musique, d'abord incompréhensible pour moi, de Jupien et de M. de Charlus aussi curieuse que ces gestes tentateurs adressés aux insectes, selon Darwin, par les fleurs dites composées, haussant les demi-fleurons de leurs capitules pour être vues de plus loin, comme certaine herérostylée qui retourne ses étamines et les courbe pour frayer le chemin aux insectes, ou qui leur offre une ablution, et tout simplement même comparable aux parfums de nectar, à l'éclat des corolles qui attiraient en ce moment des insectes dans la cour. (*Sodome et Gomorrhe*, pp.39–40.)

絮比安和德·夏吕斯的手势，我开始理解不了，觉得有趣极了，就像那些称为菊科的花卉向昆虫作出的引诱性的举动。据达尔文介绍，这些菊科花卉翘起头状花序上的半花叶，以便更远的地方都能发现，犹如某种异柱花倒转雄蕊，使其弯曲。为昆虫打开通道，或为昆虫奉上蜜雾，就像此时院中的鲜花正释放花蜜的芬芳，张开花冠，引诱昆虫。(《索多姆和戈摩尔》第28页)

读了这段文字，读者必定会对兰花的印象加深，并从兰花引诱昆虫的“花招”中形象地意会到絮比安与德·夏吕斯(即男爵)之间的同性恋关系。从这个例子，我们可以看到，某些形象从某个局部孤立地看，直接引入也许收不到原文的效果，可从整体效果看，却可以弥补局部的不足。因此，在评价这类形象的处理时，要重整体效果，这可称为译文评价的整体性原则。

2. 层次性评价原则。《追忆似水年华》中隐喻之丰富，是一般作品难以相比的。普鲁斯特不追求佐料式、化妆品式的隐喻，而是十分注重开掘形象与形象之间的内在、有机的联系，通过熟悉与陌生的两种成分的结合，为形象的语言增添魅力与个性。而所谓魅力，来自于他所揭示的两个事物内在的相似点带来智力上的快感；而个性则源于某些相似点中出人意料的成分。以形象、色彩和声音给读者以触觉、味觉特别是视觉的全面愉悦感。普鲁斯特还不以此为满足，不仅仅止于感官的调动，往往升华到更为深刻的寓言的、精神的境界。因此，他所使用的比喻，尤其是隐喻，具有多个不同层次的意义。比如下面一例：

(6) Puis ç'avait été la terre héréditaire, le poétique domaine où cette race altière de Guermantes, comme une tour jaunissante et fleuronnée qui traverse les âges, s'élevait déjà sur la France, alors que le ciel était encore vide là où devaient plus tard surgir Notre-Dame de Paris et Notre-Dame de Chartres; alors qu'au sommet de la colline de Laon la nef de la cathédrale ne s'était pas posée comme l'Arche du déluge au sommet du mont Ararat, emplie de patriarches et de Justes anxieusement penchés aux fenêtres pour voir si la colère de Dieu s'est apaisée, emportant avec elle les types des végétaux qui multiplieront sur la terre, débordante d'animaux qui s'échappentjusque par les tours où des boeufs, se promenant paisiblement sur la toiture, regardant de haut les plaines de champagne... (*Le côté de Guermantes*.pp.14 - 15.)

这是《盖尔芒特家那边》第一卷第四段中的一个句子(准确地说,只是一个分句),小说主人公"我"在回忆自孩提时代起盖尔芒特这个名字在他脑中出现过的七八个迥然不同的形象。最先出现的是"最甜美"的形象,这个分句所描述的就是这类最甜美的形象之一。然而,初读这段原文。由于语言层次的困难(如 emplie 所修饰的是 la nef 还是 l'Arche du Deluge),特别是一系列城堡名、山丘名,很难抓住普鲁斯特意欲表现的形象,更难体味这些形象所蕴涵的象征的、寓言性的意义。我们先看看这个分句的译文:

> 这是一块世袭的土地,一座充满诗情画意的城堡,高傲的盖尔芒特家族,犹如一座经历了漫长岁月、饰有花叶的古老苍黄的塔楼,高高地矗立在这块土地上。在这一家族兴起的时候,法兰西巴黎圣母院和夏尔特尔圣母院的上空还一无所有,后来才建造了这两座教堂;朗市山顶的圣母大教堂尚未问世,现在,那高高屹立的教堂中殿,就像停在阿拉拉山上的挪亚方舟,墙上画满了族长和他们的家人,一个个忧心忡忡,俯身窗口,观察上帝是否已经息怒;他们带着各种各样的植物,准备在大地上种植,还带了各种动物。这些壁画上的动物像是要从钟楼逃出去似的,牛在钟楼的屋顶上安详地闲步,居高临下,眺望着香巴尼平原……(《盖尔芒特家那边》,潘丽珍、许渊冲译,第 5 页)

多么丰富的联想!多么生动的形象!但是,对比原文和译文,似乎两者所表现的形象的重点有所差异。从原文看,突出的是盖尔芒特家族的古老与神圣,随着作者的笔触,读者仿佛看到普鲁斯特家族经历了漫长的岁月,可追溯到《圣经》记载的洪水时代,可与挪亚家族相媲美，搭救了世间的“动物和植物”。在整个形象中，巴黎圣母院，夏尔特尔圣母院和朗市山顶的圣母大教堂起着烘托的作用，目的在于引出挪亚方舟停在阿拉拉山顶的情景以及在方舟上的义人挪亚家族（文中象征盖尔芒特家族）带着动物和植物，将在地上重新繁衍生殖的图景。可从译文看，突出的为朗市山顶的圣母大教堂，还具体描写了教堂中殿的“墙上画满了族长和他们的家人”、“壁画上的动物象是要从钟楼逃出去似的”等。为何会出现形象的偏差？先从逻辑层次分析，译文中“在这一家族兴起的时候，法兰西巴黎圣母院和夏尔特尔圣母院的上空还一无所有，后来才建造了这两座教堂”这一句存在着逻辑上的矛盾，因为“这两座教堂”并不是建造在“巴黎圣母院和夏尔特尔圣母院的上空”；从语言层次看，译者把 emplie 与 débordante 两个词理解为 la nef（教堂中殿）的修饰语，把 emportant 的主语又理解为“族长及其家人”，把 les tours 理解为钟楼，并把“族长及其家人”和“动物”判定为壁画中的人与动物。从形象层次看，译文中的各个形象失去了有机的关联，尤其是原文中盖尔芒特家族与义人挪亚家族的深刻联系设有表现出来；从形象隐含的意义层次看，译文中盖尔芒特家族的古老与神圣并不突出。我认为：原文中的“emplie”、“emportant”、“débordante”三个并列的词的主语均为方舟，而不是译文所表现的“中殿”与“族长和他们的家人”。如果读一读《圣经·旧约》《创业纪》中的第 6—8 章，也许可以做出更为准确的判断，加深全句的理解：由盖尔芒特这一名字，小说主人公“我”联想到了“世袭的土地”、“充满诗情画意的城堡”和在这城堡中生活的“高傲的盖尔芒特家族”。在“我”的联想中：盖尔芒特家族像“经历了漫长岁月的”塔楼（比巴黎圣母院、夏尔特尔圣母院、朗市山顶的圣母大教堂更古老），如同停在阿拉拉山上的挪亚方舟。由此，盖尔芒特家族与挪亚家族连成了一体，“动物”走出方舟，牛俯瞰着香巴尼平原。各个形象有机的联系在一起，整幅画面浑然一体，意味深长。从上面的粗浅的分析中，我们不难看到，要客观而合理地评价译文对原文形象的处理，光凭感觉是远远不够，也是不可靠的，只有充分利用各种方法和手段，深入到译文的各个层次去，才可能尽量的贴近批评的对象，发现问题的所在，得出较为公允的评价。

3. 多因素权衡的评价原则。人们都说翻译的艺术是平衡的艺术，喻之为“踩钢丝”。由于要讲究“信”，译者既要忠诚于原作与作者，又要尽量不失信于目的语读者；既要尽量求得译文与原文的形式对应，又要设法做到两者内容的等值。但是，由于客观上存在着各个方面的差异，完全的对应和等值只能是一种理想，实际上是无法达到的。译文与原文相比，有得有失，尤其是当形式与内容难两全时，就有一个得失的权衡问题，以尽量做到公允的传译。从这个意义上说，译者在翻译过程中往往要进行价值的权衡，作出选择。因此，文学翻译批评要充分考虑译者的选择因素在译事活动中所起的作用，在评价译文时要对在译者选择时起影响作用的诸多因素进行权衡，再作出这种选择是否合理的评价。

若仔细观察《追忆似水年华》汉译中比喻或暗喻的处理，我们还可以发现一个一般文学批评往往忽视的现象，这一现象虽然并不普遍，但却值得重视。通常，在评价译文时，人们的注意力总是投向译文之于原文的“失”，亦即原文表达的语义或美学价值，由于种种原因在译文中没有转达出来的部分。然而，翻译中却存在问题的另一面，那就是原文中本不含有或色彩并不浓重的价值，在译文中出现或突出了。比如简单的“libre”（自由）一词，在译者笔下成了“如鱼得水，自由自在”、“rentrer comme un insecte attiré par la lumière”（像虫子被灯光吸引一样赶回家）译为“飞蛾扑火一般地赶回家”、“une ville ouverte”（敞开的城市)大胆地处理为“开了膛破了肚的城市”等。以等值标准衡量,这样的处理方法恐怕不足取。有兴趣的译评工作者,不妨留心这一方面的问题,作一探讨。

文学形象的再现是一项复杂而微妙的活动,上面,我们结合《追忆似水年华》中比喻,尤其是隐喻的汉译问题,探讨了译者在语言、文化、审美习惯等层次可能遇到的障碍,提出了克服这些障碍的若干原则与方法(如直译、保留原形象加拟意、部分改造原文形象、加注等),并就形象再现的评价问题谈了几点原则性的看法。这里需要强调一点,那就是客观、科学的批评,应该基于对构成翻译活动的诸要素的深入了解和全面把握。

“借尸还魂”与形象变异

——德·瑞那夫人形象比较[①]

大译家傅雷在《〈高老头〉重译本序》中说:“以效果而论,翻译应当像临画一样,所求的不在形似而在神似。以实际工作论,翻译比临画更难。”以我的理解,傅雷并不是不想求形似,而是因为译作与原作之间存在着种种差异和隔膜,难以做到形似,不得已只能“得其精而忘其粗,在其内而忘其外”,力求“神似”,然而,文学作品的“形”与“神”往往是合二为一、浑然一体的,“形变”有时不可避免地会导致“神异”。若把原作比作原画,把翻译比作临画,那不同译者笔下的人物势必会因着色的浓淡不一和技法的运用有别而造成形象的差异。这里,我们不妨比较一下罗新璋和许渊冲两位译家所临摹的《红与黑》主要人物之一——德·瑞那夫人,看一看译者不同的理解和独具特色的语言风格,在再现原作人物的“形”与“神”方面所出现的有趣的变异。

① 本文原载《中国比较文学》1996 年第 1 期。

一

从严格意义上说，译者，首先是个读者，是个欣赏者，但同时又是一个创作者。就再现原作人物形象而言，译者首先要透过原作的文字，捕捉到原作人物形象的特征，在原作提供的形象基础上，调遣相应的语言手段和笔法，再现出与原作形象基本吻合的人物形象。成功的人物形象应该是有血有肉、形神皆备的。形与神的和谐，自然是众译家追求的理想目标。我们先来看一看罗新璋笔下的德·瑞那夫人的容貌和神态：

> ——她长得亭亭玉立，秾纤得衷，用山里人的说法，也曾是当地的美人儿。她有那么一种纯朴的情致，步履还像少女般轻盈；那种天然风韵，满蕴着无邪，满蕴着活力，看在巴黎人眼中，甚至会陡兴绮思。
>
> （罗译第 11—12 页）

不管谁读了这段译文，都会不可抵挡地被德·瑞那夫人"亭亭玉立"的身姿、"少女般轻盈"的步履及"满蕴着无邪"和"活力"的"天然风韵"所打动，不免"陡兴绮思"。从整个形象看，德·瑞那夫人的情致、风韵无不透溢出独特的魅力。可是，在许渊冲先生的笔下，我们看到的德·瑞那夫人，却是另一番姿色：

——她个子高，长得好，山区的人都说：她是本地的美人。她显得很单纯，动作还像少女；在一个巴黎人看来，这种天真活泼的自然风韵，甚至会使男人想入非非，引起冲动。

（许译第 11 页）

细心的读者，不难发现两个译家再现的德·瑞那夫人有着惊人的差别：一个是“亭亭玉立，秾纤得衷”，另一个则是“个子高，长得好”；一个是情致纯朴，“步履还像少女般轻盈”，另一个“显得很单纯，动作还像少女”；一个“看在巴黎人眼中，甚至会陡兴绮思”，另一个则“会使男人想入非非，引起情欲冲动”。对比之下，不免生出疑问。前者“亭亭玉立，秾纤得衷”，是山里人所说的“本地美人儿”的形象吗？而后者的“天真活泼的自然风韵”竟会如此撩人，“引起情欲冲动”吗？带着这些疑团，我们再继续跟随两位译家，仔细观察他们给我们描绘的德·瑞那夫人。

在罗新璋先生笔下，德·瑞那夫人“爱异想天开”（第 24 页），长着“明慧可人的眸子”（第 24 页），“容颜如此娇艳”，且“性情恬淡”（第 25 页），“她毫无人生经验，也没有多少话要说。但生性优雅而自视颇高”（第 34 页）。许渊冲先生描摹的德·瑞那夫人则“有点浪漫思想”，有着“妩媚的目光”（第 25 页），“娇艳得令人眼花缭乱”（第 26 页），是个“心肠软的女人”（第 26 页），“她没有生活经验，说什么话也不放在心上。她娇生惯养，又自视很高”（第 35 页）。

风姿、脾性有异的德·瑞那夫人，心底的世界又如何呢？

关于她与丈夫的关系，我们看到的是两种不同的想法：

——她这颗心灵还不失其天真烂漫，还没狂妄到要去品评丈夫，嫌他讨厌。在她，虽然从未明言，但想象中夫妇之间，也不见得会有更美妙的关系了。她尤其喜欢听丈夫跟她谈论教育孩子的事；瑞那先生希望大儿子当军官，二儿子能做法官，小儿子进教会。总之，在她认识的男子中，瑞那先生比他们都强，而没他们那么讨厌。（罗译第 12 页）

——她的心地单纯，从来不敢对丈夫妄加评论，也不敢承认他令人厌烦。她虽然口里不说，心里却认为：夫妻关系本来就是淡如水的。她特别喜欢德·雷纳先生，是在他谈到孩子们前途的时候：他要老大做武官，老二做文官，老三做神甫。总而言之，她觉得在她认识的男人当中，德·雷纳先生还是最不讨厌的一个。

（许译第 12 页）

请读者注意：一个想象“夫妇之间，也不见得会有更美妙的关系了”，因此，觉得“瑞那先生”比她认识的男人“都强”；另一个则认为“夫妻关系本来就是淡如水的”，德·瑞那不过是她认识的男人中“最不讨厌的一个”而已。对夫妻关系看法不一，对丈夫的评价自然也就有了差别。这里，我们真惊异斯丹达尔塑造的德·瑞那夫人，在两个不同译家的笔下，会严重变形，出现不同的化身和相异的灵魂。

对于连的看法、感受和态度，也同样有着明显的差异：

在罗译中，我们看到乡下小伙子很走运，因为他有一颗高尚而骄傲的心，德·瑞那夫人对这颗心深表同情，且有着甜蜜而崭新的感受。为此，德·瑞那夫人原谅于连的无知，至于他粗野的举止，“更有劳她去纠正”。在许译中，农村青年则是得到了德·瑞那夫人的好感，因为他有着高尚、自豪的同情心（到底是谁同情谁?），德·瑞那夫人从中

"可以享受到含情脉脉、光辉熠熠的新鲜魅力"("享受魅力"的搭配很大胆,是文字翻译,还是文学翻译?),不久,德·瑞那夫人便"原谅了"他的无知,还帮他"改正了"粗野的举止(请读者注意"原谅了"和"改正了"中的"了"字)。这里,我们提供两种译文,请有心的读者自己细加比较,相信会得出我们同样的看法:

——乡下小伙子于连之所以走运,可以从这里找到原因。她对这颗高尚而骄傲的心,深表同情;感受一新,殊觉甜蜜。他的稚拙无知和举止粗野,瑞那夫人很快也就予以原谅。稚拙无知,也不无可爱之处;至于举止粗野,就更有劳她去纠正。

(罗译第 35 页)

——这样,农村青年于连反而得到了她的好感。她觉得在他高尚而自豪的同情心里,可以享受到含情脉脉、光辉熠熠的新鲜魅力。不久,德·雷纳夫人就原谅了他的无知,甚至认他幼稚得可爱,还帮他改正了粗野举止。

(许译第 36 页)

二

李渔在《闲情偶寄》中说过:"心曲隐微,随口唾出,说一个肖一个,勿使雷同,勿使浮泛。"人物的语言是其心境的表露,性格的体现。不同性情,不同修养的人物,其语言自然也有别。反言之,不同的语言,自然也就反映了人物不同的内心世界,给人以不同的印象。这里,我们所关注的，是同一人物语言的不同处理所造成的形象变异。还是以德·瑞那夫人为例。在《红与黑》的第二章，德·瑞那夫人初次登场。她挽着丈夫的胳膊，沿着信义大道闲步走去，一边听着丈夫的谈话，一边照看着三个孩子的一举一动。大儿子常常跑到路墙边，想爬上去。这时，会"听得娇音嫩语地喊一声'阿道尔夫"（罗译第7页），孩子便"放弃了胆大妄为的打算"。紧接着，丈夫谈起有一个巴黎人物，溜进了丐民收容所和监狱，而且"还参观了市长等贤达开办的赈济医院"，让他感到头痛。德·瑞那夫人不解这为何让丈夫头痛。书中这样写道：

——"不过，"特·瑞那夫人怯生生地说，"既然你们办慈善事业，清正廉明，那位巴黎先生能找什么碴儿？" （罗译第7页）

从译文看，前后是呼应的。初闻其声，如见其人。一声"娇音嫩语"，一句"怯生生"，给读者的是一个"娇怯"的形象，她问话的语气总的来说与这一形象也是吻合的。我们再来看一看许渊冲先生的译文：

——"不过，"德·瑞纳夫人畏畏缩缩地说，"那位巴黎来的先生有什么可以吹毛求疵的？您管穷人的福利，不是公公地道、小心谨慎的么？" （许译第7页）

一连两个问号，加上三个四字词组，使人感到的不是"畏畏缩缩"，而是近乎义正词严、咄咄逼人了。

后来，于连进了市长家当家庭教师。德·瑞那夫人对于连颇有好感。可出于某种自我保护本能，她向丈夫隐瞒了自己真实的想法，对丈夫说了一段话。下面是两位译家的译文：

——几乎是出于本能，她肯定连自己也没意识到，瑞那夫人竟向丈夫隐瞒了真实的想法。

“对这个乡下小伙子，我不像你那样如获至宝。你待他体贴入微，只会引得他敬慢无礼，不出一月，就该把他打发走了。”

（罗译第 29 页）

——德·雷纳夫人出于自己也不了解的本能，对丈夫隐瞒了真情：

“我不像你那样喜欢这个年轻的乡下人，你对他太好了，反而会使他忘乎所以，不出一个月，你就会把他打发走了。”

（许译第 30 页）

两段译文的意思有不尽一致之处，这里不拟讨论。我们只是想提醒读者注意，两段话的语言风格有一定差别，我们面对的仿佛是两个文化水平、学识修养不同的德·瑞那夫人。关于这一点，我们不妨再读一下德·瑞那夫人给于连的信。限于篇幅，这里只比较该信第一段：

——今晚你不愿接纳我，是吗？有时候，真觉得我从未能看到你的灵魂深处。你的目光，令我畏惧。我怕你。我的天！会不会你从没爱过我？果真如此，倒不如让我丈夫发现我们相爱，把我禁闭起来，关在乡下，隔断与孩子的往来！或许这正是天意所在。那我很快就会死的。而你，将是一个地道的恶魔。

（罗译第 112 页）

——你今夜不愿和我同床吗？有时，我以为我从来没有了解你灵魂的深处。你的眼睛真吓人。我怕你。天啦！难道你从来没有爱过我？如果真是这样，那让我的丈夫知道我对你的爱情吧，让他永远把我关在乡下，远远离开我的孩子吧！也许这是天意。我不久就会死。而你却是没有人性的魔鬼。

（许译第 122 页）

一个含蓄，一个直露（如“你今夜不愿和我同床吗？”），两者的差异跃然纸上，无需细加分析。

于连与德·瑞那夫人一夜销魂之后，德·瑞那夫人催于连快走。他们之间有这样一段对话：

——于连倒还有时间咬文嚼字，记得问了这么一句话：

“此生此世，还有什么引以为憾的吗？”

“啊！此时此刻，觉得憾事真多呢！但认识你，却没什么憾恨可言。”

（罗译第 81 页）

——于连从容不迫地字斟句酌，他想起了一句话：

“你贪生怕死吗？”

“啊！我现在非常贪生怕死，但我并不后悔认识了你。”

（许译第 89 页）

这里，我们看到的不仅仅是语言风格的差异，两段译文，对话的意思也有相悖之处。究其原因，恐怕是对原文的理解不一。由于对原文的理解不一致，致使人物形象产生变异的情况，译文中常可看到，这里再举一例：

——瑞那夫人望着他(于连)，信疑参半。

“让我挽着你的胳膊吧。”她临了这么说，语气里有一种于连从未见过的勇气。

她挽着他，一直走进维璃叶的书店，不顾这爿书店背着自由党的恶名声。

（罗译第 37 页）

——德·瑞那夫人瞧着他，好像不能肯定他是否满意。

“请你挽住我的胳臂。”她到底鼓足劲说了出来，于连还从没有见过她有这股劲头。

她甚至不怕玻璃市书店有自由主义的恶名，居然走进书店去了。

（许译第 39 页）

细心的读者也许发现了两段译文中的“挽胳膊动作”。到底是谁挽谁的胳膊？按法国传统，应是女士挽男士的胳膊。难道德·瑞那夫人有如此的勇气，一反法国的风俗习惯，勇敢地让于连挽她的胳膊？至于德·瑞那夫人是否如罗先生译文所说，挽着于连的胳膊，“一直走进维璃叶的书店”，还有待于分析原文和上下文。

原文表达的模糊，往往会造成译者不同的理解。理解不一，表达势必相异。但理解一致，而表达手法有别，哪怕是简单的一个字，同样会造成截然不同的效果，使同一个人物判若两人。不信，请看下面两例：

1. “你快走开。”瑞那夫人睁开眼来突然喝道。

（罗译第106页）

“走吧。”德·瑞纳夫人忽然睁开眼睛，对他说。

（许译第116页）

2. “我正求之不得呢，”她挺身嚷道，“让我受苦吧，再好不过啦！”

（罗译第107页）

“这正是我所要的，”她站起来，高声说道，“我要受罪，才能心安。”

（许译第116页）

一个是“喝道”，一个仅仅是“说”；一个是“挺身嚷道”，一个不过是“站起来高声说道”。真不敢相信“生性腼腆”、“娇音嫩语”的德·瑞那夫人会变得如此“泼辣”，又是“喝道”，又是“挺身嚷道”。两者的反差实在是大矣。

三

人物的言行举止与人物的生活环境及文化修养是密切相关的。德·瑞那夫人作为《红与黑》的主要人物之一，贯穿全书，从上卷等二章“娇音嫩语”地登场，到下卷最后一章，在于连死后三天，“搂着自己的孩子，离开了人间”，她的命运无不与于连的命运息息相关，始终牵动着读者的心。在斯丹达尔的笔下，她不但是个可爱的女人，也是可敬的女人。她不仅外貌美丽，而且“淳朴、天真、善良”，“在金钱世界中洁身自好，还有那一颗尚未被小说等读物污染过的心灵”（见译林版《红与黑》代译者序第 13 页）。是她真正使于连知道什么是真情、什么是幸福。应该说，在此书中，德·瑞那夫人的形象是和谐完满的。对比罗新璋和许渊冲先生的译作，感觉却不尽然。两位译家笔下的德·瑞那夫人无论是外貌、语言，还是内心世界，似乎都有着差异。而这种差异，恐怕与德·瑞那夫人所受的教育和信仰有关。请读下面两种译文：

——她那淳朴的天性和灵敏的头脑，要是能多受一点教育，就大足称道了。

（罗译第 34 页）

——大家本来会注意到她的天性高尚，头脑灵活的，可惜她没有受过良好的教育。

（许译第 35 页）

对比两种译文，我们可以看到，两位译家笔下的德·瑞那夫人所受的教育水平是有别的。一个是美中不足：“要是能多受一点教育，就大足称道了”。另一个则令人可惜：“没有受过良好的教育”。不仅受的教育不一样，宗教信仰似乎也有差别：

——“这是主对我的惩戒，”她低声又说，“主是公道的，我唯有低心归首。我犯的罪太可怕了，从前一直没引起良心责备！这是主抛弃我的第一个暗示，我该加倍受罚。”

（罗译第 10 页）

——“上帝惩罚我了，”她又低声说道，“这是天公地道的；我只能心悦诚服；我实在是罪孽深重，而我过去却没有受到良心的责备！这是上帝抛弃了我；我应该受到加倍的惩罚。”

（许译第 114 页）

一个信的是“天主”，一个信的是“上帝”，德·瑞那夫人信的到底是基督教(新教)还是天主教？按辞海的解释，“上帝”是基督教(新教)借用中国原有词语，对其所信奉之神的译称；而天主教则借用中国原有的“天主”一词，作为其信奉之神的译称。如此看来，罗新璋笔下的德·瑞那夫人信的是天主教；而许渊冲笔下的德·瑞那夫人信的则是基督教(新教)。这一差别对于我们理解德·瑞那夫人德“爱情”观及对所谓“通奸”的负罪感是至关重要的。从上下文看，德·瑞那夫人信的应该是天主教，因为“这位独养女儿，是在女修院教养长大的，那些修女是狂热的‘耶稣圣心会’成员”(罗译第 34 页)。“在圣心修道院期间，她敬爱天主曾达到了狂热的地步”(罗译第 104 页)。许渊冲先生的译文中也有同样的交代，可令人感到奇怪的是，以前在圣心修道院时，德·瑞那夫人热爱的却是“上帝”(见许译第 114—115 页)。然而到了下卷第四十三章，德·瑞那夫人去监狱探望于连时，似乎又改信了“天主教”，这里有译文为证：

——“我还以为我是虔诚的，”德·瑞纳夫人在接着谈话时对他说。“我以为我改信天主，即使在证明了我可怕的罪过以后，我还一样相信，但一见到了你，甚至在你对我开了两枪之后……”说到这里，于连又不容分说，上下左右地吻她。

（许译第 517 页）

四

在上文中，我们通过比较两位译家不同的译文，指出了他们所临摹的德·瑞那夫人在容貌、脾性、内心世界乃至宗教信仰方面存在的或多或少的差异。由于篇幅关系，不拟在此一一分析产生这些差异的客观原因和主观因素，我们只想借助这样的比较，希望引起同行和读者的注意，对传译过程中的形象变异或失真的现象进行探讨。钱钟书先生在1964年发表的《林纾的翻译》中提出了“化境”说，说“十七世纪有人赞美这种造诣的翻译，比为原作的‘投胎转世’。躯壳换了一个，而精神姿质依然故我”。许渊冲先生在他执译的《红与黑》译者前言中直言不讳地说，他的译文“可以说是脱胎换骨，借尸还魂”。“投胎转世”也好，“借尸还魂”也罢，关键在于是否能做到“精神姿质依然故我”。我们所希望的（也许只是幻想），是众译家能找到有效的途径，尽量避免原作的形象变异、失真，让读者能够欣赏到比较接近于原作的真实可信的形象。

风格与翻译[①]

风格的传达，是文学翻译中最敏感而又最复杂的问题之一。从纯理论角度看，风格一词的涵义本身就没有得到严格的科学界定，它似乎无所不包，从大的方面讲，有时代的风格、民族的风格、阶级的风格，从小的方面看，作家笔下选择的一个音节、一个词或一个句式，都无不标志着风格的特征。总之，风格体现在文艺作品内容和形式的各种要素之中，体现出不同作家、艺术家迥异的艺术特色和创作个性。像这样一个涵盖面如此之广泛、层次如此之复杂、涉及问题如此之多的问题，要进行透彻、全面而又科学的探索，非笔者所能胜任。同样，要想富有说服力地说清文学翻译中风格传译的关键所在，也是十分困难的。就《追忆似水年华》汉译的风格再现问题而言，要说深说透，说清道理，最起码的条件之一，就是要全面地研读原文和译文，那密密麻麻的七卷原文，洋洋洒洒二百五十余万字的译文，真正有勇气读完的人就不多，更何况要读个明白，品出味道，悟出普鲁斯特的风格来呢？因此，探讨风格传译，评价普鲁斯特的风格的汉译再现问题，目的并不在于草率地下个结论，而在于引起人们对这一问题的关注和思索，从而

① 本文原载《中国翻译》1993 年第 3 期。

对风格再现的评价有个较为客观的认识。

我们知道,要传达原作(作者)风格,首先必须感受、体悟、领会原文的风格。我国古典的风格论对风格的论述采用的都是印象性的说法,如刘勰在《文心雕龙》的"体性"篇里将文章风格分为"典雅"、"远奥"、"精约"、"显附"、"繁缛"、"壮丽"、"新奇"和"轻靡"八类。实际上,这是对文章总体风格的一种感觉性评价,具体到一部文学作品,若读者缺乏认真的阅读、细心的体悟,这种感受式的评价往往会显得主观而欠可靠。我们认为,无论"典雅"还是"壮丽",一部文学作品的风格(或曰神韵、气势、气质)必然附丽于具体的形体之上,附丽于作者对语音、词语、句法、修辞等各个具体的方面独具个性的选择。因此,要突破对原文总体风貌感觉性的领悟,必须借助现代语言学理论,通过科学的手段,对原文的形式进行分析,以识别原文的风格标记,领会其美学价值。

读普鲁斯特的《追忆似水年华》,很难用刘勰提出八类风格中的哪一类来涵盖全书的风貌。是"典雅"、"精约"?还是"远奥"、"新奇"?迄今为止,在我国学者介绍研究普氏《追忆似水年华》的文章中,还很少有人提起过普氏的风格特征,更没有人作过系统的探索。就我所知,法国在这方面倒是出过不少分析深刻、评论精辟、观点新颖的专著,涉及普氏风格的有吉尔·德勒兹的《普鲁斯特与符号》(1970),对普氏风格做专门研究的首推世界公认的普鲁斯特专家、巴黎第三大学教授让·米伊的《普鲁斯特与风格》(1970、1991)和《普鲁斯特的句子》(1975、1983)两部书,另外,法国著名文学批评家热拉尔·热奈热在《辞格三集》(1972)的"叙事话语"一篇中以结构主义的观点对《追忆似水年华》的叙事风格也作过独到的分析。

那么,由《追忆似水年华》作为具体体现的普氏风格到底是怎样一种风格呢？为了回答这个问题，我们还是先看看我国当代翻译理论对风格识别提出的一些富于创见和指导性的观点。刘宓庆在《现代翻译理论》中指出："风格既然不是什么'虚无缥缈'的素质，那就应当可以见诸于'形'，表现为风格的符号体系。风格的符号体系就是在原文的语言形式上可被我们认识的风格标记。因此掌握风格标记，使我们能认识原文风格，就成为在译文中表现风格意义的最基本一步。"①刘宓庆把风格标记分为"非形式标记"与"形式标记"两类，并提出了三个分析层次，根据他的分类和层次分析方法进行认真分析，我们也许可对普鲁斯特的风格达到如下一些基本的认识：

1. 标记方面，普鲁斯特用词讲究词的视觉和听觉联想，给人以遐想和音乐美。

2. 在句法方面，最具特征的是普鲁斯特的曲折复杂的长句和立体交叉的句法结构，艾莉森·芬奇博士就曾指出，普鲁斯特"更有名的方面还是他那些可以再度唤起肉体知觉和内心联想的多层次的曲折复杂的长句"②。

3. 在章法标记方面，特别在段落与段落的关系上，连接标记不明显，有错位、重叠甚或空缺的倾向，特意给人造成一种不连贯、不协调或重复的感觉，而这与潜意识流动的特征不无联系。

4. 在修辞标志方面，普鲁斯特的隐喻明比最为突出，尤为重要的一点，就是普鲁斯特的隐喻和比喻不仅仅是"给人造成智力快感"的一种手段，也不只是用来装点一下言辞的"意蕴"，而是他理解世界、体验生命和追寻生命之春的一种方式，把感觉与现实融合于开创的新空

① 刘宓庆著：《现代翻译理论》，江西教育出版社，1990年，第246页。

② 参见《现代世界文化词典》，江苏人民出版社，1988年，第534页。

间，纳入语言之中，拓展人类体验的新疆域。

5. 在语域标记方面，普鲁斯特善于用适当的词语来毕肖人物的修养、性格，作品中不乏“滑稽的逗笑”、“猥亵的怒骂”、“陈腐的辞藻”和“粗俗的俚语”。

6. 在叙事风格方面，叙事是文学作品一种主要的组织手段，是作品的结构性特征。普鲁斯特的叙事风格是多维的，主要是通过时态的交叉混合运用，既有纯粹意义上的现在时，具有“超越时间”的叙事特征，又有起着回忆投影作用的简单过去时，也有标志着现时经历与往日记忆相融合的一般过去时。在《追忆似水年华》一书中，没有严格意义上的描写，正如热拉尔·热奈特在《叙事话语》一书中指出，“普鲁斯特的‘描写’与其说是对被凝视物品的描写，不如说是对凝视者的感知活动、印象、一步步的发现、距离与角度的变化、错误与更正、热情与失望等等的叙述和分析”。[①] 另外，普鲁斯特的叙事中有明显的省略倾向。

以上六个方面是普鲁斯特风格比较明显而典型的形式标记，通过这些标记，我们可以比较客观地认识其艺术表现手段及功能。确实，深层的普鲁斯特正是借助这些表层的、可供识别的标志来体现的，他的创作思想、意图、艺术倾向和追求也无不附丽于这些实在的、具体的形式之上。《追忆似水年华》的原文如直译过来，应该为《寻找失去的时间》，这个书名富有哲学意义，“准确无误地概括与标明了整部作品的目的、主旨与内涵”[②]。为了寻找失去的时间，重现生命之春，普鲁斯

① 热拉尔·热奈特著，王文融译：《叙事话语·新叙事话语》，中国社会科学出版社，1990年版，第65页。

② 见柳鸣九：《普鲁斯特传奇——〈寻找失去的时间〉》，载《世界文学》1991年第1期，第258页。

特以“追忆”为手段，通过现时的感觉与往日的记忆的偶合，任超越时空概念的潜在意识自由流淌，交叉而富有立体感地重现“逝水年华”。而他遣词造句、布局谋篇无一不为这一主旨服务，形式与内容浑然一体，达到了非凡的艺术高度，形成了其独特的叙事风格、新奇的意识流手段、激发读者“视觉、触觉、听觉和味觉”的壮丽文采和富于形象性隐喻性的远奥意境。如果说“普鲁斯特最先懂得，任何有用的思想的根子都在日常生活里，而隐喻的作用在于强迫精神与它的大地母亲重新接触”，并通过他的智力和他特有的手法“把属于精神的力量归还给”①大地母亲的话，那么，我们也可以说，普鲁斯特深谙形式与内容的统一力量，他的思想决定了他的表达形式，而他所刻意追求的表现手段又反过来服务于他的创作目的，表现了他的深层次的精神气质、整体的行文气势和作品风貌。

识别原文的风格标志，领悟原文的精神风貌、行文气势和神韵，这是再现原文风格的第一步。从参加翻译《追忆似水年华》的人员组成情况看，无论就译者的翻译态度、驾驭原文和译文的功力，还是艺术素养看，是可以做到这第一步的，而且事实上，他们对普氏风格的整体把握和具体标记识别也是下了工夫的。《追忆似水年华》的责任编辑韩沪麟先生在《编者的话》中这样写道：“在选择译者的过程中，我们做了很多努力。现在落实下来的各卷的译者，都是经过反复协商后才选定的……我们可以欣慰地告诉读者，其中每一位译者翻译此书的态度都是十分严谨、认真的，可以说，都尽了最大的努力……”确实，在理解普鲁斯特、捕捉普鲁斯特的风格特征方面，《追忆似水年华》的译者是无愧于目的语读者的。但是，他们是否将他们领悟、捕捉住的普氏风格

① 见安德烈·莫罗亚序，《追忆似水年华》卷一，译林出版社，1989 年版，第 14 页。

传神地再现出来了呢?

对风格的再现,我国译界一度曾经流传过"译巴尔扎克,还巴尔扎克"的说法,也就是说,翻译巴尔扎克的作品,就要完整地再现出巴尔扎克作品的风貌。然而偏偏在这个本来就十分微妙的问题上,不可避免地掺入了译者的个性和创造,使风格再现的问题变得愈发复杂。

理解了作者的风格,如何再现呢?作者的文字风格是由词语的调遣特征与倾向、句子的组合结构与手段、修辞手段的选择与使用等表现出来的,而要再现作者的风格,译者自然要从炼字、遣词、造句去做。可是,转换原文的符号系统,将原文的风格传译到目的语中来,不可避免地会遇到语言差异所造成的障碍,为了克服这些障碍,译者便各显神通,充分地发挥自己的创造性,寻求各种手段来变通原文与译文之间难以对应的形式。这么一来,对变通手段的选择、词语的处理、句子的重构、修辞色彩的再现等,都无不打上了译者的个性,并因此客观地形成了译者的风格。而问题便由此而产生:如何协调作者风格与译者风格?

应当承认,译者风格(主要为文字风格)是不可避免的。作为翻译的主体,译者的个人气质、艺术功力、行文习惯都会自觉不自觉、或多或少地在翻译过程中反映出来,直接影响到译文的形成。对译者风格的地位,我国译界向来存在着两种对立的观点:一是认为译者应以再现作者风格为己任,克服个性,避免形成自己的风格;二是认为译者作为翻译活动的主体,在艺术角度上应该有所创造,以鲜明的风格取信于目的语读者,要"超越原文"的主张可以说是这一观点的极致。这里,我们暂且不去评论这两种观点的孰是孰非,只是想说明一点事实,那就是对译者风格的不同认识必然体现在再现作者风格的具体做法上。问题的关键在于,作为译者,应在何种限度之内去发挥自己的创造性，以自己独特的文学风格为自己的译文赢得读者？我们认为，文学翻译不同于创造，译者的所谓创造，实际上是在语义、审美等层次无法与原文在形式上求得对应而采取的种种变通手段，因此，译者的创造要以不违背、不损害原作的意蕴与风貌为本。就连傅雷这样极具文化素养和个性的艺术家也强调“在最大限度内我们是要保持原文句法的”，[①]他之所以说要“保持原文句法”，是因为他认为“而风格的传达，除了句法以外，就没有别的方法可以传达”。在这个意义上说，译者应当尽可能地让自己的风格与作者的风格协调一致。

参加《追忆似水年华》翻译的有十五位译者，更严格地说，总共有十六位译者，因为施康强先生翻译了莫罗亚的《序》。在这十五位译者中，有驰名当今译坛的老翻译家，也有译作甚丰、功力不凡的中年译家，总之，大多是有自己个性的翻译家，其中有的还有着自己独到的译论和明确的翻译原则与主张，比如卷二的译者之一许渊冲先生就认为“文学翻译等于创作”，要“发挥译文优势”，力争“胜过原文”[②]；又如卷四的译者之一杨松河先生对“译者风格和作者风格”做过专门研究，十分强调译文应该案本，以传达作者风格为首任。对翻译本质、译者作用和译文风格的不同认识，必然在具体的翻译过程中表现出来。这就引发了下面一个问题，也是广大读者十分关心的一个问题：由十五位译者翻译的《追忆似水年华》风格能统一吗？

早在组织翻译班子、开始着手全书的翻译之前，译林出版社负责翻译编辑的韩沪麟先生、应邀参加翻译的同志和国内法国文学评论界

① 《翻译论集》，罗新璋编，商务印书馆，1984 年版，见傅雷《致林以亮论翻译书》，第 548 页。

② 《翻译的艺术》，许渊冲著，中国对外翻译出版公司，1984 年版。详见《扬长避短，发挥译文优势》、《译文能否胜过原文》、《文学翻译等于创作》等篇。

就考虑到了这一问题。对此,韩沪麟先生在《编者的话》中有这样的说明:"为了尽可能保持全书译文风格和体例的统一,在开译前,我们制定了'校译工作的几点要求',印发了各卷的内容提要、人名地名译名表及各卷的注释;开译后又多次组织译者经验交流,相互传阅和评点部分译文。"[①]在这些措施中,有的是纯技术性的,但有的也是学术性的,总之,译文风格的统一被提到了关系到全书翻译质量的高度来认识。记得1987年9月在北京大学举办的由编者、译者和评论家三方参加的有关《追忆似水年华》翻译的专题讨论会上,还就书名的翻译展开了讨论,讨论中表现出了译者之间不同的翻译观和翻译原则。

从现在已经问世的《追忆似水年华》七卷的译文看,应当承认,十五位译者的译文与原文相比,都有不少"失",原文的特色和作者精心营造、刻意追求的风格都不同程度地有一些"走样"或者"不吻合"的地方。而对比各位译者的译文,也不难发现他们在遣词造句、形象再现和段落处理上有着某些差异,这就在一定程度上影响了全书译文风格的统一与和谐。

1. 遣词层面。法国著名符号学家皮埃尔·吉罗在《符号学》一书中指出,语言符号可分为两类:一是逻辑符号,二是美学符号。前者的功能为表义,后者的功能为表感。[②] 从普鲁斯特笔下的词语符号看,逻辑词语符号精练而准确,而美学词语符号则细腻而多彩。对逻辑词语符号的转换,《追忆似水年华》的译者所采取的方法基本上是一致的,达到的效果也无大差别。值得探讨的是美学词语符号的翻译中每位译者所表现出的个性和相互的差异。请看从《追忆似水年华》卷一译

① 参见《追忆似水年华》汉译本《编者的话》,第2页。

② Pierre Guiraud, *La sémiologie*, Paris:Presse universitaire, 1971.参见《逻辑编码》与《美学编码》两章。

文中随意摘出的两个例子：

(1) Le feu étant entretenu toute la nuit dans la cheminée, on dort dans un grand manteau d'air chaud et fumeux, traversé de lueurs de tisons qui se rallument, sorte d'impalpable alcove, de chaude caverne creusée au sein de la chambre même... (*Du côté de chez Swann*, p.14.)

况且那时节壁炉里整夜燃着熊熊的火，像一件热气腾腾的大衣，裹住了睡眠中的人；没有燃尽的木柴毕毕剥剥，才灭又旺，摇曳的火光忽闪忽闪扫遍全屋，形成一个无形的暖阁，又像在房间中央挖出了一个热烘烘的窑洞……(《在斯万家那边》，第7—8页)

(2) D'un rythme, elle le dirigeait ici d'abord, puis là, puis ailleurs, vers un bonheur noble, intelligible et précis. (*Du côté de chez Swann*, p.252.)

这个乐句以缓慢的节奏把他领到这里，把他领到那里，把他领向一个崇高，难以理解，然而又是明确存在的幸福。(《在斯万家那边》，第209页)

这两个例子分别出自于《追忆似水年华》卷一的译者李恒基和徐继曾先生之笔。对比原文和译文，不难发现两位译者在词的传译上(暂且不论句子的整体效果)存在着明显的差别。例(1)的译文讲究词语色彩，而且富有动感；例(2)的译文则显得质朴、清淡。从遣词的习惯看，两者也有着各自的个性。如例(1)的译文中“熊熊的火”、“热气腾腾的大衣”、“毕毕剥剥”、“忽闪忽闪”、“热烘烘”等词语的习惯选择，形成了译者鲜明的文字风格。

确实，比较《追忆似水年华》各位译者的遣词，可以明显地感觉到各自的特点，有的华丽，有的淡雅，有的质朴，有的则精约。下面再举几例译文，请读者自己去细作比较，悉心领悟：

(3) 母亲控制住一阵战栗，因为她比父亲敏感，她已经为他即将感到的不快而担忧。(桂裕芳译，见《在少女们身旁》第31页)

(4) 某些日子，她身材纤弱，面色发灰，神态抑郁，紫色的半透明的光斜下她的双眸深处，如同大海有时呈现的颜色，她似乎忍受着放逐者之悲哀。(袁树仁译，见《在少女们身旁》第510页)

(5) 街上初起的喧闹，有时越过潮湿凝重的空气传来，变得喑哑而岔了声，有时又如响箭在寥廓、料峭、澄净的清晨掠过空旷的林场，显得激越而嘹亮……(周克希译，见《女囚》第1页)

(6) 这片红色如此新奇，如此罕见于温柔抒情、圣洁天真的奏鸣曲，一如朝霞，给天穹染上了一片神秘的希望之光。(张寅德译，见《女囚》第243页)

(7) 也许正是这种像使人麻木的寒冷一样的悲伤构成了这支歌的魅力，那种绝望而又慑服人的魅力。歌者的声音用几乎是肌肉的力量和炫耀掷出的每一个音符都是对我的当脑一击。(陆秉慧译，见《女逃亡者》第234页)

(8) 过去，散步归来时看到紫红色的天空映衬着耶稣受难像或是沐浴在维福纳河之中是一种乐趣，现在，在夜幕降临之时出去散步，在村里只看到形状如移动着的不规则三角形的淡蓝色的牧归羊群，也感到十分愉快。（徐和谨译，见《重现的时光》第1页）①

2. 句法层面。句法是贴近、传达原文风格的最主要的手段之一。美国著名美学家苏珊·朗格在《情感与形式》一书中指出："有韵句子的长短同思维结构长短之间的关系，往往使思想变得简单或复杂，使其中内涵的观念更加深刻或浅显直接。"②这里说明了句子结构形式之于所表达内容的重要性，而内涵观念表达的深刻或浅显，直露或间接，自然是一种风格倾向。关于普鲁斯特的句法特征、风格涵义以及《追忆似水年华》译者的处理方法与效果，在《句子与翻译——评〈追忆似水年华〉汉译长句处理》一节中已作了较为系统的探讨和评价，这里不拟展开，仅仅想就译文句法风格的统一问题指出两点：

一是译文的句子节奏在整体上不统一。从《追忆似水年华》各卷的译文看，在句子处理上有统一的一面，也有相异的一面。如对关系从句的处理，采用的方法基本一致，像重复先行词、将从句切开等；不同的一面，突出地表现在对修饰限定性成分的处理，有的将不同的修饰限定性成分拆开单独成句，显得节奏明快，而有的则基本保持原文的结构形式，修饰限定性成分位置不变，节奏显得凝重。请看下面两例：

---

① 这里列举的六个句子具有一定的随意性，并未经过精心挑选，目的在于尽可能使选例本身客观些。

② 参见《情感与形式》，［美］苏珊·朗格著，刘大基、傅志强、周发祥译，中国社会科学出版社.1986年版，第199页。

（9）L’habit noir était défendu parce qu’on était entre《copains》et pour ne pas ressembler aux《ennyeux》dont on se garait comme de la peste et qu’on n’invitait qu’aux grandes soirées, données le plus rarement possible et seulement si cela pouvait amuser le peintre ou faire connaître le musicien.（*Du côté de chez Swann*, pp.228－229.）

晚礼服是不许穿的，因为大家都是“亲密伙伴”，不必穿得跟被他们避之若瘟神，只是在尽可能少举办而仅仅是为了讨好那位画家或者把那位音乐家介绍给别人时才组织的盛大晚会上邀请的那些“讨厌家伙”一样。（徐继曾译，见《在斯万家那边》第189页）

（10）Or, au contraire, chacun des moments qui le composèrent employait, pour une création originale, dans une harmonie unique, les couleurs d’alors que nous ne connaissons plus et qui, par exemple, me ravissent encore tout à coup si, grâce à quelque hasard, le nom de Guermantes ayant repris pour un instant après tant d’années le son, si différent de celui d’aujourd’hui, qui avait pour moi le jour du mariage de Mlle Perce-pied, il me rend ce mauve si doux, trop brillant, trop neuf, dont se veloutait la cravate gonflée de la jeune duchesse, et, comme une pervenche incueillissable et refleurie, ses yeux ensoleillés d’un sourire bleu.（*Le côté de Guermantes* pp.12－13.）

然而恰恰相反。过去的每一时刻，作为独到的创作，使用的色彩都带有时代特征，而且十分和谐，这些色彩我们已不熟悉了，可是仍会突然使我们感到心醉。我就有过这种体会。贝斯比埃小姐结婚已经多年，可是，一次偶然的机会，盖尔芒特这个名字又突然恢复了我在她喜庆之日所听到的声音，与今天的声音迥然不同，此刻心里高兴得发颤，它使我又看到了年轻的公爵夫人佩戴的鼓鼓囊囊的领结，淡紫的颜色柔美悦目，光辉灿烂，新颖别致；还有她那双炯炯有神的眼睛，闪烁着蓝晶晶的微笑，宛若一朵永开不败的不可采撷的长春花。（潘丽珍、许渊冲译，见《盖尔芒持家那边》第3—4页）

我们暂且不去比较例(9)与例(10)的译文与原文在结构上、风格上的相似或差异，只请读者高声朗读一下两段译文，感觉一下两者节奏上的差别。

3. 章法层面。我们这里说的章法，主要指作品段落与段落之间的衔接。在这一层面，应该说各位译者的处理方法相当一致，但存在着一个逻辑关系明晰化的倾向。我们知道，《追忆似水年华》的主角是时间，普鲁斯特通过追忆的手段来重现逝去的时光，使其在艺术上永存，从而使生命之春常青。在再现追忆的过程时，作者用的是意识流的手法，因此，在段落的衔接上，为了再现潜意识流动的不同特征，作者故意通过时态转换、连接词空缺等手段，表现潜意识流动的不定向性、时断时续性等。可在汉译时，为了照顾读者的阅读，译者有时自觉或不自觉地将作者故意略去或空缺的逻辑关系较为明确地表现出来，在一定意义上说，这种做法与作者的原旨与风格是不符的。

4. 修辞层面。在再现普鲁斯特的修辞风格方面，应该说各位译者都尽了最大的努力，而且达到的效果较之其他层面更为理想。无论是普氏的明喻，还是普氏的暗比，译者们都是首先尽量寻找出发语与目的语之间最为近似的相应修辞手段，以再现普氏独特的修辞风格。在缺乏对应手段的情况下，也能充分注意原文修辞手段的特征和功能以及读者的反应因素，求得在功能层次上的近似。在《形象与翻译——评〈追忆似水年华〉汉译隐喻再现》一节中，我们已对译文对形象的处理和修辞风格的再现作了基本的评估。

5. 语域层面。普鲁斯特善于在"恰当的场合使用最恰当的语言"。阅读《追忆似水年华》，读者不会不被那出自各个人物之口的再也"传神不过"的个性语言所吸引。上流社会的盖尔芒特公爵夫人，维尔迪兰夫人沙龙里的"信徒"之一戈达尔大夫，卖弄学问的布里肖，词不达意的巴尔贝克大饭店的经理，死守着老一套还有点"势利眼"的弗朗索瓦丝，无不带有各自鲜明的语言特征，一听就知道出自谁之口。普鲁斯特在毕肖人物性格、暗示人物身份方面，可谓独具一格。他从不对人物下主观的结论，而是通过恰当的语言，该俗则俗，当雅则雅，客观地再现人物的精神，有时真让人拍案叫绝。比如布里肖，最好卖弄学问，让人讨厌之极，不知当人们读到书中那长达近十页的地名考证时(夹杂着拉丁语、希腊文、诺尔曼语、古德语、古英语等)[①]，会不会产生这种感觉。我想肯定会的，有的读者读了觉得讨厌而且乏味，甚至问我为何要保留这些段落，建议下次重版时删去。然而，这正是作者对读者所期待的感觉，作者的高妙之处就是让读者通过他的语言安排，自然而真切地感受一下布里肖的"令人生厌"之处。对普鲁斯特，我国文学界有的介绍似乎不太客观，致使许多读者误以为普鲁斯特是个与世隔绝、脱离生活、只善闭门编造故事的"高手"，实际上并非如此。他

① 如卷四《索多姆和戈摩尔》中就有这样的文字。参见卷四第280—286页。

作品中那些使用恰当、效果绝妙的个性语言正来自于他对社会、世人、文化与语言的了解。据让·米伊先生在普鲁斯特国际研讨会(1991年11月于北京举行)上的介绍，普鲁斯特特别注意观察生活中的人物的举止与语言，如作品中弗朗索瓦丝的语言，大多是他从家中厨娘、女管家的活生生的语言中直接得来的。在传达普鲁斯特的语域风格方面，《追忆似水年华》的译者可谓煞费苦心。无论是俏皮话、双关语还是方言土话等，译者们都能抓住其表达效果与功能，利用相应的手段进行积极的转换。这里需要说明一点，语域的转换，是翻译中最棘手的，由于是语言符号妙用创造的结果，具有独特的艺术个性，迻译极为困难，有的甚至视之为“禁区”，译者不得不打破形式对应的束缚，以求得效果层次的近似。因此，在评价这一方面的译文处理时，切忌对号入座式的机械方法。

6. 叙事风格层面。目前，在我国的翻译理论或评论中，对译文与原文叙事风格的对比研究似乎重视不够。实际上，叙事风格是一部文字作品的灵魂，如词语的选择、句法的构建、修辞的使用，大多是为形成一种独特的叙事风格而服务的。如《追忆似水年华》中时态与语式的使用，就对普氏叙事风格具有不可忽视的作用。而正是在这一方面，法语与汉语之间存在着极大的差异。法语的时态是以动词的形变作为标志的，作品中叙述角度、层次、回忆与现实的交替、倒错等，都可从时态的变化中领会到[①]，而汉语的时态系统与该系统的形式标志与法语迥异，因此，存在着难以圆满克服的传译障碍。从《追忆似水年华》的译文看，译者们不约而同地都反复使用“那时、当时、昔日”以及

① 请参阅《叙事话语.新叙事话语》[法]热拉尔·热奈特著，王文融译，中国社会科学出版社，1990年版，第五部分。

"如今、现在、此刻"等时间状语来表现"往日的回忆"与"现在的感觉"之间的时态变化;用"仿佛、好像"等词来表示作者的想象与设想;用"在这之前"、"在这之后"以及"迄今为止"、"今后"等用语来传达原文的叙述的时距对立等。从翻译方法与手段来看,由于语言差异的缘故,译者们只得以此而为之;从传达效果看,译文似乎不如原文的自然。总体来说,译文还是比较忠实地传达了原文的叙事风格,而且各卷译者的传译手段与效果都比较接近、统一。

从以上简略的比较分析中,我们可以得出以下几点看法:

1. 识别原文风格标志是贴近、把握原文风格不可逾越的一步,也是传译原文风格的基础。从对普鲁斯特的形式风格标记的分析中,我们可以更为客观、具体地认识与领悟普鲁斯特的整体风格与神韵。正如刘宓庆在《现代翻译理论》一书中所说:"对语际转换而言,对原语的风格分析工作至关重要。它是理解阶段的基本任务之一。忽视对原语风格的分析,就谈不上对原作全部意义的把握。"①

2. 作品整体风格是由作品各个层面的风格特征体现出来的。就翻译而论,如果能从大处着眼,小处着手,注意局部与整体的统一,在局部的、各层面的具体转换中以一丝不苟的态度充分调遣目的语的对应传译手段,在一定程度上,整体风格的再现也就不会出现大的偏差。我们在翻译批评中,应该注意到那种仅凭感觉行事、忽视局部的、具体的转换活动的科学性的翻译倾向。

3. 风格的再现是可行的,但存在着限度。从《追忆似水年华》的翻译中,我们可以看到各卷的译者在认识、把握普鲁斯特风格方面所显示出的认真的态度与深厚的艺术修养,但是,由于形式与内容的特殊

---

① 见刘宓庆:《现代翻译理论》,江西教育出版社,1990 年版,第 264 页。

关系，由于出发语与目的语之间存在的差异，再现原作语言风格存在着难以克服的障碍，因此，有得有失，得大于失。

4. 译者风格是客观存在的，《追忆似水年华》各卷的译文都在一定程度上表现出了译者的独特的语言风格。但是，由于每位译者对译者风格与作者风格的关系认识不一，所以，译者风格与作者风格的相容程度也不一。从翻译的本质去认识，我们认为在承认译者风格的同时，应该强调译者风格与作者风格的统一与适应性，在某些方面，译者应该有意识地作出牺牲，以在最大程度上接近作者的语言风格。

5. 各卷译者的语言风格不一，在一定程度上影响了全书译文风格的统一与和谐。客观地说，在各个不同层面，各卷译文的风格的统一与差异程度是不一样的，如在叙事风格层面、修辞层面，译文比较趋于一致，但在遣词习惯方面表现出了较大的差别。

6. 每位译者呈现给读者的普鲁斯特是不完全一样的。《追忆似水年华》的汉译是精诚合作的产物。参加翻译此书的译者从主观上都从各个方面努力去接近普鲁斯特，尽可能地把自己所理解的普鲁斯特客观地介绍给读者，但哪个形象与本来的普鲁斯特更相像、气质更一致、风韵更近似，还是留待各位读者去认识、评判吧。

《红与黑》风格的鉴识和再现①

"忠实与再创造"之争，在很大程度上，是要不要以及在何种程度上保持原作语言特色的问题。而一部作品的风格，除社会、环境、时代特征、文坛风尚等因素外，主要是由作家的精神气质、创作方法、言语技巧来体现的。作家独特的遣词造句方式，不仅是构成原作风格的重要因素，也是读者识别原作风格的可感且实在的标志。从这个意义上说，原作的语言特色不是要不要保持的问题，能"忠实"地传达，是求之不得的事，问题是出发语和目的语的音、形、义组合规律不同，句法构造不同，文法习惯不同，修辞手段不同，要在形式上完全忠实于原文且彻底保持原文的语言特色，是不可能的，因此，原文的语言风格，在不少译者看来，是难以顾全的。然而，难以顾全，与无需顾全，在思想认识上有着质的区别。具体到《红与黑》的翻译上，众译家对原作风格的不同认识和不同的处理方式，也从一个侧面反映了各自的翻译观。

许渊冲先生是国内知名的翻译理论家，他明确提出了文学翻译的认识论、方法论、目的论，并且构建了他的翻译哲学和翻译诗学(详见"译者前言")。然而，令人遗憾的是，对文学翻译中最为棘手的风格再

---

① 本文原载《四川外语学院学报》1996年第1期。

现问题，许先生却几乎没有涉及。在就《红与黑》汉译致许渊冲先生的信中，笔者曾向许先生请教两个问题，一是对《红与黑》的风格怎么看？二是译文风格与原作风格如何保持一致？在给笔者的回信中，许渊冲先生对第一个问题没有给予明确的答复。关于第二个问题，他的看法似乎与自己一贯倡导的翻译原则不太相符，关于原文风格的问题，他认为，“我的经验是除非一个句子，一看就是某作家写的，如普鲁斯特的，巴尔扎克的，一般句子，很多作家都可能那样写，如司汤达的，罗曼·罗兰的，那只要译得忠实通顺，基本风格就传达了。自然这个问题还可深入研究”①。就笔者的理解，这段话的意思是说，斯丹达尔的语言风格特征并不明显，属于大众型，“只要译得忠实通顺”，就行了。可实际情况并非如此，客观地说，《红与黑》有着独特的语言风格。赵瑞蕻、郝运、郭宏安、罗新璋等译家对《红与黑》的风格问题，都有过重要的论述。我们知道，识别原作的风格特征，是再现原作风格的基础。让我们先来看一看各译家的看法。

在与笔者的对谈中，赵瑞蕻先生同意笔者的看法，认为斯丹达尔风格的基本特征是长于心理分析，文笔冷静，语言不多加修饰，不追求过分美丽、造作的风格，可以说比较自然、平实。郝运先生在给笔者的来信中，也明确谈了他对《红与黑》语言风格的认识：“关于《红与黑》原作的风格，记得司汤达在写给巴尔扎克的信中说：‘我写《修道院》时，习惯于每天早晨读两三页《民法》，帮助自己掌握恰当的语调，显得完全自然，我不希望用矫揉造作的手段去迷惑读者的心灵。’他在《论爱情》里又说：‘我竭尽全力要做到枯燥。’我个人从翻译过程中感到司汤达的文章风格是朴实、明晰、严谨。他讨厌华丽的辞藻、复杂的修饰

① 《文汇读书周报》，1995年5月6日第6版。

语，以及语言表达不清和玩弄比喻等手法。总之一句话是：自然。”罗新璋先生对斯丹达尔的修辞风格有着自己的体会，他在《风格、夸张及其他》[①]一文中谈到：“斯当达关于自己的行文，有句历久称引的话：‘写作之前，总要看三四页《民法》，定定调子。’或许是英雄欺人之语。但通过反复研读原作文本，以我的体会，斯当达的修辞风格是：句无余字，篇无长句，似淡而实美。”“句无余字”，恐怕可理解为“简练”；“篇无长句”，似与郝运说的司汤达讨厌“复杂的修饰语”有关；而“似淡而实美”，能否视作一种“朴实”的美？郭宏安先生作为文评家，对识别原作风格自有独到的切入点。他在《我译〈红与黑〉》一文中对《红与黑》的文字风格作了较为中肯的分析。他认为，“风格（特别是文字的风格）是一位作家成熟的标志”，《红与黑》的文字风俗，“乃是在朴素平实的叙述中透出‘瘦’、‘硬’二字所蕴涵的神采，也可以说是‘外枯中膏’”。他还指出，“所谓‘瘦’、‘硬’，是就文本的总体感受而言的，并不排斥个别语句、段落的轻灵、雍容甚至华丽”。罗玉君、黎烈文和闻家驷等译家对《红与黑》文字风格没有明确的论述，但对任何一个译家来说，翻译的第一步是理解，包括领悟、鉴识原作的风格，这是传译的基础。

然而，领悟、把握了《红与黑》的风格，不等于就能将之完美地再现出来。这里，既有译家的主观认识问题，也有两种语言转换中难以逾越的客观因素。就主观因素而言，就是在再现原作风格过程中，作为一个译者，是否应该尽量克服自己与原作相悖的个性，尽可能达到译者风格与作者风格、译文风格与原作风格的和谐呢？就客观因素而言，是夸大出发语与目的语之间的差异，赋予自己以更大的“创造”自由，还是实事求是地对待两种语言之间的差别，尽可能采取既不背叛

---

① 详见《中国翻译》，1995 年第 4 期，第 23—25 页。

原作，又能为目的语读者接受（甚或“好之”、“乐之”）的手段，如罗新璋先生所说，“始于制约，制胜制约”，在发挥译语独特的表现力的同时，“不脱离原作作信天游”，在“信”的基础上，达到原作风格与译作风格的一种动态平衡呢？在《红与黑》的翻译中，我们看到了不同的认识和做法。

郝运先生认为，如何把握原作风格，如何处理忠实与流畅的关系等，那都是见仁见智的问题。他在给笔者的信中说：“我从事法国文学译介工作时间不算短，但始终不敢好高骛远，只追求一个目标：把我读到的法文好故事按自己的理解尽可能不走样地讲给中国读者听。我至今仍认为做到这一点并不容易。有时候原作十分精彩，用中文表达却不流畅，恰似营养丰富的食品偏偏难以消化。逢到这种情况，我坚持请读者耐着性儿咀嚼再三，而决不擅自用粉皮代替海蜇皮。”话讲得十分朴素，但道理很深。他的观点十分明确：坚持“不走样”，尽可能让读者读“原汁原味”的东西，哪怕一时难以消化，也不擅自“创造”。郝运先生的出发点也很明确：他不想“存心欺骗读者”。读郝运先生的译文，我们确实可以感受到他的这一良好的愿望。他译的《红与黑》理解准确，语言平实朴素，在这一点上，与他所理解的斯丹达尔的风格是一致的。但我们也看到，由于他坚持“不走样”，译文的句子读起来比较吃力，拿许渊冲先生的话说，有着严重的“翻译腔”，读者需咀嚼再三，才能读出味道来。应该说，他的这一处理方法，既是他的翻译原则的具体体现，也在一定程度上满足了部分想要“原汁原味”的读者的阅读需要。至于主观的愿望与客观效果如何，则是值得探讨的。

郭宏安先生对传达风格的问题观点鲜明，而且在译《红与黑》时，在再现斯丹达尔的风格上颇费了些脑筋，他认为，“今日复译《红与黑》，假使有可改善的话，首先就是风格，译文要尽可能地传达出原著的风格(包括文字的风格)。不求铢两悉称,但必须有传达的意图,有没有这种意图,结果会大大不同”。基于他的这种认识以及他对《红与黑》的风格的把握,郭宏安先生作了多方面的努力,既有主观上的追求,也有客观上向原作风格的贴近。主观上,他要“严格控制形容词的使用,决不无缘无故地增加修饰语”。对这一点,他是有感于时下盛行的某种译风而发的。他特别注意在译文中慎用成语或四字句,不追求“文句的抑扬顿挫或人为的光彩”,尽量做到“用语自然,如对人言”。他认为斯丹达尔的风格是自然的,译文“切不可雕琢,以至于凿痕累累”。他还注意到《红与黑》中人物的对话独具特色,“既见锋芒,又见个性,可称精彩”。所以,在翻译中,他避免使用过分俗白的词语,注意各种人物口吻的区别以及人物的语言与其身份、教养、所处环境的一致。关于译文语言,他特别指出:“译《红与黑》,我们不能用时间上相去不远的《红楼梦》的语言,不能用差不多同时的桐城派的语言,也不能用时下的各种味儿的小说的语言,尤应避免当代的流行语或地域性的俏皮话羼入其中,只能使译文的语言在总体上保持在标准的当代书面文学语言的水平上,而且不排斥必要的欧化句子,使读者不致误会这是一位精通中文、尤其是古文功底深厚的洋人写的书。”译语风格定位明确,处理方法恰到好处,这是郭宏安执译的《红与黑》最显著的特征。应该说,郭译的成功,正在于他在再现原作风格上所作的可贵努力和取得的良好效果。

罗新璋先生持客观的态度,认为“译作当然要以原作风格为依归,体现原作的艺术风貌”。但他深知“学本国作家的笔法都不易得,何况隔了一种语言。‘不太一致’,容或有之”。根据他对原作修辞风格的认识,他在翻译时“力求字字不闲,凡可有可无的字,一概删却净尽,以求一种洗练明快的古典风格”。这一做法与他在“译书识语”中“文学语言，于言达时尤须注意语工”及“译艺求化”的思想也是相一致的。读罗先生的译文，确实感到字字不闲，也不乏“洗练明快”的古风。但“洗练”中却常见“华美”，而正是这种突出的“华美”，似乎有悖于原作“冷峻”加“平实”的风格特性。两者的差异，不是“过”与“不及”的问题，而是有着质的不同。

上文谈到，关于《红与黑》的文字风格问题，许渊冲先生没有专门的论述，但从他的“译者后记”中，我们可以读到他援引的福楼拜、巴尔扎克对斯丹达尔的评价以及雨果和圣佩韦过分偏激的看法。许渊冲先生自己到底怎么看，我们不得而知，但从他的翻译主张看，他注重的并不是斯丹达尔用法文怎么说，而是揣摩斯丹达尔若用中文写作该怎么说。（罗新璋也有同样的论述，如他在《风格、夸张及其他》一文中就揣摩过：“我想，斯丹达尔本人用中文来写《红与黑》，或许也会比他的法文 le rouge et le noir 写得漂亮一点。”）他关心的不是法文表面的形式，而是更深层次的“神”和“味”，这就是他所说的，“文学翻译不单是译词。还要译意；不但要译意，还要译味”。他还提出了“深化、等化、浅化”等方法，为摆脱原文的束缚，传达他理解的《红与黑》，来临摹原作所临摹的模特。正如他所说的，“从某种意义上讲，这就是中西文化的竞赛，用中国语文来描绘于连的心理，看看能否描写得比法文更深刻，更精确”。既然是两种文化的竞赛（而不是两种文化的交流和沟通），自然也就没有必要顾忌对方，若亦步亦趋，遁迹而行，那只能永远跟在对方后面走，永远得不到竞赛的胜利。所以，许渊冲先生要发挥汉语的优势，要比原文描写得更深刻、更精确、更精彩。按照这一逻辑和主张，便有了“山清水秀、小巧玲珑”，有了“大树底下好乘凉”，更有了“魂归离恨天”。原文含义过分宽泛的词语，在许先生笔下“更具体了”；原文中性的表达，在许先生的笔下色彩更浓烈了；原文比较委婉的说法，在许先生的笔下变得“直露”了。这样的比赛，看来对方是输定了，因为要“深化”，要“浅化”，还是“等化”，全是译者从心所欲的事。读许先生的《红与黑》，读者能“知之，好之，乐之”，才是最重要的，不必去探究斯丹达尔原来的说法和风格之类。不久前，许渊冲先生给笔者寄来了他《回忆录》的部分文稿，上面说他是“五十年代翻英法，八十年代译唐宋”。就翻译生涯而言，许渊冲先生不算短了。具体到《红与黑》的翻译，赵瑞蕻先生比许先生早了近半个世纪。据说他们曾经是同学，都曾在吴达元门下读过书。分手后的半个世纪里，两人经历不同，对人生、对艺术的看法已有别，特别是对翻译的认识，更是殊异。五十年前赵先生译《红与黑》，为自己的诗人激情所驱使，对原作的风格似乎更像今日的许先生，少有顾忌。五十年后，赵先生检讨自己的做法说：“我要自我批评，我年轻时候把《红与黑》译得太花哨了。喜欢用大字、难字，用漂亮的词，堆砌华丽辞藻，这不对，因为这不是斯丹达尔的文笔。”赵先生的这段话，说是检讨也好，说是忏悔也罢，对我们翻译外国文学作品，特别是在再现原作风格方面，至少是一个提醒——意味深长的提醒，如今的译坛“美文”之风甚盛，历史的教训应当记取。

社会、语言及其他①

出于研究的需要，最近托朋友打听海峡彼岸台湾的文学翻译情况。到底是所处环境不同，政治、社会、经济情况有别，台湾的文学翻译远不如大陆这边繁荣或热闹。外国文学名著复译的情况也有，但大多是大陆传过去的，只是改成繁体字版罢了。至于《红与黑》，没听说有第二个版本问世或流传，市面上能见到的，还是远景出版事业公司于 1978 年推出的黎烈文先生执译的那个版本。

黎烈文先生是知名的学者、翻译家，他执译的《红与黑》被列入远景出版事业公司的《世界文学全集》。这套丛书选目较全，共 100 种，入选的都是公认的世界名著，《红与黑》为第 12 种。为译这部书，黎烈文先生倾注了自己的心血。据他自己说，他依据的原文是最有权威的"七星书库"版，该版按巴黎 Levavasseur 书局出的初版排印，书末附有详尽的附注，指出了初版与经斯丹达尔修改的 1854 年 Michel Lévy 版不同的词句。翻译时，黎烈文先生还参照了当年斯丹达尔赠送给友人布西(Bucci)的那本初版《红与黑》，上面有不少作者亲笔修改过的文字和批注。除此之外，译者还参考了 Lawell bair 的英译本以及桑原武夫

① 本文原载《读书》1995 年第 12 期。

与生岛辽一合译的日译本。

关于翻译的原则，黎烈文先生说“从不敢说力求完美，但至少已力求忠实”。看来，“信”被译者放在了首位。至于付出的艰辛和努力，译者坦言说此书是“壮年执笔，皓首垂成”，是多年孜孜以求的结晶。目的十分明确，是为了“能对中国心理小说的发展，提供实质的贡献”（以上引言，均见《红与黑》出版说明）。读一读海峡彼岸这样一部严肃而有着明确追求的译作，结合大陆目前较有代表性的几个版本，进行一番对比研究，对我们认识作用于翻译的某些社会、语言因素，了解海峡彼岸读者的审美习惯及曾相隔多年的海峡两岸同行的不同译技，恐怕不无裨益。

一

黎烈文先生执译的《红与黑》，附有序言一篇，长达两万余言。评论的角度与大陆流行的几个版本的序或有关专家的评论不同，着重于探讨该书的心理分析特色，题目就叫做《〈红与黑〉与心理分析》。

应该承认，不同的时代，不同的社会，对同一部作品的认识是会不同的。政治的、社会的因素无疑会对人们评价文学作品产生影响。在前些年大陆学者对《红与黑》的评论中（这几年的情况有所不同，如郭宏安写的“代译者序”，韦遨宇写的《〈红与黑〉的一种读法》很有特色），我们可以看到这样一个事实：评论家关注更多的，是作品产生的历史社会背景、作品人物的政治倾向等，往往忽视作品本身，诸如作品的结构、艺术特色及叙述视角等的分析。张英伦为郝运执译的《译书序》如此，柳鸣九先生主编的《法国文学史》中对《红与黑》的评价和研究更是带上了时代和政治的烙印。这里，我们不用就此问题进行深入的比较分析，只要看一看这部文学史上有关的章目，如“《红与黑》所反映的时代社会内容；《红与黑》所表现的阶级斗争规律；《红与黑》所描写的典型人物；《红与黑》的艺术成就与阶级局限性”等，一切便可明白。黎烈文先生的评价则完全不同，关于作品的社会内容、阶级局限性等，他概不涉及，至于作品所反映的阶级斗争规律，恐怕他根本就没有这种概念，不可能采取这样的认识视角。他所关注的，是作品独特的艺术特征，下力气分析的，是作品本身的建构和人物心理的描写之于小说艺术价值的关系。他开门见山，认为“小说在观察与分析人物的感情上”具有特殊的成就。他以此为主线，从人物的心理分析下手，抓住于连的“自尊心”和“野心”、德·瑞那夫人的“同情心”以及拉莫尔小姐的“厌世心态”进行细致入微的剖析，同时注意揭示小说中对“好奇”、“惊异”、“欣赏”、“傲慢”、“猜疑”、“嫉妒”、“悔恨”等“心理现象的分析与描写”。他认为，“心理分析的手法既可使作品中人物的心灵跃现纸上，也即是赋予作品中每个人物以生命”。在他看来，“《红与黑》一书即因其在心理分析方面所描写的范围之广，所发掘的程度之深，不仅在法国文学史，甚至在世界文学中成了一部最成功和具有影响力的作品”。因此，“《红与黑》一书，谓为心理分析小说开天辟地之作固可，谓为心理分析小说集大成之作，尤非过誉”。黎烈文先生对作品的这一认识视角，对我们阅读与阐释《红与黑》一书无疑是有帮助的。

我们知道，译者首先是读者，对作品基本特征的把握，是传译的基础。而处于不同的时代或社会，对作品不同的理解(大到整个作品创作倾向的把握，小到词汇意义的选择)，无疑都会影响到作品的传译。

二

政治与社会对人的影响是潜移默化的。而语言是一种社会现象，它必然会随着社会的变化而发生变化。陈原先生在新近出版的《语言和人》(上海教育出版社1994年版)一书中指出:这种变化，社会语言学就称之为变异。“在语言变异中，变得最快的不是语言，不是语法，而是语汇——或叫词汇。”词汇最为敏感，变化是明显的，有时也是令人无奈的。社会现实不断变化，人们的语言也必有变化。从以阶级斗争为纲到以经济建设为中心，从计划经济到市场经济，这种变化无不在人们的语言中反映出来。二十多年前，广播喇叭里一刻不停地提醒人们注意“阶级斗争新动向”;如今街头巷尾交流的是“生财之道”。据说，现在京城有不少大款，还有不少专门吃利息的，叫“息爷”，就是巴尔扎克《人间喜剧》中说的“食利者”。1995年6月在北京召开的“文化交流中的翻译”研讨会上，人民文学出版社外国文学编辑室的一位资深编审说，最近流行的“息爷”一词，非常生动，她手头正好在编一部巴尔扎克的作品，真想把译稿中的“食利者”全改成“息爷”。看来，连最有经验的老资格文学翻译编辑也免不了受时髦的语汇诱惑。最近与赵瑞蕻先生对谈《红与黑》翻译，赵先生谈到“rapporter du revenu”一词，五十年前，他译的是“有利可图”，罗新璋、郭宏安、许渊冲先生分别译的是“提供收入”、“提供收益”、“带来收益”，赵先生认为这些译法洋味太重，念起来别扭，不如干脆译成“赚钱”。“赚钱”，确实很符合时下流行的说法。这当然是个语言问题，但里面是不是也有社会因素？

读大陆出的《红与黑》，有时可以读到一些“政治色彩”较浓的词语，带有明显的大陆语汇特征，而在黎烈文先生的译文中，这种色彩相对来说要淡得多。在《〈红与黑〉汉译漫评》一文中，我曾举第七章《亲和力》首段结尾部分的翻译为例，谈到罗玉君的译文带有强烈的批判色彩，如“Ah！monstres！monstres！”句，罗玉君译为“啊，社会的蠹贼啊！杀人不眨眼的刽子手啊！”赋予了原作对社会的强大的“批判”力量。译者到底是出于何种考虑，着意渲染“monstres”一词的蕴涵意义，我们不得而知。但译者在翻译中注入了自己也许意识不到的“政治批判色彩”，却是个事实。黎烈文的译文语气就没有那么强烈，他的译文是：“啊！怪物！怪物！”当然，不同的译者有不同的理解，国内几个版本对“monstres”一词的传译，真可谓各显神通。许渊冲先生译为“啊！狠心的魔鬼！狠心的魔鬼！”闻家驷先生的译文为“啊，这些吸血鬼啊！这些吸血鬼啊！”看来，批判的色彩较之黎烈文的译文都要浓得多！

有人危言耸听，说语言不是人的表达工具，而是人的思想的枷锁。人甫一出生，便已被已定的语言所俘虏。这种观点的哲学意义，我们在此不拟探究。但一个时代、一个社会的语言特点，往往会有意无意地在个人的言语中表露出来。《红与黑》第三章，市长先生由丐民收容所所长瓦勒诺陪同，上谢朗神父家兴师问罪。面对市长的责问，特别是瓦勒诺的非难，八十岁的老神父声音颤抖地叫了起来。

“那好，两位先生！要他们撤我的职吧。不过，我还要住在这里，大家知道，四十八年前我就在这里继承了地产，一年有八百法郎的收入；这笔钱够我过日子。我并没有滥用职权谋取私利，两

位先生，所以我不怕人家要撤我的职。”　　（许渊冲译第10页）

译文非常通畅，但不知读者朋友对“我并没有滥用职权谋私利”一句作何感想。对神父来说，也许只有“神圣”和“世俗”之分。若没有上下文，只听“我并没有滥用职权谋取私利”一句，我们很可能会误以为是一个“公私分明”的老共产党员在说话。原文似乎没有浩然的正气，郭宏安的译文是“我在任职期间可是没有任何积蓄”；罗新璋根据现珍藏于米兰市立图书馆的那个版本中作者亲手所作的改动，译为“我么，任职多年，没有什么来路不明的积蓄”，与原文表达的口吻比较贴近。很遗憾的是，黎烈文先生的译文虽然没有过分强烈的政治色彩，但似乎过分拘泥于原文，译为“我并没有利用我的职位从事储蓄”，其中“从事储蓄”一语，意义不明，表达不清，大陆的读者也许不太习惯、难以接受。

类似“滥用职权谋取私利”这种时下常能听到、且容易使人产生某种特殊联想的语言，国内出的几个《红与黑》译本中，或多或少，几乎都可读到。也许是笔者过于敏感，窃以为在个别译本中，“文革”时的时髦语言或阶级斗争用语，如“口是心非”、“轻举妄动”、“蠢蠢欲动”等，也不时夹杂在叙述文字或人物对话中。社会、政治因素对译文语言的影响，由此可见一斑。有心的读者，不妨留意一下这个现象。

三

读黎烈文先生的译文，发现其风格与他写的序言大不相同。序言语言流畅，完全符合现代汉语习惯，看不到我们大陆读者难以接受的表达方式。可相反，黎先生的译文却完全是另一种味道，拿许渊冲先生的话说，是一种十分严重的“翻译腔”。

在不久前组织的《红与黑》汉译读者意见征询活动中（详见1995年4月29日《文汇读书周报》第五版），我们向读者提了如下一个问题：“您喜欢与原文结构比较贴近，哪怕有点欧化的译文，还是打破原文结构、纯粹汉化的译文？”调查结果显示，当今大多数读者都比较喜欢带点“欧味”的译文。在上文提及的“文化交流中的翻译”研讨会上，罗新璋先生针对这一现象，谈到“读者的接受心理和审美习惯是因着时代而不断变化的，读者也有不同层次。拿钱钟书先生的话说，翻译有两种，一种是尽量汉化，让中国读者安居不动，把外国作家请到中国来，另一种是尽量欧化，让外国作家安居不动，把中国读者引到外国去。看来，今天的读者中颇有些‘出国迷’。对这一部分读者心态进行研究，无疑是有一定意义的”。施康强先生认为，“如今的读者，喜欢原汁原味，就如吃法国牛排，不要太熟的，不管味道如何，总想尝一尝带血的”。读外国文学作品，读者总希望读到一点原汁原味，感受到一点“异国情调”，而这种异国情调，不仅仅是原作品所表现的异域文化、风情、习俗、审美趣味等，还包括原作的语言表现特色。读者的这种审美期待是可以理解，也是各译家应充分尊重的。但凡事都有个度，若生硬地照搬原文的结构和表达方式，超过了读者可以接受的限度，就会适得其反。如果说，尊重汉语习惯，适当吸收原作新鲜的表现手段，对丰富现代汉语是一种有益的“输血”行为，那么，亦步亦趋地照搬原文，恐怕就会造成“溶血”或“凝血”。也许是海峡彼岸的读者对外来语或外来文化的接受能力比较强，抑或是他们对译文语言的接受标准或审美要求与大陆不同，反正黎烈文先生的译文带有欧化倾向，且欧化程度之严重，恐怕是大陆读者难以接受的。

许渊冲先生在他执译的《红与黑》“译者前言”中曾对罗玉君、闻家驷、郝运等先生的译文提出批评，认为他们的翻译带有“翻译腔”，是文字翻译。客观地说，较之黎烈文的译文，许渊冲先生批评的几位译家的译文，无论是语式，还是用词，“欧味”要少得多。我们不妨举例比较说明。

——人们刚刚踏进这城市，便被一具喧噪而且形状可怕的机械的激响吓呆了。几十双沉重的，落下来便发出使得铺路都颤动起来的响声的锤子，由一个被急流的水所推动的轮盘举起。

(黎烈文译第 6 页)

——人们刚走进这城市，就听到一阵噪声，震得人们头痛。这是一架又可怕又喧嚣的机器所发出的声响。二十个笨重的铁锤，因急流冲动齿轮，高举起来，又自然的落下。这响声使街道都震动起来。

(罗玉君译第 4 页)

——人们刚走进这城市，就听到一阵喧嚣声，使人感到晕眩，这声音是从一架隆隆作响的可怕的机器里发出的。二十个沉重的铁锤因急流冲击齿轮，高举起来，又落下去，把路面都震动了。

(闻家驷译第 6 页)

——您一进城，立刻就会被一架声音很响、看起来很可怕的机器的轰隆轰隆声震得头昏脑涨。二十个沉重的铁锤落下去，那声音震得石块铺的路面都跟着抖动。湍急的流水冲下来，转动一个轮子，把这些铁锤举起来。

(郝运译第 4 页)

——一进小城，一架样子吓人的机器发出的啪啦砰隆声，会吵得人头昏脑涨。二十个装在大转轮上的铁锤在急流冲得轮子转动时，不是高高举起，就是重重落下，一片喧声震得街道都会发抖。

（许渊冲译第1—2页）

对比原文，可以说黎烈文先生的译文基本上是照搬原文的结构，亦步亦趋。与许渊冲先生的译文相比，罗玉君、闻家驷、郝运先生的译文也许还算不上是发挥了汉语的优势，或多或少还有点“欧味”，但比起黎烈文的译文来，恐怕就不能说带有“翻译腔”了。这五种译文，如果说黎烈文先生和许渊冲先生代表着“欧化”和“归化”两极的话，那罗玉君等的译文倒显得比较适中了。

黎烈文先生的译文于1978年问世，与郝运先生译本的推出年月(1986年12月版)比较接近(据许渊冲先生说，郝运先生的译本是“翻译腔”较重的)，限于篇幅，我们还是以具体的例子，着重比较一下这两个译本。

——教堂的建立和治安推事的判决突然使他明白起来：他新起的一个想头，使得他在几星期内像疯了一样，末后这想头挟着一个热情的人以为是由自己发明的最新的思想所有的权力支配了他。

（黎烈文译第31页）

——教堂的建造和治安法官的判决突然擦亮了他的眼睛。他脑子里产生了一个想法，这个想法使得他一连几个星期就跟发了疯似的，最后以压倒一切的力量控制住了他，只有热情的心灵相信是自己想出来的新主意，才有这般压倒一切的力量。

（郝运译第 32 页）

许渊冲先生曾援引法国著名作家福楼拜的话，说一句中连用三个“de”字就不是好句子。按此标准，黎烈文先生的译文中有半句就连用了四个“的”(de)字，那简直是不可容忍了。相比之下，国内几个版本中，所谓“翻译腔”最重的郝运先生的译文倒显得非常流畅，读起来别有滋味。有比较，才能有鉴别，郝运先生在摆脱原文束缚，按照现代汉语习惯方式，以规范的现代汉语，恰到好处地传译原文风格方面，倒是做出了可喜的努力。

与黎烈文先生的译文相比，郝运先生的译文还有一个明显的优势，那就是对原文理解比较准确。对比原文，我们遗憾地发现黎烈文先生的译文错译、误译处甚多，远远超过国内现有的几个严肃的复译本，比专家们一致认为错译较多的罗玉君的译本，还要多得多。关于错译、误译的问题，不是我们评论的重点，恕不赘言。我们所关心的，是隔绝多年的海峡两岸分别推出的《红与黑》译本，在语言使用和译文风格方面的差异及社会、政治因素对译文语言的影响，同时通过这样的比较，给国内无缘读到海峡彼岸《红与黑》译本的读者了解台湾目前的文学翻译水平(《红与黑》的译本至少可以说是一个说明)、译文风格以及台湾读者对“欧化”译文的接受能力提供一点信息。

作者、译者和读者的共鸣与视界融合

——文本再创造的个案批评[①]

最近在思考翻译文学的地位和影响问题，发现了许多有趣的现象，其中之一，就是读者的阅读，往往会赋予原作一种价值，这种价值可能是原作固有的，也有可能是读者通过译作所提供的文字而体悟到，可原作本身所没有的。从大的方面讲，一部作品诞生后，在其诞生地的影响有可能没有在其新生地——翻译文学的诞生地大，其中的原因是多方面的，但最重要的一点，恐怕就是在新的历史和文化空间里，文本在某种意义上拥有了新的生命，以其对原著的继承为基础，拓展了新的阅读空间和阐释的可能性。法国作家罗曼·罗兰的《约翰·克利斯朵夫》在中国具有广泛的影响，为我们对以上问题的思考提供了丰富的内容，本文以《约翰·克利斯朵夫》开篇第一句的翻译为个案，通过对原文三种不同的阐释的比较和分析，对影响翻译的多种因素加以探索。

① 本文原载《中国翻译》2002年第3期。

一

当年傅雷翻译《约翰·克利斯朵夫》时，有感于中国大地的黑暗与沉闷，也有感于人们精神的委顿与沉沦，从他翻译该书时所写的介绍文字中，我们可以看到，他选择《约翰·克利斯朵夫》进行翻译，看重的是原著“广博浩瀚的境界”、主人公坚毅且光明的个性、全书所饱含的那份激情和斗争气概以及文字中所射出的那种民族的理想精神。傅雷在翻译中倾注了自己的精神追求和艺术追求。可以说，在某种程度上，他的精神追求和艺术境界与原著的文字发生了碰撞，激起了共鸣，为中国读者留下了一份不朽的精神遗产和艺术珍品。前不久读《东方文化周报》，在郜耕所写的《一句话的经典》中读到了这样一段话：“罗曼·罗兰的四大本《约翰·克利斯朵夫》是一部令人难忘的著作，二十多年前我曾阅读过，但许多情节都淡忘了。但书中开头的‘江声浩荡’四个字仍镌刻在心中。这四个字有一种气势，有一种排山倒海的力量，正好和书中的气势相吻合。”①中国的读者，在傅雷开篇所译的“江声浩荡”四个字中，感受到了一种与全书相吻合的气势。短短四个字，“像铀矿一样释放出巨大的能量，对阅读者的心灵产生巨大的冲击”②。郜耕的这种感受，开篇四个字对他心灵产生的巨大的冲击，是许多中

① 郜耕：《一句话的经典》，《东方文化周刊》2001 年，第 5 期，第 53 页。

② 郜耕：《一句话的经典》，《东方文化周刊》2001 年，第 5 期，第 53 页。

国读者都能感受到的。“江声浩荡”，像一个惊世的先兆，预示了一个英雄的横空出世。这四个字，不仅仅只是四个字，在许多中国读者的脑中，它已经成为了一种经典，没有这四个字形成的英雄出世的先声，便没有了那百万余言、滔滔不绝的长河小说的继续和余音。

然而，中国读者的这份共鸣，这份永远抹不去的心灵冲击，这一铭刻在记忆中的永恒，都是因了傅雷的创造。从原文中，我们也许无法感受到这份震撼。原文是这样的：

“Le grondement du fleuve monte derrière la maison.”①

我曾在不同的场合询问过法国普通的读者，他们对原著的开头一句，并没有特别的感受，更没有中国读者普遍感受到的那份震撼。与法兰西大地只隔着英吉利海峡的英伦三岛的读者，也同样难以分享中国读者感受到的那份冲击力。这里有英译文为证：

“From behind the house rises the murmuring of the river.” (Gilbert Cannon)

对这句英译文，香港中文大学的金圣华教授有一评论：“假如不参照原文，直接从英译本译成中文，它不就变成‘河水潺潺’了？”②murmuring 是动词 murmur 的动名词形式。查阅由陆谷孙等先生编写的《新英汉词典》，我们可以看到 murmur 既是名词，也是动词，有一基本

---

① Rolland, Roman. *Jean-Christophe*. Paris: Albin Michel. 1931. p. 19.

② 金圣华：《文学翻译的创作空间》，《翻译季刊》1995 年第 2 期，第 72 页。

意义，即是“低沉连续的声音”，如微风的沙沙声，流水的淙淙声，还有蜜蜂的嗡嗡声和人的低语声。总之，是低语，是喃喃声，与傅雷所译的“浩荡”之江声相去甚远。与原文相比，英译本的译文似乎也有很大差距。grondement 也属动词 gronder 的一种动名词形式。法文中的 gronder 一词，似也有两个基本的方面，指的是“逼人的”声音，如大炮的轰轰声、雷的隆隆声、暴风雨的声音、狗的连续的汪汪声及人群的鼎沸声等，声音沉，且连续，带有一种气势。在这个意义上，傅雷的译法倒是与原文有某种程度上的暗合，虽然由“沉”而变成了“浩荡”来形容“江声”，想造成的也许正是这种气势。我们不妨再来看看在傅雷之后出现的几个译本是怎么处理的，并作一比较：

1. 江声浩荡，自屋后上升。（傅雷译）
2. 江流滚滚，震动了房屋的后墙。（许渊冲译）
3. 屋后江河咆哮，向上涌动。（韩沪麟译）

就我们目前所掌握的资料，自傅雷之后，近年来又出现了多个《约翰·克利斯朵夫》译本，属于我们所说的复译，关于复译的原因，不少文章就这一普遍的现象已经作过较为全面的分析，在此不拟再探。需要说明的是，我们在这儿选取的两个译本，可以说是比较有代表性的：首先，两位译者都是中国译坛熟悉的译家，且都有自己的明确追求；其次，在复译《约翰·克利斯朵夫》的过程中，他们都倾注了相当的心血。许渊冲先生为他的复译本写了题为《为什么重译〈约翰·克里斯托夫〉》的“译者前言”，明确地表达了“和傅雷展开竞赛”的愿望。他说：“重译《约翰·克里斯托夫》不仅为了使人‘知之、好之、乐之’，首先是译者‘自得其乐’。叔本华说过：‘美’是最高级的‘善’，创造‘美’是最高级的乐趣。傅译已经可以和原作比美而不逊色，如果再创造的‘美’有幸能够胜过傅译，那不是最高级的乐趣吗？如果‘自得其乐’能够引起广大读者的共鸣，那不是最高级的‘善’，最大的好事吗？乐趣有人共鸣就会倍增，无人同赏却会消失，这就是我重译这部皇皇巨著的原因。”[①]韩沪麟在他的《译序》的第五部分也专门谈到了译本问题。有趣的是，他翻译《约翰·克利斯朵夫》也是以傅雷为参照，不同的是他的目的不是要与傅雷竞赛，也不奢望超越傅雷。在谈到翻译该书的动机时，他说道：“同一本原著，其译文也一定是千人千面的，译风是不可能雷同的……这也是我斗胆再译一次《约翰·克利斯朵夫》的初衷。”[②]在他交代译本产生过程的文字中，他明确作了这样的说明：“在我前后用五年多业余时间翻译这部巨著的过程中，虽然是脱开傅译本照原文直译的，但遇到‘疑难杂症’时还经常参照傅译本，从中受益良多。”[③]两位译者，都以傅雷为参照，这里说明了这样一个事实：一个接受了时间和读者考验的译本，必然会在其传播和影响的历史上占有自己的地位。在其之后的译本，无论与其竞赛还是从中汲取养分，都不可能无视其存在。所以当我们来比较傅译、许译和韩译时，看到的就不可能仅仅是差异，而是它们之后的一种承继和创新的关系。

---

① 许渊冲译：《约翰·克里斯托夫》(上下卷)，湖南文艺出版社，2000年版，见“译者前言”第6页。

② 韩沪麟译：《约翰·克利斯朵夫》(全三册)，译林出版社，2000年版，见《译序》第24页。

③ 韩沪麟译：《约翰·克利斯朵夫》(全三册)，译文林出版社，2000年版，见《译序》第24页。

二

对比三种译本，我们暂且排除傅译在先、且已有广大读者认同被视作经典的因素，先从语言角度来做一分析。

在这里，我们所作的首先是对单句的语言分析，有关语境及文学因素的问题下文还要涉及。就句子结构而言，从形式的角度，我们发现三种说法都将原文的一句用逗号分隔为两个短句，具有共性，或者说差异并不很大。三者的差异主要集中在语义上，几乎对每一词的处理都有不同。首先对 grondement 一词的表达，傅译重声音的广阔和气势；许译割舍其声音的一面，以“滚滚”来显动态；韩译则突出水流的奔腾轰鸣，以“咆哮”两字来对译。“浩荡”、“滚滚”、“咆哮”三词，其差异是十分明显的，为什么会出现如此不同的译法？金圣华教授认为：“Le grondement 是个名词，而抽象名词通常都会在翻译时造成困难。”[①]单就 grondement 一词，很难确定其到底是何种声音。在上面，我们说过，在法文常用词典中，与之搭配的有“炮”、有“雷”、有“狗”、有发怒的“人”等。有了发出声音的主体作为参照，便有可能在目的语中找到相应的表达。而我们面对的，则是 fleuve 与 grondement 的搭配。在法文中，这并不是一种常见的搭配。fleuve 这一词，按照法文词典的解释，是指由“支流汇合归海的大水流”，这与中国语言中的“江”字的

① 金圣华：《文学翻译的创作空间》，《翻译季刊》1995 年第 2 期，第 72 页。

解释基本相同。据《现代汉语词典》，河指“天然的或人工的大水道”，江则指“大河”。那么，根据 fleuve 一词的法文概念，用“江”来对译，应该是准确的。正因为如此，三位译者在翻译中都用了“江”这一字，分别为“江声”、“江流”、“江河”。然而，当我们进一步加以对比，我们发现三种翻译的所指还是有所区别的，尤其是韩译，“江河”并列，意义较为宽泛。读者若再作探究，原作者笔下的 fleuve ，到底是“江”还是“河”？按照汉语词典，“江”与“河”是有明显区别的：“大河”为江。然而，若将这一区别推而广之，我们发现在约定俗成的译名中，外国的河流，不管再大，到了中文，也没有“江”的说法，如尼罗河、密西西比河、伏尔加河、多瑙河等。这些外国河流的约定俗成的译法，给后来的译者出了一个不小不大的难题：在汉语的常用搭配中，河的气势也罢，声音也罢，总是逊色于“江”的。而原文中的 fleuve ，用的是定冠词，具有确指的意义，通过下文，我们可以清楚地知道是指 Rhin，而对《约翰·克利斯朵夫》的译者来说十分不幸的是，该词已有定译：“莱茵河”，不能再随意译为“莱茵江”。于是，一开始，译者就不得不避开约定俗成的译名，冒着与下文矛盾的危险，将“河”说成“江”，以表达原文的含义。我们确实可以看到，在后文中，当“莱茵河”这一译名不能回避时，三位译者亦只能在语言所提供的有限空间里，译成“河边”而不是“江边”，译成“河水”而不是“江水”了。而这种行文的矛盾，正是约定俗成的译名所造成的障碍。问题是，如果当初根据汉语词典的解释，将尼罗、密西西比、多瑙、伏尔加、莱茵等都定译为“江”，那便不会有后文翻译的麻烦了，这是后话。我们再回到上文的三种翻译中来。开篇一句，三位译者都弃“河”而择“江”，为“浩荡”、“滚滚”、“咆哮”的搭配赢得了可能。若改为“河”，那“河声浩荡”、“河流滚滚”，便逊色多了。而且有趣的是，一旦用了“江声”，便有可能借助“江风浩荡”的习惯用法导向“江风浩荡”；用了“江流”，“滚滚”便自然而来；用了“江河”，便有了“咆哮”的可能。若三者一换位，如“河声滚滚”、“江河浩荡”、“江流咆哮”，便有违于汉语的习惯表达，很可能被读者视为“不顺”、“不通”。由此可见，在翻译中，目的语的习惯的词语搭配在很大程度上制约着译者，正是在这个意义上，西方有着“语言说我”的说法。

下面我们再来看后半句。原文的后半句由谓词（一个不及物动词）和一个状语（介词＋名词）组成，不及物动词 monter ，有“升高”的意思，如物价“上涨”、河水“上涨”、声音“升高”等。状语的含义很明确，指的是“屋子的后面”。从语言角度上，傅译的后半句“自屋后上升”与原文比较贴近。但根据法语的常用法，在句子中，monter 主要是指声音强度的上升，而不是指声音在方位意义上的由低处升向高处。就我们所知，傅雷在 1937 年的初译本①中，后半句为“在屋后奔腾”，不仅离原文很远，而且与前半句也不搭配，因为“江声”不可能“奔腾”。也许正是出于以上两点考虑，傅雷在新中国成立后出版的译本中，把“在屋后奔腾”改为了“自屋后上升”。与傅雷后来改定的后半句译文相比，许渊冲先生的译文离原文的距离要更大一些，“震动”、“后墙”这些含义，是原文形式所没有表现的。为什么这么译，译者在“译者前言”中没有作过明确的解释，但其中有一段话，也许可能为我们理解他的译法提供一种理论上的参照。他认为：“文学作品中也有较低层次

---

① 根据安徽文艺出版社印行的傅雷译文《约翰·克利斯朵夫》的说明，《约翰·克利斯托夫》初译的第一卷于 1937 年 1 月由商务印书馆出版，第二、三、四卷于 1941 年问世。新中国成立后，傅雷不满初译的译文风格，对全书作了校订修正，于 1952 年由平明出版社出版。为了了解两种版本对第一句的处理情况，我设法在作家叶兆言的家里找到了新中国成立前出版的《约翰·克利斯朵夫》，但不是由商务印书馆出版的初版，而是上海骆驼书局于“民国卅七年六月”出版的，根据该版本，开篇第一句的译文为：“江声浩荡，在屋后奔腾。”

的词句和较高层次的词句。较低层次的词或句，在翻译时比较容易找到‘唯一的’对等词，找到后别人也不容易超越，只好依样画葫芦。较高层次的词或句，在翻译时就不容易找到‘唯一的’对等词，而要八仙过海，各显神通；也就是在翻译高层词句时，需要译者有‘再创作’的才能，所以才可以分辨出不同译文的高下，译文甚至有胜过原文的可能。”①从许渊冲先生的这段话中，我们至少可以断定“震动了房屋的后墙”这一译法，不可能是疏忽造成的误译，相反，它是译者欲与原文、与傅雷的译文争高下而有目的的一种追求，也是显示译者神通的一种“再创作”。实际上，若许渊冲先生在后半句依样画葫芦，以“自屋后上升”来接上半句的“江流滚滚”，是怎么也说不通的。韩沪麟的译文也是有新解与新意，“向上涌动”，与“江声”已无联系，向上涌动的不可能是“声音”，而只能是“江水”或“河水”，与傅译的差异是再明显不过了。通过上文的分析，我们可以看到，三种译文虽在句子结构上有一定的相似之处，但在意义的表达上，却有着不可忽视的差别。这里，既有语言的习惯搭配造成的障碍，也有译者的主观追求。从中，我们也可以看到不同译者对原文的不同理解和把握，而在不同理解基础上的不同表达，便似乎成为一种必然。

---

① 许渊冲译：《约翰·克里斯托夫》（上下卷），湖南文艺出版社，2000 年，见“译者前言”第 5 页。

三

当我们注意到三种译文之间的多种差异并试图找出其中的原因时，有一个因素是不能不考虑的，那就是复译者的心态与追求。傅译在前，许译和韩译在后，对于前译的成果，尤其是被读者所认同的名译，复译者一般都有一个心态，那就是"不趋同"，也就是许渊冲先生所说的绝不依样画葫芦，不然，那就是"抄译"，就失去了"复译"的任何意义。为了探寻三种译文之所以不同的原因，除了研读三位译者有关论述之外，笔者分别于2001年10月13日与14日，通过电话就开篇一句的翻译问题进行了探讨。许渊冲先生的原则非常明确。他说他翻译《约翰·克里斯托夫》有四个原则：一是翻译时对照傅雷译本，发现其长处；二是要尽量胜过傅译，形成自己的风格；三是在有关字句的处理上，即使认为傅雷译得好，也尽量在原文提供的创造空间里寻找新的表达；四是在个别词句的传译上，如傅雷的翻译是独特而唯一的，那只有承认自己不如他，借用他的"译法"。对许渊冲先生的这四条原则，虽然我们可以在理论上再作进一步的思考，但其积极意义是明显而深刻的。当我就开篇第一句话的翻译，请许渊冲先生将他的译文与傅雷的译文作一比较时，许先生的态度之坦荡令我感动。他说："第一句我译得不如傅雷。但我在译文中也溶入了我自己的理解。我是假设自己是罗曼·罗兰，身临其境，设身处地，透过原文的文字，去体会文字所指向的情景，去领悟情景所能引发的感受。我想，当江流滚滚时，我在屋里听到的不是声音的上升，而是屋子的后墙被江流所震动了。所以，我便译成了‘江流滚滚，震动了房屋的后墙’。这种译法是我从上下文中体会得出的。”许渊冲先生的解释，为我们翻译提出了一个重要的问题，那就是文学翻译不能只限于字面的翻译，而要透过字面，根据上下文，捕捉文字所指向的创作之源。对于这一点，韩沪麟先生既有相似的观点，也有不同的见解。就傅译而言，他认为傅雷先生文学修养深厚，文字功底非一般人都能相比。但就《约翰・克利斯朵夫》开篇第一句而言，他认为：“与原文相比，傅译的气势显得太大了。”他说他到过欧洲，见过莱茵河，虽然见过的只是一段，但感觉气势并没有那么宏大。另外，就原文而言，grondement 一词在上下文中，就他自己的体会，也没有那番气势，只是突出声音的强度，译成“咆哮”，完全是他个人的体会和把握。当我问他是否在翻译中有意在避傅雷的译法，他的回答是否定的。正如他在“译序”中所说明的，翻译时，他并不直接参照傅译，而是脱开傅译，只是遇到问题或困难时，才去参照。因此，对于第一句，他并不是为了避开傅雷的译法，而且他也并不认为傅雷在这一句的翻译上有多妙。同时，他认为在上下文中，他自己以“江河咆哮”来传译，是完全符合原文语境的。韩先生的解释与许先生的一样，也同样提到了原文字所指的现实世界对翻译时的理解起到的重要作用。

无论是许渊冲先生，还是韩沪麟先生，他们或多或少都在自己的解释中强调了翻译中不可忽视的几个重要因素。根据我的理解，我将之归纳为四条：一是翻译以原文为出发点，但并不限于原文的文字；二是翻译时要有想象物为参照，要透过原文的字面，从文字所指向的现实世界去进一步加以把握；三是理解与领悟一个句子，一定要根据上下文；四是每一个译者，作为翻译主体，其翻译只能限于自己的理解。

他们的这些观点，对我们理解译文差异的存在及产生的原因，无疑是具有启发意义的。但同时，我们又不免产生了这样的疑问：翻译作为一种阐释活动，在理解与阐释原文的过程中，有没有可能产生误释和过度阐释呢？一个句子的理解，固然可因人而异，但原文毕竟提供了一个空间，提供了某种客观性和实在性，它在某种程度上体现了其表达的意义的稳定性和客观性。意大利符号学家、哲学家昂贝托・艾柯对这一问题有过深刻的思考，他认为在阐释过程中，作者意图与读者意图之间存在着辩证的关系，同时"本文意图"也在为读者提供阐释空间和自由的同时，以上下文为读者的阐释作出限定。① 从另一个角度讲，当我们在强调译者在翻译过程中有自己的理解的同时，也不能不注意到脱离上下文的阐释，往往有可能把阐释引向无度或过度。下面，我们不妨从对《约翰・克利斯朵夫》开篇一句的纯语言的孤立分析中再进一步，从许渊冲先生与韩沪麟先生都强调的上下文和语境的角度，再作一些分析。

就我们对原著的阅读和理解的程度而言，我们知道《约翰・克利斯朵夫》表现的是一个音乐家的人生，要赞扬的是受苦、奋斗而必胜的自由灵魂。在"作者献辞"所表现的这个大的"作者意图"之下，我们先不妨进入一个极小的语境和上下文之中。《约翰・克利斯朵夫》洋洋百万余言，以"江声"开篇。原文第一段是这样的：

Le grondement du fleuve monte derrière la maison. La pluie bat les carreaux depuis le commencement du jour. Une buée d'eau

① 艾柯：《过度阐释本文》，柯里尼编，王宇根译：《诠释与过度诠释》，三联出版社，1997 年第 81—87 页。

ruisselle sur la vitre au coin fêlé. Le jour jaunatre s'éteint. Il fait tiède et fade dans la chambre.①

从这段文字来看,开篇一句与紧接着的三个句子联成一体,从屋后上升的江声,写到雨水击打窗户,再以极细腻的手法写到已有裂痕的窗玻璃上蒙着水汽,且水汽变成水滴往下落,进而又写到暗淡的天色和房间里闷热的空气。可以说,单从这一段中,我们并不能直接体会到江声的那种"浩荡"之气,更没有已接受傅译的中国读者所期待的那种排山倒海的气势。在这个意义上说,傅译的第一句与紧接着的下文之间反而产生了某种"不和谐",而许译与韩译倒没有显出任何突兀之处。为方便读者体会,兹将三种译文照录于下:

1. 江声浩荡,自屋后上升。雨水整天的打在窗上。一层水雾沿着玻璃的裂痕蜿蜒而下。昏黄的天色黑下来了。室内有股闷热之气。(傅雷译)

2. 江流滚滚,震动了房屋的后墙。从天亮的时候起,雨水就不停地打在玻璃窗上。濛濛的雾气凝成了水珠,涓涓不息地顺着玻璃的裂缝往下流。昏黄的天暗下来了。房子里又闷又热。(许渊冲译)

3. 屋后江河咆哮,向上涌动。从黎明时分起,雨点就打在窗棂上。雨水在雾气弥漫中顺着窗玻璃的裂隙汩汩下淌。昏黄的天色暗下来了。屋里潮湿,了无生气。(韩沪麟译)

---

① Rolland, Roman. *Jean-Christophe*, Paris: Albin Michel. 1931. tome 1, p. 19.

从这三段译文来看，三位译者在传译中确实各自发挥了长处。笔者曾请教江苏的几位作家，请他们从小说家的审美角度，对这段译文的文字给予评价。黄蓓佳的观点很有代表性。她认为傅雷的文字优雅、简练；许渊冲的译文生动、贴切，具有小说文字的张力；韩沪麟的文字处于两者之间。按照时下翻译批评常见的做法，至此我们似乎已经可以做个结论：三种译文各有千秋，虽有一定意义上的差异，但译者强调自己的理解，且与紧接着的下文并无不协调之处，就很难说出个是非曲直了。然而，我们知道，分析一字一句的意义，不仅仅需要紧邻的字句来做参照。上下文是个可窄可广的概念。若把原著当做一个整体，那么对有些关键的字句来说，整部作品中的有关字句都可视作上下文。比如翻译一部作品的名字，就要整部作品来做参照。20 世纪 80 年代初，法国有一部著名的小说，原名叫“Fort Sagane”，曾荣膺法兰西学院小说大奖，有一位研究者没有读过整部作品，仅凭法语常见的义项和词语搭配，将之译为《勇敢的萨加纳》。但若以全书为参照，实际上被译者当作形容词的 fort 一词，在书中用作名词，意为“堡”，正确的译法应该是《萨加纳堡》。同样，在我们所分析的《约翰·克利斯朵夫》开篇第一句中的词语，在整个作品中，也并不仅仅限于第一段。在下文中，我们还多次读到有关的、甚至同样的词和同样的表达。就在开篇第一章中，我们至少可以读到五处有关 fleuve 的文字，而且都是突出其声音的。伴随着这重复回响的江声的，是文中也多次敲响的钟声和经久不息的风声。这江声、钟声和风声的经久不息，在原著中有着重要和深刻的含义。韩沪麟先生在“译序”中这样写道：“罗曼·罗兰天生是个音乐家，后来阴差阳错才走上了文学道路，于是他说他只能用‘文学形式来表现音乐’。我们在《约翰·克利斯朵夫》中，就可感觉到音乐在全书中占有的分量了。在本书的开篇，音响的三个元素：河流、风和大钟唤醒了刚刚出世的克利斯朵夫，而后，音乐又伴随了他整整一生……”①罗曼·罗兰在写于1921年7月1日的原著序言中，也明确表示：在全书的第一册中，他着重描写的是克利斯朵夫的感觉与感情的觉醒，而书中反复出现的江声在主人公的觉醒中，则起到了重要的作用。第一章中有这样一段描述：

“江声浩荡。万籁俱寂，水声更洪大了；它统驭万物，时而抚慰着他们的睡眠，连它自己也快要在波涛中入睡了；时而狂嗥怒吼，好似一头噬人的疯兽。然后，它的咆哮静下来了：那才是无限温柔的细语，银铃的低鸣，清朗的钟声，儿童的欢笑，曼妙的清歌，回旋缭绕的音乐。伟大的母性之声，它是永远不歇的！它催眠着这个孩子，正如千百年来催眠着以前的无数代的人，从出生到老死；它渗透着他的思想，浸润着他的幻梦，它的滔滔汩汩的音乐，如大氅一般把他裹着，直到他躺在莱茵河畔的小公墓上的时候。”②

如果说在开篇第一句中，我们对江声还只是对事物的一种感性的认识的话，那么，在这里，我们听到的江声已经超越客观的事物性范畴，而进入具有象征意义的情感世界了。罗曼·罗兰在1931年为他的作品写过一篇很长的引言，在引言中他说他要把他小说的主人公“扎根在莱茵河以西地域的历史之中”。在约翰·克利斯朵夫的生命

① 韩沪麟译：《约翰·克利斯朵夫》(全三册)，译林出版社，2000年，见《译序》第11页。

② 傅雷译：《约翰·克利斯朵夫》(全四册)，安徽文艺出版社，1990年第一册，第31—32页。

中，莱茵河的位置是不可替代的。伴随着英雄的一生，是永不停息的莱茵河发出的母性之声。在洋洋一百余万言的《约翰·克利斯朵夫》的末章，我们又听到了这母性之声的回荡：

> Le grondement du fleuve monte derrière la maison... Christophe se retrouve accoudé à la fenêtre de l'escalier. Toute sa vie coulait sous ses yeux, comme le Rhin. Toute sa vie, toutes ses vies, Lousa, Gottfried, Olivier, Sabine...（Roman Rolland, tome 3. p.483）

在全书即将结尾之际，我们又读到了开篇的第一句：同样的词语，同样的句式。傅雷也还之以同样的译文：

> "江声浩荡，自屋后上升……克利斯朵夫看到自己肘子靠在楼梯旁边的窗槛上。他整个的生涯像莱茵河一般在眼前流着。整个的生涯，所有的生灵，鲁意莎，高脱弗烈特，奥里维，萨皮纳……"①

在对照傅雷的译文与原文的同时，我们对许渊冲和韩沪麟的译文也作了双重比较：与原文的比较以及他们的前后译法的比较。我们很有趣地发现了这样一个事实：在完全重复的原文中，我们读到的是前后并不一致的译文。许渊冲先生开篇第一句的译文为："江流滚滚，震

① 傅雷译：《约翰·克利斯朵夫》（全四册），安徽文艺出版社，1990年，第四册，第457页。

动了房屋的后墙。"而全书末章中同样的句子的译文则为:"汹涌澎湃的江水声从房屋后面升起……"后半句与原文明显贴近了。韩沪麟则由"屋后江河咆哮,向上涌动"变成了"屋后的江涛轰鸣",monter 一词没有译。对他们的这种处理方法,有心的读者定会有自己的评价。也许是他们的一种自觉的追求,也许是他们无意的疏忽。就阐释的角度而言,如果译者在翻译全书过程中,忽视了在全书中明显具有特别意义的某些词语的重复及其价值,不能不说是个遗憾。傅雷先生对贯穿了约翰·克利斯朵夫整个生命的莱茵河,对在约翰·克利斯朵夫生命中永不停息的浩荡江声,有着自己深刻的理解。他在 1940 年为译文第二卷所写的长篇"译者弁言"中谈了自己的认识:"这部书既不是小说,也不是诗,据作者的自白,说它有如一条河。莱茵这条横贯欧洲的巨流是全书底的象征。所以第一卷第一页第一句便是极富于音乐意味的、包藏无限生机的'江声浩荡……'"[①](卷四,第 10 页)至此,我们也许对傅雷所译的"江声浩荡"这四个字的力量有了更为深刻和全面的了解。他译的这四个字,并没有仅仅限于原文的字面意义,也没有限于与该句紧密相连的第一段,而是基于他对原作整体的理解与把握,基于他对原作者意图和本文意图的辩证关系与内在联系的领悟,达成了他与原作者视野与思想的沟通与融合,加上他在译文字句上所追求的音乐感及力度,使他的译文得到了广大中国读者的认可,在译者与读者的共鸣中,前后呼应,让"江声浩荡",永不停息……

在上文中,我们把《约翰·克利斯朵夫》开篇第一句的翻译作为个案,从多个角度进行了也许过于细致的分析。由于分析的只是全文的第一句的翻译,因此不能当作对傅雷、许渊冲与韩沪麟三个译本的全

---

① 傅雷译:《约翰·克利斯朵夫》(第四册),安徽文艺出版社,1990 年,第 10 页。

文进行评价的依据。实际上，与傅雷的译本相比，许渊冲与韩沪麟的译本作为新译，价值是十分明显的，其作用不可否认。正如韩沪麟在“译序”中所说的，“当今，无论在国内还是国外，真正有价值的名著都不止一个译本，这样可以使不谙原文的读者从比照中加深理解、体会原著的原意和风貌”[①]。在此我们向读者严肃推荐他们的译本。另外，需要说明的是，本文作为翻译文本批评的一种尝试，我们有着双重的目的：一是通过这样的批评，为从事文学翻译的同行提供一点具有实践价值的参照；二是试图突破时下批评中常见的“正误性批评”与“感悟性批评”，为翻译批评提供某种方法论的参照。

附记：在写作本文的过程中，笔者得到了许渊冲和韩沪麟两位译家的不少帮助，在此表示感谢。在笔者看来，翻译批评的根本目的，在于不断拓展翻译的可能性。本着共同探讨译论，切磋译艺的目的，本文写成后，笔者分别将之寄给了两位译家，很高兴得到了他们的回应。回信字数虽然不多，但观点十分明确，为便于造成一种良好的批评风气，加强评者与译者之间的相互沟通，现将两位译家的回信附上，希望能一并发表。

1. 许渊冲复许钧信

许钧小兄：

大作收到，谢谢！也谢谢你的贺信。

《约翰·克里斯托夫》的几个中文译本，如能举行研讨会，作用可

---

① 韩沪麟译：《约翰·克利斯朵夫》（全三册），译林出版社，2000年版，见“译序”第24页。

能在《红与黑》的探讨之上，不知是否有可能。

比较首句虽然是种办法，但恐不够全面。我把首句的后半部译成“震动了房屋的后墙”，因为罗兰接着是写房屋。后面译成“汹涌澎湃”，因为罗兰不再写屋，而写心潮汹涌、思念的人物。如再译“后墙”就不好了。从微观看，似乎应该重复；但从宏观看，却又未必。这类问题可以愈辩愈明。

我的序中，你把两个“善”字误打成“美”字(大作 p.2 倒数 7，9 行)，希能改正。

黄蓓佳的评价有意思，所以翻译研讨会应请作家参加。你的做法事关全局。

韩译我没有见到，他说送给我却没有寄来，仅就此举二例，我觉得黄说得不错。只是常见的做法，不够通顺，如“涌动”、“咆哮”太重，略输文采。你意如何？

专此祝好！

许渊冲　十月廿五日

2. 韩沪麟复许钧信

许钧兄：

你在电话中对我说，你在写这篇文章时，心情很激动，去查阅了资料，又去咨询了作家，忙得不亦乐乎。我当时听了心里嘀咕：写一篇短短的论文，有那必要吗？现在我服了，因为我读了也很激动，只有作者有激动才能引起读者的共鸣。不过，也许我们动情的缘由是不一样的。我激动，是因为在当今物欲横流、人心浮躁的社会现实中，你却能全身心地投入，去研究翻译理论中的问题，这不仅难能可贵，而且你所表现出的学者风范，能鼓舞莘莘学子去从事那些常常不为人们所理解的、看似枯燥乏味但却很有意义的研究工作；其次是你能从一个译句着手，深入细致地研究下去，洋洋洒洒写出近万字的论文，阐述了几个问题，这说明你在这方面的学术功底和研究水平已经达到了相当高度，我庆幸我国的文学翻译理论界后继有人。

傅雷和许渊冲两位先生都有足够资格当我的老师，他们各自都有一些方面使我非常佩服，这是另外一个话题了。就你所研究的这个译句，我想坦率地谈谈我的看法：

查法文 LAROUSSE 词典，“grondement”是指低沉、连续而带有威胁性的声音，总之，它只能指一种声音。江风是可以浩荡的，江声是否能“浩荡”呢。再说，至少我所见到的那段莱茵河确实不宽，且流速平稳，他的这个译句，气势是出来了，但是否贴近原文，我有疑问。傅先生翻译向来严谨，中法文都照顾得相当妥帖，但这一句话他这样处理，似乎有悖于他的一贯译风；可能他太喜欢四个字了，既然不能面面俱到，只能退而求其次了吧。至于许先生译的“江流滚滚，震动了房屋的后墙”，不仅没有译出了声音，而且原文中也绝对没有“震动”的意思。当然，许先生是不可能不理解这句简单明了的法文的，他这样译，可能又在实践他那译文可能而且能够超过原文的理论吧：关于这个理论，我一直不敢苟同，当然也就不能同意他的这个译法了。

不当之处，请随时指教。望你在教学、研究和翻译实践时，注意身体健康。

祝好！

韩沪麟 2001.11

译踪追寻

法朗士与人道主义的新声[①]

在中国,阿纳托尔·法朗士(Anatole France 1844—1924)有着鲜明的形象。人们只要谈起法朗士,"人道主义"这个词马上就会显现在脑中。在中国读者的心中,法朗士与"人道主义"是紧密相连的。吴岳添的《法朗士精选集》"编选者序"就以《人道主义的斗士》为题,在开篇第一段这样写道:

法兰西民族素有热情奔放、幽默诙谐的天性。在法国文学史上,从拉封丹到贝朗瑞的诗歌,从莫里哀到博马舍的喜剧,从拉伯雷到伏尔泰的小说,讽刺佳作可谓比比皆是。它们有的粗犷豪放,如拉伯雷的《巨人传》;有的小巧玲珑,如拉封丹的《寓言诗》;有的入木三分,如莫里哀的《伪君子》;有的轻松欢快,如罗曼·罗兰的《哥拉·布勒尼翁》。而在伏尔泰之后,法国更出现了一位炉火纯青的幽默大师和讽刺天才,他善于把动人的传说和对现实的抨击巧妙地融为一体,以优雅诙谐的联想来表现寓意深刻的哲

① 本文原题为《法朗士在中国的翻译接受与形象塑造》,载《外国文学研究》,2007年第2期。

理。这位公认的语言大师，就是杰出的人道主义作家阿纳托尔·法朗士。[①]

“人道主义的斗士、人道主义的作家”，中国的法国文学研究者对法朗士的这一定位是明确的。那么，阿纳托尔·法朗士在中国的这一鲜明的形象是如何形成的？法朗士在中国的影响又是如何产生的？本文将围绕着法朗士在中国的翻译历程，结合其思想的传播，对法朗士在中国的译介过程和接受特点作一梳理和探讨。

一　法朗士在中国的译介历程与特点

法朗士是一个跨世纪的作家，他的“写作生涯长达六十年之久，共出版了近四十卷的小说、诗歌、评论、戏剧、政论和回忆录”[②]。中国对法朗士的接触和了解，发生在一个特殊的历史时期。确切地说，中国学者是在新文学运动的发展过程中开始注意到法朗士，继而开始译介活动的。有学者认为：“外国文学的大量介绍，也是构成‘五四’文学革命的一个重要内容，从一九一八年《新青年》出版易卜生专号、译载《娜拉》等作品起，这种介绍就步入一个新的段落，其规模和影响远远超过

① 吴岳添编选：《法朗士精选集》，济南：山东文艺出版社，1997年，见“编选者序”第1页。

② 吴岳添编选：《法朗士精选集》，济南：山东文艺出版社，1997年，见“编选者序”第5页。

了近代的任何时期。鲁迅、刘半农、沈雁冰、郑振铎、瞿秋白、耿济之、田汉、周作人等都是活跃的翻译者和介绍者。当时几乎所有进步报刊都登载翻译作品。”[①]1921年前后，中国对俄罗斯、欧洲各国、日本及印度等国的文学作品的译介达到了高潮。特别是在1921年前后，随着新文学运动的发展，出现了一批新的文学社团和刊物，对国外的一些进步的、革命的作家予以了更多的关注。正是在这样的历史背景下，阿纳托尔·法朗士开始被介绍到了中国。

对法朗士在中国的译介情况，钱林森在《法国作家与中国》一书中做过研究，尤其是对早期的翻译情况，作了比较详尽的梳理。根据钱林森提供的线索，较早介绍法朗士的两家杂志均是新文学的阵地刊物——《小说月报》和《东方杂志》。两个刊物几乎不约而同，在1920年把目光投向了法朗士。1920年“11卷12号的《小说月报》刊发了天迦翻译的‘亚那多尔法兰西’原著的戏剧《快乐的过新年》(conte pour commencer gaiement l'année)”[②]，而《东方杂志》也是在1920年18卷1号上“译载了英国《观察报》记者访问法朗士的访问记及法朗士本人对欧战的看法”[③]，向中国读者介绍了法朗士。实际上，在这两家刊物之前，《新潮》杂志在1919年的2卷2期上，就发表了沈性仁翻译的法朗士的剧作《哑妻》(1924年《小说月报》15卷号外又刊载了沈性仁重译的《哑妻》一剧)。除《新潮》杂志外，像《新生命》、《真善美》、《刁斗季刊》和《中法教育界》等，都在20世纪20年代零星发表过法朗士的短

---

① 唐弢主编:《中国现代文学史》，北京:人民文学出版社，1979年，第一卷，第45页。

② 钱林森著:《法国作家与中国》，福州:福建教育出版社，1995年，第507页。据钱林森，《快乐的过新年》的译者为天迦，但据《小说月报》1924年15卷第10期所附的《中译的法朗士著作》所列的篇目，译者为高六珈。

③ 钱林森著:《法国作家与中国》，福州:福建教育出版社，1995年，第507页。

篇小说或长篇节译。

根据《全国报刊索引》，在20世纪20年代，在《小说月报》、《东方杂志》、《文学旬刊》、《中法教育界》、《真善美》等十余家刊物上，先后刊载了法朗士的小说、剧作、评论等译文二十余篇，有的为全译，有的为节译或编译。同时，还发表了二十余篇介绍或评论法朗士的文章，在此，我们不拟一一罗列。从刊物选择发表的译文、评价文章和当时的语境看，我们认为有三点值得特别注意和思考。

第一，法朗士在中国的译介，与当时的历史语境是紧密相连的。在上文中，我们已经提及，外国文学的译介对新文学革命和新文化运动的发展起到了积极的推动作用。早期对俄国文学的特别关注，其意义已经远远超出了文学的范畴。瞿秋白曾就当时中国积极译介俄国文学的动因作过这样的说明：

> 俄罗斯文学的研究在中国却已似极一时之盛。何以故呢？最主要的原因，就是：俄国布尔扎维克的赤色革命在政治上、经济上、社会上生出极大的变动，掀天动地，使全世界的思想都受它的影响。大家要追溯它的远因，考察它的文化，所以不知不觉全世界的视线都集于俄国，都集于俄国的文学；而在中国这样黑暗悲惨的社会里，人人都想在生活的现状里开辟一条新道路，听着俄国旧社会崩裂的声浪，真是空谷足音，不由得不动心。因此大家都要来讨论研究俄国。于是俄国文学就成了中国文学家的目标。①

① 转引自唐弢主编：《中国现代文学史》，北京：人民文学出版社，1979年，第一卷，第46页。

瞿秋白对俄国文学在中国的一时之盛之动因所作的分析，可为我们理解法朗士在20世纪20年代何以在中国得到积极的译介提供参照和启迪。从某种意义上说，法朗士得以在中国译介，其主要的且直接的动因，在于法朗士其人其作品表现出的精神与思想倾向契合了当时的新文学革命所提倡的精神和追求的目标。不可否认，法朗士在1921年获得诺贝尔文学奖，也是他在中国得到传播的重要因素之一。但是，我们应该看到，他在晚年对战争的谴责、对和平的赞颂、对人道主义的呼唤，无疑是他的作品在中国得到特别关注的最重要的因素。

第二，法朗士作品与思想在中国的译介与传播，与新文学革命运动的一些主将的强力推动有关。特别需要指出的是：1921年之后，文学研究会的《小说月报》为译介法朗士的作品做了大量的工作，特别是沈雁冰接编《小说月报》之后，1921年，在12卷8号上，刊载了高六珈翻译的法朗士的小说《红蛋》。1922年，在13卷5号上，不仅在“文学家研究”栏目上发表了陈小航撰写的《法朗士传》和陈小航节译的《布兰兑斯的法朗士论》，还刊载了陈小航编写的《法朗士著作编目》，同时，还以插图的形式刊登了“法朗士最近摄影”、“法朗士最近画像”和“初在法国文坛显名时的法朗士”，标志着在中国全面介绍法朗士的开始。紧接着，在当年的13卷9号上，又发表了匀锐翻译的法朗士的短篇小说《穿白衣的女人》(*La femme en blanc*)。1924年，在15卷第1号上，沈雁冰和郑振铎亲自主笔，在“现代世界文学者略传”栏目介绍了法朗士、拉夫丹(Henri Lavedan)、白利欧(Eugène Brieux)、伯桑(René Bazin)等多位“现代的法国文学者”。同年10月12日，法朗士在巴黎逝世，沈雁冰从路透社得知消息后，怀着钦佩而悲痛的心情撰写了《法朗士逝矣!》一文，发表在10月出版的第15卷10号上，同期还附有“中文的论法朗士的著作”、“中译的法朗士的著作”和“英译的法朗士的著作撮要"[①]等三种目录。同年的15卷号外上,又刊登了沈性仁重译的《哑妻》。1925年16卷1号,《小说月报》又推出了敬隐渔执译的法朗士的短篇小说《李俐特的女儿》(La fille de Lilitts)。1926年第17卷1号,李金发在《小说月报》发表了长文《法朗士之始末》,其中引孔子"五百年必有王者兴"之语,称誉法朗士"不惟是法兰西文豪,实亦世界之文豪,英之吉柏龄(Kipling)、意之唐南遮(D'Annezio)的声誉及影响世界文学之价值,无以过之"。[②] 1927年第18卷1号上,"现代文坛杂话"一栏又见《左拉与法朗士》的介绍文章。1928年第19卷4号,《小说月报》发表了马宗融翻译的法朗士的短篇小说《布雨多阿》。1930年第21卷5号上,李青崖发表了《现代法国文学鸟瞰》一文,其中专辟一节,又着重介绍了法朗士。上文所列举的《小说月报》在20年代有关法朗士的译介情况也许还不完整,但从1920年开始到1930年,《小说月报》几乎每年都推出法朗士作品的中译或有关法朗士作品与思想的评介文章,沈雁冰本人更是身体力行,不仅主笔法朗士的略传,而且在第一时间撰写悼念法朗士的文章。《小说月报》如此坚持译介法朗士,绝不是偶然的,而是体现了新文学运动阵地刊物的办刊宗旨。沈雁冰在《新文学研究者的责任与努力》一文中明确指出:"介绍西洋文学的目的,一半果是欲介他们的文学艺术来,一半也为的是欲

① 根据附录提供的条目,我们可以知道,《东方杂志》在译介法朗士方面也做了大量工作。在《东方杂志》上发表的论法朗士的著作有愈之的《佛朗西访问记》(1920年18卷第1号)、《得一九二一年诺贝尔奖金的文学家安那都尔佛朗西》(1921年19卷第1号)、郑超麟的《佛朗西的非战主义》(1921年第19卷第2号)。译文有李伯玄执译的《二年花月的故事》(1920年18卷第7号,1921年19卷第1号)和仲持译的《圣母的卖艺者》(1921年19卷1号)(上述两篇译文均收入《东方文库现代小说集》)。关于《东方杂志》在早期译介法朗士的情况,还可参阅钱林森著《法国作家与中国》一书第506—508页。

② 李金发:《法朗士之始末》,《小说月报》1926年第17卷1号第1页。

介绍世界的现代思想——而且这应是更注意些的目的。……英国唯美派王尔德……的'艺术是最高的实体,人生不过是装饰'的思想,不能不说它是和现代精神相反;诸如此类的著作,我们若漫不分别地介绍过来,委实是太不经济的事……所以介绍时的选择是第一应得注意的。"[①]在沈雁冰的这段话中,我们特别注意到"选择"一词,而选择的标准则主要为两条:一是文学艺术的标准,二是思想的标准。在他看来,两者的关系是"一半"对"一半",不可偏废。总之,西洋文学,不可"漫不分别地介绍过来"。按照沈雁冰的这两条标准,法朗士是值得"介绍过来"的最佳人选。他的文学创作的卓越成就,他的人道主义的思想倾向,他的反侵略反战争的坚定立场,正是沈雁冰所赞许的。由此看来,法朗士在中国的译介与传播,和经过革新、由沈雁冰接编的《小说月报》的立场与宗旨是密切相关的。在"五四"新文学革命时期,译介外国文学风气极盛,有不少"平庸甚至反动的作品"[②]也不加区别地介绍了进来,产生过消极影响,沈雁冰正是注意了这一问题的严重性,在选择当译之本方面厘定了重要的标准。而法朗士得以在中国得到大力译介,与沈雁冰等新文学革命主将及同路人的努力是分不开的。

第三,法朗士在中国的译介与他在法国文学界中的独特地位有关。从法朗士的创作生涯看,他的创作历史之长,他涉及的文类之多,他的创作风格之独特,他的思想倾向之鲜明,为他在法国文坛、在广大的读者之中赢得了重要的地位。1921年,他荣膺诺贝尔文学奖,确立了他在世界文坛的伟大地位,吸引了全世界的目光。应该说,法朗士

---

① 转引自唐弢主编:《中国现代文学史》,北京:人民文学出版社,1979年,第一卷,第53页。

② 转引自唐弢主编:《中国现代文学史》,北京:人民文学出版社,1979年,第一卷,第46页。

为中国所关注、所译介，与他最终获得诺贝尔文学奖存在着必然的联系。从我们手头所掌握的资料看，虽然在 1920 年，中国已经开始注意到法朗士，也对他作了介绍。但主要的译介工作是在他获得诺贝尔文学奖之后展开的。尤其需要指出的是，他在中国得到译介和传播，与当时中国的社会与文化语境、与新文学革命的需要固然有着直接的关系，甚至有着重要的关系，但法朗士作为一个作家所达到的深度和高度，是他的作品在中国能得到持久的译介，产生持续的影响的最根本的原因。

确实，从 20 世纪 20 年代开始，除在 20 世纪的六七十年代，因为那场众所周知的文化大灾难而中断外，法朗士的作品几乎一直在译介与重译之中，他的影响虽然谈不上巨大，但却持久不断，在中国读者中占据了一定的位置。下面，我们根据《汉译法国社会科学与人文科学图书目录》和我们通过南京大学图书检索系统所能检索到的资料对法朗士作品的翻译情况按时间顺序作一大致的梳理。

法朗士作品的汉译在早期主要见于《小说月报》、《东方杂志》、《文学旬刊》等杂志[①]，但译介的大都是篇幅相对较小的短篇小说、剧作和短诗。比较重要的作品有《阿伯衣女》(*Abeille*，金满成译，《文学旬刊》1924 年 12 月 5 日)、《嵌克庇尔》(*Cranquebille* ，马宗融译，《小说月报》1926 年 23 卷 7 号)和《波纳尔之罪》(李青崖译，《小说月报》1926 年 23 卷 13 号)等。在同一时期，与有关杂志有着密切关系的出版社也开始出版法朗士的作品。现按初版的出版年代列举如下[②]：

---

① 详细情况恕不一一列举，请参见钱林森著《法国作家与中国》第 506—512 页。

② 出版的详细情况请见北京大学中法文化关系研究中心与北京图书馆参考研究部中国学室主编的《汉译法国社会科学与人文科学图书目录》，世界图书出版公司，1992 年，第 64—67 页。

《蜜蜂》	穆木天译	上海泰东图书局	1924年
《法朗士集》	沈性仁等译	上海商务印书馆	1925年
《堪克宾》	曾仲鸣译	上海创造社出版部	1927年
《友人之书》	金满成译	上海北新书局	1927年
《波纳尔之罪》	李青崖译	上海商务印书馆	1928年
《红百合》	金满成译	上海现代书局	1928年
《黛丝》	杜衡译	上海开明书店	1928年
《裁判官的威严》	朱溪辑译	上海北新书局	1928年
《乐园之花》	顾仲彝译	上海真美善书店	1929年
《女优泰倚思》	徐蔚南译	上海世界书局	1929年
《艺林外史》	李青崖译	上海商务印书馆	1930年
《乔加斯突》	顾维熊　华堂合译	上海商务印书馆	1930年
《企鹅岛》	黎烈文译	上海商务印书馆	1935年
《白石上》	陈聘之译	上海商务印书馆	1935年
《泰绮思》	王家骥译	上海启明书局	1936年
《朗士短篇小说集》	赵少侯译	上海商务印书馆	1936年
《红百合花》	伍光建选译	上海商务印书馆	1936年
《克兰比尔》	赵少侯译	上海三通书局	1940年
《佛朗士童话集》	谢康译	重庆青年书店	1944年
《时代的智慧》	徐蔚南译	生生出版社	1944年
《泰绮思》	徐蔚南译	重庆正风出版社	1945年
《泰绮思》	徐蔚南译	上海正风出版社	1949年
《诸神渴了》	萧甘　郝运合译	上海新文艺出版社	1956年
《法朗士短篇小说集》	赵少侯译	北京作家出版社	1956年

《企鹅岛》	郝运译	上海译文出版社	1981年
《一个孩子的宴会》	叶君健译	中国少年儿童出版社	1981年
《诸神渴了》	萧甘　郝运合译	上海译文出版社	1982年
《黛依丝》	傅辛译	上海译文出版社	1982年
《蜜蜂公主》	方德义　宫瑞华合译	上海少年儿童出版社	1986年
《天使的叛变》	郝运　李伧人合译	上海译文出版社	1989年
《苔依丝》	吴岳添译	漓江出版社	1992年
《法朗士小说选》	郝运　萧甘合译	上海译文出版社	1992年
《鹅掌女王烤肉店》	吴岳添译	重庆出版社	1993年
《法朗士精选集》	吴岳添编选	山东文艺出版社	1997年
《法朗士短篇小说选》	金龙格译	湖南文艺出版社	1998年
《红百合花》	吴岳添　赵家鹤译	北京文化艺术出版社	2003年
《贞德传》	桂裕芳译	译林出版社	2004年

上文所列举的法朗士作品的汉译一定有所疏漏，但我们的目的并不在于做一个完整的目录，而是通过列举的翻译书目，看一看法朗士作品的汉译有哪些值得关注的特点。

从时间上看，法朗士的作品的汉译在20世纪的20至30年代及80至90年代相对来说比较集中。但在新的世纪，法朗士仍然没有被中国的外国文学界所淡忘，仍有出版社继续向中国读者推荐法朗士的作品，如漓江出版社出版了包括《波纳尔的罪行》、《鹅掌女王烤肉店》和《蓝胡子和他的七个妻子》三个作品在内的作品合集《苔依丝》(诺贝尔文学奖精品典藏文库)，文化艺术出版社重新推出收有《波纳尔的罪行》、《苔依丝》和《红百合花》三部重要作品的合集《红百合花》，译林出版社出版了《贞德传》等。需要特别关注的是，法朗士作品的译介有两个比较集中的时间段,一个是第一次世界大战结束至第二次世界大战开始这个时段,另一个是中国改革开放时期。在前一个阶段,法朗士的作品得以流传,与人们在战后的思想状态不无关系;而在后一个阶段,对于“人道主义”的重新认识与定位,是新时期法朗士得以传播的重要推动因素。从翻译的具体作品看,虽然在各个时期对法朗士的各类创作都有所关注和介绍,如诗歌、戏剧、回忆录、评论,但从数量和关注的程度上,译介主要偏重于他的小说,包括短篇、中篇和长篇。他写的童话集也受到了充分的关注。就整体而言,法朗士的主要作品在中国都有了译介,瑞典学院常务秘书卡尔菲尔特在法朗士获诺贝尔文学奖授予仪式上所致的授奖词中提到的《希尔维斯特·波纳尔的罪行》(1881)、《苔依丝》(1890)、《鹅掌女王烤肉店》(1893)和《诸神渴了》更是有多个译本的存在,一译再译。此外,像《企鹅岛》、《红百合花》等也有多个译本。法朗士的中短篇格外受到中国读者的喜爱,新中国成立前后出版过多个选本,如赵少侯的《法朗士短篇小说集》(1936 年,1956 年)、郝运与萧甘的《法朗士小说选》(1992 年)和金龙格的《法朗士短篇小说选》(1998 年)。相比较而言,在法朗士的创作中占有重要位置的诗歌、戏剧和回忆录,在中国受关注的程度不高,译介也不够充分。

从翻译队伍和译介的选择性看,我们发现无论在新中国成立前,还是在新中国成立后,法朗士作品的译者都比较出色,没有当下某些畅销书(包括可以拥有众多读者的经典文学著作)所遭遇的译者队伍参差不齐、泥沙俱下的现象。在翻译法朗士作品的译者中,我们注意到李青崖、金满成、黎烈文、赵少侯、郝运、吴岳添、桂裕芳等名字,这些优秀的译者的译介工作,在很大程度上,保证了法朗士作品的翻译质量,为中国读者走近法朗士提供了坚实的基础。在上述译者中,吴岳添值得特别关注。是他在新时期最早认识到法朗士的真正价值,意识到在新时期译介法朗士的重要性与必要性。1981 年，他在《世界图书》第 3 期上发表了题为《被遗忘了的法朗士》一文，对法朗士在中国的译介历史、法朗士的创作成就和法朗士的独特价值作了简要评述，指出法朗士不应被遗忘，应该“给法朗士应有的历史地位”。此后，吴岳添对法朗士的译介工作抱以极大的热忱，潜心研究与翻译，以译序、论文、论著等多种形式，发表了一系列研究法朗士的成果。同时，他又执译了法朗士的主要代表作。特别值得一提的是，他编选了《法朗士精选集》（山东文艺出版社，1997 年），在对法朗士的创作作出比较系统而全面的评价的基础上，在篇幅限制的情况下，尽可能地反映出了法朗士的创作全貌。在《法朗士精选集》中，中国读者因此而有幸读到了经过吴岳添精心编选的法朗士的诗歌（胡小跃译）、剧作（赵家鹤译）、文论（吴岳添、林青、郑其行译）、回忆录（吴岳添、刘晖译）、短篇小说（郝运等译）、中篇小说（赵少侯译）和长篇小说（吴岳添、赵家鹤译）。精选集所附的《法朗士生平及创作年表》也为中国读者进一步了解法朗士提供了方便。

二　新文学革命与法朗士在中国的形象塑造

一个作家，要开拓自己的传播空间，在另一个国家延续自己的生命，只有依靠翻译这一途径，借助翻译，让自己的作品为他国的读者阅读、理解与接受。一个作家在异域能否真正产生影响，特别是产生持久的影响，最重要的是要树立起自己的形象。对中国当代读者来说，法朗士的形象是比较鲜明的，如我们在上文中所言，只要提起法朗士，读者脑中马上浮现的恐怕是一个年迈的长者的形象，反对战争，呼唤和平，宣扬人道主义，然后才会想起他的文学创作，想起他的具体作品。

就法国作家在中国的翻译与传播而言，不同的作家命运是不一样的，有的盛行一时、昙花一现，有的影响持久。法朗士在中国已经有了八十余年的译介历史，其间也曾一度被遗忘，但总的来说，他在中国的影响是持久的。他的作品，他的思想，还在中国读者阅读与理解之中。在此，我们把目光聚焦于他在中国的生命历程，看一看他在中国的形象是如何一步步被加以塑造和传播的。

我们知道，文化语境与翻译和作家的形象构建是息息相关的。翻译作为一种跨文化的交流活动，无论是广义的翻译，还是狭义的翻译，无不在一定的文化语境中进行。而文化语境中所涉及的各个层面的因素，对从翻译的选择到翻译的接受这一整个过程的各个阶段都起着重要的影响作用。英国的西奥·赫尔曼曾从理论的高度，对文化语境与翻译的关系进行过研究。他认为，任何一种文化，都会“觉得有必要或者看到能从其他语言引进文本的机会，并借助翻译达到目的，在这种情况下，我们只要仔细观察以下这些方面就能够从中了解到有关这种文化的很多东西：从可能得到的文本中选择哪些文本进行翻译，是谁作的决定；谁创造了译本，在什么情况下，对象是谁，产生什么效果或影响；译本采取何种形式，比如对现有的期待和实践做了哪些选择；谁对翻译发表了意见，怎么说的以及有什么根据、理由”[①]。在他看来，

---

① 西奥·赫尔曼：《翻译的再现》，见谢天振主编：《翻译的理论建构与文化透视》，上海外语教育出版社，2000年，第13页。

一种文化或文化的某个侧面会以“自我”和“他者”这些词来标明自己的身份，在这种语境下，“翻译明显地提供了获得外来信息的手段，以便进行文化自我界定。从这一点来说，翻译的各个方面都与文化自我界定有关”。在上文中，我们在梳理法朗士在中国的翻译历史时已经指出，法朗士在中国被关注、被翻译，在很大程度上取决于当时的中国社会与文化语境。值得注意的是，“五四”运动所伴随的，是新文化运动，而新文化运动，离不开白话文运动，而白话文运动，又直接推动了新文学革命。为了推动这些运动或者革命，翻译担任起了某种先锋的作用，或拿鲁迅的话说，成了“盗火的普鲁米修斯”。无论是反帝反封建的需要，还是引进新思想、新思维，或是为了改造中国的语言，翻译恰恰可以起到全面而实在的作用。正因为如此，新文化运动或者新文学运动的主将们不仅重视翻译，提倡翻译，而且还身体力行，亲自译介外国文学。虽然在积极提倡与推动的外国文学译介高潮中，曾出现过某些令人遗憾的现象，但总的来说，如何根据当时的现实需要，选择当译的文本，是新文学革命运动的主将们非常关心的一个问题。法朗士在中国的译介和形象的构建过程充分说明了历史、社会与文化语境对翻译，特别是对翻译文本之选择的影响作用或决定作用。

作为一个跨世纪的作家，法朗士在法国文学史上的地位是令人瞩目的。在 1921 年诺贝尔文学颁奖仪式上卡尔菲尔特所致的《授奖词》中，我们可以看到，早在 1881 年，法朗士就以“奇特的小说《希尔维斯特・波纳尔罪行》引起了法国文学界乃至文明世界的注意”[①]；他“作为

① 见吴岳添译：《苔依丝》，漓江出版社，2001 年，分别见书中附录的《授奖词》第 603 页。

诗歌明星闪耀在当时的明星的星座之中"[①];作为"公认的讲故事的大师,他以此创造了一个纯属个人的体裁,博学、富于想象和清澈迷人的风格,以及为了产生神奇效果而深刻地融合在一起的讽刺和激情"[②]。在《授奖词》中,我们还看到晚年的法朗士渐渐离开"伊壁鸠鲁的花园",开始把目光从关心、甚至有点虚无有点耽于享受的精神世界转向了"人浸在血泊之中"的现实世界。我们特别注意到这样一段话:

> 阿纳托尔·法朗士沿着这种倾向离开了他审美的隐居生活,他的"象牙之塔",使自己投身于当时的社会斗争之中,像伏尔泰一样为自己被曲解的爱国主义、为恢复被迫害的人的权利而大声疾呼。他来到工人之中,设法在阶级之间和民族之间进行调解。他的晚年并未成为一个限制他的坟墓,最后的时刻对于他是美好的。在美惠三女神的宫廷里度过了许多年阳光灿烂的生活以后,他还是抛弃了多彩愉快的学习生涯而投身于理想主义的奋斗,在晚年去反对社会的堕落、物质主义和金钱的影响。他在这方面的活动并未直接引起我们的关心,但是对于在其高尚情操背景下确定他的文学形象却大有裨益。[③]

对于法国读者乃至西方读者而言,法朗士在长达六十年的创作生

---

① 见吴岳添译:《苔依丝》,漓江出版社,2001年,分别见书中附录的《授奖词》第604页。

② 见吴岳添译:《苔依丝》,漓江出版社,2001年,分别见书中附录的《授奖词》第606页。

③ 见吴岳添译:《苔依丝》,漓江出版社,2001年,分别见书中附录的《授奖词》第609—610页。

涯中，如《授奖词》中所言，是充满想象力和创造力的闪耀的“诗歌明星”，是为“古典的法语”之美做出了新贡献的“最杰出的艺术家之一”，是“公认的讲故事的大师”，以“古典大师之手”，为读者打开了一个个“充满无价之宝的真珠母”，“是最后一位杰出的古典主义者”。作为诗人、小说家和艺术家，法朗士是法国读者公认的大师，他之于法国读者的形象，就其根本而言，是文学的形象。正因为如此，当他在晚年逐步走出美的创造世界，“投身于当时社会斗争”，反对战争，反对沙文主义，特别是在1921年，在他七十七岁的高龄参加了共产党的时候，法国文学界和众多的读者并不认同这种“斗士”的形象。正是因为这一原因，《授奖词》中强调指出，法朗士晚年“在这方面的活动并未直接引起我们的关心”。

然而，与在法国不同，中国的新文学革命的斗士们在一开始，就敏锐地捕捉到了法朗士在晚年的变化，看到了法朗士与野蛮、与战争抗争的“斗士”形象，而对作为文学家的法朗士，则没有足够的关注。或者说从一开始起，中国就在强化法朗士“社会性”形象的同时，在主观上和客观上忽视、淡化了法朗士的“文学性”形象。在某种意义上，法国读者所形成的法朗士的形象是建立在对其作品的阅读之上的，换言之，在法国，法朗士的形象的构建基础是其作品，是文本。但在中国，法朗士的形象在读者中并不是依靠文本的阅读而形成的，而是通过翻译者或评论者对其作品，特别是对其在晚年的行动的评论与论断而建立起来的。这种方式的形象构建往往是为了目的语国家的文化或社会需要而采取的一种“为我所用”的策略，因此而具有某种“操控”的意味。这种所谓的“操控”力量，在理论上讲，实际上就是对翻译活动起着影响或决定作用的一些外部的因素，它决定了译者对翻译的文本的选择，决定了译者或者评论者对作家的独特的理解视角，而这种理解，不免受到译者或评论者的视野、立场或语境等各种因素的限制。

就法朗士在中国的译介而言，我们通过对手头所掌握的一些重要资料的分析，发现法朗士在中国的前期传播中，翻译的文本起的是第二位的作用，而评论则对塑造法朗士的形象起到了决定性的作用。实际上，在中国介绍法朗士的最初几年里，无论是高六珈翻译的《快乐的过新年》，还是沈性仁翻译的《哑妻》，都不是法朗士的代表作，在法朗士的文学创作中并不占有特别重要的地位。就此而言，中国对法朗士的译介，从一开始起，就没有从文学性的角度去加以审视和把握。这一倾向，在早期的评论者的文章中就表现得更为充分了。下面，我们结合《小说月报》和《东方杂志》在早期介绍法朗士的几篇具有相当代表性的文章，看一看评论者为中国读者介绍的是一个怎样的法朗士，看一看在早期他们是如何一步步树立起法朗士的“爱好和平，反对战争”的形象的。

实际上，在中国介绍法朗士的最早的文章中，《东方杂志》在 1920 年第 18 卷的 1 号上译载的那篇法朗士访问记有着不可忽视的作用。对于中国最早接触法朗士的读者而言，他们对法朗士的认识不是以读他的作品为起点的，而是始于《东方杂志》所凸现的法朗士对欧战的看法与立场。1921 年的 19 卷 2 号上，《东方杂志》在“欧洲文坛伟大的时局观”一栏，又发表了郑超麟翻译的《法朗士的非战事主义》一文[①]，进一步强化了法朗士的反战立场。据钱林森的资料：在 1921 年 19 卷 10 号的“补白中，再次刊发了法朗士有关战争的警告，在这里法朗士是以一个和平主义者面目出现的”[②]。就这样，通过有关评介文章的一次次

① 参见钱林森著：《法国作家与中国》，福州：福建教育出版社，1995 年，第 507 页。

② 参见钱林森著：《法国作家与中国》，福州：福建教育出版社，1995 年，第 508 页。

介绍，从法朗士对欧战的看法，到“非战事主义者”的界定，再到“和平主义者”形象的形成，法朗士的社会性形象因此而一步步得到了强化。

与《东方杂志》一样，《小说月报》在早期评价法朗士的文章中，也在不约而同地突出法朗士反战、反暴力的立场。在早期对法朗士的介绍中，陈小航的那篇《法朗士传》应该说是一篇最为重要的文献。为作家立传，不可能不涉及其人、其作品、其思想。应该说，陈小航的《法朗士传》，对法朗士的作品，对法朗士的思想，对法朗士的生活都有评介。但值得注意的是，陈小航对作品的文学性几乎略而不谈，而对法朗士的作品所体现的思想却格外关注，且善于从法朗士的自述、作品或谈话中梳理出一条清晰而深刻的生命轨迹：青年时代“宽大而和平”，对“宣战的通告”“满腔悲愤”，在狄德罗和伏尔泰的思想中汲取了“反抗强权和暴力的精神”；中年时对拿破仑“这位代表人类戾气的狂夫”加以批评，后又对德雷福斯事件仗义执言；在晚年，更是“眼见人杀人杀得太不像样了”，所以“常作文演说”，反对战争，呼吁和平。读陈小航的《法朗士传》，我们似乎可以感觉到，作者从头至尾，就是着力塑造一位和平主义者的形象。他在文章的结尾处还特别追溯了法朗士反战态度所形成的最早的影响因素，指出：“法朗士小时听见他的母亲说：‘我很骇怕战争——天下的母亲都怕战争——因为牠会把你们，孩子，毁灭掉。’”[①]从生养他的母亲的教育，到在某种意义上代表了法兰西精神的狄德罗与伏尔泰的影响，陈小航所要突出的，就是法朗士的思想发展的必然性。两年后，即 1924 年，沈雁冰获悉法朗士逝世的消息，在《小说月报》发表悼念文章《法朗士逝矣！》。与陈小航的《法朗士传》相比，沈雁冰的这篇悼文对法朗士的思想与行动予以了更多的关注。

---

① 陈小航：《法朗士传》，《小说月报》1922 年第 13 卷 5 号，第 6 页。

在这篇悼文中，沈雁冰首先对法朗士在法国和世界文坛的地位作了肯定，认为法朗士“不独是法国现代文坛的权威，并且是世界文坛的权威”①。紧接着对法朗士的作品在中国的译介情况作了简短的回顾，然后笔锋一转，写道：

> 法朗士在近代法国文坛上的地位，可与罗丹在艺术界的地位，和柏格森在哲学上的地位相比拟，我要赶紧加一句：如果我们专在文学上推崇法朗士，恐怕还是浅测了法朗士，我们要知道他不但是一个伟大的文艺家，并且是一个伟大的思想家。②

在沈雁冰看来，法朗士是个伟大的文艺家，更是一个伟大的思想家。如果仅仅在文学上评价法朗士，那么就难深刻地理解法朗士。因此，在整篇悼念文章中，沈雁冰将重点放在全面评价法朗士的思想演变与发展上。他认为法朗士的一生有四个时期，思想上有四个重要变化。“第一期的法朗士是一个优雅和善而对人同情的诗人。他的冷静的头脑和敏锐的目光，早看透了人世间的种种不合理。他说人生尚可耐者，幸有怜悯与冷讽：怜悯时的热泪使人生神圣，而冷讽时的微笑使人生温馨。”③在人生的第二个时期，“他第二次拔剑，向着‘偏见与迷信’”④。在第三个时期，法朗士的思想发生了重要变化。沈雁冰指出：

> 震动法国朝野的 Dreyfus 案件起来了，法朗士的思想又为之

① 雁冰：《法朗士逝矣！》，《小说月报》1924 年 15 卷 10 号第 10 页。
② 雁冰：《法朗士逝矣！》，《小说月报》1924 年 15 卷 10 号第 10 页。
③ 雁冰：《法朗士逝矣！》，《小说月报》1924 年 15 卷 10 号第 10 页。
④ 雁冰：《法朗士逝矣！》，《小说月报》1924 年 15 卷 10 号第 11 页。

一变，这便是他的第三期。这件所谓卖国的案子，当时成为保守派与急进派争论的焦点；也成为社会主义者宣传社会主义的好材料，法朗士本来是一个自由思想者，他的怀疑论颇近于无政府主义，所以此案起，他也就站在急进派的一边，他渐渐的由赞成社会主义而进为信仰社会主义，后来就成为显明的社会主义者。①

需要指出的是，德雷福斯案件解决后，法国的急进派却未能如愿以偿进入政治舞台，而是完全失败了。沈雁冰认为，急进派的失败，令法朗士由失望到绝望，一度陷入“悲观的虚无主义”，垂垂老矣的法朗士遭遇了他人生“意气最消沉的时期”。“但是一九一四年欧战的炮声又警醒了七十老翁法朗士血液中潜伏的少年精神！他以七十的高龄要求从军。他这种举动，只是他的苏醒的少年精神要活动的表现，未必就是受了爱国主义的麻醉。既不得从戎，法朗士乃奋其健笔，作了许多文章，后合为一集，名为《在光荣的路上》。他对于欧战的意见，与罗曼·罗兰不同，与海尔芙(Gustave Herve)也不同。他是痛恨旧欧洲，渴望一个新欧洲，他是希望这次大战会产生一个新欧洲。所以当俄国劳农革命成功的消息达到法国时，法朗士立刻被鼓动了，他深表同情于苏俄，他且加入共产党。”②

由青年“看透了人世间的种种不合理”，到中年拔剑向着“偏见与迷信”，再到晚年站在正义的一边，为德雷福斯仗义执言，信仰社会主义，最后在第一次世界大战期间，在七十岁的高龄要求从戎，进而加入共产党。沈雁冰在他的悼念文章中，突出了法朗士一生的思想变化。

① 雁冰：《法朗士逝矣！》，《小说月报》1924年15卷10号第11页。
② 雁冰：《法朗士逝矣！》，《小说月报》1924年15卷10号第12页。

他认为："在思想方面，法朗士凡四次变化；依此四次思想上的变化，乃成就了法朗士一生伟大的文学作品。"[①]细读沈雁冰的文章，我们发现作者采用的是一种特别的路径，即从法朗士一生中的思想变化来评价法朗士，理解法朗士之所以能成就伟大的文学事业的思想基础。从对法朗士一生的四个不同时期的划分，到指出这四个不同时期法朗士的思想变化，再揭示出这些思想变化与同时期的文学创作间的直接关联，作者因此而着力于为中国读者树立一个"伟大的思想家"的形象，在某种意义上，也是为《小说月报》在前几年所致力于塑造的法朗士的形象的进一步强化。

如果我们将沈雁冰的这篇悼念文章与诺贝尔文学奖的"授奖词"进行对比，不难发现两者的差别殊为显著。沈雁冰与卡尔菲尔特都给予了法朗士高度的评价，但前者突出的是法朗士的思想家形象；而后者赞颂的主要是法朗士的文学"天才"。这两种形象，虽有重叠的部分，但差别是根本性的。革命者沈雁冰看重的是法朗士作品所蕴涵的伟大思想，诺贝尔文学奖"授奖词"撰写人所珍视的是法朗士这个伟大的文学家所闪烁的天才光辉。不同的立场产生了不同的视角，不同的视角凸显了有别的形象。由此，我们可以看到，社会与文化语境对形象塑造与传播起着重要的影响作用。作为"他者"代表的法朗士经由中国译介这一环节之后，在中国的接受语境中渐渐发生了变化，在新的历史空间形成了为中国读者所认同的形象与身份，进而融入了接受语境之中。

---

① 雁冰：《法朗士逝矣！》，《小说月报》1924 年 15 卷 10 号第 10 页。

三　新时期的译介与“人道主义斗士”形象的确立

从法朗士在中国传播至今的八十余年历史看，经由新文学革命所塑造的法朗士形象在中国有着延续性。新中国成立之后，由于高尔基对法朗士的推崇，尽管如以阶级斗争的观点衡量，法朗士的作品中有着太多的“虚无主义”与“官能享受”的腐朽因素，但他的一些作品还是得以流传，如1956年北京作家出版社和上海的新文艺出版社就分别推出了《法朗士短篇小说》（赵少侯译）和《诸神渴了》（萧甘、郝运译）。不过，随着中国政治运动的不断升级，“文化大革命”爆发，法朗士在相当长的时间内渐渐地退出了中国的“历史舞台”。直到1981年，吴岳添在《世界图书》上发表了《被遗忘了的法朗士》一文，开启了法朗士在中国译介的新时期。

吴岳添的《被遗忘了的法朗士》一文并不长，但作为一个法国文学研究者，他以敏锐的目光捕捉到了在新时期重新认识法朗士的必要性、重要性与可能性。之所以说重新认识法朗士，是因为在“二十年代的中国曾出现过一个介绍法朗士的热潮”。对于这个热潮，我们在上文已经作了比较详尽的介绍和分析。在吴岳添看来，尽管在法朗士逝世前后中国出现过一个介绍法朗士的热潮，但“解放前对法朗士的评论，大都是从外国人那里寻章摘句，鹦鹉学舌，没有对他的作品做系统的研究”[1]。从我们手头掌握的材料看，新中国成立前中国对法朗士的评论主要集中在20年代。如我们在上文已经指出，在20年代的中国，对法朗士的接受不是基于作品的传播与研读，而是基于对法朗士人生、思想与行动的关注与评价。这些评价中的确有如吴岳添所说的“寻章摘句”的现象，但不仅仅是“鹦鹉学舌”，而是有着明确的目的，那就是根据当时的历史文化和社会语境而塑造一个有别于西方的法朗士形象。不少文章，不仅没有“鹦鹉学舌”，反而是与西方的评论大相径庭，如陈小航的《法朗士传》就不同于登在同期的由陈小航执译的布兰克斯的《法朗士论》；沈雁冰的悼念文章如此，李金发的文章《法朗士之始末》如此，胡风在1935年写的《蔼理斯·法朗士·时代》(《太白》1935年第12期)一文中所论及的法朗士与西方一般的评价也有不同。但不可否认的是，在新中国成立前，中国学界对法朗士的作品确实没有做过系统的研究。

然而，“法朗士在文坛上活动了近六十年，创作了近四十卷小说、诗歌、戏剧和评论”，“他的作品谈古论今，旁征博引，内容十分丰富，加上他善于讽刺，文笔清晰自然，幽默典雅，所以读起来明白流畅，妙趣横生，特别是充满了浓郁的人情味”。[2] 在文章中，基于对法朗士的全面把握，吴岳添重点列举了法朗士的《希尔维斯特·波纳尔的罪行》、《苔依丝》、《红百合花》、《滑稽故事》、《企鹅》、《天使的反叛》和《诸神渴了》等作品，并作了概括性的评价。最后，他强调指出：

> 阅读法朗士的作品，我们不仅可以汲取丰富的知识，获得优

---

① 吴岳添：《被遗忘了的法朗士》，《世界图书》1981年第3期，第16页。

② 吴岳添：《被遗忘了的法朗士》，《世界图书》1981年第3期，第17页。

美的艺术享受，而且可以了解一个人道主义者与旧世界顽强斗争的曲折历程，在目前对资产阶级人道主义进行重新评价的时候，我们应该把对法朗士的研究和介绍作为文艺评论工作的一项任务，给法朗士以应有的历史地位。①

吴岳添文章的这段结语，意味深长。我们特别注意到最后的一句话，在吴岳添写这篇文章时，国内确实正在就人道主义的问题进行论争，思想界和文学界试图对人道主义进行重新的评价。吴岳添以其思想的敏锐，借国内对资产阶级人道主义进行重新评价的时机，把研究和介绍法朗士的任务提了出来，目的十分明确，那就是给法朗士应有的历史地位。

吴岳添借对资产阶级的人道主义重新评价的时机，提出对法朗士进行研究和介绍，具有两个方面的重要原因。一是如他在文中所说，法朗士“是一个资产阶级人道主义作家。仅此一点，就足以使解放后的文艺评论家退避三舍”②。因此，要评论法朗士，就得以破除资产阶级人道主义这一研究禁区为前提。二是在吴岳添看来，法朗士不是一个一般意义上的资产阶级人道主义者，中国文艺评论界难以评价他，但也难以批判他，因为“法朗士这个人道主义作家还不大好批，他是一个彻底的无神论斗士。教廷圣职部于 1922 年下令禁止了他的一切著作。在十九世纪末震动法国的德雷裴斯事件中，他和左拉是民主进步势力的领袖人物。1905 年，他担任了‘俄国人民之友社’主席，一贯支持俄国革命”③。因此，在 1956 年之后，中国的文艺界和翻译界处于两

---

① 吴岳添：《被遗忘了的法朗士》，《世界图书》1981 年第 3 期，第 17 页。

② 吴岳添：《被遗忘了的法朗士》，《世界图书》1981 年第 3 期，第 16 页。

③ 吴岳添：《被遗忘了的法朗士》，《世界图书》1981 年第 3 期，第 16 页。

难的境地：不能评价法朗士，也无法评价法朗士。于是，只能一时“冷落”法朗士。在吴岳添看来，之所以出现这样的局面，关键是中国学界对人道主义没有正确的评价。因此，当国内开始重新评价资产阶级人道主义的时候，他适时地提出了重新认识和研究法朗士的重要任务。

国内对资产阶级人道主义的重新评价，是随着改革开放新时期的开启而开始的。有学者认为在中国：“新时期人道主义思潮的来源主要是蕴含于世界文学名著中的西方古典人道主义，它首先是由外国古典文学名著的重印引起的。”①“文革”后，突破思想的禁区，外国文学名著起到了难以替代的作用，而其作用主要是通过作品中所蕴含的人道主义而发挥的。吴岳添正是在思想解放的高度，把握到了重新评价资产阶级人道主义这一时机，提出了评价与研究法朗士的任务。在他看来，法朗士是一个人道主义者，又不是一个一般意义上的人道主义者。理解法朗士，必须基于对他的作品的研读。因此，在新时期，吴岳添不仅研究法朗士，而且翻译法朗士，以加深对法朗士的理解，促进对法朗士的研究，反过来又以研究的成果来指导翻译，同时引导中国读者对法朗士的阅读和理解。翻译与研究的互动，为法朗士在中国的进一步传播起到了积极的推动作用。而作为译者和研究者，吴岳添在新时期为法朗士的作品在中国读者中树立新的形象也做出了重要贡献。

勒菲费尔曾经指出：“翻译文学作品树立什么形象，主要取决于两个因素。首先是译者的意识形态。这种意识形态有时是译者本身认同的，有时却是‘赞助者’(patronage)强加于他的。其次是当时译语文学里占支配地位的‘诗学’。译者采用的翻译策略，直接受到意识形态

① 赵稀方：《“名著重印”与新时期人道主义》，《外国文学研究》2000 年第 2 期，第 110 页。

的支配。原文语言和'文化万象'(universe of discourse)带来的各种难题,译者也会依据自己的意识形态寻找解决方法。"[①]由于有着明确的思想指导,吴岳添不同于一般的翻译者,无论是选择法朗士的作品进行翻译,还是对法朗士的作品加以评论,他始终在考虑如何给法朗士以应有的历史地位,也就是如何给法朗士以正确而恰当的定位。这一定位的过程,也就是翻译和评论为法朗士的作品树立形象的过程。从1981年的那篇文章看,吴岳添对法朗士的认识已经非常明确。在其后的翻译与研究中,吴岳添不断深化自己对法朗士的认识和理解,与此同时,法朗士的"人道主义者"形象也不断得到深化与强化。

然而,法朗士的"人道主义者"形象的树立过程,也并不是轻而易举的,它不可避免地要遭遇到主流意识形态所设立的障碍。实际上,在吴岳添发表《被遗忘了的法朗士》那篇文章的同一年,上海译文出版社也意识到了法朗士的重要地位及向中国读者介绍法朗士作品的必要性,在1981年率先出版了郝运翻译的《企鹅岛》,1982年又出版了萧甘与郝运合译的《诸神渴了》和傅辛翻译的《黛依丝》。法朗士的这几部作品在"文化大革命"之后能有机会先与中国读者见面,是因为在译者与出版社看来,这几部作品代表了法朗士积极的思想倾向,乃至革命的精神。无论是在"译后记",还是在介绍作品的内容提要中,我们发现译者和出版者都在根据当时的主流意识形态,着力于给作品树立一种"革命"的形象。就《企鹅岛》而言,译者在"译后记"中没有就作品本身,特别是就作者的独特的创作手法和寓言展开分析,而是基本上因袭了新文学革命时期的那些说法,延续了沈雁冰等老一辈革命评论

① 参见陈德鸿、张南峰编:《西方翻译理论精选》,香港城市大学出版社,2000年,第177页。

家对法朗士的评价，着重就法朗士晚年的革命立场与态度来评价《企鹅岛》一书的思想性，如《译后记》中强调法朗士“在七十七岁高龄毅然站到无产阶级战线上来”①，说他的《企鹅岛》对“资产阶级的议会制度、帝国主义的对外政策和贪赃枉法的司法部门进行了毫不容情的批判”②，认为“《企鹅岛》对我们说来不仅有认识历史的作用，还有擦亮我们的眼睛，帮助我们识破假、恶、丑，并且与之作坚决斗争的教育作用”③。无论从语言的使用，还是思想的表达，“译后记”所传达的是一种明确的信息，那就是《企鹅岛》具有符合中国当时的主流意识的翻译与出版价值。

关于《黛依丝》，译者同样写了一个“译后记”，“译后记”不长，对作品的人物和主旨作了简要的介绍，在结尾的那一段，重点说明“鲁迅先生很早就对《黛依丝》有很高的评价”，并引用了鲁迅的有关评价④。“译后记”的目的也很明确，同《企鹅岛》的“译后记”如出一辙，目的在于强调作品是符合主流意识形态的，从而让出版的主管与检查部门认识到《黛依丝》有翻译也有出版的价值与必要性。至于《诸神渴了》，出版者为该书中译本写的“内容提要”更是不遗余力地为作品打上“革命”的标志：

> 本书是一部描写十八世纪末叶的法国资产阶级革命的小说。
>
> 作者在本书中塑造了一个光辉的爱国分子的形象——主人公哀代利萨物·甘墨兰。他是个心地善良的画家，热爱祖国，忠

① 郝运译：《企鹅岛》，上海译文出版社，1981年，见“译后记”第329页。

② 郝运译：《企鹅岛》，上海译文出版社，1981年，见“译后记”第330页。

③ 郝运译：《企鹅岛》，上海译文出版社，1981年，见“译后记”第331页。

④ 傅辛译：《黛依丝》，上海译文出版社，1982年，见“译后记”第192—193页。

于革命事业。他以革命法庭陪审员的身份，跟反动的政客、投机奸商、失职的将军、通敌的奸细等展开无情的斗争。最后，在革命遭到危险的时候，他毫不犹豫地抛弃艺术与爱情，把自己的生命献给他的祖国。

同时，作者在本书里也刻画出了那些背叛革命、出卖革命、窃取革命果实的大军需商、大银行家的丑恶面貌。

萧甘与郝运翻译的《诸神渴了》曾于1956年由上海新文艺出版社出版，上海译文出版社的1982年版实际上是根据1956年版重印的。"内容提要"的作用是多重的，既表明了出版者和译者对作品的认识和理解，也是引导读者阅读与理解该作品的重要提示，更是向审查部门负责为该作品打上了的一个标签。从1982年版《诸神渴了》的"内容提要"看，出版者和译者似乎不是在介绍作品，而是按照主流意识形态的要求给作品笼罩上"革命"的光环。"内容提要"区区两百来字，但"革命"一词煞是耀眼，先后重复了七次之多，而与此相对应的，还有诸如"反动"、"丑恶"等常见的革命性、批评性的词语。从上述的译后记和内容提要看，当时的中国思想的禁区刚刚被打开，出版者和译者很难把握政治气候，于是认同或假装认同当时的主流思想形态，便成了保证作品得以翻译和出版的有效策略与方法。至于出版者与译者对作品的这种"革命性"的定位，虽然多多少少能影响读者对作品的理解，但这种影响并不是决定性的，因为读者通过阅读作品，会有自己的理解和认识。

值得注意的是，郝运与萧甘在十年后再次合作，于1992年还在上海译文出版社出版了《法朗士小说选》，其中收录了《波纳尔之罪》(郝运译)、《诸神渴了》(萧甘、郝运译)和《克兰克比尔》(郝运译)等名篇。

这部小说选没有再收进译者的有关后记或说明文字，而是请吴岳添为译本作序。吴岳添的“译本序”于 1989 年 1 月写于北京，那是一个比较特殊的时期。细读“译本序”，我们可以看到一条明晰的主线，那就是作者根据他在 1981 年发表的那篇文章提出的观点，自始至终，将法朗士与“人道主义”结合在一起，通过分析，将法朗士明确地定位于“人道主义者”。“译本序”长达八千字，一开始就明确指出：“从十九世纪末开始，法朗士积极投身于进步的社会活动，倾向于社会主义，成为一个杰出的人道主义者。崇高的政治声望和卓越的艺术成就，使他在生前就被公认为是与拉伯雷、伏尔泰齐名的伟大作家，高尔基赞扬他‘是全面地、深刻地和自己人民的精神联系在一起的，他完全可以和全世界最伟大的天才并驾齐驱’。”[①]法朗士作为一个“杰出的人道主义者”，不仅仅是表现在他的社会活动中，更是体现在他的文学创作之中。吴岳添在“译本序”中没有沿袭新文学革命时期那些评论，而是将重点转向了对法朗士作品的分析。他分析了《波纳尔之罪》，认为法朗士“在波纳尔身止倾注了自己的人道主义理想”[②]；他概括了《贝尔热雷基生在巴黎》的主旨，指出“小说描写了神父们争当主教的斗争，揭露了教会的黑幕和民族主义派的复辟阴谋，塑造了人道主义者贝尔热雷的动人形象”[③]。吴岳添认为，“法朗士的人道主义理想在资本主义社会里只能是一种空想”，德雷福斯事件的结局使他“十分痛心和失望”，但是法朗士仍然没有放弃人道主义理想的追求，他的《企鹅岛》和《天使的

① 郝运、萧甘译：《法朗士小说选》，上海译文出版社，1992 年，见吴岳添“译本序”第 1 页。

② 郝运、萧甘译：《法朗士小说选》，上海译文出版社，1992 年，见吴岳添“译本序”第 3 页。

③ 郝运、萧甘译：《法朗士小说选》，上海译文出版社，1992 年，见吴岳添“译本序”第 5 页。

叛变》“不仅反映了法朗士成熟的人道主义思想，而且表明作者在艺术上也达到了炉火纯青的地步”①。而对于《诸神渴了》，吴岳添更是从作者思想的发展逻辑去把握作者在作品中所表现出的积极的人道主义思想。对《黛依丝》，吴岳添也同样在分析的基础上，指出作品体现了“法朗士人道主义思想的一个基本观念”。“译本序”中，人道主义像一条红线，贯穿了对法朗士作品的整体评价。法朗士的“人道主义”的内涵与发展，在“译本序”中得到了充分阐发与揭示，法朗士的“人道主义者”形象因此而渐渐定格于读者的脑中，为深化广大读者对法朗士的认识与理解提供了新的可能。

差不多在为郝运与萧甘的《法朗士小说选》写序的同时，吴岳添也在为漓江出版社的诺贝尔文学奖精品典藏文库翻译法朗士的代表作，后以合集形式出版，以《苔依丝》为名，其中包括《波纳尔的罪行》、《鹅掌女王烤肉店》和《蓝胡子和他的七个妻子》。1993 年，单行本《鹅掌女王烤肉店》由重庆出版社出版。1995 年，他翻译的《红百合花》又在重庆出版社出版。1997 年，吴岳添编选了《法朗士精选集》，山东文艺出版社出版。为所有这些作品，吴岳添以“译者序”或“出版说明”的形式，进行了分析与介绍。其评介文字基本上都包含三个方面的要素：一是介绍法朗士的生平与创作经历；二是强调法朗士在晚年的思想变化与发展；三是对作品的内涵与创作特色进行分析。而在所有评介文字中，我们可以看到贯穿这三个要素的，便是法朗士的人道主义精神。特别是为《法朗士精选集》写的“编选者序”，吴岳添更是以《人道主义

① 郝运、萧甘译：《法朗士小说选》，上海译文出版社，1992 年，见吴岳添“译本序”第 7 页。

的斗士》为题，把阿纳托尔·法朗士明确定位于“杰出的人道主义作家”。[1] 吴岳添前后二十余年，通过其翻译与研究，紧紧地把握着法朗士的思想及其创作之源，为读者接近文本、理解法朗士起到了重要的引导作用，与此同时，也使中国读者对何为法国传统的人道主义有了基本的了解，对法朗士赋予传统的人道主义以新的内涵有了进一步的认识。我们相信，吴岳添对法朗士的定位，他所着力塑造的这一“人道主义者”形象将越来越深刻地活在中国读者心中。

---

① 吴岳添编选：《法朗士精选集》，济南：山东文艺出版社，1997 年，见“编选者序”第 1 页。

纪德与心灵的呼应①

2001 年，是安德烈·纪德逝世五十周年。这一年，纪德在中国的生命历程似乎达到了高峰，国内出版外国文学的几家著名出版社相继推出《纪德文集》，其中人民文学出版社和花城出版社采取"松散"而又有明确分工的协作形式，联合出版《纪德文集》。前者出版了收入纪德大部分叙事作品的《纪德文集》，包括卞之琳译的《浪子回家》、盛澄华译的《伪币犯》、桂裕芳译的《窄门》和《梵蒂冈地窖》、李玉民译的《背德者》、赵克非译的《太太学堂》、罗国林译的《大地食粮》、张冠尧译的《大地食粮(续篇)》、施康强译的《乌连之旅》、罗贝尔译的《热纳维埃芙》、李玉民译的《帕吕德》和《忒修斯》；后者则推出了五卷本的《纪德文集》，分为日记卷、散文卷、传记卷、文论卷和游记卷，其中有罗国林译的《如果种子不死》、朱静译的《访苏联归来》、黄蓓译的《刚果之行》、由权译的《乍得归来》等中国读者熟悉的名篇。译林出版社也以《纪德文集》的名义，于 2001 年 9 月推出了徐和瑾译的《伪币制造者》、马振骋译的《田园交响曲》和由权译的《苏联归来》。

---

① 本文原题为《相通的灵魂与心灵的呼应——安德烈·纪德在中国的传播历程》，载《江海学刊》2007 年第 3 期。

安德烈·纪德在中国的传播历程早在20世纪20年代就已经开始了，据北塔写的《纪德在中国》[①]，在1923年第14卷第一期的《小说月报》上，由沈雁冰撰写的"法国文坛杂讯"首次介绍了"颇为一般人所喜"的作家纪德的简要情况。从此，纪德开始了他在中国的生命历程，至今已有八十年的历史。在这八十年中，纪德在中国不断地被介绍，被评论，被译介。他的一些主要作品更是被一译再译，出现在不同的历史时期，出自于不同的译家的笔下。他的思想和创作历程也为中国读者一步步地认识，再认识。在这期间，纪德在中国这块土地上遭受过误解、曲解乃至批判，但是总的来说，这八十年的历程，是中国读者对纪德不断认识、不断加深理解的过程。在本文中，我们将结合纪德在中国译介和接受的情况，着重对这个历程的几个重要阶段作一梳理与分析。

一 "谜一般的纪德"

在1994年年底和1995年年初，在相距不到半年的时间里，中国的法国文学研究和翻译界先后推出了两本有关法国小说的著作。一部是中国学者撰写的，名叫《法国小说论》[②]，另一部是中国学者翻译的

① 北塔：《纪德在中国》，《中国比较文学》2004年第2期，116—132页。

② 江伙生、肖厚德著：《法国小说论》，武汉大学出版社，1994年。

法国学者写的《法国现代小说史》①。两部著作，一论一史，一东一西，比较中西学者对纪德的小说成就或地位的论述与评价，我们可以发现两者的差异还是相当大的。《法国现代小说史》的作者米歇尔·莱蒙着重展示的是1789年以来法国小说的发展与嬗变。从这种角度去评价安德烈·纪德，我们看到的是怎样的一个纪德呢？

在米歇尔·莱蒙看来，第一次世界大战之后："在一个被战争弄得动荡不宁，被许多疑问搅得摇摇欲坠的世界里，除了那些描写遁世的小说之外，还出现了一些表现惶恐不安的小说。"②"表现惶恐不安的小说首先就是描写青年人的小说，青年正是萌生种种惶恐不安的时期。青年人的导师之一安德烈·纪德在他从《沼泽》到《伪币制造者》的所有作品中，都在不断地表明他的作用就是使人产生不安，而不是安定人心；就是提出问题，而不是解答问题。他整个的一生都致力于激起人们的不安……"③我们特别注意到，米歇尔·莱蒙在《法国现代小说史》中，对安德烈·纪德的评价几乎只限于这么几行字。而从评价的重点看，安德烈·纪德在小说的发展过程中所起的作用几乎被忽略不计，突出的是他的"导师"形象，而这个所谓的导师，并不是传统意义的那种给青年人"指明方向"的导师，而是不断地"提出问题"，一生都致力于激起不安。如他的《伪币制造者》在米歇尔·莱蒙看来，就是"为误入歧途者、精神失常者和悲观绝望者的惶恐不安描绘了一幅宏伟的

---

① 米歇尔·莱蒙著：《法国现代小说史》，徐知免、杨剑译，上海译文出版社，1995年。

② 米歇尔·莱蒙著：《法国现代小说史》，徐知免、杨剑译，上海译文出版社，1995年，第211页。

③ 米歇尔·莱蒙著：《法国现代小说史》，徐知免、杨剑译，上海译文出版社，1995年，第212页。

画面”，进而提出问题，引起人们的思索。虽然对纪德的评价所花的笔墨并不多，但定位是非常明确的，那么，在中国学者的笔下，纪德又是怎样的一个作家呢？

在《法国小说论》中，江伙生和肖厚德两位作者既有对纪德的“生平与创作”的简要描述与评价，也有对纪德的主要作品，如《伪币制造者》的分析与评价。在他们看来，纪德的一生是多变的一生：童年时代的孤僻，青年时代的叛逆，中年时期的我行我素。就纪德作品而言，两位中国学者关注最多的，还是其政治性，如“纪德的作品并不是作为道德范本提供给读者的，他的作品更主要地是某一历史阶段中资本主义社会中精神危机的反映，是对资产阶级虚伪道德的一种反抗”，而“纪德的小说世界中一系列‘伪币制造者’肖像，对于揭露和批判现代西方资本主义社会中的种种伪善和欺诈，具有相当的深度和力度”。[①] 对纪德的作品的这种解读明显带有政治性批评的烙印。若以此为标准，那么对于纪德其他一些作品的理解就会有问题，因为像《刚果之行》、《访苏联归来》等这些引起普遍反响的作品很难从这个角度去加以解读。

实际上，无论是在法国，还是在中国，对纪德其人其作品的理解一直是一个“令人不安”的问题，我们不妨听听对纪德的作品译介最多的两位具有代表性的翻译家在不同的时期发出的声音。盛澄华在20世纪40年代说：“纪德是一个非常不容易解释的作家。”而在纪德离开我们这个世界的五十年之后，翻译家李玉民这样说道：“纪德是少有的最不容易捉摸的作家，他的世界就是一座现代人的迷宫。”中国当代作家叶兆言几乎完全认同这两位翻译家的看法，他在一篇题为《谜一般的纪德》的文章中这样写道：

① 江伙生、肖厚德著：《法国小说论》，武汉大学出版社，1994年，第266页。

“纪德是记忆中谜一般的人物，他的书总是读着读着就放下了，我想读不下去的原因，或许自己不是法国人的缘故。从译文中，我体会不到评论者所说的那种典雅。一位搞法国文学的朋友安慰我，说这种感觉不对，有些优秀的文字没办法翻译，譬如《红楼梦》，翻译成别国的语言，味道已全改变了。”①

对叶兆言而言，纪德是一个谜般的作家，一次次读纪德，又一次次读不下去。他试图把原因归结于翻译，认为翻译改变了“评论者”所言的，也是他所期待的纪德的典雅。然而，这一原因显然不是本质的因素，而只是“一个借口”，他“面对纪德感到困惑，有着更重要的原因”。在文章中，他的另一段话引起了我们特别的注意。

“我想自己面对纪德感到困惑，更重要的原因，是不能真正地走近他，早在我还是一个初中生的时候，就知道纪德了，那是文化大革命中，这样的文化背景下，一个同性恋者的纪德很难成为我心目中的英雄。有趣的是，纪德在中国人的阅读中，始终扮演着一个若即若离的左派角色，早在二十年代，他就被介绍到中国来，到抗日战争期间，更是当时不多的几年走红的新锐外国作家之一。打个并不恰当的比喻，纪德对于我们父辈喜欢读书的人来说，颇有些像这一代人面对马尔克斯和昆德拉，即使并不真心喜欢，也不敢不读他们的东西。”②

纪德的书读不下去，是因为“不能真正地走近他”，也就是上文中两位译家所说的，难以真正理解他。在叶兆言的这段文字中，我们可以比较清晰地看到纪德之于中国读者的形象，以及近八十年来纪德在中国的传播踪迹。确实，如叶兆言所说，早在20世纪20年代，纪德就

---

① 叶兆言：《谜一般的纪德》，《扬子晚报》2000年10月17日。

② 叶兆言：《谜一般的纪德》，《扬子晚报》2000年10月17日。

已经被介绍到中国。在北塔所写的《纪德在中国》中，纪德首次在中国“登场”的时间以及在20年代的译介情况有明确的交代：在1923年第14卷第1期的《小说月报》上，沈雁冰撰写了“法国文坛杂讯”，其中谈到了纪德；1925年第20卷第9期的《小说月报》，又发表了赵景深所写的短文《康拉特的后继者纪德》；1928年11月，上海北新书局出版了穆木天翻译的《窄门》。到了30年代，随着丽尼翻译的《田园交响乐》（文化出版社，1935年6月）和穆木天翻译的《牧歌交响曲》（1936年，上海北新书局）这两个不同版本的问世，卞之琳翻译的《浪子回家》（文化出版社，1936年）以及郑超麟翻译的《从苏联归来》的出版（上海亚东图书馆，1937年1月），纪德在中国迅速“走红”，而且“始终扮演着一个若即若离的左派角色”。值得注意的是，叶兆言指出在那个年代，即使人们“并不真心喜欢”纪德，但却“不敢不读”他的作品。言下之意是：即使读了，恐怕也不能真正理解，无法真正走进他的世界。然而，即使在中国一些翻译家和作家看来，纪德是“最不容易解释”、“最不容易捉摸”、“无法真正走近”的作家，可从20世纪20年代至今的八十年中，中国文学界和翻译界始终在不断地试图接近他、理解他、走进他的世界。

二　理解源自相通的灵魂

如果说在20世纪20年代初沈雁冰撰写的文坛信息让中国人第一次知道纪德这个名字，那么张若名的博士论文《纪德的态度》则是在真正的意义上，试图走近纪德，深入纪德的世界的一篇具有特别意义的研究力作。

根据我们所掌握的资料，有必要提一提中法里昂大学，因为毕业于中法里昂大学的中国学生中，有两位对纪德有过较为深入的研究，一位就是上文刚刚提及的张若名，另一位叫沈宝基。

在中法文化和文学交流史上，我们发现存在着一些非常有趣的现象。而围绕着对纪德的理解，张若名对纪德的研究可以说是中法文学交流史的一段佳话，值得我们特别的关注。

据盛成为《纪德的态度》一书的中译本[①]所写的序：张若名，原名张砚庄，于 1920 年底抵法，后于 1924 年入中法里昂大学攻文科，1928 年获得文科硕士后，专攻文学，《纪德的态度》便是张若名提交的博士论文，于 1930 年秋通过答辩。盛成对张若名的这篇博士论文赞赏有加，称“若名做了纪德的研究，她也就成了纪德的伯乐”[②]。

“纪德的伯乐”，盛成对张若名的这一评价看似有些过分，但是，从安德烈·纪德给张若名的信中，我们看到了张若名的出色研究之于纪德而言，不仅仅是“发现”纪德的“伯乐”，更是赋予纪德以“新生”的知音。纪德在读了张若名的博士论文后，给张若名写了一封充满感激之情的长信，信中这样写道：

“您无法想象，您出色的工作给我带来了多么大的鼓舞和慰藉。旅行归来后，我拜读了您的大作(我曾将它放在巴黎)。当时，我刚好看完一篇登载在一家杂志上的文章，题为《写给安德烈·纪德的悼词》。作者步马西斯及其他人的后尘，千方百计想证实：如果我的确曾存在过的话，那么已真的死去了。然而，通过您的大作，我似乎获得了

---

① 张若名著：《纪德的态度》，北京：生活·读书·新知三联书店，1994 年。

② 见盛成：《纪德的态度》序，第 2 页。

新生。多亏了您,我又重新意识到自己的存在。大作第五章特别使我感到欣喜,我确信自己从来没有被别人这样透彻地理解过。每当塑造一个人物,他总是首先使自己生活在这个人物的位置上……前前后后的这些评论,正是我很久以来所盼望的。据我所知,以前还从来没有别人这么说过。"①

细读纪德给张若名的这封信,我们至少可以看到两点。首先是纪德当时的处境。从信中看,当时法国的文学界似乎对纪德的文学生命表示怀疑,甚至否定。所谓的"悼词",是想说纪德"已经死去"。而张若名选择了"死去的"纪德作为博士学位论文的研究对象,不能不说是对纪德莫大的鼓舞和慰藉。在这个意义上,纪德仿佛获得了新生。一个中国女性,在法国文学界对纪德有着种种误解,甚至怀疑否定的时刻,却以另一种目光,亦即东方智慧而理性的目光,观照纪德,为人们理解纪德提供了另一个角度,就像歌德所说,提供了一面"异域的明镜",为人们认识纪德提供了另一束智慧的光芒。其次,张若名对纪德的选择不是盲目的,对纪德的赞颂也不是出于情感上的认同,而是基于严谨的分析和深刻的理解。是对纪德的理解使她得以言别人之未言,见别人之未见。

《纪德的态度》这篇博士论文篇幅并不长,原文总共 128 页,然而却以一个东方女性独有的视角,对纪德进行了揭示性的研究,拿纪德自己的话说,她的这篇论文试图"概括说明我的真面目"②。《纪德的态度》分为八个部分,分别为:纪德人格的演变、纪德的宗教信仰、纪德与道德、纪德对待感官事物的态度、纪德的纳瑞思主义(narcissisme)、纪

---

① 《安德烈·纪德给张若名的信》,见《纪德的态度》,第 1 页。

② 安德烈·纪德:《安德烈·纪德日记》,转引自《纪德的态度》,第 175 页。

德象征主义美学观的形成、纪德的古典主义与现代人目光中的纪德。从论文所涉及的内容看，张若名的研究具有总体性，旨在总体地把握和全面地“概括”，但从具体章节看，却试图以独特的目光，透过表面，直逼深层，为人们揭示一个真实的纪德。

从译介学的角度看，张若名的研究具有独特的意义，作为一个东方的女性，她的研究无论从角度而言，还是从方法而言，都打上了“中国”的烙印，而其思想，更是闪烁着中国古老智慧的光芒，为法国人理解纪德开启了另一扇大门。对于这一点，我们可以从如下几个方面加以说明。

第一，张若名以不同于法国人的目光，对纪德进行了全面的观照。如以论文第一部分“纪德人格的演变”为例，在上文中，我们谈到过米歇尔·莱蒙的《法国现代小说史》，该书写于 1967 年，亦即在纪德离世四分之一个世纪之后，按照莱蒙的观点，纪德的所有作品，“都在不断地表明他的作用就是使人产生不安”。在法国评论界看来，“多变”与“令人不安”，是纪德难以被理解的主要原因之一。这种观点从 20 世纪 20 年代一直持续到米歇尔·莱蒙时期，足见其影响之大。但是，在张若名的论文中，我们却看到了截然不同的见解：

“纪德的人格究竟怎样？表面看来，它似乎游移不变，以其不同的特点引起读者的不安，实际上，纪德却热衷于突出他的每一个倾向，喜欢他们各异，并全部加以保护。他为每种倾向而生，直到创作一部作品来象征它。纪德不愿把自己凝固在他创造的一种或另一种生命形态中。在他看来，每种形态，只要他经历过，就是一个令人非常惬意的住所，但他不会再走进去。每创造一种生命形态，他都会摆脱它。纪德人格的演变像一次次的开花，每次都异常鲜艳夺目。"①

张若名的这部博士论文成于 1930 年。当时，法国文学批评界对纪德的创作看法不一，对他的"多变"表示不理解，甚至有评论说他是"变色龙"。张若名的观点与之截然不同。她以透着东方女性富有色彩的笔触，在认真分析的基础上，直接表明了三个重要观点：一是要分清表面的纪德和本质的纪德；二是纪德的生命在于不断创造，在于不断的超越；三是"纪德人格"之花一次次盛开，"异常鲜艳夺目"。20 世纪 30 年代初对纪德的人格和文学生命的这一总体的把握和认识如今看来是多么深刻，这是当时许多法国评论家所不及的。

第二，既有严格的分析，又有闪光的洞见。细读张若名的《纪德的态度》，我们在字里行间可以看到体现在张若名身上的中国智慧在具有西方特色的严密分析中时时闪烁出光芒，照耀着读者，引领着读者去发现法国评论家未曾发现或被遮蔽的纪德的不同侧面。如在论文第二章《纪德的宗教信仰》中，张若名对纪德的信仰及其信仰的"分崩离析"与纪德文学创作的关系进行了分析。在分析中，张若名对纪德的《如果种子不死》、《地粮》、《六论集》等作品的引证，充分表现出了她的洞察力，她在该章的结尾处这样写道：

"纪德放弃自我，而去拥抱人和人物的生命，并把他们活脱脱地化为己有；他奉献他们以爱心，用自己的力量使他们丰富起来。'对自我的最高肯定寓于自我的否定中'。这是基督教道德的神秘的中心，也是获得幸福的秘诀：个人的胜利在于个性的放弃之中。"②

对张若名在论文中闪烁的智慧的光芒，纪德非常欣赏。他在给张

---

① 张若名著：《纪德的态度》，第 3 页。

② 张若名著：《纪德的态度》，第 20 页。

若名的信中明确地说道："我认为这完美地阐述了那些在我看来十分明了的东西，令我诧异的是，这明了的东西，竟有那么多的人觉得很晦涩。"确实，张若名的分析往往能一针见血，揭示出纪德的深刻之处。

第三，张若名对纪德文学作品的理解与领悟，得益于她深厚的中国学养，特别是中国的道家学说对张若名的研究发生了潜移默化的影响。在论文中，我们不时可以读到明显具有中国哲思色彩的语言。对于纪德人格的讨论，法国文学评论者往往观点不一。由于纪德表面上的多变，特别是纪德面对社会、家庭甚至友人的叛逆精神，在一般的论者看来，纪德的人格似乎有着"分裂"的特征，他的道德品格、艺术追求与人生态度也仿佛存在着激烈的矛盾。但是，张若名却以辨证的目光，对纪德人格的演变作出了如下的评价：

"纵观纪德人格的演变，其中有道德、神话、艺术三种要素同时存在着。它们平行发展，因为各于其人格当中据有自己的领域；又偕同演进，因为它们休戚相关；道德的品格和现实的生活接触，引起纪德焦虑和不安；艺术的品格使纪德津津乐道于这样的情感，并且促使他剖析道德戏剧的每一成分；神秘的品格使纪德遁入生命幽深的境域，引起他的热狂，而道德的品格和艺术的品格从中汲取力量。但三者却朝同一方向发展。"①

从矛盾中洞见其统一，张若名的这一观点深得纪德之心。这一观点几乎贯穿了《纪德的态度》的全文。无论是纪德早期的作品，还是后期的作品，其中的人物充满了矛盾与对立，甚至充满了危机，如"《窄门》第四章里暴发了危机。阿利莎与朱丽叶，热罗姆与阿贝尔俩俩形成对立。他们的意志发生了强烈的冲突，这使朱丽叶精疲力竭，引起

---

① 张若名著：《纪德的态度》，第 3 页。

了阿利莎的剧痛，造成阿贝尔的疯狂，让热罗姆陷入昏迷状态”。“在《菲罗克忒忒斯》里，狡诈、纯朴与美相互较量。在《浪子回家》里，父亲的宽宏大量，大哥的粗暴，母亲的爱，以及弟弟的仇恨，形成鲜明的对照，使人感到了浪子那痛苦的困惑。”[①]张若名认为，纪德是有意在小说中让过激的东西相撞来引发激动人心的情感，同时借助人物的变化、冲突与对立，让内在的矛盾凸现出来。她进一步分析道：“当各种倾向任意滋生，相互碰撞之时，普通人会因为它们对立而感到痛苦，然而无情的艺术家却为之欢欣鼓舞。它们之间的交斗越激烈，在对立中每种倾向之美就显得更加突出。这些倾向远非导致紊乱，而是借助力量的对抗，建立起了高度的平衡。”而“纪德固有的一致性就居于其中”[②]。纪德对张若名的分析非常认同，尤其是对第八章第一节的结语，更是赞赏有加。这句结语确实非常简洁而深刻：“两种观点的对立并不意味着思想的中断。”冲突中见和谐，矛盾中见统一，对立中见发展，张若名的分析处处闪烁着哲学的光芒。如张若名对“小我”与“大我”的分析，对纪德的创造的人物与创作主体的关系的分析，明显受到中国《道德经》的思想的影响，且看她在此基础上得出的结论：

“他既是一也是多，作为思维主体他是一，作为那些行动的人物他又是多，因此他的人格高大无比，绚丽多姿。”[③]

第四，作者与研究者的灵魂的共鸣。一个东方的女性，在法国批评界对纪德普遍表现出不解甚至否认的时候，却选择了纪德作为她的博士论文的研究对象，原因何在呢？当法国批评界和普通的读者对纪德的变化及纪德身上所表现出的种种矛盾表现出困惑的时刻，为什么

---

① 张若名著：《纪德的态度》，第47页。

② 张若名著：《纪德的态度》，第47页。

③ 张若名著：《纪德的态度》，第12页。

张若名又能以不同的目光，从不同的角度，揭示出一个“人格无比高大”、寓“一致性”于矛盾之中的纪德形象呢？台湾的林如莲对纪德与张若名之间的这段具有重要意义的历史作了深入的研究，写出了《超越障碍——张若名与安德烈·纪德》一文，发表在台湾《中国历史学会集刊》1991 年 7 月第 23 期上。在这篇研究性的长文中，林如莲对中国青年赴法的缘起、张若名与新文化运动、张若名对纪德的研究等重要方面进行了有益的探讨，其中有的研究为我们了解张若名何以选择纪德提出了富有启迪性的思路。“人们可能会感到奇怪，甚么原因把一个年轻的中国妇女吸引到纪德的艺术中去呢?”在林如莲看来，原因有多种。一般人认为张若名选择纪德，是因为在 20 年代末，纪德“声名大噪”，张若名因此而被吸引。但最根本的原因则是“纪德是一位传统的破坏者，同时在许多方面也是一位个人主义者。因此对于一位在新文化运动中首次与传统社会决裂，后来又从新组织近五年的束缚下解脱出来的青年妇女来讲，纪德作品的讯息就非常重要”①。林如莲认为，张若名所著的《纪德的态度》这部论文的主旨显示了一个重要的讯息：她透过摆脱现状和开始新生活来找到她的出路。林如莲的分析揭示了张若名选择纪德并对纪德有着深刻理解的深层原因：“对在新文化运动中的中国青年而言，渴望得到自由的个性是最重要的。”②如此看来，张若名的选择不仅是必要的，也是一种必然。正是在灵魂深处对自由的向往，促使张若名对纪德的不断靠近。在这个意义上，我们可以说，张若名对纪德的理解源自于接受美学范畴的“视野的融合”，源自于两者灵魂的共鸣。张若名对纪德的理解和纪德对这份理解的

---

① 转引自张若名著：《纪德的态度》附录部分，第 170—171 页。

② 转引自张若名著：《纪德的态度》附录部分，第 171 页。

分外珍视便充分说明了这一点。

三　独特的目光和多重的选择

张若名对纪德的研究与理解的深度充分地体现在我们在上文所介绍的博士论文之中，有必要说明的是，该论文用法文撰写而成，由于语言的障碍，张若名的论文答辩之后，并没有在当时的中国文学翻译界产生影响。直到 1994 年，该论文由周家树译成中文，由北京三联书店出版，中国翻译界与文学研究界才有幸了解了中法文学关系交流史上的这段佳话。不过，张若名对纪德的关注、研究与介绍并未止于她的这部博士论文，据《纪德的态度》一书所汇集的有关文章和资料，我们知道张若名于 1931 年回国后，多次发表文章，或介绍纪德的创作成就，或表述自己对纪德的认识与态度，如在法国著名文学期刊《法兰西水星》1935 年 4、5 月份合刊上，张若名发表了《关于安德烈·纪德》一文。后来，在 1946 年《新思潮》1 卷 2 期上，她以司汤达、福楼拜和纪德三位作家为例，对"创作心理"这一问题作了专门探讨，文章题目就叫《小说家的创作心理——根据司汤达(Sthendal)、福楼拜(Flaubert)、纪德(Gide)三位作家》。在同年的《新思潮》1 卷 4 期上，她又撰文，以《纪德的介绍》为题，就中国文学界所关心的几个问题，如"纪德是不是一个'叛逆者'"、纪德的"宗教精神"与"独创艺术"等发表了自己独特的观点。

从 1927 年开始以纪德为题撰写博士论文到 1946 年一年内先后

两次发表有关纪德的介绍与研究文章，张若名对纪德的爱已经浸入她的灵魂。在1946年《纪德的介绍》那篇文章中，我们读到了张若名这样的一段灵魂告白：

“多日不读纪德的文章了，不知不觉地忘掉了我这一个旧日的好朋友，近来正当夏日难度，心绪不宁的时候，翻开纪德著述稍作消遣，不意忽然间又得到无限的慰藉。因而回想起来，当我年幼无知的时候，我就爱读纪德，我爱他那无边的孤寂，我爱他那纯洁的热情；我爱他那心灵里隐藏着的悲痛，我尤其爱他那含着辛酸滋味的爱情。为什么多年没有会见他，我还未曾变更我的本性，我还和往日一样，是一个无知的孩子。在这夜深人静的时候，我怀想到那非洲大沙漠的旅客，强烈的日光照得遍地干渴，干渴到不能忍受的程度，希望着得到一滴清水。我怀想那大沙漠里的‘哦阿即斯’(Oasis)，四周围都是阳光，都是干渴，惟有在这一片隐秘的天地里凉爽的透骨。”①

张若名对纪德的这份爱和她在“酷热”中感受到的透骨的“凉爽”源自她对纪德的深刻的理解，她的这份理解和由之而产生的爱始终没有改变过。但是，无论在法国，在苏联，还是在中国，自从纪德的《访苏联归来》问世之后，人们对纪德的认识似乎又遇到了新的障碍：从道德的层面，又进入了政治的层面。纪德的文章在苏联曾一度成为禁品，法国的左派对纪德加以了公开的谴责和攻击。在中国，恰也是在1936年的前后，出现了对纪德的大规模译介和不同角度的研究。

首先我们来看一看《访苏联归来》问世前后纪德在中国的翻译情况。在《访苏联归来》之前，中国翻译界最为关注的是纪德的《田园交响曲》。1935年，丽尼翻译的《田园交响曲》被列入巴金主编的“文化生

---

① 张若名著：《纪德的态度》，第84页。

活丛书”，由文化出版社出版。1936 年，穆木天的译本以《牧歌交响曲》为题，由北新书局出版。在这些书被介绍到中国之前，纪德的部分作品已有译介。1928 年，穆木天翻译的《窄门》由上海北新书局出版。1931 年，王了一译的《少女的梦》(L' Ecole des femmes)由上海开明书店出版。从翻译情况看，纪德在《访苏联归来》问世之前，在中国的传播并不太广，且影响也有限。但是，对于纪德《访苏联归来》一书，中国翻译界与评论界反应则表现得十分迅速。《访苏联归来》于 1936 年 11 月于法国问世，次年 4 月，亦即 1937 年 4 月，郑超麟翻译的《从苏联归来》便由上海亚东图书馆出版，被介绍给了中国读者，译者的署名是郑超麟的笔名，为林伊文。同年 5 月，上海引玉书屋出版了没有译者署名的《从苏联归来》[①]。1937 年 7 月，上海亚东图书馆再版了郑超麟译的《从苏联归来》。1938 年，上海亚东图书馆又推出了郑超麟(林伊文)译的《为我的〈从苏联归来〉答客难》。

关于《访苏联归来》出版前后那个时期对纪德的研究工作，值得一提的是沈宝基的研究成果《纪德》，该文发表在《中法大学周刊》九卷一期(1936 年 4 月)上，署名“宝基”。文章首先对纪德的生平作了简要的介绍，继而对纪德的主要作品《刚陀尔王》(*le roi Candaule*，1901)、《託言》(*Prétextes*，1903)及《新託言》(*Nouveaux prétextes*，1911)、《背道者》(*L'Immoraliste*，1902)、《窄门》(*La porte étroite*，1909)、《田园交响曲》(*La symphonie pastorale*，1920)、《造假钱者》(*Les faux-monnayeurs*，1926)、《妇人学校》(*L' école des femmes*，1929—1930)以及《若是种子不死》(*Si le grain ne meurt*，1926)等作了评述。从研究的范围

① 参见北塔《纪德在中国》一文，《中国比较文学》2004 年第 2 期。据说该书由盛澄华所译。

看，沈宝基的文章涉及了纪德所创作的戏剧、小说、日记等体裁的作品，足见其视野是相当开阔的。在评述中，沈宝基虽然没有对有关作品进行深入的分析，但往往能够以简洁而略带散文化的语言，三言两语，一针见血地点明作品的主旨和思想。从文章有关纪德的思想转变的评论看，沈宝基对纪德的创作与其精神状态之间的联系的分析是相当有见地的，其中有这么一段话："他往往不自觉地，讲起布尔乔亚的虚假、谎言、畸形。但他缺少战斗精神：虽在咒骂压制他生活的环境，他仍然接受了这个环境，不想作强有力的反抗。这一点可以解释了他的社会意识的平凡、他的偏狭和不能超越他自身的阶级的天才的限止。由于他的描写世界崩溃的大胆，由于他的悲哀的结论里表示出中了毒的未来之辈的不可逃脱的命运，我们便知道作者的精神非常不安，总有一天有脱离帝国主义的可能。"①从这段话中，我们可以看到沈宝基对纪德的精神状况及其思考的演变过程是非常关注的。而对于纪德的理解的障碍，恰恰就来自于纪德的思想在不同阶段的突然转变。他在刚果之行与苏联之行前后的思考转变之快也正是造成众多研究者评说纷纭的关键原因。

在沈宝基的文章发表之后不久，刘莹也发表了题《法国象征派小说家纪德》②的评述文章。该文共分十八小节，其写法与沈家基基本相同，通过对纪德的主要作品的简要介绍，对纪德的精神状态、艺术观念、对上帝和宗教的观念以及他的道德观作了分析。在文章的第十八节，刘莹对纪德的艺术观念作了如下的总结："他以为凡是一种艺术，都是由'物'和'我'相辅而成的。'物'得到'我'的精灵，可以变成一幅

① 沈宝基：《纪德》，《中法大学周刊》9卷1期，第12页。

② 刘莹：《法国象征派小说家纪德》，《文艺》月刊9卷4期，1936年10出版。

美景，‘我’这方面，遇到‘物’的时节，脱去自己的成见，和‘物’结合，这样造成‘物’‘我’相通的作品，才可称作名著。这是他对艺术的主要观念。”[①]刘莹在文中对纪德艺术观念的这段评说，明显带有中国的“物我相忘”的思想痕迹，与其说是纪德的艺术观的表现，不如说是刘莹对纪德的艺术观念的一种中国式的阐释。

在20世纪30与40年代，对纪德的翻译与研究工作贡献最大的当属卞之琳。江弱水在《卞之琳“诗”艺研究》一书中对卞之琳译介与研究纪德的情况作了梳理：

“卞之琳对纪德其人其文的兴趣明显保持了15年之久。1933年，他就开始阅读纪德。1934年他首次译出纪德的《浪子回家》一文。1935年译介《浪子回家集》(作为《文化生活丛刊》之一出版于1937年5月，初名《浪子回家》)。1936年译出纪德唯一的一部长篇小说《赝币制造者》(全稿抗战中遗失，仅刊出一章)。1937年译《赝币制造者写作日记》、《窄门》和《新的粮食》。1941年为重印《浪子回家集》撰写译序。1942年写作长文《纪德和他的〈新的粮食〉》，翌年由桂林明日社印行单行本，以之为序。1946年为次年由文化生活出版社出版的《窄门》撰写译序。”[②]

卞之琳对纪德的翻译与评介是在一种互动关系中进行的。作品的翻译为卞之琳深刻理解纪德打下了基础，同时也提供了一般的评者所难以企及的可能性。而反过来，基于对作品深刻理解之上的评论，则赋予了卞之琳对纪德的某种本质性的把握。这种直达作品深层和作者灵魂之底的把握主要体现在两点。首先是对纪德思想的把握，卞

① 刘莹：《法国象征派小说家纪德》，转引自贾植芳、陈思和主编：《中外文学关系史资料汇编(1898—1937)》，广西师范大学出版社，2004年，第1053页。

② 江弱水：《卞之琳“诗”艺研究》，安徽教育出版社，2000年，第206页—207页。

之琳突破一般评论者所认为的纪德的“多变”的特征，指出纪德虽然有着“出名的不安定”，“变化太多端”，但“‘转向’也罢，‘进步’也罢，他还是一贯”①。在卞之琳看来，纪德的多变的价值恰恰体现在其不断的超越和进步之中。在《纪德和他的〈新的粮食〉》一文中，卞之琳如此评价纪德：“因为‘超越前去’也就正是‘进步’。这也就是纪德的进步，螺旋式的进步。”其次是对纪德的创作手法的领悟。江弱水在《卞之琳“诗”艺研究》一书中，从卞之琳的创作与纪德的创作的比较入手，揭示了卞之琳是如何深谙纪德的“章法文体”之道，是如何吸取纪德的创作手法形成自身创作的文体的：“卞之琳对纪德人格和文体的理解与欣赏，似乎使得自己本来就长于作细密精深的思虑的天性，更自然地结合了对文字的巧妙组织和对感觉的细致安排。小说如此，诗也一样。”②由对纪德的思想与创作手法的双重把握，到化纪德的“章法文体”为我有，卞之琳对纪德的作品的译介与接受由此而打上了鲜明的个性烙印。

如果说卞之琳对纪德的译介与接受具有某种互动的特色的话，那么盛澄华与纪德的精神交流与对纪德的研究则为中国学者选择纪德、理解纪德提供了另一种可能性。从 1934 年在清华研究院读研究生期间开始接触到纪德起，盛澄华在此后的很长一段时间内，几乎都潜心于与纪德的精神交流之中：潜心读纪德，译纪德，悉心领悟纪德的思想艺术精髓，全面地研究纪德。

盛澄华与卞之琳一样，一方面，他全面地阅读纪德的作品，选择有关作品加以翻译；另一方面，他将更多的精力投入到了对纪德作品的理解与研究中去。在翻译方面，盛澄华主要是翻译了纪德的三部重要

① 转引自江弱水：《卞之琳“诗”艺研究》，第 208—209 页。

② 转引自江弱水：《卞之琳“诗”艺研究》，第 206—218 页。

作品:《地粮》、《伪币制造者》和《日尼薇》。据北塔写的《纪德在中国》一文,盛澄华翻译的《地粮》一书于 1945 年由上海迁到重庆的文化生活出版社出版,但根据北京大学中法文化关系研究中心与北京图书馆参考研究部中国学室合作主编的《汉译法国社会科学与人文科学图书目录》,盛澄华译的《地粮》早在 1943 年就已由重庆的新生图书文具公司出版,收入“作风文艺小丛书”。《伪币制造者》同样由重庆的文化生活出版社出版,时间为 1945 年。1946 年,上海的文化生活出版社又出版了盛澄华翻译的《日尼薇》(*Geneviève*)。盛澄华翻译的这些作品后来又多次重版,特别是在中国改革开放之后,上海译文出版社还在 1983 年又出版了盛译《伪币制造者》。2002 年人民文学出版社和花城出版社联合推出的《纪德文集》中,盛澄华翻译的《伪币制造者》(改名为《伪币犯》)是唯一一部在新中国成立前出版的旧译,足见其译作的生命力之强。

在对纪德的研究方面,盛澄华的努力应该说是继张若名之后中国学者接近纪德的又一次精神交流之旅。据北塔的资料,早在 1934 年在清华研究院读书期间,盛澄华就写过一篇题为《安德烈·纪德》的介绍性文章。在此后的 15 年时间里,盛澄华从结识纪德、阅读纪德、翻译纪德到研究纪德,一步步理解纪德,接近纪德。对盛澄华的这一与纪德的交流历程,王辛笛在半个多世纪后撰文追忆,写成了《忆盛澄华与纪德》一文,收入《作家谈译文》[①]一书。在这篇文章中,王辛笛回忆说,1935 年,盛澄华赴法国进修学习,而他赴英国爱丁堡大学攻读英国文学。留学期间,辛笛两次赴法国,闲暇时盛澄华与他一起读纪德、谈纪德。他在回忆文章中这样写道:

---

① 上海译文出版社编:《作家谈译文》,上海译文出版社,1997 年。

“遇到闲暇，澄华还和我一同研读纪德的《地粮》和《新粮》，其文体之优美令我心折，就中尤以纪德‘关于我思我信我感觉故我在’的阐释使我终生难忘，受用不浅。澄华当时一面在巴黎大学攻读，一面日夜埋头于纪德全部作品的研究，常常亲去登门请教，纪德十分欣赏他的见解和心得，已成为无话不谈的忘年交。”①

从王辛笛这篇回忆文章中，我们可以看到，盛澄华与纪德的交往，已经超越了一般的关系，具有相当的深度，而这一关系是建立在他对纪德的作品的研究和对纪德的作品的独特见解之上的。事实上，盛澄华不仅多次当面向纪德请教，而且有不少的通信往来。在对纪德的长达十余年的研读、翻译和思考过程中，盛澄华写下了一系列的文章，在纪德获得诺贝尔文学奖后，盛澄华将他研究纪德的主要心得汇集成书，取名《纪德研究》。王辛笛在他的那篇《忆盛澄华与纪德》的文章中谈到，盛澄华的这部《纪德研究》还是由他推荐给曹辛之办的上海森林出版社(亦即星群出版公司)，于 1948 年 12 月出版的。该书由正文与附录两个部分组成。正文收录的是盛澄华自 1934 年起到 1947 年在《清华周刊》、《时与潮文艺》等报刊上发表的九篇文章；附录部分有二，一是《纪德作品年表》，二是《纪德在中国》。关于盛澄华与纪德的关系及他对纪德的研究情况，钱林森在《法国作家与中国》一书中作了较为详细的考察，其中特别谈到三点，即盛澄华对纪德的研究具有三个一般的研究者所不具备的三大优势：一是“认真地阅读纪德，并且以自己的批评观点”，因为在盛澄华看来，“对一个伟大的艺术家应予以理解，而非衡量，他的作品本身就是他自己的尺与秤”。二是盛澄华“真切地通过迻译了解纪德”。三是“由于对作者的熟稔因而可以更多地借助

① 见上海译文出版社编：《作家谈译文》，第 32—33 页。

于作者本人的阐释洞烛作品真髓”。并由此三个优势而得出结论:“在中国的许多研究者所砌的攀向纪德的无数面墙中,只有盛澄华最接近纪德。”[①]对一这结论,我们可能会有不同的看法,如北塔在《纪德在中国》一文中就提出了不同的观点,但如果仔细阅读盛澄华对纪德的研究文章,我们可以发现盛澄华为我们认识与理解纪德确实提供了不同的参照系。

首先,盛澄华基于对纪德的作品的全面与深入的阅读,从整体上把握与评价了纪德在艺术与思想两个方面的发展。在《纪德艺术与思想的演进》一文中,盛澄华以纪德的创作为依据,将纪德的思想与艺术的演进分为了三个相对独立但又相互影响的三个阶段:由《凡尔德手册》至《地粮》的创作,是“纪德演进中的第一个阶段,也即自我解放的阶段”。《窄门》、《梵谛岗的地窖》、《哥丽童》、《如果麦子不死》等作品的问世标志着纪德演进的第二阶段,即“对生活的批判与检讨”的阶段,要回答的是人“自我解放”了、“自由了又怎么样”这一本质问题。而《伪币制造者》的创作,则代表着纪德进入了其思想与艺术演进的第三个阶段:“动力平衡”阶段。盛澄华在论文中明确写道:“不消说,《伪币制造者》在纪德的全部创作中占着一个非常重要的地位:以篇幅论,这是纪德作品中最长的一本;以类型论,这是至今纪德笔下唯一的一本长篇小说;以写作时代论,这是纪德最成熟时期的产物。它代表了作为思想家与艺术家的纪德的最高表现,而同时也是最总合性的表现。纪德在生活与艺术中经过长途的探索,第一次像真正把握到一个重心。由此我们不妨把纪德这一时期的演进称之为‘动力平衡’的

① 参见钱林森著:《法国作家与中国》,福建教育出版社,1995年,第545—552页。

阶段。”①

其次，基于对纪德的思想的深刻理解，盛澄华能突破纪德在艺术与思想等方向所表现的种种自相矛盾的“表面”，试图以辩证的方法揭示纪德的精神本质。他指出：“纪德是那种人：他重视争取真理时真诚的努力远胜于自信所获得的真理。因此他不怕泄露表面的矛盾，因此他教人从热诚中去汲取快乐与幸福，而把一切苟安、舒适、满足都看作是生活中最大的敌人。在这个意义上，纪德才在尼采、陀思朵易夫斯基、勃朗宁与勃莱克身上发现了和他自己精神上的亲属关系。尼采所主张的意志说，陀思朵易夫斯基所观察的‘魔性价值’，勃朗宁所颂扬的‘缺陷美’，勃莱克所发现的‘两极智慧’，以及纪德所追求的不安定的安定，矛盾中的平衡都是对人性所作的深秘的启发，都是主张在黑暗中追求光明与力，从黑暗中发现光明与力，藉黑暗作为建设光明与力的基石的最高表现。”②盛澄华对纪德艺术与思想的发展与演变的轨迹的把握由此可见一斑。对“不安定中的安定”与“矛盾中的平衡”的追求，构成了纪德思想与艺术内核的独特因素。在对立中寻找平衡，也正是由此而得到发展的。面对“艺术的真理”与“生活的真理”这两种互不相让的真理，纪德所要追求的是“协调与平衡”。盛澄华对此作了这样的阐发：“如何在两种对立性上求得协调与平衡，这正是纪德艺术与思想的精神。纪德认为艺术品所追从的是一种绝对性的境域，而

---

① 盛澄华：《纪德艺术与思想的演进》，《文学杂志》2卷8期，1948年1月出版，第7页。

② 盛澄华：《纪德艺术与思想的演进》，《文学杂志》2卷8期，1948年1月出版，第10页。

艺术家自身则只藉艺术品中绝对性的表达才能维护他自身相对性的存在。”[①]基于对纪德的精神的这种认识，盛澄华通过对《伪币制造者》的悉心研读与领会，对众说纷纭、难以把握的纪德的“多变”作了不同的解读，提出了自己的观点：“纪德是那种人：骤看，你觉得他永远在变，永远生活在不安与矛盾中；但细加探究，你会发现在他生活中也好，在他作品中也好，无时不保存着内心的一贯。这内心的一贯，即是我所谓的动力平衡。在灵与肉、生活与艺术、表现与克制、个人与社会、古典主义与浪漫主义、基督与基督教、上帝与魔鬼无数对立性因素的探求中纪德获得了他思想与作品的力量，纪德以他最个人性的写作而完成了一个最高人生的作家。而这人性感与平衡感最透彻的表现其实莫过于《伪币制造者》。”[②]“多变”与“一贯”，不安定与执著，矛盾与平衡，在盛澄华看来，正是这种种丰富而深刻的对立性和纪德对其深刻的把握，构成了纪德艺术与思想的内核。

再次，盛澄华基于对纪德思想与艺术发展的全面把握，在对纪德的后期创作的认识和判断上，表达了自己独立的思想和与众不同的观点。在上文中，我们已经谈到，在纪德于 1936 年 11 月发表了《从苏联归来》一书之后，无论是在法国国内还是在国外，纪德都处在种种的责难与误解之中。超越了文学层面的种种批评甚至谴责一度淹没了其他声音。但盛澄华没有人云亦云，而是从纪德的思想与艺术的演进角度，对他的《从苏联归来》一书所表达的观点以及思想上的所谓“突变”作了评价。其中有这样一段话：“但当纪德到了六十岁以后突然思想

---

① 盛澄华：《纪德艺术与思想的演进》，《文学杂志》2 卷 8 期，1948 年 1 月出版，第 8 页。

② 盛澄华：《纪德艺术与思想的演进》，《文学杂志》2 卷 8 期，1948 年 1 月出版，第 8 页。

明朗地走入左倾的道路，这是一九三〇年代轰动世界性的一件事情。其实这对一个一生中追求自由与解放，同情被压迫者痛苦的作家如纪德原可看作是最自然不过的事情。”[①]在盛澄华看来，纪德从苏联归来产生的失望以及他对苏联的批评恰恰证明了纪德的一贯态度，是追求真理所表现出的一贯的真诚的态度。在这一点上，盛澄华对纪德的理解确实是深刻的。

从张若名到卞之琳再到盛澄华，我们可以看到，中国学者对纪德的理解与把握，不是对法国文学界的盲目追随，也不是各种声音的简单回响，而是从各自的角度走进纪德的世界，接近纪德，表达不同的观点与认识，表明了他们对纪德的不同理解。无论在对纪德的思想与作品的评价上，还是对作品的选择上，中国学者都充分表现出了目光的独特性和选择的多重性。

四　延续的生命

1947年，78岁高龄的纪德获得了诺贝尔文学奖。以我们今天的目光来看，这在某种程度上意味着纪德已经被接受、被“认定”。在他被授予诺贝尔文学奖之后，在遥远的东方，确切地说，在中国，曾掀起一个不小的纪德高潮。上文中我们所介绍的卞之琳和盛澄华所翻译

① 盛澄华：《纪德艺术与思想的演进》，《文学杂志》2卷8期，1948年1月出版，第9页。

的纪德的数部重要著作，在他获奖后得以重版，盛澄华、王锐、赵景深等文坛名家先后撰写了介绍文章。在某种意义上，盛澄华的《纪德研究》也是借着纪德的获奖而得以与中国读者见面的。然而，在高潮之后，纪德和西方当代作家的命运一样，渐渐归入沉寂，在中国经历了一个长达四十年的冷落期。直到改革开放之后，纪德才又开始被中国的翻译界与研究界纳入视野，在 20 世纪与 21 世纪之交的那个时期，亦即在纪德离开世界半个世纪的前后，开始了他的新的生命的历程。

对纪德在新中国的命运，北塔在《纪德在中国》一文中作出这样的解释："解放以后，也许是因为纪德的反苏问题使人联想到他的反共，所以国内基本上不再有对他的译介和研究。"[①]北塔的这一看法自然有其道理，但我们认为，除了政治上的原因之外，纪德的作品中所探讨或所涉及的诸如道德、宗教、人性等重要主题也构成了在新中国成立后的很长一个时期内难以被接受的因素。从文学生命的传播与接受的环境看，我们知道影响的因素有许多，而纪德在新中国所遭遇的，恰正是难以超越的意识形态和政治因素。

有趣的是，中国经历了一系列"运动"与革命，特别是在经历了十年浩劫之后，国门再度打开时，中国翻译界也又一次担当起了"开放"的先锋作用。从 20 世纪 80 年代开始，纪德慢慢地又开始在中国传播。最先与中国广大读者见面的，是盛澄华在差不多半个世纪前翻译的《伪币制造者》，由上海译文出版社推出。之后，刘煜与徐小亚合译的《刚果之行》(1986，湖南人民出版社)、郑永慧翻译的《藐视道德的人:纪德作品选》(1986 年，湖南人民出版社)和李玉民与袁高放合译的《背德者·窄门》(1987 年，漓江出版社)相继问世。在 20 世纪末与 21

① 北塔:《纪德在中国》,《中国比较文学》2004 年第 2 期，第 126 页。

世纪初，纪德又在中国掀起了一股不小的热潮，先是将中国读者目光引向了《访苏联归来》、《访苏联归来之补充》与《刚果之行》(朱静、黄蓓译，花城出版社，1999 年)这三部作品，然后在其逝世五十周年纪念之际，他的绝大部分作品得以重译，以文集的形式，由多家出版社出版。

从翻译的角度看，有几点特别值得关注：第一是翻译比较系统，有组织有分工；第二是涉及的面较广，翻译的内容包括纪德的小说、游记、传记、文论等；第三是译者阵容比较强。我们在上文已经交代过，除盛澄华的《伪币犯》为旧译外，其余作品基本上都是在新时期重译或新译的，李玉民、朱静、罗国林，桂裕芳、王文融、施康强、马振骋、徐和瑾等一批优秀的翻译家参与了《纪德文集》的翻译。在这一时期，就翻译而论，李玉民为纪德倾注了不少心血，他译了纪德的散文，并以《纪德散文精选·同几个纪德对话》为题，结集出版(人民日报出版社，1999 年)，还先后翻译过《背德者》、《窄门》、《田园交响曲》、《帕吕德》、《忒修斯》等作品。

在大规模且系统地重译或新译纪德的作品的同时，国内的文学界和翻译界也对纪德予以了关注。复旦大学的朱静教授撰写了《纪德传》，于 1997 年由台北亚强出版社出版，不久后，在贾植芳先生的鼓励下，重译了在"三十年代政坛与文坛引起一场轩然大波的"《访苏联归来》，而贾植芳先生则"自告奋勇地向朱静先生推荐自己以一个从历史深处走过来的人的身份，为这个新译本写几句话"①。贾植芳为《访苏联归来》的新译本所写的序，应该说是在新时期为中国读者进一步关

① 贾植芳：《纪德〈访苏联归来〉新译本序》，见朱静、黄蓓译：《访苏联归来》，广州：花城出版社，1999 年，"序"第 1 页。

注纪德起到了决定性的作用。首先，贾植芳作为一个“从历史深处走过来的人”，他与纪德有着相通的心，有些话他是憋在心里几十年，借着新译的问世而一吐为快。序言相当长，结合纪德所走过的路，针对纪德在不同时期对苏联的认识，特别是通过纪德的《访苏联归来》这部作品，对纪德的思想演变作了透彻的分析，为中国读者展现了纪德说真话求真理的心路历程。读贾植芳的序，我们在字里行间明显可以感觉到在贾植芳与纪德之间，形成了某种对话，产生了强烈的共鸣。特别是在中国经历了“文化大革命”之后，结合纪德对苏联的认识与批评，贾植芳在纪德的作品中似乎得到了更为深刻的启迪，序中有这样一段话，特别意味深长：

“[纪德]亲眼所见的苏联现实打破了他的理想式的幻觉。他对苏联各地的自然风物注意得很少，他关心的是苏联人的生存环境和他们的内心世界，他为苏联的前途深深地担忧[……]

“尽管苏联人竭力向纪德展示苏维埃式的自由幸福，纪德却以一个崇尚自由，崇尚个性的西方人，从人们穿着的整齐划一，集体农庄居住的房屋，家具都千篇一律的背后，一语道破了天机：‘大家的幸福，是以牺牲个人的幸福为代价。你要得到幸福，就服从(集体)吧？’纪德敏锐地指出，在苏联任何事情，任何问题上，都只允许一种观点，一种意见，即我们所熟知的‘舆论一律’，人们对这种整齐划一的思想统治已经习以为常，麻木不仁了。纪德发现跟随便哪一个苏联人说话，他们说出的话都是一模一样的。纪德说，这是宣传机器把他们的思想统一了，使得他们都不会独立思考问题。另一方面，一点点不同意见，一点点批评都会招来重大灾祸。纪德严厉批评道：‘我想今天在其他的任何国家，即使在希特勒的德国也不会如此禁锢人们的思想，人们也不会是如此俯首帖耳，如此胆战心惊，如此惟命是从。’人们所以为人，不同其他低级动物，在于人有头脑，有思想本能，用极权手段剥夺人的思想自由，或者统一人的思想，使人成为真空的地带，无异于抽去人的灵魂，这是极权统治的结果，同时也维护了极权，使之得以继续存在下去。‘面对这种思想贫乏，语言模式化的现状，谁还敢谈论文化？’纪德断言：‘这将走向恐怖主义。’值得玩味的是，纪德当时的这种隐忧与担心，转瞬之间，就变成了活生生的苏联生活现实。”①

细读贾植芳的这段评说，我们不难明白他为何要自告奋勇为《访苏联归来》的新译本写序。“牺牲个人利益”、“舆论一律”、“用极权手段剥夺人的思想自由，或者统一人的思想”，纪德在20世纪30年代对苏联的批评，在我们今天看来具有思想深度的解读，无疑带有强烈的时代色彩，这在20世纪50年代至60年代是想也不敢想的。而纪德《访苏联归来》在新时期得以在中国传播，在很大程度上，得益于中国的思想解放运动和越来越自由的政治空气。在这个意义上，我们可以看到，一部外国作品要开辟其新的生命空间，既取决于作品本身的价值，也取决于接受国的政治、思想与文化环境。

事实上，对于贾植芳而言，他对纪德的认识也是不断加深的，对纪德的《访苏联归来》这部书的理解也经历了一个历史的过程。1936年末，当《访苏联归来》问世后招致种种批评时，贾植芳认为自己“当时还读不懂这本书”，但随着中国形势的激变，贾植芳经历了新中国成立后的历次政治运动，成了“专政对象”。后来“文革”结束，他获得人身解放，由“鬼”变成人，又适逢中国改革开放，得以接触“阿·阿夫托尔的《权力学》、鲍罗斯·列维斯基编的作为‘苏联出版物材料汇编’的《三

① 贾植芳：《纪德〈访苏联归来〉新译本序》，见朱静、黄蓓译：《访苏联归来》，广州：花城出版社，1999年，“序”第4—5页。

十年代斯大林主义的恐怖》、罗·亚·麦德维杰夫著的《让历史来审判——斯大林主义的起源及其后果》和他的《苏联的少数者的意见》日译本以及被称为西方马克思主义者，德国卡尔·魏夫特的英文本《东方专制主义》等，以及八十年代以来，我国翻译出版的有关描写斯大林统治时期的文艺作品，如帕斯捷尔纳克的《日瓦戈医生》、雷巴科夫的《阿尔巴特街的儿女》、索尔仁尼琴的《癌病房》、《古列特群岛》等等，至九十年代又读了罗曼·罗兰的《莫斯科日记》等之后”，[①]贾植芳觉得自己“才真正读懂了纪德的《访苏联归来》和《〈访苏联归来〉之补充》，并对这位坚持自己的良知和社会责任感的作家，和他敢于顶住当时的政治风浪的价格力量，表示衷心的尊敬”。[②]

在新时期，贾植芳对纪德的《访苏联归来》的解读主要是政治性的，他对纪德的接受过程既具有独特性，也具有启迪性。其独特性在于贾植芳以自身的人生经历达到了对纪德之精神的深刻把握和理解以及由此而产生的共鸣；其启迪性在于要深刻理解与把握一个作家的思想，正确地评价一个作家的作品，是需要时间的，也是需要求真的精神的。在这个意义上，我们便有可能更为深刻地理解纪德对读者所说的如下一段话：

“你们迟早会睁开眼睛的，你们将不得不睁开眼睛，那时，你们会扪心自问，你们这些老实人，怎么会长久的闭着眼睛不看事实呢?”

纪德逝世五十多年了，他的生命历程没有结束，法国的读者在睁着眼睛继续读他的作品，中国的读者也在改革开放的年代，勇敢地睁

---

① 贾植芳:《纪德〈访苏联归来〉新译本序》，见朱静、黄蓓译:《访苏联归来》，广州:花城出版社，1999 年，“序”第 9 页。

② 贾植芳:《纪德〈访苏联归来〉新译本序》，见朱静、黄蓓译:《访苏联归来》，广州:花城出版社，1999 年，“序”第 9 页。

开了一时被遮蔽的眼睛，正视纪德的作品所指向的人类境况、人类的精神和人类的内心世界，进行全面的探索。柳鸣九为漓江出版社《背德者·窄门》写的序《人性的沉沦与人性的窒息》从人性的角度为我们接近纪德开启了新的途径；青年学人陈映红的《寻觅、体验、“存在”的意识——探寻纪德的轨迹》[①]，则见证了年轻人探寻纪德的生命历程所作的努力；同时，我们也感受到了众读者读《访苏联归来》[②]后的强烈反响。[③] 郑克鲁从思想与创作特色两个层面对纪德进行了研究，发表了《社会的批判——纪德小说的思想内容》和《纪德小说的艺术特色》等论文。[④] 而徐和瑾、罗芃与李玉民分别为译林版、人民文学版与花城版的《纪德文集》所写的序言，则从各个不同的角度展开了与纪德的对话，为纪德的文学生命在中国的继续拓展与延伸提供了新的可能。

---

① 见《法国研究》2001年第1期。

② 1999年，辽宁教育出版社也出版了郑超麟老先生译于1937年和1938年的《从苏联归来》和《为我的〈从苏联归来〉答客难》。需要指出的是，郑超麟是在狱中翻译了《从苏联归来》。

③ 见东西：《纪德〈从苏联归来〉的中国回响》，《方法》1998年第7期；李冰封《纪德的真话和斯大林的悲剧》，《书屋》2000年第1期；郑异凡《作家的良知——读纪德的〈从苏联归来〉》，《博览群书》2000年第2期等文。

④ 分别见《外国文学研究》1996年第4期与1997年第1期。

普鲁斯特与追寻生命之春[①]

对马塞尔·普鲁斯特，当代的中国文学界应该是不再陌生了。他的不朽之作《追忆似水年华》已成为一个重要的现代"文学符号"，占据着 20 世纪文学的中心地位。诚如安德烈·莫洛亚所言，至少"对于一九〇〇年到一九五〇年这一历史时期而言，没有比《追忆似水年华》更值得纪念的长篇小说杰作了"[②]。莫洛亚认为《追忆似水年华》之所以值得纪念，并不仅仅因为普鲁斯特的这部作品像巴尔扎克的著作一样规模宏大，而是因为普鲁斯特通过他的小说创作发现了新的"矿藏"，突破了巴尔扎克的《人间喜剧》所开拓的外部世界领地，以一场"逆向的哥白尼式革命"，将人的精神重新置于天地之中心。[③] 如果说巴尔扎克的《人间喜剧》描述的是人的外部世界，那么普鲁斯特则致力于探索人的内心世界，以其对小说的独特理解与追求，描写"为精神反映和歪曲的世界"。对于中国而言，这是一个怎样的世界？普鲁斯特发现的

---

① 本文原题为《普鲁斯特在中国的译介历程》，载《中国翻译》2007 年第 1 期。

② 见《追忆似水年华》，译林出版社，1989 年，安德烈·莫罗亚序（施康强译），第 1 页。

③ 见《追忆似水年华》，译林出版社，1989 年，安德烈·莫罗亚序（施康强译），第 1 页。

是怎样的“矿藏”？他是如何实现那场“逆向的哥白尼式革命”的？在本文中，我们将围绕着上述问题，对普鲁斯特这个伟大的作家在中国的译介历程与接受情况作一阐述与思考。

一 迟到的大师

1871 年出生于巴黎的马塞尔·普鲁斯特从小喜爱文学，早在巴黎孔多塞中学读书时，就对象征主义发生了兴趣，1888 年与同学合办了《丁香杂志》，后又为象征主义杂志《宴会》撰稿。大学毕业后便开始撰写自传体小说，这就是去世后发表的《让·桑特伊》。之后，翻译英国作家罗斯金的《亚珉的圣经》，并于 1904 年发表，继后又在 1906 年发表了他翻译的罗斯金的《芝麻与百合》。从 1909 年开始，动笔撰写长篇小说，一直到 1922 年因肺炎去世，历时 13 年，完成了共为七卷的鸿篇巨制，总名为 *A la recherche du temps perdu*，中文译名为《追忆似水年华》或《追寻失去的时间》。在他生前，这部巨著中共有四卷出版，即《在斯万家那边》、《在少女们的身旁》、《盖尔芒特家那边》与《索多姆和戈摩尔》。弥留世界之际，他还在床榻上为《女囚》的出版劳心劳力。他逝世后，其余三卷《女囚》、《女逃亡者》、《重现的时光》分别于 1923、1925、1927 年问世。二十五年后，即 1952 年，他早年创作的《让·桑特伊》正式出版，而他在《追忆似水年华》之前撰写的一些作品片断，由贝尔纳·法卢瓦整理，于 1954 年出版，取名为《驳圣伯夫》。从普鲁斯特的文学创作历程看，他短暂的一生主要贡献给了《追忆似水年华》的创作，安德烈·莫洛亚在《普鲁斯特传》的开篇这样写道：

> 马塞尔·普鲁斯特的历史，就像他在自己的书中描述的那样。他曾对童年时代的奇幻世界怀有温柔的感情，很早就感到需要把这一世界和某些时刻的美感固定下来；他深知自己体弱，长久地希望不要离开家庭的乐园，不要同人们去争斗，而是用殷勤的态度去打动人们；他体会到生活的艰辛和爱情的痛苦，所以变得十分严厉，有时甚至残酷；他在母亲故世后失去了庇荫之地，却因疾病而过上受保护的生活；他在半隐居生活的保护下，利用自己的余年来再现这失去的童年和随之而来的失望；最后，他把这样找回的时间，作为古今最伟大的一部小说的题材。[①]

在寻到失去的时间过程中，普鲁斯特经受着慢性哮喘和精神痛苦的双重折磨，他真切地认识到："幸福的岁月是失去的岁月，人们期待着痛苦以便工作。"然而，正是由于他在失去的岁月中失去了幸福，他更为强烈地希冀通过小说这一独特的形式，追寻生命之春，企图重新创造幸福。而他最终达到了这一目的，而且是以双重的形式："他以追忆的手段，借助超越时空概念的潜在意识，不时交叉地重现已逝去的岁月。"[②]找回了失去的时间，从而也重获了失去的幸福，同时，这一追寻的过程整个凝结在《追忆似水年华》之中，使其成为了一部超过时代的不朽之作，让重获的幸福永存。生命的追寻于是成就了普鲁斯特的

---

① 安德烈·莫洛亚著：《普鲁斯特传》，徐和瑾译，浙江文艺出版社，1998年，第5页。

② 安德烈·莫洛亚著：《普鲁斯特传》，徐和瑾译，浙江文艺出版社，1998年，"编者的话"第1页。

生命之升华与艺术之不朽。

中国读者对于普鲁斯特的这一双重的生命历程，是在普鲁斯特离开这个世界很长时间后，才慢慢开始加以关注，并逐渐有所认识的。应该说，在普鲁斯特的生前，即便是法国读者，对普鲁斯特的独特的生命历程的认识也并不深刻。他的呕心沥血之作《追忆似水年华》的第一卷的出版所遭遇的经历足以说明一点：理解普鲁斯特需要的正是时间。随着时间的流逝，《追忆似水年华》这部作品的独特性得以凸现，其价值才渐渐地被人所承认、所关注、所珍视。《追忆似水年华》经受过法斯凯尔出版社的婉拒、《新法兰西杂志》的退稿和奥朗多尔夫出版社的拒绝，更经历过安德烈·纪德初期的误解和奥朗多尔夫出版社社长恩多洛的讥讽①，但普鲁斯特在失望、愤怒和痛苦中坚信自己的作品"是美的"，于 1913 年在格拉塞出版社自费出版了小说的第一卷《在斯万家那边》；七年之后，小说的第二卷《在少女们的身旁》由新法兰西杂志社出版，当年 11 月荣膺龚古尔奖。小说的获奖并不意味着普鲁斯特已经被全面接受和深刻理解，相反，无论是法国文学界，还是一般的读者，对普鲁斯特的真正的认识与理解，是在他逝世之后才一步步加深的。

中国文学界接触到普鲁斯特，差不多是在他逝世十年后。据我们所掌握的材料，《大公报》"文艺副刊"于 288 期（1933 年 7 月 10 日）第三版和 289 期（1933 年 7 月 17 日）第三版刊登的《法国小说家普鲁斯特逝世十年纪念——普鲁斯特评传》，应该是国内第一篇较为系统地介绍普鲁斯特的文字，作者为曾觉之。有心的读者也许已经注意到

① 恩布洛在给普鲁斯特的退稿信中这样写道："亲爱的朋友，也许我愚昧无知，但我不能理解，一位先生竟会用三十页的篇幅来描写他入睡之前如何在床上辗转反侧。我徒劳地抱头苦思……" 见安德烈·莫洛亚：《普鲁斯特传》，第 266 页。

了，普鲁斯特逝世于1922年，怎么会在1933年发表普鲁斯特逝世十周年的纪念文章呢？周刊的编者按中有这样一段话："普鲁斯特逝世十周年纪念为去年十一月十八日。此文早已撰写。原当公是日登出。乃因本刊稿件异常拥挤，不得已而缓登。"对于当时的中国读者而言，普鲁斯特总是很陌生的。而从《大公报》副刊的这段编者按看，中国文学界对于普鲁斯特的了解也并不迫切，或者从另一个角度看，对普鲁斯特的重要性认识不足，不然绝不会"因稿件异常拥挤"，而推迟发表纪念普鲁斯特逝世十周年的长文，且一推就是七八个月。不过，"文学副刊"对中国读者认识并逐渐理解普鲁斯特还是做出了不可否认的贡献。曾觉之的文章，长达两万余言，共分四个部分，分别为"绪论"、"普鲁斯特之生活"、"普鲁斯特之著作"和"结论"。这篇文章对普鲁斯特的生活与创作和普鲁斯特的作品的价值发表了重要的观点。在"结论"中，有这样一段话，特别意味深长："作家距我们太近，我们没有够长的时间以清楚的审察。看事物，尤其是评判一位作家，太切近了，是使人目眩心迷而不知所措的。"确实，理解一个作家需要时间，而评判普鲁斯特这一位独特的作家就更需要时间了，何况在当时，外国人士对于普鲁斯特的批评，"赞成的说他是一位稀有天才，为小说界开一个新纪元，反对者说他为时髦的作家，专以过度的琐屑与做作的精巧弦人"。面对外国人士的是非判别，曾觉之则以一个中国人独特的目光做了如下的结论：

> 普鲁斯特在他的作品中，想以精微的分析力显示真正的人心，想以巧妙的艺术方法表出科学的真理。即他的野心似乎使艺术与科学合一；我们不敢说他是完全成功，但他的这种努力，他从这种努力所得的结果，我们可以说，后来的人是不能遗忘的。他

实在有一种崭新的心理学，一种从前的文学没有的新心理学；他将动的观念，将相对的观念应用在人心的认识上，他发见一个类是崭新而为从前所不认识的人。这是近代的人，近代动的文明社会中的人，则他的这种发现的普遍性可想而知了。①

今天看来，曾觉之的结论不完全正确，但他却抓住了普鲁斯特的某些本质特征。他对普鲁斯特其人其事的评析，应该说是第一次向中国学界和中国读者比较全面地介绍了法国文学的这位巨匠。就在这篇文章发表七个月后，还是在《大公报》文学副刊，发表了普鲁斯特《追忆似水年华》第一卷开头几段的译文，以《睡眠与记忆》为题。根据我们掌握的情况，这一部分译文也许是国内第一次译介普鲁斯特的文字。当半个世纪之后，《追忆似水年华》全书由译林出版社组织翻译，即将出版之际，卞之琳在《中国翻译》1988年第6期发表了一篇《普鲁斯特小说巨著的中译名还需斟酌》一文，文中有这样一段回忆性的文字：

……三十年代我选译过一段。我译的是第一开篇一部分，据法国版《普鲁斯特片断选》(*Morceaux choisis de M. Proust*)加题为《睡眠与记忆》，1934年发表在天津《大公报》文艺版上，译文前还说过几句自己已经记不起来的介绍语，译文收入了我在上海商务印书馆1936年出版的《西窗集》。②

根据卞之琳的这段话，我们查阅了《大公报》，在文艺副刊1934年2月

① 曾觉之：《法国小说家普鲁斯特逝世十年纪念——普鲁斯特评传》，《大公报》文学副刊1933年7月10日第3版。

② 见《中国翻译》1988年第6期，第26页。

22日第12版上，我们读到了《睡眠与记忆》这一篇译文，也见到了卞之琳写下的一段他“自己已经记不起来的介绍话”，其中有这样一段：

> 有人说卜罗思忒是用象征派手法写小说的第一人。他惟一的巨著《往昔之追寻》(*A la recherche du temps perdu*)可以说是一套交响乐，象征派诗人闪动的影像以及与影像俱来的繁复的联想，这里也有，不过更相当于这里的人物，情景，霎时的欢愁，片刻的迷乱，以及层出不穷的行品的花样；同时，这里的种种全是相对的，时间纠缠着空间，确乎成为了第四度(The fourth dimension)，看起来虽玄，却正合爱因斯坦的学说。①

在介绍的话中，卞之琳还提到了曾觉之的文章，他的翻译显然受到了曾觉之那篇文章的影响。卞之琳对 Marcel Proust 的名字及书名的译法，有所不同。曾觉之译为“普鲁斯特”与《失去时间的找寻》，卞之琳却译为“卜罗思忒”与《往昔之追寻》。关于书名，在1934年以后有过不少译法，其中折射的不仅仅是语音的转写问题，而是关系到对作品理解与再表达的深层次问题，在下面的讨论中，我们将会涉及。

卞之琳的译文是《追忆似水年华》第一卷《在斯万家那边》开篇的一个片断，在文学副刊上，共分为五段。这五段译文可以说是在后来的四十多年间仅见的普鲁斯特作品的中文译文，篇幅虽不多，但流传甚广。据卞之琳自己介绍，他在上海商务印书馆1936年出版的《西窗集》中收录了这个片断的译文。20世纪70年代末，香港翻印了《西窗集》，后于1981年，江西人民出版社又出版了《西窗集》的修改版，其中

① 见《大公报》文艺副刊1934年2月21日，第12版。

一直收有这个片断。2000 年 12 月，安徽教育出版社出版了《卞之琳译文集》，在上卷中，也收入了卞之琳译的这个片断。有必要说明的是，此时作者名已从俗为“普鲁斯特”，但五段译文经过修订，恢复了原作本来的面貌，变为八段，冠名为《〈斯万家一边〉第一段》，但总的书名，卞之琳还是坚持用《往昔之追寻》。

在卞之琳的译文发表之后，出现了几乎长达半个世纪的沉默，或者说是淡漠，中国文学界和翻译界似乎对普鲁斯特没有表示出应有的重视或兴趣。对《追忆似水年华》这部巨著，也没有发现谁有翻译的意图或志向。直到 80 年代，随着中国改革开放的步伐不断加快，思想的禁区不断被打开，中国学者才开始注意到了普鲁斯特在西方小说历史发展过程中的特殊位置，在《外国文学报道》上陆续出现了介绍普鲁斯特的文字[①]，对普鲁斯特的《追忆似水年华》也有了一些新的认识。1986 年长沙铁道学院主办的《外国文学欣赏》第 3 期上，刊出了刘自强翻译的《追忆流水年华》（节译）（后又在 1986 年的第 4 期与 1987 年的第 2 期继续刊出，总共约两万字）。就在同一年，即 1986 年的《外国文艺》第 4 期上，发表了郑克鲁翻译的普鲁斯特早期写的两篇短篇小说，一篇叫《薇奥朗特，或名迷恋社交生活》（*Violante ou la mondanité*），另一篇叫《一个少女的自白》（*La confession d'une jeune fille*），均选自于他的短篇小说与随笔集《欢乐和时日》（*Les plaisirs et les jours*）。1988 年，《世界文学》在当年的第 2 期上刊登了徐知免翻译的《追忆似水年华》第一卷《在斯旺家那边》的第一部《孔布莱》的第一章，其中包含“玛德兰蛋糕”那个有名的片断[②]。差不多就在 80 年代中期，一方面，法国

---

① 如在 1982 年，《外国文学报道》的第 2 期与第 5 期，分别刊登了徐和瑾的《马塞尔·普鲁斯特》与冯汉津的《法国意识流小说作家普鲁斯特及其〈追忆往昔〉》两篇文章。

② 见《世界文学》1988 年第 2 期，第 77—121 页。

几家有影响的出版社，竞相出版普鲁斯特的《追忆似水年华》新版，如伽利玛出版社于1987年推出了由让-伊夫·塔迪埃(Jean-Yves Tadié)主持的七星文库版，弗拉马里翁出版社则在同年出版了著名的普鲁斯特研究专家让·米伊(Jean Milly)的校勘版。另一方面，在国内，译林出版社也开始积极物色译者，准备推出《追忆似水年华》的全译本。

在组织翻译出版《追忆似水年华》的工作中，译林出版社的首任社长李景端与编辑韩沪麟无疑做出了重要的贡献。关于组织翻译出版该书的工作，译林版的《追忆似水年华》的“编者的话”有明确的说明。在“编者的话”中，编者交代了组织翻译普鲁斯特《追忆似水年华》这部在“法国乃至世界文学史上[……]占据着极其重要的地位”的巨著的背景，对小说的艺术形式与价值作了探讨，然后对翻译这部书的必要性作了如下的阐述：

> 对于这样一位伟大的作家，对于这位作家具有传世意义的这部巨著，至今竟还没有中译本，这种现象，无论从哪个角度来看，显然都不是正常的。正是出于对普鲁斯特重大文学成就的崇敬，并且为了进一步发展中法文化交流，尽快填补我国外国文学翻译出版领域中一个巨大的空白，我们决定组织翻译出版《追忆似水年华》这部巨著。

对于中国文学界而言，普鲁斯特确实是一位姗姗来迟的大师。一部在20世纪世界文学史上公认的杰作，等了半个多世纪之后，才开始被当做一个“巨大的空白”，迫切地需要填补。在这段话中，我们特别注意到两点：一是编者把组织翻译《追忆似水年华》这部巨著提高到了“发展中法文化交流”的高度来认识，二是要“尽快”填补这个“巨大的空白”。在改革开放进程加快的80年代中期,随着中法文化交流的不断深入,中国读书界和中国文学界确实有了迫切了解《追忆似水年华》的需要,而时任江苏人民出版社译文室主任的李景端及时把握到了这一需要。在与李景端先生的交谈中,我们了解到,实际上,在《译林》杂志社于1982年在杭州召开的“中青年译者座谈会”上,韩沪麟和罗国林等不少与会译家与学者就提出了要尽快翻译普鲁斯特的那部传世名著。当时还就中译本的书名展开过讨论。会议后不久就开始酝酿如何组织翻译工作。有人提议应该物色一位高水平的翻译家独立翻译。但鉴于《追忆似水年华》的巨大篇幅以及该书难以比拟的翻译难度,当时的法语翻译界普遍认为难有人敢于担此重任。在此情况下,出版社的李景端与韩沪麟倾向于以法语翻译界集体的力量协力完成。为推进翻译的顺利进行,同时保证翻译质量,出版社的领导与编辑采取了一系列有力的措施,对此,“编者的话”中有明确的说明:

> 外国文学研究者都知道,普鲁斯特这部巨著,其含义之深奥,用词之奇特,往往使人难以理解,叹为观止,因此翻译难度之大可想而知。为了忠实,完美地向我们读者介绍这样重要的作品,把好译文质量关是至关重要的。为此,在选择译者的过程中,我们做了很多的努力。现在落实的各卷的译者,都是经过反复协商后才选定的,至于各卷的译文如何,自然有待翻译家和读者们读后评说,但我们可以欣慰地告诉读者,其中每一位译者翻译此书的态度都是十分严谨、认真的,可以说,都尽了最大的努力,对此,我们表示衷心的感谢。为了尽可能保持全书译文风格和体例的统一,在开译前,我们制定了“校译工作的几点要求”,印发了各卷的内容提要、人名地名译名表及各卷的注释;开译后又多次组织译

者经验交流，相互传阅和评点部分译文。这些措施，对提高译文质量显然是有益的。

从落实各卷译者到最后交稿编辑出版，前后经历了差不多六年时间。1989 年 6 月，由李恒基、徐继曾翻译的第一卷《在斯万家那边》终于与中国读者见面了。之后，译林出版社陆续推出了七卷本的全套《追忆似水年华》，全书有安德烈·莫罗亚的序（施康强译）和罗大冈的《试论〈追忆似水年华〉》（代序）。还有徐继曾编译的《普鲁斯特年谱》。七卷的书名与译者分别为：第一卷《在斯万家那边》（李恒基　徐继曾译）、第二卷《在少女的身旁》（桂裕芳、袁树仁译，1990 年 6 月）、第三卷《盖尔芒特家那边》（潘丽珍、许渊冲译，1990 年 6 月）、第四卷《索多姆和戈摩尔》（许钧、杨松河译，1990 年 11 月）、第五卷《女囚》（周克希、张小鲁、张寅德译，1991 年 10 月）、第六卷《女逃亡者》（刘方、陆秉慧译，1991 年 7 月）和第七卷《重现的时光》（徐和瑾、周国强译，1991 年 10 月）。《追忆似水年华》全套出版不久后，江西的百花洲文艺出版社又出版了王道乾翻译的《驳圣伯夫》（1992 年 4 月）。1992 年 6 月，由柳鸣九先生组织、沈志明选译的《寻找失去的时间》“精华本”分上下卷由安徽人民出版社出版。关于“精华本”的选编与翻译，柳鸣九在题为“普鲁斯特传奇”的长序附记中这样写道：

……在几年前，当我创办《法国 20 世纪文学丛书》的时候，不能不对《寻找失去的时间》这部在法国 20 世纪文学中举足轻重的杰作有所考虑。很显然，这套丛书作为法国 20 世纪文学的文库，不应该缺少这个选题，但考虑到全书庞大的规模与一般读者有限的需要，七大卷当然没有必要完全收入，特别是从读书界广泛的需要来看，有了一个供研究用的全本的同时，一个比较简略、使人得以窥其全豹，并充分领略其艺术风格的选本，实大有必要。

在这里，可以看到，柳鸣九是从为一般读者考虑的角度，兼顾到《法国20世纪丛书》的体例，才决定选编“精华本”的。如何选取“精华”？柳鸣九先生在附记中做了说明：

既然不能单选一卷，就得取出整部作品的一个缩影，但从七卷中平均取出，篇幅亦很可观，是“法国20世纪丛书”的袖珍书所难容纳的，这样，我就只能把注意力放在这部巨著原来的三个基本“构件”，即普鲁斯特1913年所完成的三部：《在斯万家那边》、《在盖芒特那边》与《重新获得的时间》上，这三个“构件”组成了莫洛亚称之为“园拱”的主体，这“园拱”正是一个浑然整体，正表现出了“寻找失去的时间”这个主题，而在这三部进行的选择的时候，所要注意的则是：与其照顾叙事详尽性，不如照顾文句的完整性与心理感受的细微程度以及围绕“时间”的哲理，此外，普鲁斯特那种百科全书式学者的渊博也最好有所保存。①

“精华本”的取舍不是一个简单的篇幅问题，它体现了编者独特的眼光和对原著的理解，应该说，普鲁斯特的这个“精华本”是中国视角下产生的一个独一无二的“版本”。后来，在沈志明编选的《普鲁斯特精选集》（山东文艺出版社，1999年）中，也收入了这个“精华本”，同时还有

---

① 见普鲁斯特著：《寻找失去的时间》（精华本），沈志明译，安徽文艺出版社，1992年，柳鸣九序第23页。

沈志明翻译的《驳圣伯夫》和《论画家》。

从译林出版社七卷本的《追忆似水年华》到柳鸣九主持编选的《寻找失去的时间》的“精华本”，无论从书名的翻译，还是从对版本的选择[①]，都体现了不同的编辑思想，更反映了对作品的不同理解，在下一节中，我们将结合对作品的理解问题就此展开更进一步的讨论。

两个不同版本的出现，“一个全译本，一个精华本，两者相得益彰，不失为社会文化积累中的一件好事”[②]，似乎已经可以为普鲁斯特在中国的翻译画上一个休止符。姗姗来迟的大师在逝世近七十年后，终于在中国延续了生命。然而，一个由十五个翻译者参加翻译的全译本和一个仅从“园拱”主体中选取的“精华本”从一开始问世起就带有某种公认的“缺陷”，前者的“风格不统一”与后者的“内容不全面”的遗憾注定要给有志还普鲁斯特真面貌的追求者以进一步接近普鲁斯特的雄心。在中国最早翻译《追忆似水年华》片断的卞之琳先生在《追忆似水年华》的全译本还没有面世的时候呼吁“普鲁斯特小说巨著的中译名还需斟酌”，同时以非常激烈的言辞指出：

> 文学作品的翻译，除了应尽可能保持在译入语种里原作者的个人风格以外，译得好也总不免具有译者的个人风格。译科学著作、理论著作，为了应急，集体担当，统一审校，还是行得通的，而像普鲁斯特这样独具风格的小说创作，组织许多位译者拼凑，决不会出成功的译品。照原书分七部的情况，最多组织七位能胜任的译者分部进行，最好同时在进行中由这几位合作，互据原文校

① 译林版依据的是1985年的七星文库版，“精华本”依据的是1987年的七星文库版。

② 见沈志明译：《寻找失去的时间》（精华本），柳鸣九序第24页。

核(翻译总难免疏忽),由责任编辑统一审订润饰,这是不得已的可行办法,我也顺便作此门外建议。①

十五个译者翻译一部《追忆似水年华》,虽然有译林出版社周密的组织,有译者之间的相互切磋,有责任编辑的严肃把关,仍难免有"拼凑"之嫌,更有"风格不统一"之虑。作家赵丽宏直言不讳地指出:

> 到八十年代中期,译林出版社首次印发了《追忆似水年华》的全译本,使我第一次浏览小说的全貌。中国读者能读到的这个译本,其实并不理想。很多翻译家参与其事,每一卷有好几个译者,有时一卷有三个译者,每人翻译三分之一。尽管那些翻译家大多有一定的水平,有的水平很高,但是他们对文字的理解以及把法文转换成中文的习惯和能力不一样,这就造成了这个译本的问题,全书的风格的不统一。②

作为一个读者,赵丽宏对翻译有自己的判断和看法,虽然对出版年代和全书翻译的分工情况不太了解,因不通法文对原文到底为何种风格也难以体味,但作为一个作家,他对风格问题有特别的敏感和关注,因此他的看法应该说是有针对性的。事实上,出版此书的译林出版社也意识到了这个问题:

---

① 见卞之琳:《普鲁斯特小说巨著的中译名还需斟酌》,《中国翻译》1988 年第 6 期,第 29 页。

② 赵丽宏:《心灵的花园——读〈追忆似水年华〉随想》,《小说界》2004 年第 4 期,第 168 页。

> 由于《追忆》原先法文版本的版权已到期，加之该译本有十五位译者和译而成，风格不尽统一，又留下了诸多缺憾，所以该社拟重新组译此书，由一位认真负责，对《追忆》有研究的资深译者单独承担，不限定交稿时间。只要求他细斟慢酌，拿出一个高质量的译本。①

翻译风格的不统一，成为了重新翻译此书的一个根本理由。出于对原著的尊重，更出于对真、美、善的追求，当年参加翻译《追忆似水年华》的十五位译者中，有多位都曾想过要在一个适当的时期，倾余生独立翻译全书。但译者中有的已经过世，有的年事已高，“美好”而勇敢的想法难以付诸实施。直到 20 世纪末，上海的周克希与徐和瑾几乎不约而同地开始了各自“寂寞”的精神之旅，依据不同的版本，重新翻译普鲁斯特的不朽之作。多年的努力过后，我们终于等来了周克希翻译的《追寻逝去的时光》第一卷《去斯万家那边》（上海译文出版社，2004 年 5 月）和徐和瑾翻译的《追忆似水年华》第一卷《在斯万家这边》（译林出版社 2005 年 4 月）。当年，普鲁斯特的《追忆似水年华》从 1920 年开始出书至 1927 年出齐，前后经历了七年。如今，周克希与徐和瑾中译本的出版，要出齐，恐怕至少也要七年之后。好在，姗姗来迟的大师并不在意他的不朽之作是否急于在中国以新的面目问世，因为普鲁斯特在中国的生命历程还很长，很长。

---

① 家麒：《先着手研究，再动手翻译——记新版插图本〈追忆似水年华〉译者徐和瑾》，《译林》2005 年第 3 期，第 210 页。

二　跨越语言障碍，理解普鲁斯特

普鲁斯特作为世界公认的文学大师，在中国的译介却明显出现了滞后。他为何姗姗来迟？柳鸣九先生在为《精华本》所写的长序的附记中对此作了简要的回答：

> 翻译介绍《寻找失去的时间》，一直是我国法国文学工作者企望达到的目标。但这部巨著，由于其题材内容与艺术形式，长期以来在我国被视为一部“资产阶级性质十足的作品”，翻译介绍始终未能提上日程。1978年，外国文学领域里对日丹诺夫论断的批判，大大突破了20世纪西方文学译介研究的原来状况，开辟了文学翻译的新局面，从此，对20世纪外国文学的译介开始蔚然成风。然而，《寻找失去的时间》却又因为其篇幅浩大与翻译难度以及票房价值可能很低而使各出版社望而止步。

在柳鸣九的说明中，我们可以看到一部书的翻译，不仅仅是简单的语言转换，还要受到多种因素的限制。他所提及的政治因素、语言因素与经济因素都有可能是译介的障碍。对于普鲁斯特而言，政治因素与语言障碍无疑是推迟了普鲁斯特在中国传播的两大重要因素。关于前者，我们在此不拟展开分析，谁都可以理解，一部“资产阶级性质十足的作品”是不可能在“以阶级斗争为纲”的年代翻译出版“毒害人民”的。关于后者，即语言障碍，我们不妨先从书名的翻译开始分析。

有心的读者，一定已经发现，在上文梳理普鲁斯特的不朽名著在中国的译介文字中，作品名的翻译很不统一。就总的书名而言，从曾觉之的《失去时间的找寻》、卞之琳的《往昔之追寻》到刘自强的《追忆流水年华》、译林出版社版的《追忆似水年华》、沈志明的《寻找失去的时间》再到周克希的《追寻逝去的时光》，其中的差异是多个层面的。至于各分卷的书名，别的不论，单就第一卷而言，有卞之琳的《史万家一边》，李恒基、徐继曾的《在斯万家那边》，还有周克希的《去斯万家那边》和徐和瑾的《在斯万家这边》，从“一边”到“那边”，再到“这边”，出现的不仅是差异，不是大同小异，而是迥然而异，“那”与“这”，一字之差，虽谈不上南辕北辙，但至少也是大方向有别了。我们知道，翻译过程虽然复杂，但理解是基础。书名如此不统一，甚至迥然而异，涉及的正是对原著的理解问题。

关于书名的翻译，几乎从一开始介绍普鲁斯特以来，就一直存在着分歧。从语义角度看，分歧主要存在于三个关键词：首先是 A la recherche de 这个短语，分别译为“追忆”、“追寻”与“寻找”、“找寻”，其中最大的分歧在于“寻”与“忆”，从原文看，“寻”是贴近的，“忆”是实施“寻”之行为的方式；其次是 le temps，分别译为“时间”、“时光”与“年华”，其区别在于词的内涵有别，且语阶也有异；再次是 perdu 这个形容词，分别译为“失去的”、“逝去的”、“似水”与“流水”，有修辞性的、语域的区别，而且十分明显。关于不同译法的区别，有的认为这只是翻译方法的不同，如译林版的“编者的话”中就有这么一段说明：

关于此书的译名，我们曾组织译者专题讨论，也广泛征求过意见，基本上可归纳为两种译法：一种直译为《寻求失去的时间》；另一种意译为《追忆似水年华》。鉴于后一种译名已较多地在报刊上采用，按照“约定俗成”的原则，我们暂且采用这种译法。

作为译林版《追忆似水年华》的译者之一，笔者曾参加过上述的译者专题讨论，记得是在1987年暑假在北京大学召开的，离宁赴京开会前，我专门去拜见赵瑞蕻教授，征求他的意见，他的意见很明确，说应该译为《追寻失去的时间》。那次开会讨论的情况，责任编辑韩沪麟有专文发表的《中国翻译》1988年的第3期上。确实，对于书名的翻译，与会的译者观点不一，最后勉强形成“编者的话”中所述的两种意见，但最终取哪一译名，竟采取了表决的方法，结果是九比九。出版社的意见比较倾向于《追忆逝水年华》，觉得比较美，符合传统的小说名，容易被一般读者接受，当然销路也会好一些。当时与会的柳鸣九先生态度也很明确，他说可以尊重出版社的意见，但作为法国文学研究者，他明确表示会用《寻找失去的时间》。国内第一个翻译介绍普鲁斯特的卞之琳先生，对译林出版社准备选定《追忆逝水年华》这一译名提出了尖锐的批评意见，与韩沪麟针锋相对，认为“普鲁斯特小说巨著的中译名还需斟酌”。对于自己的译名《往昔之追寻》，卞之琳说自己也“不满意”，但对译林出版社准备用《追忆逝水年华》的译名，他指出：

> 恕我不客气说，时下风气就是附庸风雅，以陈腔滥调为“喜闻乐见”，以荒腔走调、写写五七字句，自以为美，自以为雅，这正是我依据我国汉语特有的性能而最不敢领教的习气。①

---

① 见卞之琳文，《中国翻译》1988年第6期，第28页。

在卞之琳看来，这不仅是一个“直译”与“意译”的问题，更是涉及“文风”的根本问题。在他看来：“说到全书名，则我敢大胆说，现定的译名不妥，还需要至少小改一下。我国要笔杆的，为文命题，遣词造句上附庸风雅的回潮复旧习气，由来已久，‘五四’白话文学运动的高潮之后，即时有流行，不仅乱搬风花雪月字眼，还瞎凑五七言以至四言句。”①他认为“逝水年华”在中文中“文理欠顺”，说日译本用的是“逝水年华”，中译本若用，不仅是“鹦鹉学舌”，而且是“舌学鹦鹉”。关于何种译法为妥，他有两个选择。一个是《思华年》，他很赞同：“现在听说罗大冈同志，不约而同，也建议用这个名字，我觉得理由很充分。虽说此名不如原名一样长，截取李商隐绮丽诗句，以其特殊风味和气氛，正符合普鲁斯特这部小说华丽的情调和风格。”另一个是《寻找失去的时间》，他说：“张英伦同志等索性照原文干脆译成《寻找失去的时间》(古译名为《追寻失落的时光》)，‘因为该书的灵魂是时间，作者也是围绕“时间”两字[一词]做文章的……此外，最后一部“*Le Temps retrouvé*”，即《重新找回的时间》与书名遥相呼应，寓言深长’，我认为也很有道理。”②

对卞之琳的观点，译林出版社在原则上没有接受，但在语言层面，将“逝水”改为了“似水”。对于卞之琳的批评，译林版的不少译家想必不会赞同，在会上坚持要用《追忆逝水年华》的如许渊冲先生，就反对卞之琳的观点。他在后来出版的回忆录，就用了《追忆逝水年华》这个书名。《追忆似水年华》也绝不是附庸风雅的产物，更不是“陈腔滥调”。后来这一书名被读者广为接受，也在一定程度上说明了这一点。

① 见卞之琳文，《中国翻译》1988年第6期，第28页。

② 见卞之琳文，《中国翻译》1988年第6期，第27页。

但值得思考的是，张英伦的观点是很有代表性的。柳鸣九是法国文学研究专家，他的观点也很明确，在为《寻找失去的时间》(精华本)写的序中有这样一段话：

> 这部小说巨著的主题是什么？主要角色是谁？对这两个问题，批评家都答曰："是时间。"没有看过这部作品的人一定会感到难以理解，这对于一部文学作品来说，简直就是一件不可思议的事！但实际情况的确如此。作者在写这部作品的时候说："时间的观念今天是如此强有力地压在我的心头"，"我一定要把这个时间的印章打在这部作品上"(见安·莫洛亚：《从普鲁斯特到加缪》第 33 页，Académique Perrin 版)。他给作品取了这样一个富有哲学意义的标题：《寻找失去的时间》，就准确无误地概括与标明了整部作品的目的、主旨与内涵。①

柳鸣九的这段评说应该说十分明确地谈了他对小说主题、主旨与主角的认识与看法，基于对小说的如此理解，他坚持用《寻找失去的时间》译名便不难理解了。在这段评说中，我们可以看到"时间"一词的四次出现，如果以"时光"或"年华"来取代"时间"一词，也许柳鸣九的这段评论也就失去了其深刻的意义，也就难以"准确无误地概括与表明"整部作品的目的、主旨与内涵，原作书名的"哲学意义"便会在中译名中大大减弱。看来，对于 le temps 一词的翻译是书名翻译的焦点所在，而能否传达原书名的"哲学意义"便成了关键的关键。正因为如此，《寻找失去的时间》"精华本"的译者、《普鲁斯特精选集》的编选者

---

① 见沈志明译：《寻找失去的时间》(精华本)，柳鸣九"序"第 3 页。

沈志明始终坚持柳鸣九的观点，无论在翻译中，还是在研究、评论中，用的都是《寻找失去的时间》这个书名。

上海译文出版社版的译者周克希作为译林版的第五卷的译者之一，他对围绕书名的翻译而存在的分歧自然十分了解，因此，在重新翻译普鲁斯特的这部巨著时，书名的翻译也成了他一个不得不面对的重要问题。在“译序”中，周克希也同样对该书的主题谈了自己的看法：

> ［普鲁斯特］是柏格森的姻亲，并深受这位膺获诺贝尔文学奖的法国哲学家的影响。柏格森创造了“生命冲动”和“绵延”这两个哲学术语，来解释生命现象。他认为，生命冲动即绵延，亦即“真正的时间”或“实际时间”，它是唯一的实在，无法靠理性去认识，只能靠直觉来把握。普鲁斯特接受了柏格森的观点，认为“正像空间有几何学一样，时间有心理学”。每个人毕生都在与时间抗争。我们本想执著地眷恋一个爱人、一位朋友、一些信念；遗忘却从冥冥之中慢慢升起，湮没我们种种美好的记忆。但我们的自我毕竟不会完全消失；时间看起来好像完全消失了，其实也并非如此，因为它在同我们自身融为一体。这就是普鲁斯特的主导动机：寻找似乎已经失去，而其实仍在那儿、随时准备再生的时间。普斯斯特用了 *A la recherche du temps perdu*（“追寻逝去的时光”）这么个带有哲理意味，而又不失文采和诗意的书名，就再也清楚不过地点明了这部卷帙浩繁的作品的主题。[①]

① 周克希译：《追寻逝去的时光》第一卷《去斯万家那边》，上海译文出版社，2004年，“译序”第2—3页。

若对照柳鸣九的那段评论来读周克希的这段话，我们发现两人探讨的几乎是同一问题，即对书名的理解。在周克希的这段话中，我们同样可以看到"时间"一词的多次重复出现，准确地说，共 6 次出现，但在关键的第七次应该出现的时候，周克希却用了"时光"一词取而代之，看去似乎有些违反他的初衷。我们特别注意到其中这样一句话，这就是普鲁斯特的主导动机：寻找似乎已经失去，而其实仍在那儿、随时准备再生的时间。主导动机已经再也明确不过，在周克希的高度概括中，我们已经找到"寻找"、"失去的"、"时间"这几个最为关键的词，也恰好是柳鸣九所解读的那几个词："寻找失去的时间"。有趣的是，周克希笔锋一转，出人意料地在最为关键处，将"时间"改为了"时光"。原因何在？原来柳鸣九在原书名中看到的是"哲学意义"，而周克希从中看到的不仅是"哲理意义"，而且是"不失文采和诗意"，于是在左右权衡之下，原本被他高度概括的主导动机中的"寻找"一词改为了"追寻"，"失去的"改为了"逝去的"，"时间"改为了"时光"。柳鸣九所强调的整个书名的哲学意义因此而在周克希的笔下让位给了"文采"与"诗意"，由《寻找失去的时间》变成了《追寻逝去的时光》，此重心的转移，是得还是失，这是一个问题。

是得还是失？对此问题，周克希应该是认真权衡或考虑过的。为了回答这个问题，或者说为了寻找此书名的翻译的正确性，他举了英修订本 *In Search of Lost Time*，德文译本 *Auf der Suche nach der verlorenen Zeit*，西班牙文译本 *En busca del tiempo perdido*，意大利文译本 *Alla ricerca del tempo perduto* 的译名为证，认为意思均为"追寻逝去的时光"。但若细究，无论是英文的"time"，德文的"Zeit"，西班牙文的"tiempo"，意大利文的"tempo"，都可以直接对译成"时间"，而限定"时间"的"Lost"、"verlorenen"、"perdido"、"perduto"，原意均为"失去的”，特别是1934年问世的英译本书名中的“Past”在1992年的修订本中改为“Lost”，正是从“逝去的”改为了“失去的”。在“译序”中，译者如顺应分析的逻辑发展，应该是自然而然地译为《寻找失去的时间》的。可周克希为何却最后选定了《追寻逝去的时光》呢？

彭伦发表在2004年2月7日《深圳商报》上《周克希访问》也许能为我们解答这个问题。当彭伦问：“《追忆似水年华》这个书名在读者当中可以说是深入人心。这个重译，为什么要改成《追寻逝去的时光》?”周克希回答说：

> 《追忆似水年华》当然是非常优美的书名，让人想起李商隐的诗句“锦瑟无端五十弦，一弦一柱思华年”和《牡丹亭》里的唱词“如花美眷，似水流年”。但是从法语原名的意思上来说，这个译名似乎不太准确。这一点，也可以从其他语言译本上得到印证。英译本 Remembrance of Things Past（意为“往事的回忆”）于1934年问世；1992年，英国企鹅出版社出版修订本易名为 In Search of Lost Time(意为“追寻失去的时光”)。德文译本、西班牙译本、意大利译本大致上均意为“寻找逝去的时光”。我去年9月份应法国文化部邀请到法国访问，特地向法国普鲁斯特研究专家塔蒂埃先生请教过书名的问题。他觉得“追寻逝去的时光”或“寻找失去的时间”都比“往事的回忆”更贴近于 A la recherche du temps perdu 的本意。至于英文书名中的 lost，他以为不如用 past 好。听他一席言，我在《寻找失去的时间》和《追寻逝去的时光》这两个待选的书名中肯定了后者。后来我见到程抱一先生，他也认为《追寻逝去的时光》比《追忆似水年华》好，他们的意见坚定了我改名的决心。

周克希的回答似乎难以从根本上对他的选择作出回答。若以“准确性”为翻译标准，他必须舍弃《追忆似水年华》，哪怕在他看来这个书名“非常优美”，哪怕它在读者中“已经深入人心”。但问题是，在兼顾“准确性”的同时，他又难以割舍所谓的“文采”，再加上塔蒂埃与程抱一的意见，他“坚定了改名的决心”。但此处有两点疑问，一是塔蒂埃认为“追寻逝去的时光”或“寻找失去的时间”都比“往昔的回忆”更贴近于 A la recherche du temps perdu，不知在与塔蒂埃的交谈中，周克希是如何用法文回译“追寻逝去的时光”或“寻找失去的时间”的差别的，如果是 le temps passé 与 le temps perdu 的差别，想必塔蒂埃不会赞同以“逝去的”（passé）替代“失去的”（perdu）。二是程抱一的选择是在《追寻逝去的时光》与《追忆似水年华》之间，他认为前者好于后者，但若在《寻找失去的时间》与《追寻逝去的时光》之间，不知程抱一更倾向于哪一个？

如果说上海译文版的译者周克希对采取何种译名有过思考，有过分析，也有了自己明确的选择，译林新版的译者徐和瑾则没有在总书名上过于纠缠，他在“译后记”中几乎重复了 1990 年版的“编者的话”：

> 关于小说的总书名，当时译林出版社曾组织讨论，结果有两种意见，一是直译为《寻找失去的时间》，二是意译为《追忆似水年华》，后又进行表决，结果各得九票，平分秋色，最后译林出版社决定用后一个书名。

徐和瑾是应译林出版社之约重译《追忆似水年华》，也许是这一书名真的如彭伦所说，已经深入人心，按照接受美学的观点，该书名符合读者的审美期待，得以留存。作为新版的译者，徐和瑾恐怕也有自己的想法。实际上，无论是在1982年发表的《马塞尔·普鲁斯特》一文中，还是在1985年翻译的热奈特的《普鲁斯特和间接言语》中，或在1998年翻译出版的《普鲁斯特传》中，徐和瑾基本上没有用《追忆似水年华》的译法，而是分别译为了《探索消逝的时光》、《追寻失去的时间》和《寻找失去的时间》。在《普鲁斯特传》的“译后记”中，我们读到了如下一段话：

> 对于普鲁斯特小说的书名《*A la recherche du temps perdu*》，国内曾有过各种各样的译法：《追思失去的年华》、《探索消逝的时光》、《追忆往昔》、《追忆年华》、《追忆似水年华》、《寻找失去的时间》等，目前最常用的是后两种译名。一九八七年，译林出版社在北京召开讨论会，会上对书名的译法进行了讨论，与会者还投票表决，结果这两种译法各九票。出版社最后决定采用意译的译名，即《追忆似水年华》。这部小说贯穿始终的主题是“时间”(temps)，译成“年华”、“时光”等虽说文雅，却失去了“时间”的哲学涵义。介词短语 à la recherche de 可与具体的名词连用，表示“寻找”，也可与抽象的名词连用，表示“探索”、“研究”。在普鲁斯特小说的书名中，这个短语兼有这两种涵义，即表示叙述者通过无意识回忆来寻找失去的时间，又表示一种哲学上的探索。另外，总的书名中 temps perdu(失去的时间)和第七卷的卷名 Le temps retrouvé (找回的时间)相对应，如按译林版译本的译法(似水年华/重现的时光)，一般读者就无法看出其中的对应之处。根据让·米伊先生的建议，并参照德语、意大利语、俄语等语言的译

名，我采用直译的方法，把小说的书名译为《寻找失去的时间》。[1]

值得注意的是，上海译文出版社和译林出版社依据的原文版本有别，周克希依据的是塔蒂埃校勘的版本，徐和瑾依据的是让·米伊校勘的版本，他们在确定中译本的书名时，各自都说征询了校勘者塔蒂埃和让·米伊的意见，由此而取了不同的译名，但有趣的是，法国两位普鲁斯特研究的权威，对普鲁斯特的书目应该没有不同的意见。另外，我们注意到，徐和瑾在《普鲁斯特传》的“译后记”(写于 1997 年 3 月)中的这段话与他写于 2004 年 12 月的译林新版“译后记”的那段说明有明显的矛盾之处。按照徐和瑾在 1997 年的观点，他是不同意用译林出版社的《追忆似水年华》这一译名的。但七年之后，当他应出版社之约重译小说时，却用了《追忆似水年华》这一译名，其中必有出版社的意见在起作用。在这个意义上，总书名的选择就不仅仅是译者本人的选择，而是涉及“读者期待”、“约定俗成”或“翻译赞助人”的意愿等多种因素了。如此看来，翻译的问题，不是一个简单的语言转换问题，理解固然重要，但再表达则是在新的历史与文化语境中进行的，作者的意图、文本的意义、译者的理解与读者的期待在这一新的语境中，接受的是多层面的考验。普鲁斯特在进入中国的近八十年历史中，围绕着其小说的书名的翻译所展开的种种讨论、争论，恰正表明了翻译问题的复杂性。体现了“准确性”的《寻找失去的时间》，追求文雅的《追忆似水年华》，还有想兼具准确而又不失文采的《追寻逝去的时光》，普鲁斯特无法对之进行选择，而译者又有不同的追求，看来能作

---

① 安德烈·莫洛亚著:《普鲁斯特传》，徐和瑾译，浙江文艺出版社，1998 年，“译后记”第 332—333 页。

出选择的只能是读者。作家赵丽宏的看法也许可以从读者的角度对书名的翻译表明一个基本的态度：

> 我不懂法文，据正在重译此书的翻译家周克希先生说，《追忆似水年华》这个书名的翻译不太准确。英文译本的书名是《*Rememer branch of Things Past*》（赵丽宏的原文如此，有误——笔者注），就是《寻找失去的时间》，我想英文对法文的转译应该是比较准确的，那么较为准确的翻译，这本书就该叫《寻找失去的时间》，这也许与普鲁斯特的本意更接近一些。时间已经失去了，但是它还在，在你的心里与灵魂中，你可以通过你的方式把它找回来。周克希告诉我，他的译本不会用《追忆似水年华》这个名字，就用《寻找失去的时间》。其实，我觉得《追忆似水年华》也是可以的，基本上也有了"寻找失去的时间"的意思，而且更有诗意。对这样一部名著，书名其实不重要，只要你能静下心阅读，就会被它吸引，不管它叫哪个名字。①

围绕着总书名的翻译所展开的争论以及所展示的种种观点，使我们看到了对普鲁斯特这一巨著的理解是在一步步加深的。尽管在翻译方法上和文字风格上，各译者有不同的追求，在翻译中体现了自己的主体性，但通过对总书名的讨论，至少对该书的"主题"和"主角"已经有了比较一致的理解。从卞之琳等的片断翻译，到十五个人合力翻译全书，再到沈志明在柳鸣九的建议下选译"精华本"，如今周克希与

① 赵丽宏：《心灵的花园——读〈追忆似水年华〉随想》，《小说界》2004 年第 4 期，第 174 页。

徐和瑾又在独自追寻各自心目中的普鲁斯特,希望给读者一个更真实的普鲁斯特。在追寻普鲁斯特的过程中,译者在不断加深对普鲁斯特的理解的同时,也为不懂法文的外国文学研究者和广大读者提供了接近普鲁斯特、理解普鲁斯特的可能性。

通过翻译,超越语言的障碍,为中国外国文学界研究普鲁斯特提供了方便,也为中国作家与文学大师普鲁斯特的相逢提供了可能。姗姗来迟的大师普鲁斯特终于渐渐地为中国文学界、为中国广大读者所知晓。在这一历程中,翻译与研究又形成了互动的关系,为理解、接近普鲁斯特打开了通道。

中国对普鲁斯特的关注与研究主要开始于中国改革开放初期的80年代。确实,没有思想的开放,西方的现代派作品就难以进入中国人的视野。就我们所掌握的资料,在1980年之后,中国的法国文学界开始把目光投向了普鲁斯特。1981年的《大学生丛刊》第3期上,王泰来发表了《从普鲁斯特的小说片断看意识流的表现手法》,在新时期开启了解普鲁斯特的历程。在文章中,王泰来以简洁的文字对普鲁斯特的长篇小说作了不乏见地的介绍:

> 普鲁斯特的主要成就就是创作了一部长达十五卷,多达七部长篇组成的多卷集小说《寻找失去的时光》(1913—1927)。这是一部用第一人称(个别章节用第三人称)写作的故事错综复杂、结构新颖的作品。既像回忆,又不完全是回忆;时间、空间概念与传统小说完全不同。①

---

① 王泰来:《从普鲁斯特的小说片断看意识流的表现手法》,《大学生丛刊》1981年第3期,第54页。

为了说明普鲁斯特的创作特点，王泰来选择了书中那个著名的有关“马德兰小点心”片断，进行了评说。在王泰来的文章中，普鲁斯特是被当作意识流小说的先驱介绍给中国读者的。1982 年，徐和瑾与冯汉津分别在《外国文学报道》的第 2 期与第 5 期上发表文章。徐和瑾的文章着重介绍普鲁斯特的生命及其长篇小说的创作过程，对小说的主题、结构和特色也作了简要的分析，其中也特别提到了小说第一部分中那块“玛德莱纳小甜糕”在普鲁斯特小说创作中的重要意义。冯汉津的文章从意识流入手，将普鲁斯特列为西文文学中意识流写作方法的“开山鼻祖”之一，进而就小说的“精神人物”、小说描写的“精神世界”和创作手法进行了讨论，他认为“时间无疑是主宰这部作品的‘精神人物’”，也又一次论述了“蛋糕浸在茶里的那段著名描写”。

在王泰来、徐和瑾和冯汉津之后，中国法国文学研究界的不少学者都对普鲁斯特表示出了兴趣，陆续在《外国文学欣赏》、《外国文学研究》、《当代外国文学》、《外国文学》和《外国文学评论》等杂志上发表文章。在译林版的《追忆似水年华》问世之前，国内发表的有关普鲁斯特及其小说创作的文章主要有：廖星桥的《普鲁斯特和他的〈忆流水年华〉——法国现代派文学浅深之三》、韩明的《灵魂探索的历程》、刘自强的《普鲁斯特的寻觅》、罗大冈的《生命的反刍——论〈追忆逝水年华〉》和徐知免的《论〈追忆逝水年华〉》[①]。

1989 年 6 月，译林出版社推出了《追忆似水年华》的第一卷《在期万家那边》，之后，又艰难地出版了两卷，由于出版效益问题，出版社曾

① 分别见《外国文学欣赏》1985 年第 1 期、《法国研究》1987 年第 1 期、《当代外国文学》1987 年第 3 期、《外国文学评论》1989 年第 4 期、《当代外国文学》1989 年第 4 期。

一度延缓其他各卷的出版，后来，在法国驻华大使贡巴尔的支持下①，译林出版社在1991年陆续推出了其他各卷。根据统计，从译林版《追忆似水年华》出版以来，十六年间在大陆共发行了七卷本48180套（第一卷49690本）、三卷本69500套、两卷本52000套，如此大的发行量，想必读者不少。《追忆似水年华》的全部出版和广为发行在客观上推动了对普鲁斯特的研究与了解。从1990年至今，报纸上的零星报道或涉及该书的文章不计，发表的有关《追忆似水年华》的评介文章或研究论文超过六十篇。作者主要分两类，第一类为懂法文的法国文学研究者，如柳鸣九、郑克鲁、张新木、刘成富、涂卫群、刘波等，参加翻译此书的部分译者也以译者序、散论或专论的形式发表了一些文章，如沈志明、许钧、张寅德、袁树仁、徐和瑾、周克希等；第二类是不懂法文的作家和外国文学研究者，如赵丽宏、曹文轩、马莉、曾艳兵等。《追忆似水年华》的全集出版不仅推动了对普鲁斯特的介绍和研究，也推进了有关普鲁斯特的生平与研究的文献的翻译与出版，如让-伊夫·塔迪埃的《普鲁斯特和小说》由桂裕芳和王森执译，于1992年由上海译文出版社出版；热拉尔·热奈特的《叙事话语 新叙事话语》由王文融翻译，于1990年由中国社会科学出版社出版；安德烈·莫洛亚的《普鲁斯特传》由徐和瑾翻译，于1998年由浙江文艺出版社出版；《文学与思想丛书》还以贝克特等著的长文《普鲁斯特论》的名字为书名结集出版了爱尔兰、俄罗斯、法国等文论家论普鲁斯特和莎士比亚作家创作的论文（科学文献出版社，1999年），《外国文艺》1999年第一期发表了英

---

① 笔者于1990年在南京“中法委员会”成立期间，为前来与会的贡巴尔大使当翻译，谈及了《追忆似水年华》翻译及出版困难等情况，他当即表示法方可以资助，后来笔者向李景端汇报了此事，出版社经过努力，获得了出版资助。

国马尔科姆·布雷德伯里的《马塞尔·普鲁斯特》(刘凯芳译)等,而这些文献资料与研究成果的翻译出版,反过来又为研究普鲁斯特提供了方便。在翻译与研究互动的基础上,中国年轻一代的学者还撰写了《普鲁斯特评传》[①],被认为是我国学者研究普鲁斯特作品的第一部力作。

从改革开放之后,我国法国文学界的学者开始把目光投向普鲁斯特至今,已经过去了二十五年。二十五年来,应该说对普鲁斯特的研究与理解是在一步步加深的,下面我们结合有关文章,看看中国学者是如何看待普鲁斯特及其小说的,又从哪些方面对普鲁斯特的小说进行了研究。

首先需要指出的是,译林版的安德烈·莫洛亚长序(施康强译)和罗大冈的代序《试论〈追忆似水年华〉》对后来的研究者产生了较大的影响。而让-伊夫·塔迪埃的《普鲁斯特和小说》与热奈特的《叙事话语 新叙事话语》为研究者提供了方法论的参照与重要的观点支撑。从我们目前所掌握的五十余篇文章看,经一一检视,发现在80年代发表的大部分文章基本上都没有注释注明文章引用的资料来源。到了90年代之后,也许是有关杂志社对论文的引文标注开始有了比较严格的要求,大部分论文都有文献标注。经过检索,所有论文所引用的参考资料加起来不超过十种,而被引用最多的就是上文提及的《普鲁斯特和小说》、莫洛亚的长序以及他所著的《普鲁斯特传》的有关观点与文献。热奈热的观点被直接引用的不算太多。如曹文轩发表在《十月》2000年第3期上的《寂寞方舟——关于普鲁斯特》一文,其引文就是取自《普鲁斯特和小说》、《普鲁斯特传》和《普鲁斯特论》三部译成中文的

---

① 涂卫群著,浙江文艺出版社,1999年。

书籍。即使是法国文学研究界的学者，包括张寅德在内，使用的资料也基本上为上述的有关资料。从发表的论文看，张新木使用的原文资料比较丰富，除上述资料外，他还使用了德勒兹的《普鲁斯特与符号》(法国大学出版社，1964 年)、巴特的《新评论集》中的《普鲁斯特和名字》(瑟伊出版社，1972 年)、乔治·布莱的《普鲁斯特的空间》(伽利玛出版社，1963 年)以及法国《诗学》杂志上的有关普鲁斯特的文章。除这些新的资料外，郑克鲁使用的一些研究资料也值得注意，如他发表在《临沂师范学院学报》2004 年第 2 期上的《普鲁斯特〈追忆似水年华〉的多声部叙事艺术》中就标明引用了布雷的《失去的时间到重现的时间》(法国美文出版社，1950 年)、柏格森的《论意识的直接材料》(法国大学出版社，1917 年)、皮孔的《阅读普鲁斯特》(瑟伊出版社，1963 年)和马塞尔·穆勒的《〈追忆似水年华〉中的叙述声音》(日内瓦·德罗兹书局，1983 年)等重要资料；在《普鲁斯特的意识流手法》(《社会科学战线》1992 年第 2 期)和《普鲁斯特的语言风格》(《外国文学评论》1992 年第 2 期)这两篇论文中，他使用的也有不少原文资料，如乔治·卡托伊的《失去和重新找到的普鲁斯特》(普龙出版社，1963 年)、克洛德·莫里亚克的《普鲁斯特》和让·穆通的《普鲁斯特的风格》(巴黎尼泽出版社，1973 年)等。由于张新木与郑克鲁掌握的材料相比较来说比较丰富，所以他们的研究角度与途径就有所不同，对此下文还将详述。

除了译林 1999 年版的莫洛亚长序与罗大冈的代序之外，我们特别注意到柳鸣九为安徽文艺出版社版的《寻找失去的时间》(精华本)所作的长序《普鲁斯特的传奇》、沈志明为《普鲁斯特精选集》所写的编选者序《普鲁斯特的创作思想和小说艺术》以及周克希为上海译文出版社版《追寻逝去的时光》写的译序与徐和瑾的译林新版的译后记，对《追忆似水年华》进行了各自的阐释。柳鸣九着力探讨了两个主题：一是小说的主题与主要角色是谁；二是普鲁斯特具有何种条件能谱写出如此的人生传奇。沈志明的长序主要回答了三个方面的问题：普鲁斯特的创作历程、创作思想和创作特色。其中他明确说明"普鲁斯特并非柏格森主义者"。关于这一点，沈志明的观点与中国学界以往对普鲁斯特的介绍是完全不同的。他指出："人们在谈论普鲁斯特的时候，往往先讲一通柏格森，说什么'普鲁斯特师承伯格森主义'，'是柏格森的信徒'，'普鲁斯特的作品图解柏格森的哲学'，等等。我们认为这些说法有失偏颇。诚然，普鲁斯特受过柏格森的教诲，受到一定的影响，但他不是柏格森主义者。"[①]他认为："普鲁斯特的直觉印象说非但与柏格森的直觉主义不同，而且与象征派非理性的、梦幻式的直觉说也迥然有异。"[②]周克希的译序与柳鸣九和沈志明的长序相比，具有另一种风格。他没有就小说本身作深入的思考，而是从一个译者的角度，以散文化的笔调，记叙了他对小说结构、小说风格和小说创作历程的认识，字里行间，透出他对小说的一份挚爱以及他迻译的艰难与奋斗。徐和瑾是一个学者型的翻译家，他是新时期最早关注普鲁斯特的学者之一，加之他又翻译过莫洛亚的《普鲁斯特传》，应该说，他对普鲁斯特作品的了解与理解是比较全面深入的。在译后记中，他以十分精炼的文字，对《追忆似水年华》涉及的几个重要问题作了提纲挈领式的阐述：意识流——内心独白；无意识回忆：马德莱娜蛋糕；房间卧室——回忆的场所；贡布雷——真实和虚构；"斯万之恋"——普鲁斯特爱情理论的范例；卡特利兰花；小乐句——樊特伊奏鸣曲和斯万的梦。借助对作品所涉及的这些重要问题的简释，徐和瑾为中国读者接近和理

---

① 沈志明编：《普鲁斯特精选集》，山东文艺出版社，1999 年，"编选者序"第 13 页。

② 沈志明编：《普鲁斯特精选集》，山东文艺出版社，1999 年，"编选者序"第 17 页。

解《追忆似水年华》打开了一扇扇窗户。确实,作为《追忆似水年华》的译者或研究者,柳鸣九、沈志明、周克希与徐和瑾为《追忆似水年华》在中国的传播做出了不可替代的重要贡献。

在研究《追忆似水年华》的中国学者中,郑克鲁、张寅德和张新木的工作值得特别推荐。郑克鲁从20世纪90年代初开始,一直关注普鲁斯特,他在《外国文学评论》、《社会科学战线》等刊物发表了多篇研究普鲁斯特文章,后又在他著的《现代法国小说史》中专辟一章,题为"意识流小说家马塞尔·普鲁斯特",对"普鲁斯特的生平与创作"、"普鲁斯特的意识流手法"和"普鲁斯特的语言风格"作了较为系统的研究,他认为"《追忆似水年华》的独创性首先表现在意识流手法的运用上",而"普鲁斯特的意识流手法表现为回忆","既然是回忆,就必然与时间相连。普鲁斯特创造了一种'时间心理学'"。从意识流这一独创性因素入手,郑克鲁对普鲁斯特的特点作了探讨和分析,进而归纳出普鲁斯特意识流手法的五个特点。① 除了对普鲁斯特意识流手法探讨之外,郑克鲁对普鲁斯特的语言风格研究也颇具特色,他指出:"构成普鲁斯特语言风格的基本的要素是:复杂繁复的长句,和谐多彩的句型;前者为主要特色,后者如众星拱月,起着平衡和多变的辅助作用。两者相得益彰,不可或缺。繁复的长句和细腻曲折的感情宣泄相适应,而和谐多彩的名字与优美、柔和、自然、机智的表达方式相合拍,这正是普鲁斯特的文字在感情色彩上表现出来的风格特点。"②

意识流手法是普鲁斯特创作的独创性因素,而风格则是普鲁斯特

---

① 见郑克鲁著:《现代法国小说史》,上海外语教育出版社,1998年,第99—116页。

② 见郑克鲁著:《现代法国小说史》,上海外语教育出版社,1998年,第116—117页。

区别于其他作家的本质性因素，郑克鲁对这两者的分析和探讨的价值是显而易见的。张寅德关注的焦点与郑克鲁不同，他最早探讨的是“普鲁斯特小说的时间机制”问题，之后逐渐关注普鲁斯特的叙事手法与风格。1992年，张寅德在三联书店（香港）有限公司出版了《意识流小说的前驱：普鲁斯特及其小说》一书，全书共四章，分别为“普鲁斯特的生平”、“普鲁斯特的作品”、“普鲁斯特与时代”和“《追忆似水年华》评析”。特别值得一提的是该书的第四章，着力于分析《追忆似水年华》的“三重主题、叙事主体、时间结构与艺术风格”四个重要问题。从全书的写作看，张寅德对《追忆似水年华》的分析主要得益于热奈特的叙事理论。

张新木对普鲁斯特的研究采用的是符号学途径，他发表了《用符号重现时光的典型——试释〈追忆似水年华〉的符号体系》、《论〈追忆似水年华〉中的符号的创造》和《论〈追忆似水年华〉的叙述程式》等三篇系列论文。他认为：“普鲁斯特的小说创作主要依靠两个形式，即‘我’和时间。‘我’统一了叙述视野，使人物服从于中央视角。同时‘我’没有打上明确的个性印记，具有足够的普遍性，成为一切人的我。[……]时间则控制着小说的进展、故事的叙述和人物的生活。”《追忆似水年华》是“以符号的形式重新创造和安排时间，使过去、现在、未来融为一体，组成一个独特的时光体系，造就了《追忆似水年华》的巨大魅力”[①]。关于普鲁斯特在小说创作中的符号创造，张新木指出：“从提取时间并使它成为符号的方法来看，《追忆》中有反理性法、组合法、运

① 见张新木：《论〈追忆似水年华〉中符号的创造》，《外国文学评论》1997年第2期，第42页。

转法等。”[①]而整部小说“采用了三部生产作品的机器:生产零碎物品的机器、生产共鸣效果的机器和非道、非逆向运动的机器。每台机器都生产出真理,生产出时光符号:零碎物品显示消逝的时光,共鸣显示重现的时光,非逆向运动用运转法显示时光的消逝,赋予时光符号一种统一的形式”[②]。从张新木的研究看,符号学的研究途径有助于整体把握普鲁斯特的小说创作手法和内在联系。

就总体而言,中国学者对《追忆似水年华》的研究应该说是一步步前进的,而且研究的角度也有所变化。但无可否认的是,无论是研究的深度,还是研究的广度,都与普鲁斯特及其巨著《追忆似水年华》在文学史上的地位极不相称。从研究的内容看,我国学者所关注的问题比较集中,或者说比较单一,大部分都只局限于一般的介绍;从研究的方法看,除上文中提及的一些较有特色的研究之外,不少文章都是采用中国传统的方法,着重于生平和创作思想的评介,很少就作品的本身展开系统的分析与深入的研究。而且,重复性研究的现象比较突出,绝大多数文章都基本上围绕着小说创作的主题——时间、柏格森对普鲁斯特的影响、无意识回忆等手段展开,甚至连举的例子都有雷同的倾向,小玛德莱娜蛋糕几乎成了一个永恒的例证。就此而言,中国学界对普鲁斯特的研究在某种意义上只是刚刚起步,期待着更深入、更系统的探索。

---

① 见张新木:《论〈追忆似水年华〉中符号的创造》,《外国文学评论》1997 年第 2 期,第 43 页。

② 见张新木:《论〈追忆似水年华〉中符号的创造》,《外国文学评论》1997 年第 2 期,第 46 页。

三 普鲁斯特在中国的影响

从1934年卞之琳以《睡眠与记忆》为题翻译了普鲁斯特那部不朽名著开篇的几个段落开始，到1991年译林出版社出齐了《追忆似水年华》的全译本，再到2004年和2005年上海译文出版社与译林出版社推出分别由周克希和徐和瑾执译的重译本的第一卷，普鲁斯特在中国的翻译历史前后已经历经了七十多个春秋。作为在世界文学史上有着重要位置的文学大师，普鲁斯特在中国的译介历程远远没有结束，他的长达数十卷的《书信集》在中国基本没有译介，只是零星的介绍。[①] 周克希与徐和瑾分别执译的重译本至今也只出版了第一卷，其余六卷的出版遥遥无期。特别是中国学界对普鲁斯特的研究，大都只局限于一般的介绍，少有深入的探讨，更遑论系统全面的研究，如中国社科基金迄今没有有关普鲁斯特研究的课题立项。从这个意义上说，普鲁斯特在中国的生命历程还将继续。在上文中，我们对普鲁斯特在中国的译介历程作了比较客观的描述与浅要的分析。从中，我们可以看到，译林出版社于1989年开始陆续推出普鲁斯特的《追忆似水年华》的全译本，对于普鲁斯特在中国传播与影响而言，是一个具有历史性意义的事件。对于翻译者与出版者而言，《追忆似水年华》全译本的问世，

① 如袁莉翻译的《普鲁斯特至安德烈·纪德的信》，见《当代外国文学》1995年第2期，第140—141页。

填补了我国外国文学翻译史上的一个巨大的空白;对于作者普鲁斯特而言,他终于在人数众多、历史悠久的汉语世界赢得了广大的读者;对于读者而言,通过汉译本,他们终于有缘可以结识20世纪最伟大的作家之一普鲁斯特,在他创造的神秘的符号世界中与大师交流;对于研究者而言,无论是通晓法语的,还是不懂法语的,《追忆似水年华》全译本的问世,无疑为他们的探索与研究提供了莫大的便利,在某种意义上也直接推动了中国学者对普鲁斯特的关注与研究。

在上文中,我们已经提到,在杂志上对普鲁斯特的片断译介和有关出版社出版的普鲁斯特的著作不计,单就译林出版社推出的《追忆似水年华》的全译本而言,从1991年全译本问世至2005年底,总计发行169680套(不包括该书的台湾版发行的7500套),足见中国读者对普鲁斯特的关注和喜爱程度,当然也不排除某种好奇与从众的阅读心理。

1991年,当《追忆似水年华》全译本问世时,在中国应该是产生了巨大的轰动效应,从新华社到《人民日报》、《光明时报》等各大媒体,纷纷报道普鲁斯特这部不朽名著中译本的问世,中央电视台和国际广播电台也作了报道。次年,《追忆似水年华》全译本荣膺中国新闻出版署主办的"中国首届全国外国文学优秀图书一等奖"(1992年)和江苏省第二届文学艺术金奖。在此之前,笔者曾用法文撰文,将普鲁斯特《追忆似水年华》在中国的问世过程作了介绍与分析,以《神秘的普鲁斯特与好奇的中国人》为题,分别发表在法国著名的文学刊物《文学半月刊》(1990年2月16—28日刊)和《世界报》(1990年1月20第2版)上,引起了法国学者和读者对普鲁斯特在中国的译介与传播过程的关注。

《追忆似水年华》全译本的问世,不仅产生了一时的轰动,而且还产生了持续的影响。中国文学界和外国文学界对普鲁斯特始终抱以极大的兴趣，特别是对中国作家而言，普鲁斯特的《追忆似水年华》是不能不读的作品。2000年，漓江出版社出版了由刘锋、张杰、吴文智主编的《20世纪影响世界的百部西方名著提要》，《追忆似水年华》毫无争议地入选此书，由宋学智撰写提要就《追忆似水年华》的主要内容、结构、创作方法与特色进行了探讨，对普鲁斯特的地位与影响作了世纪性的认定。

普鲁斯特借助翻译，在中国得以延伸其生命，全译本巨大的发行量、无数的读者和持续不断的关注，构成了其影响的表征，但在我们看来，一部文学作品真正的持久的影响力，并不完全决定于其发行量的多少，而要看其是否能作用于人类的灵魂，是否能对的后来的作家的创作产生影响。

在《追忆似水年华》全译本在中国问世后发表的有关阅读或评论普鲁斯特的文字中，我们特别注意到了赵丽宏的《心灵的花园——读〈追忆似水年华〉随想》。普鲁斯特的追忆作用于赵丽宏的随想，而在赵丽容的随想中，我们可以真切地感受到普鲁斯特对于他的灵魂与精神的影响。赵丽宏在文章中开篇这样写道：

> 读《追忆似水年华》，是一次美妙的精神漫游。在一个个寂静的夜间，独自静静地品读，静静地走进普鲁斯特的世界，可以看到一个人的心灵怎么繁衍、成长为一个阔大涵深的花园。①

---

① 赵丽宏：《心灵的花园——读〈追忆似水年华〉随想》，《小说界》2004年第4期，第167页。

在赵丽宏看来,“世界上最丰富和博大的不是我们可以看见的客观的世界,而是人类的心灵,这种博大和丰富是无穷无尽的”。他读《追忆似水年华》就有这样的感受,普鲁斯特“把自己的心灵开掘出来,打开心门,让内心深处最隐秘的情感源源不断地喷出来、流出来、飞出来,显现出一个丰富而美妙的世界。因此我说它是心灵的一片花园”①。

在普鲁斯特开辟的这片心灵的花园中,赵丽宏感到了普鲁斯特用诗意的语言所构筑的对时间、空间和生命的种种感受具有无比渗透的影响,因此而激起了赵丽宏“强烈的共鸣”:

> 一个热爱艺术的人,拒绝大自然的亲近,那是无法想象的。这点引起我强烈的共鸣。我也是一个非常迷恋大自然的人,曾经在农村生活过多年。“文革”时期,我“插队落户”在崇明岛一个偏僻的村庄里,生活艰苦,处境孤独,心情也忧郁,但我和美妙的大自然朝夕相处,常常会面对着大自然万种风情产生各种各样的遐想。那时有些农民看见我独自一人坐在海堤上看落日沉江,一直到天黑才回家,担心我这个沉默寡言的知青是不是变傻变呆了,甚至以为我有自杀的倾向。其实他们不了解我,那恰恰是我陶醉享受的时光。面对着美妙的大自然,一切忧伤和忧愁都会在瞬间烟消云散。所以读普鲁斯特对大自然的那些描绘特别能使我引发共鸣。[……]在《追忆似水年华》中,我听见普鲁斯特时时都在对我说:“好好看,世界上所有奇妙的秘密都蕴藏在这些最简单的事物中。因为你愚钝,因为你麻木,所以你才会视而不见!”现在

---

① 赵丽宏:《心灵的花园——读〈追忆似水年华〉随想》,《小说界》2004年第4期,第168—169页。

那种科技高度发达、物欲汹涌泛滥的生活会使很多人愈益愚钝麻木，尽管他们觉得自己的聪明胜过前人。我想，如果能静下来读读《追忆似水年华》这样的书，我们的精神世界就会丰富一点，我们的愚钝和麻木或许会少一点。①

在赵丽宏的这段文字中，我们不难看到，普鲁斯特对于他的影响是深刻的。普鲁斯特为他打开了心灵的世界，在这个世界里，他看到了激情的生命过程的重演，看到了失去的时光在重现，看到了人的精神世界在丰富，看到了人的心灵在成长。

在2005年上海图书馆纪念上图讲座25周年活动中，赵丽宏在上海图书馆“名家解读名著”讲坛上，与广大听众分享了他阅读理解普鲁斯特的《追忆似水年华》的经历，通过“空中图书馆”，将他所体验的普鲁斯特介绍给更多的读者与听众。

赵丽宏阅读普鲁斯特的经历与感受，从一个侧面反映了普鲁斯特对读者的心灵世界的影响力与渗透力。同时，在中国当代作家的一些著述中，我们还发现了在写作的层面，中国作家从普鲁斯特那里所受到的启迪与影响。余华的《在细雨中呼喊》就留下了普鲁斯特的痕迹。

《在细雨中呼喊》成书于1991年9月17日，是余华的第一部长篇力作。据上海文艺出版社的作品简介：“小说描述了一位江南少年的成长经历与心灵历程。作品的结构来自于对时间的感受，确切地说是对记忆中的时间的感受，叙述者天马行空地在过去、现在和将来这三个时间维度里自由穿行，将记忆的碎片穿插、结集、拼嵌完整。”《在细

① 赵丽宏：《心灵的花园——读〈追忆似水年华〉随想》，《小说界》2004年第4期，第171页。

雨中呼喊》的这段介绍性的文字，自然而然地将笔者的目光引向了普鲁斯特的《追忆似水年华》，两者之间，显然存在着某种关联。1991年前后，是《追忆似水年华》在中国最为轰动的一段时间，赵丽宏在用心阅读《追忆似水年华》之后写过这样一段话：

> 时间。回忆。普鲁斯特小说中的这两个主题是发人深省的。时间在毁灭一切，而回忆可以拯救已经消失的往昔。其实人世间任何一刻只要发生过的就不会消失，只要你记得它，只要你愿意回忆它，只要你珍惜它。如果你是一个珍惜光阴、热爱生命、喜爱艺术的人，那么你曾经经历过的生活——那些美妙的、哀伤的、刻骨铭心的瞬间，就可能在你意想不到的时候，当一个特定的情景在你的周围发生时，它们就会不期而至，把你重新找回到已经消逝的时光中，激情的生命过程重现了，重演了。这是一种奇妙的境界。我们相信每个人都可以达到这种境界，普鲁斯特用他的小说为我们作了示范。①

我们不知余华是否在《在细雨中呼喊》中达到了普鲁斯特的这种境界，也不知余华是否承认普鲁斯特的小说为他创作"作了示范"，但《在细雨中呼喊》的作品简介的这几行文字足以显示两者之间所存在的隐秘的联系。实际上，余华在1998年8月9日为《在细雨中呼喊》的意大利文版写的自序中，或多或少地披露了源自于普鲁斯特的《追忆似水年华》的某种影响：

---

① 赵丽宏：《心灵的花园——读〈追忆似水年华〉随想》，《小说界》2004年第4期，第178页。

我想，这应该是一本关于记忆的书。它的结构来自对时间的感受，确切地说是对已知时间的感觉，也就是记忆中的时间。这本书试图表达人们在面对过去时，比面对未来更有信心。[……]当人们无法选择自己的未来时，就会珍惜选择过去的权利。回忆的动人之处就在于可以重新选择，可以将那些毫无关联的往事重新组合起来，从而获得了全新的过去，而且还可以不断地更换自己的组合，以求获得不一样的经历。①

余华评介自己作品的这段话，完全可以用于评介普鲁斯特的《追忆似水年华》。安德烈·莫洛亚为《追忆似水年华》所写的长序有类似的评说：《追忆似水年华》的"第一主题，是时间。他的书以这个主题开端、告终"，时间于是又成了全书的结构之源："'过去'便是我们每个人身上都存在的某种永恒的东西。我们在生命中某些有利时刻重新把握'过去'，便会'油然感到自己本身是绝对存在的'。所以，除了第一个主题：摧毁一切的时间而外，另有与之呼应的补充主题：起保存作用的回忆。"②拿余华的话说，回忆，是为了获得过去，一个"全新的过去"。看来，余华对普鲁斯特创作的奥秘是心领神会的。他在 2003 年 5 月 26 日为韩文版写的自序中进一步道出了他创作《在细雨中呼喊》的初衷，也坦言了普鲁斯特对他的影响：

我要说明的是，这虽然不是一部自传，里面却云集了我童年和少年时期的感觉和理解，当然这样的感受和理解是以记忆的方

---

① 余华著：《在细雨中呼喊》，上海文艺出版社，2004 年，"意大利文版自序"第 5 页。

② 《追忆似水年华》，南京：译林出版社，1989 年，安德烈·莫罗亚"序"第 7 页。

式得到了重温。

> 马塞尔·普鲁斯特在他那部像人生一样漫长的《追忆似水年华》里，有一段精美的描述。当他深夜在床上躺下来的时候，他的脸放到了枕头上，枕套的绸缎可能是穿越了丝绸之路，从中国运抵法国的。光滑的绸缎让普鲁斯特产生了清新和娇嫩的感觉，然后唤醒了他对自己童年脸庞的记忆，他说他睡在枕头上时，仿佛是睡在自己童年的脸庞上。这样的记忆就是古希腊人所说的'和谐'，当普鲁斯特的呼吸为肺病困扰变得断断续续时，对过去生活的记忆成为了维持他体内生机的气质，让他的生活在叙述里变得流畅和奇妙无比。①

显然，对于普鲁斯特，余华是认同的。安德烈·莫洛亚说："普鲁斯特的主要贡献在于他教给人们某种回忆过去的方式。"借助于普鲁斯特传授的某种回忆过去的方式，余华通过创作《在细雨中呼喊》，得以"在记忆深处唤醒了很多幸福的感觉，也唤醒了很多辛酸的感受"②。

像余华一样，在普鲁斯特那儿悟到了某种回忆过去的方式的作家在中国恐怕还有。像作家史铁生，当他在轮椅上用心阅读《追忆似水年华》的时候，也许他获得的，不仅仅是回忆过去的方式，更是他追寻生命之春、赋予生命新的本质的某种启迪。又如评论家费振钟，在他的近作《为什么需要狐狸》一书的自序"梦到狐狸也不惊"中，他这样写道：

---

① 余华著：《在细雨中呼喊》，上海文艺出版社，2004年，"韩文版自序"第7页。

② 余华著：《在细雨中呼喊》，上海文艺出版社，2004年，"韩文版自序"第7页。

> 感性在时间之中存在，并且在时间中生长，追寻失去的时间，在普鲁斯特那里，就是追寻那些时间之中的感性世界。你读普鲁斯特的小说，就知道早在写作《驳圣伯夫》时，每天早晨谛听天鹅绒窗帘之外的阳光，他对于时间的幻想和认识，总是与他复活感性的努力联系在一起。感性在时间远处，体现了它记忆的长度和历史厚度。一个能够回到感性的历史之中的人，才说得上感性的复活，才有真正的感性。①

读费振钟的这段话，再读他的《为什么需要狐狸》，我们可以相信，费振钟也在普鲁斯特那儿，找到了回到感性的历史之中的道路，也找到了重新找回失去的时间的道路。普鲁斯特应该为此感到高兴，他所开辟的独特的"回忆"之路，将会继续在全世界，在中国，为人们与时间抗争、与遗忘抗争、寻找失去的时间进而追寻生命之春提供种种可能性。

---

① 费振钟著:《为什么需要狐狸》，南京:江苏文艺出版社，2006年，"自序"第2页。

圣埃克絮佩里与另一种目光①

圣埃克絮佩里，在法国文学史上具有独特的地位，他是个战士，又是个作家。他的作品在全世界拥有无数的读者。翻译家马振骋对他这样评价道：

> 圣埃克苏佩里有着双重身份，飞行员与作家，这两个生涯在他是相辅相成的。从《南方邮件》(1928)到《小王子》(1943)这十六年间，仅出版了六部作品，都以飞机为工具，从宇宙的高度，观察世界，探索人生。这些作品篇幅不多，体裁新颖，主题是：人的伟大在于人的精神，精神的建立在于人的行动。人的不折不挠的意志可以促成自身的奋发有为。

马振骋是中国翻译圣埃克絮佩里作品的主要译家之一，他对圣埃克絮佩里的作品，对他的人生，对他的精神世界，有着独特的理解。他对圣埃克絮佩里作品的解读与理解具有相当的代表性。在本文中，我

---

① 本文原题为《圣埃克絮佩里的双重形象与在中国的解读》，载《当代外国文学》2008年第2期。

们将就圣埃克絮佩里在中国的翻译状况，特别是结合《小王子》的翻译与接受情况，对圣埃克絮佩里在中国的生命历程作一梳理，对其影响作一探讨。

一 “小王子”在中国

圣埃克絮佩里（Antoine de Saint-Exupéry）与20世纪一起诞生。1900年，圣艾克絮佩里出生在法国里昂一个传统的天主教贵族家庭。童年生活，有过温馨和希望，但更有过惶惑和迷惘。第一次世界大战的爆发，就像尼采说的“上帝死了”那样，圣埃克絮佩里的心中从失望到绝望，在战争的废墟上，对他而言再也没有了信仰。1921年，圣艾克絮佩里应征入伍，被编入斯特拉斯堡第二飞行大队担任机械修理工。同年12月，他获得军事飞行证书，从此和飞行结下了不解之缘。

圣埃克絮佩里与飞行的不解之缘是双重的。《圣埃克絮佩里作品集》的主编黄荭认为：“对于圣埃克絮佩里如果说飞行给圣艾克絮佩里提供的是肉体感性的飞升，那么写作就是诗人灵魂智性的翱翔。”[①]飞行，远离大地和人类，给了圣埃克絮佩里观察人类赖以生存的地球与思考人类存在的新的空间。1926年，他在《银舟》杂志发表了短篇小说《飞行员》。在此后的18年里，他飞行、写作，写作、再飞行，直至在

① 黄荭：《圣艾克絮佩里的人生和创作轨迹》，《当代外国文学》2006年第2期，第171页。

1944 年的 7 月 31 日,四十四岁的圣埃克絮佩里在执行侦察任务时,永远消失了——消失在空中。

圣埃克絮佩里的一生是短暂的,他在身后给我们留下了的作品也不多:《南线邮航》(1928)、《夜航》(1931)、《人的大地》(1939,英译名《风沙星辰》)、《空军飞行员》(1942)、《小王子》(1943)和《要塞》等。但是,随着岁月的流逝,他的生命因升华而成了传奇,他的作品因独特而变为不朽。

对于当今的中国读者而言,圣埃克絮佩里,就是《小王子》的化身。近年来,圣埃克絮佩里的作品,在中国拥有了越来越多的读者。根据北京大学中法文化关系研究中心和北京图书馆参考研究部中国学室主编的《汉译法国社会科学与人文科学图书目录》①,早在 1942 年,陈占元就向处在抗日战火中的中国文学界介绍了埃克絮佩里这位独特的作家,当时作家的名字译为圣·狄瑞披里。陈占元翻译的作品为《夜航》,列入"西洋作家丛刊",由明日社出版。不过,圣埃克絮佩里的这部作品在当时的中国并没有产生多大的影响。也未见有深入的评价。直到 1979 年,商务印书馆在"法汉对照读物"系列中,推出了程学鑫与连宇合译注的《小王子》,圣埃克絮佩里才真正开始了他在中国的生命之旅。

中国对圣埃克絮佩里的翻译与接受主要集中在近二十年。20 世纪 80 年代初期,他的主要作品《夜航》与《小王子》开始出现不同的译本。90 年代初,《空军飞行员》和《人类的大地》又陆续被介绍给中国读者,李清安还编选了《圣爱克苏贝里研究》,于 1992 年由中国社会科学院出版社出版。到了新的世纪,圣埃克絮佩里似乎获得了重生,他受

① 由世界图书出版公司 1996 年出版。

到了中国读者格外的关注，他的遗作《要塞》由马振骋执译，于2003年由海南出版社出版，《小王子》更是得中国读者青睐，国内一时刮起了一股《小王子》复译的热潮。根据我们掌握的资料，我们列了一份近二十五年来圣埃克絮佩里作品汉译目录：

《夜航》，圣埃克絮佩里著，汪文漪等译，外国文学出版社，1981。

《夜航》，圣埃克絮佩里著，汪文漪等译，人民文学出版社，1989。

《夜航》，圣埃克苏佩里著，吴岳添译，接力出版社，1996。

《夜航 人类的大地》，圣艾克苏贝里著，刘君强译，安徽文艺出版社，1997。

《夜航·人类的大地》，圣埃克絮佩里著，刘君强译，上海译文出版社，2003。

《夜航·人的大地》，圣埃克絮佩里著，黄天源译，漓江出版社，2006。

《人的大地》，圣埃克苏佩里著，马振骋译，外国文学出版社，1999。

《人类的大地》，圣艾克絮佩里著，黄荭译，江苏教育出版社，2005。

《风沙星辰》，安东尼·德·圣艾修伯里著，艾柯译，哈尔滨出版社，2002。

《风、沙与星星》，圣埃克苏佩里著，雨过天晴译，海南出版社，2002。

《空军飞行员》，圣埃克苏佩里著，马振骋译，外国文学出版社,1991。

《空军飞行员》,圣埃克苏佩里著,马振骋译,漓江出版社,1996 。

《战争飞行员》,圣艾克絮佩里著,黄旭颖译,江苏教育出版社,2005。

《圣爱克苏贝里研究》,李清安编选,中国社会科学院出版社,1992。

《要塞》,安东尼·德·圣埃克苏佩里著,马振骋译,海南出版社,2003 。

《小王子》,圣·德克序贝里著,程学鑫、连宇译注,商务印书馆,1979 。

《小王子》,圣-埃克絮佩利著,胡雨苏译,中国少年儿童出版社,1981 。

《小王子》,圣-埃克絮佩利著,张荣富译,浙江少年儿童出版社,1985 。

《小王子》,安东尼·德.圣-埃克絮佩利等著,萧曼等译,贵州人民出版社,1997 。

《星王子》,圣·埃克絮佩利原著,杨玉娘译,21 世纪出版社,1998 。

《小王子》,圣埃克苏佩里著,胡雨苏译,中国友谊出版公司,2000 。

《小小王子》,安东·圣·爱克苏贝著,毛旭太译,作家出版社,2000。

《小王子》,圣埃克苏佩里著,薛菲译,萧望图文编纂,浙江文艺出版社,2000 。

《小王子》,圣埃克苏佩里著,林珍妮译,译林出版社,2001。

《小王子》,安东·德·圣艾修伯里著,艾柯译,哈尔滨出版社,2001。

《小王子》,圣埃克絮佩里著,周克希译,上海译文出版社,2001/2002 。

《小王子》,圣埃克苏佩里著,潘岳译,南海出版公司,2002 。

《小王子》,安东尼·圣修伯里原著/绘图,吴淡如编译,新蕾出版社,2002 。

《小王子》,圣爱克苏贝里著,小意译,中国社会科学出版社,2002。

《小王子》,圣爱克苏贝里著,程惠珊译,伊犁人民出版社,2003。

《小王子》,圣埃克苏佩里著,马振骋译,人民文学出版社,2003 。

《小王子》,安东·德·圣艾修伯里著,王宝泉译,延边人民出版社,2003 。

《小王子》,圣埃克苏佩里著,郑闯琦译,侯海波图,金城出版社,2003 。

《小王子》,安东尼·圣艾修伯里著,李思译,中国华侨出版社,2004 。

《小王子》,圣·德克旭贝里著,白栗微译,春风文艺出版社,2004 。

《小王子》,安东尼·圣埃克苏贝里著,戴蔚然译,文化艺术出版社,2004 。

《小王子》,圣埃克苏佩里著,刘文钟译,中英对照,中国书籍出版社,2004 。

《小王子》,圣埃克絮佩里著,周克希译,上海译文出版社,2005。

《小王子》,圣爱克苏佩里著,胥弋译,山东友谊出版社,2005。

《小王子》,圣艾克絮佩里著,黄荭译,江苏教育出版社,2005。

《小王子》,圣埃克絮佩里著,郭宏安译,北京十月出版社,2006。

《小王子》,圣爱克絮佩里著,柳鸣九译,沈宏绘,中国少年儿童出版社,2006。

《小王子》,圣埃克絮佩里著,周克希译,上海少年儿童出版社,2006。

《小王子》,圣埃克苏佩里著,八月译,北京连环画出版社,2006 。

《小王子》,埃克絮佩里著,大壮译,黑龙江人民出版社,2006。

《小王子》,圣爱克苏佩里著,紫陌译,哈尔滨出版社,2006。

截至 2006 年的这份书目也许还不完整,但通过这份书目,我们不仅对圣埃克絮佩里在中国的翻译情况可以有个大致的了解,而且还可以从中发现有关译介活动的一些值得关注的现象。

首先,最为引人关注的是圣埃克絮佩里的作品在中国的重译现象。除《要塞》外,圣埃克絮佩里的每部作品都有复译,如《夜航》、《人类的大地》、《空军飞行员》等,短时间内就有四五个译本问世。特别是《小王子》一书,在 2000 年至 2006 年期间,出现了二十多个不同的译本,加上此前出版的译本,总数超出三十。这在中国的外国文学出版史上,也许是绝无仅有的。

其次，是译者队伍与出版社的庞杂。在译者中，我们可以看到一些非常熟悉的名字，他们是国内法语界多年来从事法国文学与语言研究的重要学者，且有相当的丰富经验，如汪文漪、柳鸣九、胡玉龙、吴岳添、马振骋、周克希、郭宏安、李清安、刘君强、黄天源和黄荭等。但也有许多在法语界很不熟悉的名字，甚至有的也许根本不懂法语。如在书目中显示的，艾柯、雨过天晴、杨玉娘、小意等署名，显然是笔名，或一时编造的笔名。众多的出版社参与了圣埃克絮佩里的作品的翻译出版，其中有国内专事外国文学出版的专业出版社，也有在翻译出版外国文学作品方面做出过重要成绩的出版机构，如人民文学出版社、外国文学出版社、上海译文出版社、译林出版社、漓江出版社等，还有一些近年来涉及外国文学出版的一些知名的出版社。值得关注的是：专业出版社或在出版外国文学作品方面有着丰富经验的出版社往往与知名的法语学者或译家合作，如汪文漪、马振骋与外国文学出版社、刘君强、周克希与上海译文出版社、黄天源与漓江出版社。另有一点特别需要指出的是，除《小王子》外的几部作品，基本是由法语界的学者翻译的，而译者队伍之"庞杂"，主要体现在《小王子》一书的翻译上。

再次，是原文本和译介形式的多样化。我们发现，各个译本所依据的不仅仅是法语版，还有英语版，甚至可能是德语版。如作家出版社出版的毛旭太的译本，译者标明"1997 年译于德国波鸿"，文中也未注明译自何种版本。另外，译介的形式也显多样化，如商务印书馆于 1979 年出版的，是译注本，都主要面向法语爱好者；哈尔滨出版社和中国书籍出版社出版的，是"中英对照"版；还有的采用了"编译"的形式，如新蕾出版社的译本。新技术也被用于了译本的生产与传播，如中国书籍出版社的"中英对照"本还随书赠 MP3，将视与听结合在一起。此外，我们还注意到，《小王子》的大部分译本都采用原著的附图；但有的译本，出版社请人根据原图重新绘摹，注入了新的元素；甚至还有译者自己既翻译又描摹，图与文一致，全都“翻译”了一遍。

有关圣埃克絮佩里作品翻译的上述几个现象，特别是《小王子》的一译再译，应该说不是孤立的现象。翻译本身就是一项复杂的跨文化交流活动，作品的翻译与传播与接受语境紧密相连：“翻译的过程不是一个相对封闭的过程，从一个原文本的选择到它在目的语中的接受与传播，都或多或少地要受到诸如社会环境、文化价值取向和读者审美期待等因素的影响，而这些因素也都不是一成不变的，而是随着历史的发展而处在不断变化的开放态势之中。”①《小王子》在中国的翻译接受情况就是一个非常典型的例子。《小王子》在中国受到读者的喜爱，应该说是《小王子》被一译再译的最根本的原因之一。实际上，《小王子》不仅仅在中国广为流传，它在全世界的各个地方都有知音。《小王子》在全世界的广为翻译，也是中国出版社和译者所津津乐道的。有的说《小王子》“全球有 46 种译文”②。有的说“《小王子》至今已译成八十多种语言。不同民族、宗教、语言或社会地位的群体对这部作品表示一致的喜爱”③。还有的说“《小王子》在西方国家是本家喻户晓的书，它的发行量仅次于《圣经》”④。有网民也跟着说：“已然被译成五十多国文字的《小王子》，据称，它还是本世纪以来全世界阅读率最高的第三本书(第一是《圣经》，第二是《可兰经》)。”⑤出版者、译者或普通读

---

① 许钧著：《翻译论》，武汉：湖北教育出版社，2003 年，第 197—198 页。

② 见哈尔滨出版社 2001 版封一。

③ 见马振骋 为 1998 年外国文学出版社《人的大地》写的前言第 5 页，该书实际上是一个合集，其中除《人的大地》之外，还收有马振骋译的《夜航》、《空军飞行员》和《小王子》。

④ 见周克希译：《小王子》，上海译文出版社，2005 年，“再版译序”第 1 页。

⑤ 见 elong 网陈建忠《沉重的童话——重读小王子》一文。

者的这些说法虽然不一，而且也没有准确的依据，但就其根本而言，传达的信息是一致的，那就是《小王子》在全世界的被喜爱和广为传播。

读者的喜爱，对于出版社而言，便意味着潜在的市场。短短的几年时间里，数十家出版社参与《小王子》的译事，纷纷推出中文译本，不可否认的是，市场因素起到了决定性的作用。自 20 世纪 90 年代初以来，复译现象在中国成为了一个令人关注也值得思考的社会现象。只要哪一部名著有市场，且没有版权的约束，就会有许多出版社瞄上这部作品，跟风出版。在纯经济利益驱动下问世的这些版本，不可避免地都会遇到一个问题，那就是翻译质量的良莠不齐、鱼龙混杂，像读者熟悉的《红与黑》、《简·爱》、《钢铁是怎样炼成的》等等，都有近十个甚至二十个译本，其中当然不乏优秀的译作，但也有质量低下，甚至是拼凑、"抄译"而成的盗本。《小王子》的翻译看去一片欣欣向荣，且形式多样，但其后却隐藏着莫大的危机。其最重要的后果之一，就是普通读者难以在众多的译本中做出比较准确的选择。加之翻译批评缺乏，读者没有行家的引导，购买翻译图书都是以作者的名气为准，很少注意译者在翻译中所起的创造性、决定性的作用，因此购买翻译图书基本上不考虑译者是否优秀、译本是否可靠。在这样的状况下，读者买的如果是一个质量得不到保证或者说质量低劣的译本，那么读者就无法真正欣赏到原文本的魅力、领悟到其真正的价值。在这个意义上，那些质量低下的译本实际上是在扼杀原文本的生命，在伤害读者的同时，也在双重的意义上伤害原作者，因为质量低劣的译本一方面有碍于作品的传播，另一方面它歪曲了原文本的精神，破坏了原作者的真实生命。《小王子》在中国的翻译，无疑也存在着类似的问题。记得在几年前，国内一位著名的兼写儿童文学的作家，想读一读《小王子》，但读了之后说了一句话："《小王子》写得不像人们赞美的那样好。"笔者很诧异，经了解后才知道该作家读的是北京一家出版社的译本，根本不是出自法语语言文学专家之手。于是，笔者向该作家推荐上海译文出版社的译本。读了这个译本，这位作家得以领悟原文本的美妙所在，认为《小王子》确实是一部好书，同时对翻译家的创造性的劳动也有了新的理解。这件事引起了我们深刻的思考，确实，优秀的译本有助于拓展原作的生命空间，有助于其传播，而低劣的译本则阻隔了读者接近原作、理解原作、欣赏原作的道路。在这个意义上，《小王子》在中国看似繁荣的译事，实际上对于圣埃克絮佩里而言，并不是一件值得庆幸的事，因为他在中国的生命历程中，由于存在着不少质量没有保证的译本，他有可能因遭受歪曲、误解甚至"厌弃"而失去大量读者。

二　是战士，也是作家

对圣埃克絮佩里，中国读者的认识或理解过程，可大概分成两个阶段或两个方面。而这两个阶段或两个方面的接受，与翻译的过程，与评论家和译者对圣埃克絮佩里作品的评介是紧密相连的。中国读者对圣埃克絮佩里的作品的阅读、理解与接受，有一个发展和变化的过程。

在上文中，我们提到，圣埃克絮佩里是个战士，也是个作家。对于这一两者兼有的形象，无论是法国读者，还是中国读者，基本都是认同的。但是，翻译的接受与接受国的社会文化语境紧密相连，中国对于圣埃克絮佩里的接受是动态的。在第一个阶段，读者偏重的是作为英雄飞行员的圣埃克絮佩里；而在第二个阶段，则是作为"小王子"化身的作家圣埃克絮佩里。

在法国，圣埃克絮佩里作为一个作家，评论界与一般读者所看重的，既有一致的地方，也有不同的地方。两者看法一致的，是圣埃克絮佩里的双重形象，而不一致的，特别是主流小说评论界与一般的读者相异的地方，就是前者比较看重《夜航》等前期作品，而后者则偏重于《小王子》。这一情况在中国也基本一致。

米歇尔·莱蒙在其编撰的《法国现代小说史》中，将圣埃克絮佩里列入"描绘人类境遇"的小说家之列，与塞林、马尔罗、贝尔纳诺斯、蒙泰朗和阿拉贡等作家在20世纪30年代"确立了自己的声望，取代了过去那些大师的地位"。他指出：

> 这些作家并不怎么关心使读者得到消遣娱乐，只是企图去影响他们的思想。他们在自己的作品中提出了某种生活的方式。精神和道德的内容在他们的小说中占据了首要地位。他们笔下的人物与其说是社会典型人物的代表，毋宁说是种种价值的具体化身。小说本身要成为一种行动，而不是一种描写。[①]

对于圣埃克絮佩里的创作，米歇尔·莱蒙在其著作中列举了他的《南方邮航》、《夜航》、《人的大地》和《空军飞行员》等四部作品，并作了分析，但对《小王子》却只字未提。米歇尔·莱蒙的这一选择无疑是具有某种倾向性的，他看重的是作为小说家的圣埃克絮佩里对于小说艺

① 米歇尔·莱蒙著：《法国现代小说史》，徐知免、杨剑译，上海译文出版社，1995年，第293页。

术的贡献，而不是作品在普通读者之中产生的共鸣。为此，他特别强调圣埃克絮佩里的创作关键："已不是去虚构一个假想的世界，而是使读者去体味作者亲身经历过的感受，使他们进入人生的崇高境界。"①于是，在圣埃克絮佩里的作品中，经历、行动与叙述结为一体，而从中所要凸现的，是人类应该正视的生存方式，在道德与精神的层面得到升华。

米歇尔·莱蒙的评价是从小说创作的倾向出发的。中国的法国文学研究界对米歇尔·莱蒙的这一看法在很大程度上是认同的。无论是江伙生与肖厚德合著的《法国小说论》，还是郑克鲁著的《现代法国小说史》，都给了圣埃克絮佩里相应的位置。《法国小说论》为圣埃克絮佩里专辟一章，对圣埃克絮佩里的生平与创作情况进行了简要的评述，其中详述的还是圣埃克絮佩里的飞行经历和与之相关的创作成果。与米歇尔·莱蒙不同的是，江伙生和肖厚德选择了《夜航》与《小王子》两部书作为圣埃克絮佩里的代表作加以重点评介。在评介中，两位作者特别强调法国文学界对圣埃克絮佩里的评价："在不少教科书、文学史和小说史中，圣-戴克絮佩里都被列为'人类处境小说家'之列，认为'从那时起，他便提倡为适应时代的要求而创造一种英雄主义'。② 这就是，面对严酷的大自然，人类应该克服自身的弱点，特别是内心（情感）的弱点。"③在江伙生和肖厚德看来，《夜航》便是创造这一种"英雄主义"的尝试。对于《小王子》，《法国小说论》的作者则采用法

① 米歇尔·莱蒙著：《法国现代小说史》，徐知免、杨剑译，上海译文出版社，1995年，第295页。

② 皮埃尔·亚伯拉罕、罗兰·戴斯纳：《法国文学史》第六卷570页，法国社会出版社。

③ 江伙生、肖厚德著：《法国小说论》，武汉大学出版社，1994年，第322页。

国文学史家雅克·勒来纳的观点，认为《小王子》的“主题是友谊和驯化人类的艺术”；同时，他们强调《小王子》是“一部呼唤人类友谊的小说”①。

郑克鲁的《现代法国小说史》是一部关于法国现代小说发展、演变的系统性著作，一方面，他从时间的角度，将20世纪两端的小说家分为“跨世纪小说家”与“新一代小说家”；另一方面，他又根据小说家的创作倾向和特点，将他们的创作分为“意识流小说”、“长河小说”、“心理小说”、“社会小说”、“乡土小说”、“超现实主义小说”、“存在主义小说”和“新小说”等。在他的这部著作中，他把圣埃克絮佩里的作品归入了“社会小说”之列。郑克鲁从“生平与创作”、“小说内容”与“艺术特点”三个方面对圣埃克絮佩里进行了评价。他认为“安东尼·德·圣艾克絮佩里是法国20世纪上半叶的现实主义小说家，他以独特的题材征服了广大读者，在小说史上占据了一个突出的地位”②。关于圣埃克絮佩里的生平，郑克鲁与江伙生和肖厚德的介绍基本是一致的。与《法国小说论》不同的是，郑克鲁力图在总体上把握圣埃克絮佩里的创作内容与特色。就其创作内容而言，郑克鲁归纳了三点：一是“圣埃克絮佩里的小说描写了飞行员的生活，给人们展示了飞行员惊险多变、生死莫测的职业和勇敢大胆、进取开拓的精神”③；二是圣埃克絮佩里“力图表达深邃的哲理，他提倡责任感，要阐明一种行动的哲学。圣埃克絮佩里的全部作品，从《夜航》至《城堡》，都对行动作出道德上的

① 江伙生、肖厚德著：《法国小说论》，武汉大学出版社，1994年，第323页。
② 郑克鲁著：《现代法国小说史》，上海外语教育出版社，1998年，第327页。
③ 郑克鲁著：《现代法国小说史》，上海外语教育出版社，1998年，第331页。

辩解"[①]；三是"圣埃克絮佩里的小说充满了人道主义精神"[②]。郑克鲁对圣埃克絮佩里的这三点评价，与米歇尔·莱蒙的观点明显是一种呼应。米歇尔·莱蒙强调"精神和道德的内容"在马尔罗、蒙泰朗、圣埃克絮佩里等小说家的作品中"占据了首要位置"，且"小说本身要成为一种行动"；郑克鲁在其评析中，突出的也正是"精神"、"道德"与"行动"这三个层面。

李清安是国内对圣埃克絮佩里进行过较为全面与深入研究的重要学者，他编选的《圣爱克苏贝里研究》[③]收录了王苏生翻译的《南线邮航》、马振骋翻译的《人的大地》、马铁英翻译的《战区飞行员》（节译）和肖曼译的《小王子》。还收录了"圣爱克苏贝里杂文选"，其中包括《给一个人质的信》（马铁英译）和《城堡》（葛雷、齐彦芬节译）。此外，他还收录了罗歇·卡佑阿的《〈圣爱克苏贝里文集〉序言》和玛雅·戴斯特莱姆的评论《面对评论界》。李清安在"编选者序"中对圣埃克絮佩里的创作的独特价值和思想倾向进行了探讨，并加以肯定，其中有两点意味深长，需要特别关注。

第一点涉及圣埃克絮佩里作品的独特性。李清安指出：圣爱克苏贝里"对人类的贡献并不止于飞翔，他还作为一个作家在飞翔中体验了人生，探求并且表达了由此得来的独特的哲理。[……]崇尚行动，塑造'超人'，这一点圣爱克苏贝里与海明威确乎相似。但是，只要做更进一步的分析，我们就会发现，圣爱克苏贝里作品的思想内涵比《老人与海》等名作有着更深更高的哲学意味。圣爱克苏贝里在自己的创

① 郑克鲁著：《现代法国小说史》，上海外语教育出版社，1998年，第335页。
② 郑克鲁著：《现代法国小说史》，上海外语教育出版社，1998年，第336页。
③ 李清安编选：《圣爱克苏贝里研究》，中国社会科学出版社，1992年。

作历程中，始终不是注重故事的陈述，而是着力于表现自己独特的感受，并且更多是阐发某种人生哲理。比较起来，他的作品甚至不如他本人的经历更富情节性。他的特色、他的价值以及他所引起的争论，盖源于此”[①]。西方评论界有人将圣埃克絮佩里称为“会飞的康拉德”、“空中的海明威”。李清安强调圣埃克絮佩里有别于康拉德和海明威，其独特性表现在作品的“行动性”大于“叙述性”，由此而揭示的精神与蕴涵的价值更具影响。不过，他认为圣埃克絮佩里作品的思想内涵高于深于《老人与海》，这一步值得商榷。

第二点涉及对圣埃克絮佩里所倡导的“英雄主义”的理解。法国评论界对圣埃克絮佩里的“英雄”与尼采的“超人”之间的关系有着不同的观点。赞扬者认为前者的“英雄主义”有着独特的含义，责难者认为圣埃克絮佩里的“英雄”与尼采的“超人”一脉相承。如在 20 世纪 70 年代，法国社会出版社出版的《法国文学史读本》就以激烈的口吻指出：“由于圣爱克苏贝里认定行动的领域和义务与幸福的领域是正好吻合的，所以他的道德观与尼采及其信徒们的道德有着危险的近似之处。不幸的是，众所周知，不久以前就有过血的教训，如果不惜任何代价去扮演‘超人’或‘英雄’，将会导致何等卑鄙无耻的恶果。”[②]针对这一观点，李清安援引萨特的思想，提出“要能正确地理解一个思想，那就必须起码把握思想和作品的整体，把握‘其文’与‘其人’的关系”[③]。李清安指出：“圣爱克苏贝里的作品中着意强调行动对实现人的价值的重要意义，却很少表明人所突出的是一种什么价值。这颇有些‘只管耕耘，勿问收成’的意味。但是应当承认，他作品中的人，都是有着

① 李清安编选：《圣爱克苏贝里研究》，中国社会科学出版社，1992 年，第 4 页。

② 李清安编选：《圣爱克苏贝里研究》，中国社会科学出版社，1992 年，第 9 页。

③ 李清安编选：《圣爱克苏贝里研究》，中国社会科学出版社，1992 年，第 9 页。

具体的行动指向的，诸如开辟航线，架设桥梁，反对法西斯等等。”鉴于此，虽然年轻时圣爱克苏贝里对尼采的“超人”之说有着共鸣，但“无论从具体内容，还是从社会效果看，圣爱克苏贝里的‘行动哲学’与尼采的‘超人哲学’均有本质不同。代表邪恶势力的法西斯纳粹曾从尼采那里找到了理论依据，却没有也不可能从圣爱克苏贝里的著作中捞到任何好处”[①]。他相信，为进步和正义事业而战，并为维护人的尊严而呼唤的圣爱克苏贝里将真正留在人类的记忆之中。[②]

李清安的观点具有相当的代表性。从他的“编选者序”中，我们发现，他所关注的，主要是圣埃克絮佩里的思想价值与精神导向。他所分析的作品，也主要是体现圣埃克絮佩里“行动哲学”的《夜航》和《人的大地》等。而对《小王子》，与法国的米歇尔·莱蒙持一样的态度，基本上没有提及。

文学评论家对圣埃克絮佩里的关注与普通读者对之的关注具有明显的不同点。不管在西方还是在东方，圣埃克絮佩里对于读者的影响，主要集中在被评论界所忽视的《小王子》。就圣埃克絮佩里在中国的影响而言，李清安、郑克鲁、江伙生、肖厚德的观点固然起到了一定作用，但真正引起广大读者共鸣的，则是随着译本一起进入中国文化语境，走向普通读者的“副文本”。

---

① 李清安编选：《圣爱克苏贝里研究》，中国社会科学出版社，1992 年，第 9—10 页。

② 李清安编选：《圣爱克苏贝里研究》，中国社会科学出版社，1992 年，第 10 页。

三　永远活着的"小王子"

翻译是一种历史的奇遇。虽然在中国存在种种质量低劣的译本，但值得庆幸的是，圣埃克絮佩里在中国不乏知音。首先是他遇到了优秀的译者，像我们在上文已经提到的汪文漪、马振骋、胡玉龙、吴岳添、周克希、郭宏安、黄荭、黄天源等。他们有着丰富的译事经验，更有着严谨的译风。在与圣埃克絮佩里的相遇中，他们不断接近圣埃克絮佩里，一步步加深对他的理解。在考察一个作家在国外的翻译与接受情况时，译者的介绍与评论值得特别注重。安妮·布里塞在《翻译的社会批评——1968—1988年间在魁北克的戏剧与他者》一书中指出：

> 我们首先要探究的是编辑机制是如何垒造"异"之形象的。为此，我们要对副文本进行研究，所谓的副文本，就是与出版的译本结合在一起的序、后记、生平介绍、评介以及插图，因为插图也是文本性的另一符号形式。①

从我们手中掌握的一些材料看，对于圣埃克絮佩里在中国的评介以及圣埃克絮佩里在中国之形象的形成，安妮·布里塞所说的副文本

① Annie Brisset, *Sociocritique de la traduction*: *Théâtre et altérité à Québec* (*1968 - 1988*), Québec: Les Editions du Préambule, 1990. p.38.

确实起到了非常重要的作用。随着译本出版的序言和译后记,往往为普通读者起着导读的作用。这些文字或介绍作者的生平与创作经历,或探讨作品的结构与写作特点,或译介作品的主题、思想与价值,对普通读者了解作者、理解作者起到了直接的影响作用。何况普通读者在阅读正文之前,往往会先阅读序言、后记或相关的介绍文字。在这个意义上,副文本对于读者而言,就成了读者认识作者、形成作者或文本之"形象"的先入为主的影响要素,其作用不可低估。

在翻译圣埃克絮佩里的众译者中,马振骋是非常突出的一位。他翻译了圣埃克絮佩里的《夜航》、《人的大地》、《空军飞行员》、《小王子》和《要塞》(一译《城堡》)等主要作品。作为翻译者,马振骋对圣埃克絮佩里的理解角度与深度与一般的研究者或评论者有着明显的区别。首先是马振骋几乎翻译了圣埃克絮佩里的全部作品。翻译,在某种意义上,是理解与使人理解。译者对于一个作家的理解与评价,主要的功夫是用在文本上。马振骋对圣埃克絮佩里的评价,也主要是从文本出发,而不是根据国外评论者的观点,再加上中国长期以来形成的作品分析模式,从生平到思想再到写作特色的路径进行评价。其次,马振骋对圣埃克絮佩里的评价,不是从观念出发,而是善于从作品的字里行间去把握作者的思想脉搏,触及作品的深层,领悟其奥妙之处,进而评价其精神价值。他以译本的前言、序言和读后感等多种副文本的形式,发表了一系列解读圣埃克絮佩里作品的文字,这些文章随着译文的大量发行而广为流传,一些精彩的篇什还发表在国内较有影响的报纸杂志上,如《背负青天 看 人间域廓——圣埃克絮佩里生平与作品》[①]、《圣埃克

① 见《外国文学》1982 年第 1 期。

苏佩里与〈小王子〉》[①]、《小王子,天堂几点了——圣埃克苏佩里的〈夜航〉与〈人的大地〉》[②]、《圣埃克苏佩里的〈小王子〉生在纽约》[③]和《逆风而飞的作家——圣埃克苏佩里和〈要塞〉》[④]等文章。仅从上述的文章名看,马振骋对圣埃克絮佩里的研究就是与翻译紧密相结合的。早期的文章主要是对圣埃克絮佩里的整体评介,后期则结合翻译的文本,重点就作品本身展开讨论。作为译者,马振骋特别重视与读者的交流与对话,读他的评介圣埃克絮佩里的文字,看不见观念性的评说和难解的术语,有的是质朴但深刻的见解,不知不觉中会跟着他的指点,渐渐走近圣埃克絮佩里的世界。在这个意义上,一个好的译者对于作者而言,无疑是个福音,因为优秀的译者,将有助于拓展作者的生命空间。

像马振骋一样,翻译圣埃克絮佩里作品的其他一些译者也大都以序言或译后记的形式,将自己对圣埃克絮佩里的认识与理解形成文字,与读者进行交流。如周克希,为《小王子》的初版和再版都写过译序,他在序中以清新而简洁的文字,与读者谈圣埃克絮佩里其人其文,还与读者谈理解与翻译圣埃克絮佩里的甘苦,还把 apprivoiser 一词的翻译当做一个"有待解决的问题",向读者求教,从而拉近了与读者的距离。又如黄荭,在翻译了圣埃克絮佩里的妻子龚苏萝·德·圣埃克絮佩里写的《玫瑰的回忆》[⑤]后,被龚苏萝和圣埃克絮佩里的故事打动

---

① 见人民文学出版社 2003 年版《小王子》的"中译本前言"。

② 见《中国图书商报》,2002 年,后收入马振骋的《镜子中的洛可可》一书,上海社科出版社,2004 年。

③ 见《译文》2002 年第 1 期。

④ 见《文景》2003 年第 4 期。

⑤ 《玫瑰的回忆》由上海译文出版社 2002 年出版。

了，征服了，心中挥不去龚苏萝心中那个“小王子”圣埃克絮佩里的形象，“知道自己终有一天也会把《小王子》占为己有”[①]，而这种占有，便是由忘情地阅读圣埃克絮佩里开始，到组织《圣埃克絮佩里作品集》的翻译，再到自己翻译《小王子》，为中文版《小王子》画插图。在她写的《小王子》译后记中，我们看到的，不是有关“精神”、“道德”与“行动”的评说与判断，而纯粹是从一个普通“读者”（译者在某种意义上就是“读者”）的角度，以敏感而有些惆怅的笔调，把读《小王子》当作分享“人生一次灰色的感悟”的过程，且伴随着“对成长过程中失去纯真的一份痛惜”。这样的译后记，它作用的不再是读者的心智，而是读者的情怀。

通过译本的副文本，让译本走近读者，再吸引读者走进作者的世界，译者、读者与作者因此而形成了一种互动的关系，为圣埃克絮佩里在中国的传播起到了积极的推动作用。特别是《小王子》一书，有的版本不仅有译序，还有导读。还有的出版社，还借助名家的影响力，请名家为译本作序，如周国平就为中国友谊出版公司胡雨苏的译本（2000年）写过译序。中国友谊出版公司的译本出自胡玉龙之笔，胡雨苏是其笔名。胡玉龙长期从事法语语言文学的教学与研究。早在1981年，他的译本就在中国少年儿童出版社出版，后来他的译本又被收入郭麟阁先生与文石选编的《法国中篇小说选》下册[②]。对于《小王子》，胡玉龙有独特的理解，他对《小王子》的象征意义的研究很有深度，曾以《〈小王子〉的象征意义》为题将其研究心得发表在《外国文学评论》1998年第1期上。2000年，中国友谊出版公司选择了胡玉龙的译本，邀请在中国读者中具有重要影响力的周国平写序。优秀的译本加上

---

① 黄荭译：《小王子》，江苏教育出版社，2005年，“译后记”第89页。江苏出版社误将此书的译者署名为黄旭颖。

② 《法国中篇小说选》下册由中国青年出版社1985年出版。

具有影响力的学者写的译序，引起了广泛的反响，为圣埃克絮佩里赢得了无数的中国读者。

特别需要关注的是，《小王子》的这些副文本通过因特网这一强大的媒介，为《小王子》在中国的传播起到了不可忽视的作用。通过"百度"搜索引擎搜寻，《小王子》的条目竟高达 3840000 条[①]。不少出版社、书店还有网民，在网上开辟讨论区，围绕《小王子》的认识与理解展开热烈的讨论，使《小王子》的传播一步步扩大、深入。那么，在中国读者的眼里，《小王子》到底意味着什么呢？

在 Elong 网上，我们读到了一篇署名陈建忠的文章，文章的题目叫《沉重的童话——重读〈小王子〉》。他在文中这样写道：

> 已然被译成五十多国文字的《小王子》，据称，它还是本世纪以来全世界阅读率最高的第三本书（第一是圣经，第二是可兰经），而光是国内，就有不下十种译本以上。看到市面上如此多的《小王子》译本，我经常都会翻阅他们对圣艾修伯里文学的介绍，不过每每还是会为国内贫瘠的阅读文化而感到不满。可以确定的是，无论出版商或译者、导读者，都只让读者停留在将作者视为一个童话作家，或者，充其量是一个喜欢飞行的作家这样的印象上，而这远不是圣艾修伯里在二十世纪法国文学史中的评价。

陈建忠的这篇文章不知写于哪一年，《小王子》也不知是否如他所说"被译成五十多国文字"，他对"国内贫瘠的阅读文化而感到不满"以及对出版商或译者、导读者的质疑也不一定完全在理，但他的那篇文

---

① 2006 年 9 月 17 日查询。

章实实在在地说明了他想深入接近圣埃克絮佩里的努力。在上文中，我们说过，专业评论者和读者对圣埃克絮佩里的评价有一定差别。这里，我们将目光集中在《小王子》上，看一看在我们中国，评论者、译者、学者和普通读者是如何看《小王子》的。

1. 对《小王子》的政治性解读。江伙生与肖厚德是比较看重《小王子》的评论者。在他们合著的《法国小说论》中，他们对《小王子》有如下一段评说：

> 圣-戴克絮佩里是一位反法西斯斗士，他在反法西斯战斗的间隙中，创作了《军事飞行员》这样的战斗檄文般的反法西斯小说；但圣-戴克絮佩里更多地是一位人道主义小说家，他的人道主义一方面如《夜航》中所体现出的冷峻的英雄主义，认为为了战胜大自然这个人类的劲敌（从某种意义上讲），就不能感情用事；人类中个别个体的牺牲是必要的，是人类必须忍受的；另一方面如在《小王子》中，圣-戴克絮佩里的人道主义则体现为一种“一体主义”，认为不仅仅应该战胜和揭露法西斯的罪恶，更重要的是用伟大的人道主义精神去反对法西斯的野蛮行径。在《小王子》中，作者喻示了这样一个真理，即人不能绝对孤立地生活，个人需要和他人相互依存。小说中出现的狐狸，它需要人类（实为他人）的友谊，也希望他人需要自己的友谊，甚至那朵本来清高孤傲的玫瑰，也希望得到他人的“收养”和需要“收养”他人。①

结合圣埃克絮佩里的人生经历，解读其《小王子》的内涵，是国内评论

① 江伙生、肖厚德著：《法国小说论》，武汉大学出版社，1994年，第324页。

界常见的一种方法。在《小王子》中读出“反对法西斯的野蛮行径”，是这种解读途径的必然结果。

2. 对《小王子》的主题性解读。张彤在《外国文学评论》1995 年第 4 期上发表过一篇题为《法国作家笔下的第二次世界大战》的文章，文章中她对圣埃克絮佩里的《夜航》、《人的大地》和《小王子》进行了分析。关于《小王子》，她写道：

> 在美国出版家的建议下，圣埃克絮佩里创作发表了一部给成人看的童话，一部看似简单，实则高扬人类理性、尊严，高扬和平、博爱和人道主义的作品——《小王子》。[……]作者选择了童话作为载体，以一个天真未凿、形似自然之精灵的儿童的视角，将自己对于人类的理性与非理性、人的存在价值与存在的荒诞性命运等问题的深刻思考，对于战争与和平、自由与义务、文明与自然等问题的独特见解，以春秋笔法，深藏于童话意象的底蕴之中。①

张彤对小说的价值的这番解读，不可谓不深刻。在文章中，她所提炼的作品的主题与价值，有助于成年读者去更深刻地领悟作品的内涵，对人类所生存的环境进行思考。

3. 对《小王子》的寓言性解读。《小王子》看似一部童话，但它是给成年人看的童话，简单的故事后深藏着复杂的思考，简单的语言后有着深刻的内涵。译者胡玉龙（胡雨苏）在他的那篇题为《〈小王子〉的象征意义》的文章中，对《小王子》进行了寓言性的解析，试图从中挖掘出

---

① 张彤：《法国作家笔下的第二次世界大战》，《外国文学评论》1995 年第 4 期，第 52 页。

丰富而深邃的象征意义。他认为，要解读《小王子》的象征意义，需要特别注意以下三个方面的问题：

第一，“《小王子》中运用的象征是扎根于现实的。圣埃克絮佩里以哲人的眼光来看待生活，以跨越时空的界限来研究长期积累的、具有普遍经验的心理经验。这篇童话是作者从生活中提炼、升华的人生哲学的集中表现”，因此，他认为要解读《小王子》的寓意，不能忽视《小王子》所扎根的现实。

第二，《小王子》的象征大都取材于生活，且为我们所熟知。需要仔细揣摩，反复思考才能解读出其中的含义。他指出，若要领悟书中蛇、狐狸、花、水与井等的寓意，应该把握列维·施特劳斯所说的“历史性横组合轴”与“共时性纵组合轴”。在这个意义上，解读《小王子》，需要一定的理论指导。

第三，要解读《小王子》的象征意义，还要善于从作者所处的时代背景和西方的文化传统角度去进行探讨。

除了上述三点之外，胡玉龙还借用神话的叙述模式的解析方法，对《小王子》的叙事结构进行了分析。

4. 对《小王子》的感悟式解读。这一类的解读与上述三种解读方式有着明显的差别。它的特点是完全从文本出发，结合读者自身的经历，走进文本的世界，从中获得某种感悟。周国平为中国友谊出版公司的《小王子》所写的序中有这样一段话：

> 我说《小王子》是一部天才之作，说的完全是我自己的真心感觉，与文学专家们的评论无关。我甚至要说，它是一个奇迹。世上只有极少数作品，如此精美又如此质朴，如此深刻又如此平易近人，从内容到形式都几近于完美，却不落丝毫斧凿痕迹，宛若一

块浑然天成的美玉。

令我感到不可思议的一件事是，一个人怎么能够写出这样美妙的作品。令我感到不可思议的另一件事是，一个人翻开这样一本书，怎么会不被它吸引和感动。我自己许多次翻开它时都觉得新鲜如初，就好像第一次翻开它时觉得一见如故一样。每次读它，免不了的是常常含着泪花微笑，在惊喜的同时又感到辛酸。我知道许多读者有过和我相似的感受，我还相信这样的感受将会在更多的读者身上得到印证。①

周国平不是作为哲学家，也不是作为专业的文学评论家来解读《小王子》的。他完全是以一个普通读者的身份来读《小王子》，谈他读《小王子》含着泪花的微笑、惊喜时的辛酸，谈他的种种感受与感悟。后来，他还写过一篇重读《小王子》的文章，这是一篇感悟性的文章。也许正是他以这种普通读者的姿态写下的充满真情实感的文字，才受到广大读者的格外青睐。应该说，周国平为《小王子》写的序，在中国读者中产生了巨大的影响。他的写作风格也被广大读者所效仿。网上有许多谈《小王子》的文章，都带有类似的散文化、随感式的印记。

有评论说："《小王子》是自传，是童话，是哲理散文。它没有复杂的故事，没有崇高的理想，也没有深远的智慧，它强调的只是一些本质的、显而易见的道理，惟其平常，才能让全世界的人接受，也因其平常，这些道理都容易在生活的琐碎里被忽视，被湮灭，被视而不见。"②这段

① 见胡雨苏译：《小王子》，中国友谊出版公司，2000年，周国平"序"。

② 黄荭译：《小王子》，江苏教育出版社，2005年，"译后记"第90页。

评说与我们在上面提及的第一种和第二种解读看似格格不入，但却揭示了《小王子》之所以为全世界读者所喜爱的根本原因之一。周国平希望“把《小王子》译成各种文字，印行几十亿册，让世界上每个孩子和每个尚可挽救的大人都读一读”，因为“这样世界一定会变得可爱一些，会比较适合于不同年龄的小王子们居住”。[①] 全世界的人读《小王子》，当有各种各样的读法，也会有各种各样的感受。

在因特网上，我们在有关《小王子》的条目中，读到了一个“豆娘童话专栏”，其中有豆娘于2006年3月11日发表的一篇文章，题目叫《走进〈小王子〉》，其中有这样一段充满感情的话：

> 《小王子》是那么的迷人，常看常新，每次都会不同的感受与不同的发现，但是，不变的是带给我内心深刻却淡然的感动，可以说，只要心中有爱，或至少是有过爱，就不会不为《小王子》而动容。虽然作者说这是一部童话，但是看过之后就能明白这绝不仅仅是一部童话……短短几万字的语言，简单清新的童话小故事，一个那么忧伤的小王子，在我看来却是一个世纪来最触及人心底深处的作品，我们会发现，我们遗忘过那么多的撞击过心灵的事，我们忽略过那么的在乎着我们的人，当我们匆忙地活在成人世界里，我们应该庆幸，有《小王子》为我们打开了一扇门，一扇通往心底最纯净处之门。文学的最大魅力莫过于如此……可以说，《小王子》是童话的奇迹，更是文学的奇迹。[②]

---

① 见胡雨苏译：《小王子》，中国友谊出版公司，2000年，周国平“序”。

② 见 http://www.dreamkidland.com/blog/more.asp? name=douniang&id=544。

豆娘的这段话，如果能传达到在另一个世界的圣埃克絮佩里，他一定会感到欣慰，一定不会再感到忧伤，因为“小王子”没有在地球上消失，他连同圣埃克絮佩里，永活在读者心中，在中国，在全世界。

后记

如果从 1980 年与钱林森先生合作翻译《永别了，病妈妈》（该书 1982 年出版）开始算起，自己从事文学翻译至今已经近三十五个年头了。我多次说过，自己这一辈子，会一直以翻译为生，做翻译、教翻译、研究翻译，三位一体，实为至福。

三十多年来，我翻译出版了三十多部法国文学与社科名著，包括巴尔扎克的《邦斯舅舅》和《贝姨》、雨果的《海上劳工》、普鲁斯特的《追忆似水年华》（卷四，合译）、米兰·昆德拉的《不能承受的生命之轻》和《无知》、勒克莱齐奥的《诉讼笔录》和《沙漠》、波伏瓦的《名士风流》、图尼埃的《桤木王》、艾田蒲的《中国之欧洲》（合译）、布尔迪厄的《论电视》等。有朋友问我，这几十年来，我如此钟情于翻译，再忙碌，也没有放弃翻译，究竟是什么样的力量支撑着我呢？

我选择做翻译，可以说既是偶然，也是必然。我的专业是法语，因此肯定要和各种形式的翻译打交道。但真正让我萌生翻译念头的，是我的法国留学生涯。1976 年，我到法国勃列塔尼大学留学。留学期间，我读到了很多国内无法读到的当代法国文学作品，被法国语言文学的美深深吸引。出于与更多人分享美和精神财富的渴望，我开始动笔翻译。如果要说有什么神秘力量指引我进入翻译领域，我想最重要的应该就是对语言文字的迷恋。随着年龄的增长，对于文学这位“恋人”,我的激情有增无减,这也是支撑我三十多年如一日不知疲倦坚持翻译的重要原因。

除此之外,这几十年来我之所以坚持不懈地翻译,还因为我对翻译重要性的认识在不断加深。我们都知道不同国家民族的交流离不开翻译,但翻译的作用并不止于双向的语言转换。只有从文化交流的高度去看待翻译,才能真正认识到翻译的价值。从整个人类社会发展来看,翻译能够克服语言差异造成的阻碍,达成双方的相互理解,为交流和对话打开通道。正是借助翻译,人类社会才从相互阻隔走向了相互交往,从封闭走向了开放,从狭隘走向了开阔。从某个具体国家民族的社会文化发展来看,翻译通过对别国先进科技文化的介绍,能够引进知识,开启民智,塑造民族精神和国人思维,在特殊时期甚至能对社会重大政治运动和变革实践产生直接的影响。在我看来,一个民族的文化是不断创造、不断积累的结果。而翻译,在某种意义上,则是在不断促进文化的积累与创新。一个民族的文化的发展,不能没有传统,而不同时代对传统的阐释与理解,会赋予传统新的意义与内涵。想一想不同时代对《四书》、《五经》的不断翻译与不断阐释,我们便可理解,语内翻译是对文化传统的一种丰富,是民族文化得以在时间上不断延续的一种保证。

通过多年的翻译实践,我认识到,翻译本身是一种创造性活动,只有凭借译者的创造才能实现。当“本我”意欲打破封闭的自我世界向“他者”开放、寻求交流、拓展思想疆界时,自我向他者的敞开,本身就孕育着一种求新求异的创造精神。与此同时,翻译中导入的任何“异质”因素,都是激活目的语文化的因子,具有创新作用。以文学创作来说,不少当代作家在谈论自己的创作经历时,都会谈及自身从西方翻译文学中汲取的养分,谈及翻译的创造性及其对他们自身创作所产生的推动作用，这一类的例子不胜枚举。

这次整理自己谈文学翻译的文字，发现自己对翻译的思考主要围绕三个方面展开的：一是对翻译的本质思考，二是对文学名著翻译的欣赏与评析，三是对法国文学名家在中国译介与接受的研究。谈文学翻译，我觉得有几点特别重要。

一是翻译的态度。老一辈翻译家“为求一字稳，耐得半宵寒”的执著精神和严谨态度在今天还是值得我们学习的。翻译过程中会遇到很多问题与障碍，一个译者的主要任务就是克服语言、文化障碍，尽可能地忠实再现原作的风貌与灵魂。例如翻译吕西安·博达尔的《安娜·玛丽》，我要处理的是语言结构，博达尔的语言结构十分独特，译成汉语有困难，有的结构（如名词）必须要转译成完整的句子才行。翻译米兰·昆德拉的小说时，最大的难点在于互文性，书中经常出现前后文以及不同文本的交叉、呼应。他的小说充满反讽和隐喻，具有正话反说和意在言外的特点，这是我在翻译昆德拉小说时遇到的最大困难。至于普鲁斯特的意识流小说《追忆似水年华》，难度就更大了，二十几万字，我用了整整两年时间才翻译完。

二是做翻译要有研究。我们译界有一种说法，翻译一部书就像是在选朋友、交朋友。我们和人交朋友，自然应该努力去了解他，翻译也是一样的。我每翻译一部书，都会进行思考，最后有一点自己的心得体会，这是翻译带给我的另一种意义和价值。我翻译了托多洛夫的《失却家园的人》、米歇尔·图尼埃的《桤木王》和昆德拉的《无知》等作品后，做有心人，写了一些研究性文字。因为翻译的缘故，我产生了系统研究20世纪法国文学在中国译介状况的念头，现在这个念头已经变成现实，我和宋学智合作撰写出版了《20世纪法国文学在中国的译介与接受》一书。在翻译和研究过程中，我常常会和作者本人进行交流和沟通，我和吕西安·博达尔、艾田蒲、勒克莱齐奥等就是如此结识的。2008年诺贝尔文学奖得主勒克莱齐奥先生是我很喜欢的西方作家，1980年我就开始翻译他的作品，他现在不仅是我所译的作者、我所研究的作家，也是我的好朋友。

三是翻译要有原则。在我办公室，挂着一位书法家朋友给我写的一幅字："翻译以信为本，求真求美"。我至今仍然认为，翻译的忠实性非常重要。忠实于原著和充分展现原著精髓是并行不悖的，因为忠实于原著并不仅仅是忠实于原著单词意义和句子结构，最理想的忠实，是忠实于原著的精髓，或者换句话说，是忠实传达原著的风格和风貌。风格问题一向是文学翻译中最敏感、最复杂的问题之一。作者的文字风格是通过词语的调遣特征与倾向、句子的组合结构与手段、修辞手段的选择与使用等表现出来的。所以要再现作者的风格，译者就得从炼字、遣词、造句等方面去做。比如傅雷就认为"在最大限度内我们是要保持原文句法的"，因为他认为"风格的传达，除了句法以外，就没有别的方法可以传"。但是我们也应该认识到，翻译活动有其主体性，纵使译者有良好的主观愿望，但要求他百分之百忠实于原著从客观上来看也是不可能的。所以说，忠实与其说是一种结果，不如说是一种态度，一种追求。态度端正了，也许不一定能够实现充分展现原著精髓这样的结果，但态度不端正，行动不追求，那么译作一定不会尽如人意。

反思自己走过的文学翻译之路，发现翻译往往会留下很多遗憾。读者朋友的宽恕与鼓励，对我而言，便显得格外珍贵。我给文学翻译界的同行和广大读者朋友献上自己很不成熟的体会，期望得到批评与指正。

2014年4月8日

于南京大学树华楼

图书在版编目(CIP)数据

历史的奇遇:文学翻译论 / 许钧著.—南京:南京大学出版社, 2015.7

(翻译理论与文学译介研究文丛/许钧主编)

ISBN 978-7-305-14435-6

Ⅰ.①历… Ⅱ.①许… Ⅲ.①文学翻译—文集 Ⅳ.①I046-53

中国版本图书馆 CIP 数据核字(2014)第 287428 号

出版发行 南京大学出版社
社　　址 南京市汉口路 22 号　　邮　编 210093
出 版 人 金鑫荣

丛 书 名 翻译理论与文学译介研究文丛
总 主 编 许　钧
书　　名 历史的奇遇——文学翻译论
著　　者 许　钧
责任编辑 黄隽翀　　编辑热线 025-83685720

照　　排 南京紫藤制版印务中心
印　　刷 江苏凤凰通达印刷有限公司
开　　本 635×965 1/16 印张 25.25 字数 293 千
版　　次 2015 年 7 月第 1 版 2015 年 7 月第 1 次印刷
ISBN 978-7-305-14435-6
定　　价 56.00 元

网址:http://www.njupco.com
官方微博:http://weibo.com/njupco
官方微信号:njupress
销售咨询热线:025-83594756